10/18

12, AVENUE D'ITALIE. PARIS XIIIe

Sur l'auteur

Åke Edwardson est né en 1953. Les Aventures d'Erik Winter ont été traduites dans plus de vingt langues ; elles ont reçu des distinctions dans le monde entier, dont une nomination pour le Los Angeles Times Book Prize, et ont été adaptées pour la télévision.

ÅKE EDWARDSON

LE CIEL SE TROUVE SUR TERRE

Traduit du suédois
par Marie-Hélène Archambeaud

10/18

JC LATTÈS

Du même auteur
aux Éditions 10/18

DANSE AVEC L'ANGE, n° 3674
UN CRI SI LOINTAIN, n° 3676
OMBRE ET SOLEIL, n° 3819
JE VOUDRAIS QUE CELA NE FINISSE JAMAIS, n° 3940
VOILE DE PIERRE, n° 4061
CHAMBRE NUMÉRO 10, n° 4173
CE DOUX PAYS, n° 4265
PRESQUE MORT, n° 4378
LE DERNIER HIVER, n° 4485

Titre original :
Himlen är en plats på jorden
publié par Norstedts, Sweden

© Åke Edwardson, 2001. Tous droits réservés
© Éditions Jean-Claude Lattès, 2011,
pour la traduction française.
ISBN : 978-2-264-05786-0

Pour Anita et Kaj Hörberg

1

L'un des enfants se précipita du haut de son perchoir et atterrit dans le bac à sable, puis il éclata d'un rire bref. Ç'avait l'air amusant. Lui aussi voulait sauter, mais alors il lui faudrait sortir de la voiture, longer la grille et franchir le portillon pour grimper sur les barres jaunes et rouges.

L'autoradio était allumé, mais il s'en fichait. Une giclée de pluie éclaboussa la vitre. Il leva les yeux : le ciel s'était assombri. Il tendit le regard vers le terrain de jeux, vers les arbres, sur la gauche. Les branches avaient perdu leurs feuilles, les arbres étaient nus. À présent, on voyait ce qui restait invisible l'été. La ville était nue. Il y avait pensé en roulant le long des rues mouillées. Cette ville se retrouvait encore toute nue. Il n'aimait pas ça. C'était presque pire qu'avant.

Un deuxième enfant sauta de l'échelle et s'esclaffa à l'atterrissage. La radio ne le gênait pas, il ne l'écoutait pas. Il écoutait le rire de l'enfant. Il riait avec lui. Sans raison particulière, mais il riait parce que c'était drôle de l'entendre rire et d'être un enfant, de sauter, de se relever, de sauter à nouveau.

La pluie cessa avant même d'avoir commencé. Il baissa la glace un peu plus. On sentait le début de l'hiver. Une odeur sans pareille. Sur le sol, des feuilles noircissaient. Des promeneurs suivaient les allées du parc. Avec des poussettes parfois. Quelques adultes étaient présents sur l'aire de jeux. Pas beaucoup. Des enfants, oui, et qui pour la plupart riaient.

Lui aussi, il avait ri quand il était petit. Il se rappelait, une fois, sa maman l'avait soulevé très haut dans ses bras et il avait ri, sa tête avait touché le plafonnier allumé. Il n'y avait plus de lumière quand elle l'avait reposé par terre.

Des paroles à la radio. Il n'entendait pas, car il était resté dans le pays de son enfance. Il était redescendu par terre et sa maman lui avait dit quelque chose. Il ne s'en souvenait plus, plus du tout, mais elle lui avait dit quelque chose. Il y avait tellement repensé, après, à ce qu'elle avait dit, c'était important pour lui ses dernières paroles au moment de franchir la porte, pour ne plus jamais revenir.

Elle n'était jamais revenue.

Sa joue se mouillait comme la vitre de la voiture si la pluie avait continué. Il s'entendit prononcer un mot. Lequel ?

Il revint aux enfants.

Puis à la chambre, c'était plus tard, mais il était encore petit. Assis près de la fenêtre, rayée par la pluie, il avait dessiné les arbres dehors, qui n'avaient plus de feuilles. Sa mère se tenait sous ces arbres. S'il dessinait une voiture, elle était à l'intérieur. Un cheval, elle le montait. Un petit enfant, elle le tenait par la main. Ils marchaient sur une pelouse parsemée de fleurs rouges et jaunes.

Il dessinait un champ. Et la mer après le champ.

Le soir, il faisait le lit pour sa maman. Il avait une petite banquette dans sa chambre, alors il mettait une couverture et un oreiller. Si elle revenait, elle pouvait dormir là. S'allonger directement, sans faire le lit, pas de problème.

Il baissa entièrement la glace et respira péniblement. Il la remonta et démarra pour faire le tour du terrain de jeux en quête d'une place à proximité de l'entrée. Il ouvrit la portière. D'autres voitures étaient stationnées là. Il percevait les voix des enfants comme s'ils avaient été assis à côté de lui. Comme s'ils étaient montés dans sa voiture, pour le voir.

L'autoradio joua de la musique, puis cette voix familière reprit son cours. Une voix qu'il retrouvait quand il rentrait d'un service de jour. Il conduisait parfois la nuit.

Le sol était humide sous ses pieds. Il s'était retrouvé dehors, sans savoir comment. Bizarre. Il pensait à la radio et voilà qu'il était sorti de voiture.

Les enfants riaient encore.

Il s'approchait du terrain de jeux aux arbres sans feuilles, aux branches nues.

Dans sa main, le caméscope avait la taille d'un paquet de cigarettes. À peine plus grand. Les progrès de la technique ! Un imperceptible sifflement quand il appuya sur le bouton pour filmer ce qu'il avait devant les yeux.

Il se rapprocha. Il y avait des enfants partout, mais il ne voyait pas d'adultes pour le moment. Où étaient-ils passés ? Les enfants avaient besoin d'eux, ils risquaient de se blesser sur les échelles, les balançoires.

Les échelles étaient là, tout près de l'entrée. Il se tenait devant.

Un saut.

Et hop ! Hop ! Hop !

Un rire. Il se reprit à rire, sauta, non, mais il ne pouvait pas faire ça. Il aida un enfant, un petit garçon. On remonte, plus haut, plus haut ! Jusqu'au ciel !

Il en sortit un de sa poche et le lui tendit. Regarde ce que j'ai là.

Trois pas jusqu'aux échelles. Puis quatre pas jusqu'à la voiture. L'enfant marchait à petits pas, six jusqu'à l'entrée, huit jusqu'à la voiture.

Des enfants, des enfants partout, pensa-t-il. Et il était le seul à voir le petit garçon, à veiller sur lui. Les grands restaient plus loin, avec leurs tasses à café dont la fumée montait dans l'air froid et humide, comme le sol.

D'autres voitures. On ne voyait plus le petit désormais, de nulle part. *Lui* seul le voyait, il le tenait par la main.

C'est ça. Oui, j'en ai tout un sac, tu sais. Allez, on ouvre la portière. Tu peux monter tout seul ? Bravo.

La blessure dont souffrait l'étudiant, à l'occiput, évoquait une croix. Les cheveux avaient été rasés, l'horrible plaie n'en était que plus visible, mais du moins était-il encore en vie. Il avait une petite chance de survivre.

Le visage de Bertil Ringmar prit une teinte bleutée sous la lumière du porche, à leur sortie de l'hôpital.

— J'ai pensé qu'il fallait que tu voies ça.

Winter acquiesça.

— D'après toi, on a utilisé quel instrument ? continua Ringmar.

— Un genre de pioche. Un outil… agricole. Un outil de cuisine. De jardinage. Je n'en sais rien, Bertil.

Winter actionna la commande à distance de sa Mercedes. Le parking était désert. Les feux de la voiture luisaient comme un avertissement.

— Faudra consulter un paysan, ajouta-t-il, en mettant le contact.

— Sans rire ?

— Rire ? De quoi ?

Ringmar garda le silence. La place Linné était aussi désolée que le parking de l'hôpital.

— C'est le troisième, reprit-il.

Winter hocha la tête, desserra sa cravate et défit les deux derniers boutons de sa chemise.

— Trois jeunes gens frappés à mort, ou presque, avec un mystérieux instrument, précisa Ringmar. Trois étudiants. (Il se tourna vers son collègue.) C'est un hasard, tu crois ?

— Qu'ils soient étudiants ?

— Oui.

— Les étudiants, répondit Winter en poursuivant vers l'ouest, ça représente trente-cinq mille personnes dans cette ville.

— Mmm.

— Un cercle de relations très large même s'ils ne fréquentaient que leurs semblables.

Ringmar tapotait l'accoudoir. Winter quitta l'avenue pour se diriger vers le nord. Les rues redevenaient plus étroites et les villas grossissaient à mesure.

— Qui peut bien se balader avec une pioche un samedi soir ? soupira Ringmar.

— Aucune idée.

— Tu as fait la fac, toi.

— Une première année de droit, je ne suis pas allé plus loin.
— Plus loin à droite non plus.
— Ah, ah !
— Pour ma part j'ai fréquenté l'école de la vie, fit remarquer Ringmar.
— Et quand est-ce qu'on obtient son diplôme ?
Ringmar secoua les épaules.
— On repasse l'examen tous les jours, c'est vrai. On se voit tous les jours récompensé, Erik.
— Par qui ?
Ringmar ne répliqua pas. Winter ralentit.
— Prends tout de suite à droite pour éviter la déviation.
Winter obtempéra et se glissa entre deux véhicules garés devant une maison de bois. L'éclairage intérieur jetait une faible lumière sur la pelouse, entre les érables qui ressemblaient à des membres tendus vers le ciel.
— Tu manges un morceau avec moi ?
Winter consulta sa montre.
— Angela t'attend peut-être avec des huîtres ?
— Ce n'est pas tout à fait la saison.
— Alors tu veux dire bonsoir à Elsa ?
— Elle dort déjà, répondit Winter. Va pour une tartine. Tu aurais de la bière slovaque ?

Winter avait remonté trois bouteilles de la cave.
— Il n'y a plus que de la tchèque, c'est ça ? s'excusa Ringmar, le nez dans le frigo.
— Tu seras pardonné, dit son collègue en attrapant le décapsuleur.
— Omelette et hareng fumé, ça te va ?
— Si on a le temps, c'est plutôt long à préparer, une omelette. Tu n'aurais pas de ciboulette ?

Ringmar sourit, déposa les ingrédients sur la paillasse et se mit à l'œuvre. Winter goûta la bière. Elle était bonne, suffisamment fraîche. Il défit sa cravate et suspendit son veston au dos de la chaise. Son cou l'élançait après une longue journée à l'école de la vie. Une récompense répétée. Il revoyait le visage de l'étudiant, sa blessure. Un étudiant en droit, comme lui. Si j'avais continué, je serais chef de la police à l'heure qu'il est, pensa-t-il en reprenant une gorgée. À l'abri de la racaille. Je ne serais pas obligé de me pencher sur tous ces cadavres, et ces blessures en forme de croix.

— Les deux autres n'ont visiblement aucun ennemi, fit observer Ringmar, tout en battant consciencieusement ses œufs à la fourchette.

— Pardon ?

— Les autres gars marqués au crâne. On ne leur connaît pas d'ennemi.

— Trop jeunes pour en avoir.

— Toi aussi t'es jeune, répliqua Ringmar en soulevant le bol en alu. Tu en as, toi, des ennemis ?

— Pas un seul. On s'en fait plus tard dans la vie.

Ringmar prépara les tartines.

— Avec ça, il faudrait de l'aquavit.

— D'accord, je peux rentrer en taxi.

*

— C'est le même agresseur, déclara Ringmar. Qu'est-ce qu'il peut bien chercher ?

— Le plaisir de faire du mal à autrui, répondit Winter en avalant la dernière goutte de son deuxième schnaps.

Il secoua la tête lorsque Ringmar souleva le flacon d'un air interrogateur.

— Mais pas de n'importe quelle façon, ajouta ce dernier.

— Pas n'importe qui non plus.

— Si. Peut-être.

— On essaiera d'auditionner ce garçon demain.

— Un coup par-derrière dans une rue sombre. Il n'a rien vu, rien entendu, rien dit. Il ne sait rien.

— C'est à voir.

— Il faudra mettre la pression à Pia E:son Fröberg pour identifier l'arme, reprit Ringmar.

Winter revoyait le visage pâle et tendu de la médecin légiste. Dans des temps immémoriaux, ils avaient formé un couple, ou presque. Ils avaient maintenant tout oublié, tout pardonné.

— Pour autant que ça puisse nous aider, continua Ringmar en lorgnant son verre vide.

Ils entendirent s'ouvrir et se refermer la porte d'entrée, puis une voix féminine les interpella.

— On est ici ! lança Ringmar en retour.

Sa fille fit irruption dans la cuisine, en anorak. Brune, comme son père. Presque de la même taille. Même nez, même regard direct.

— Erik avait besoin de compagnie.

— Je ne te crois pas, fit-elle en tendant la main vers Winter.

— Alors, tu reconnais encore Moa ?

— Cela fait un moment, tu dois avoir…

— Vingt-cinq ans, coupa-t-elle. À grands pas vers la retraite et toujours chez ses parents. Qu'en dites-vous ?

— On peut dire que Moa est entre deux appartements, rectifia Ringmar. C'est une solution provisoire.

— Voilà dans quelle époque on vit, soupira-t-elle. Les enfants reviennent au nid.

— Sympa, commenta Winter.
— Tu parles !
— OK.
Elle prit un siège.
— J'ai droit à une bière ?
Ringmar alla chercher un verre et lui versa ce qui restait de la troisième bouteille.
— J'ai entendu parler de cette histoire d'agression, dit-elle.
— Où donc ? s'étonna Ringmar.
— À la fac. Il faisait du droit. Jakob, c'est ça ?
— Tu le connais ?
— Non. Pas personnellement.
— Et tu connais quelqu'un qui le connaît ? demanda Winter.
— Ça devient malsain, répondit-elle. Je suppose que vous voilà de nouveau en service. (Elle fixa Winter, puis son père.) Excusez-moi. C'est *vraiment* sérieux. Je ne voulais pas faire de mauvais esprit.
— Eh bien…, fit Winter.
— Quelqu'un qui connaîtrait quelqu'un qui le connaît… À voir.

Lorsqu'il sortit du taxi, la place Vasa était silencieuse et désertée. La lumière des réverbères se réfléchissait sur la vitrine du kiosque à journaux, au coin de la place de l'Université. L'école de la vie, songea-t-il à nouveau, en composant le code du portail.

Un relent de tabac dans l'ascenseur, qu'il pouvait s'attribuer.

— Tu sens l'alcool, lui dit Angela quand il se pencha au-dessus d'elle, dans le lit.
— Un Ödåkra Taffel.

— C'est bien ce qui me semblait, fit-elle en se retournant vers le mur. C'est toi qui déposes Elsa demain. Je me lève à cinq heures et demie.
— Je suis passé dans sa chambre. Elle dort comme un loir.
Angela marmonna quelque chose.
— Comment ?
— Attends de voir demain. Tôt le matin.
Comment pouvait-il l'ignorer après six mois de congé de paternité ? Il savait tout d'Elsa et elle savait tout de lui. Il n'avait sans doute jamais connu pareil bonheur. Six mois durant, il avait échappé à cette ville, au-dehors. C'étaient les mêmes rues, mais il les avait fréquentées à hauteur de trottoir, lentement, sans ce regard de l'enquêteur, sinon pour chercher un café où s'installer un instant avec elle.

En reprenant le travail, il avait ressenti un... appétit particulier, presque honteux. Comme s'il était prêt à reprendre la lutte, cette guerre impossible à remporter, mais qu'ils étaient obligés de mener. Oui. C'était ça. On avait beau couper un bras, il en repoussait un autre, mais il n'y avait rien d'autre à faire que de continuer à couper.

À la minute où il s'endormit, il revit l'étrange blessure de l'étudiant.

2

C'était une soirée plutôt calme au poste de police. Le calme qui précède la tempête, se dit l'officier de garde, Bengt Josefsson, en regardant les arbres, que pas un souffle de vent n'agitait. Heureusement, les tempêtes d'automne sont derrière nous. Voici bientôt venir le temps de Noël ! Passé les fêtes, on ne sera plus là. Ils ferment notre antenne, résultat la place Redberg sera livrée à l'ennemi.

Le téléphone sonna sur le bureau.

— Poste d'Örgryte-Härlanda, Josefsson à l'appareil.
— Oui... bon... bonsoir. Vous êtes bien de la police ?
— Oui.
— J'ai appelé le standard et ils devaient me mettre en liaison avec l'antenne la plus proche d'Olskroken. C'est... c'est là que nous habitons.
— Vous êtes tombée au bon endroit. Que puis-je faire pour vous ?
— Je... je ne sais pas comment vous dire...

Josefsson patientait, le crayon sur le bloc-notes. Un collègue fit tomber quelque chose de lourd sur le sol du vestiaire, au fond du couloir.

— Dites-moi de quoi il s'agit. Quel est votre nom ?

Elle le lui donna : Berit Skarin.

— Il s'agit de mon petit garçon. Il... je ne sais pas... il nous a dit hier soir... si nous avons bien compris... qu'il était monté en voiture avec un « monsieur », selon son expression.

De retour de la crèche, Kalle Skarin, quatre ans, avait mangé un sandwich au fromage accompagné d'une tasse de chocolat chaud, préparée par ses soins, avec du cacao, du sucre et un peu de crème – sa mère avait juste versé le lait.

Un peu plus tard, il avait dit qu'il était monté dans une voiture.

— Une voiture ?

— Une voiture de grande personne, avec la radio. Une radio qui parlait et qui jouait de la musique.

— Vous avez fait une excursion avec la garderie aujourd'hui ?

Pas d'excursion. Le terrain de jeux.

— Il y a des voitures là-bas ?

Le gamin avait hoché la tête.

— Des voitures pour enfants ?

— GRANDE voiture. Vraie voiture. Vraie.

Et il avait fait semblant de tourner le volant. Vroum, vroum.

— Où ça ?

— Terrain de jeux.

— Tu es monté dans une voiture près du terrain de jeux, Kalle ?

Il avait hoché la tête.

— Avec qui ?

— Le monsieur.

— Un monsieur ?

— Le monsieur, le monsieur, il avait des bonbons !

Kalle avait de nouveau mimé le geste de tendre un sachet de bonbons, semblait-il.

Berit Skarin avait senti un frisson parcourir sa nuque. Un étranger avait tendu un sachet de bonbons à son fils.

Il fallait qu'Olle entende ça, mais il devait rentrer tard.

Kalle était là, devant elle. Elle avait retenu sa main tandis qu'il se tournait vers la télé, les programmes pour enfants.

— La voiture a roulé ?
— Roulé. Roulé. Vroum.
— Vous avez roulé longtemps ?

Il n'avait pas compris la question.

— La maîtresse était avec vous ?
— Pas elle. Le monsieur.

Il s'était précipité vers la télé. Elle l'avait suivi des yeux, avait réfléchi, puis elle avait cherché dans son sac à main le numéro personnel d'une des assistantes maternelles. Après une seconde d'hésitation, elle avait fini par appeler.

— Oui... excusez-moi de vous déranger... c'est Berit Skarin à l'appareil... oui, la maman de Kalle. Il m'a raconté quelque chose ce soir, il faut qu'on en parle.

Bengt Josefsson écoutait attentivement. Elle lui rapporta sa conversation avec l'assistante maternelle.

— Personne n'a rien remarqué.
— Ah bon.
— Comment est-ce possible ? On peut prendre un enfant à bord de sa voiture, ni vu ni connu ? Et le ramener ensuite ?

Il peut arriver bien pire, songea Josefsson.

— Je ne sais pas, dit-il. Le personnel ne s'est rendu compte de rien ?

— Non. Ils devraient, n'est-ce pas ?

— J'imagine, fit-il, tout en laissant filer ses pensées.

Mais est-ce qu'on peut tout voir ? Cet homme debout sous un arbre, par exemple ? Assis dans sa voiture ?

— Combien de temps le petit est resté absent, dites-vous ?

— Il n'en sait rien. C'est un enfant. Il ne fait pas la différence entre cinq et cinquante minutes si on lui pose la question après coup.

Bengt Josefsson marqua une pause.

— Vous lui faites confiance ?

Un silence à l'autre bout du fil.

— Madame Skarin ?

— Je ne sais pas.

— Est-ce qu'il a... beaucoup d'imagination ?

— C'est un enfant. C'est normal d'avoir de l'imagination à cet âge-là.

— Oui.

— Alors, que dois-je faire ?

Le policier consulta son bloc-notes.

Deux collègues passèrent en courant devant son comptoir.

— Hold-up au kiosque à saucisses !

Il percevait déjà les sirènes de voitures dehors.

— Allô ? reprit Berit Skarin.

— Allô, oui. Je... j'ai pris note de ce que vous m'avez dit... ce n'est pas un cas d'enlèvement... oui... si vous voulez porter plainte, eh bien...

— Quel intitulé dois-je donner à ma plainte ?

C'est bien la question, pensa-t-il. Privation de liberté illégale ? Non. Tentative ou préparatifs en vue d'un crime sexuel ? Oui… sans doute. Ou alors, il s'agissait du produit de l'imagination d'un très jeune monsieur. Il n'avait apparemment pas été blessé…

— Je l'emmène tout de suite chez le médecin, fit-elle. Je prends cette affaire très au sérieux.

— Oui.

— Je dois l'emmener chez le médecin ?

— Vous l'avez… examiné vous-même ?

— Non. Je vous ai téléphoné directement.

— Bien.

— Mais j'y vais. Je verrai après ce que je dois faire. (Elle appela le gamin.) Il regarde la télé. Et voici qu'il éclate de rire.

— Puis-je avoir votre adresse et votre numéro de téléphone ?

De nouveau les sirènes. Elles semblaient se diriger vers l'ouest. Une course-poursuite avec des braqueurs. Une bande de petits voyous venus des quartiers nord, le cerveau saturé de stimulants artificiels. Dangereux pour les collègues.

— Merci beaucoup de votre appel, lança-t-il distraitement.

Il clarifia un peu ses notes et mit le papier de côté pour la transcription électronique. Il rangerait ça dans le classeur en fin de soirée, s'il avait le temps. Sous la rubrique… Laquelle ? Il ne s'était rien passé. Un crime en attente d'être commis ?

Le téléphone sonna de nouveau, résonnant dans tout le poste. Des sirènes dehors, en provenance du sud. Des reflets de gyrophares sur les murs, le panier à salade filait sur les lieux de l'action.

*

Jakob l'étudiant était éveillé, mais complètement groggy. Assis à son côté, Ringmar se demandait comment les choses avaient bien pu se passer. Des fleurs sur la table. Jakob n'était pas seul au monde.

Quelqu'un surgit dans le dos du commissaire. Les yeux de Jakob s'éclairèrent. Ringmar se retourna.

— Ils m'ont dit que je pouvais entrer, s'excusa la jeune fille, un bouquet de fleurs dans la main.

Elle paraissait avoir le même âge que sa propre fille. Elles pourraient bien se connaître, pensa-t-il en se levant. Elle s'approcha du lit et donna un baiser prudent au malade. Elle posa le bouquet sur la table. Jakob avait fermé les paupières, il avait sans doute tourné de l'œil.

— Encore des fleurs, dit-elle.

Ringmar sentit qu'elle avait envie de lire la carte sur l'autre bouquet, mais elle s'en abstint.

— Alors, vous êtes le père de Moa ?

Bien. Moa lui avait donné un coup de main.

— Oui. Nous pourrions peut-être nous rendre dans la salle d'attente ?

— Il n'a pas eu de chance, c'est tout, fit-elle. La mauvaise personne au mauvais endroit.

Ils s'étaient installés à l'écart, près de la fenêtre. Au-dehors, le jour prenait une teinte grise. Une étrange pénombre baignait la pièce. Une femme toussotait sur le canapé. Devant elle, la table basse croulait sous les magazines people. Sans doute pour dispenser un peu de réconfort, songea Ringmar. Vous autres, dans vos soirées de gala, vous avez peut-être été comme nous et peut-être serons-nous bientôt comme vous, en bonne santé, prêts pour la course à la gloire...

— Ce n'était pas de la malchance, déclara Ringmar en fixant la jeune fille.

— Vous m'avez l'air plus jeune que je ne pensais.

— Ou que Moa ne m'avait décrit.

Elle sourit, avant de reprendre son sérieux.

— Avait-il des ennemis ? s'enquit le commissaire.

— Personne n'irait jusqu'à le détester.

— Et lui, déteste-t-il quelqu'un ?

— Non.

— Vraiment personne ?

— Non.

C'est l'époque qui veut ça, songea Ringmar, et ce n'est pas plus mal. Dans mon jeune temps, on était toujours furieux contre quelque chose ou quelqu'un. Des révoltés.

— Vous le connaissez bien ?

— C'est... mon ami.

— Avez-vous des amis en commun ?

— Bien sûr.

Ringmar jeta un coup d'œil par la fenêtre. Deux jeunes attendaient le bus, sous la pluie, et levaient les bras au ciel, comme en signe de reconnaissance. Pas d'ennemis. Même cette foutue pluie était la bienvenue.

— Pas de personne violente dans votre cercle amical ?

— Absolument pas.

— Que faisiez-vous au moment où Jakob a été agressé ?

— À quelle heure ça s'est passé exactement ?

— Je n'ai pas le droit de vous le dire.

— Je devais dormir depuis au moins deux heures.

Jakob, lui, ne dormait pas. Ringmar se le figura, légèrement ivre, en train de traverser la place du Docteur Fries. En direction de l'arrêt de tram ? Ils ne circulaient plus à cette heure-là. Et puis, quelqu'un surgissait de quelque part. Un sacré coup sur le crâne. Le jeune homme aurait perdu tout son sang si un passant n'avait pas appelé le central.

Jakob, troisième victime. Trois lieux différents dans la même ville. Même type de blessure. Potentiellement mortelle. Les deux autres victimes n'avaient aucune idée de ce qui leur était arrivé. Juste un coup par-derrière. Ils n'avaient rien vu venir.

— Vous vivez ensemble ?
— Non.

Ringmar marqua une pause.

— Vous n'étiez pas inquiète pour lui ?
— Comment cela, inquiète ?
— L'endroit où il pouvait être, cette nuit-là... Ce qu'il faisait.
— Écoutez, on n'est pas mariés. On est... amis.
— Vous ne saviez donc pas où se trouvait Jakob cette nuit-là ?
— Non.
— Qui connaît-il là-bas ?
— Où donc ?
— À Guldheden. Autour de la place du Docteur Fries.
— Je ne vois pas, vraiment.
— Et vous, connaissez-vous quelqu'un dans le coin ?
— Qui y habite ? Non, je ne crois pas. Non.
— Il y était pourtant et c'est bien là qu'il s'est fait agresser.

— Il faut que vous lui posiez la question, conclut-elle.

Winter avait déposé Elsa à la crèche. Il était resté un moment assis près du petit bureau, avec sa tasse à café, pendant qu'elle préparait son travail de la journée : un téléphone rouge, du papier, des feutres, des crayons, des journaux, du Scotch, de la ficelle… il verrait le résultat ce soir-là. Unique, très certainement.

Il l'embrassa et s'en alla sans qu'elle lui prête attention, ou presque. Il alluma un Corps dans la cour. Après toutes ces années, il ne pouvait rien fumer d'autre. On ne trouvait plus cette marque de cigarillos en Suède, mais un collègue familier de Bruxelles lui servait d'importateur direct.

Il faisait doux. On se serait cru au début de l'automne. Il aspira une nouvelle bouffée, boutonna son manteau et observa l'activité alentour : pâtés, menuiserie, terrassement, construction. Quelle énergie ! Un gamin descendait le talus et s'avançait vers un massif de buissons, largement ouvert. Les deux assistantes maternelles étaient accaparées par ceux qui réclamaient des jouets, pleuraient ou riaient, couraient en tous sens. Winter se dépêcha de rejoindre l'enfant derrière les buissons : il frappait la clôture de sa pelle en plastique. À l'approche du commissaire, il se retourna et lui sourit de l'air du prisonnier surpris dans sa tentative d'évasion.

Suivit une histoire abracadabrante à laquelle Winter acquiesça vigoureusement sur le chemin du retour. À mi-pente, ils croisèrent une des auxiliaires.

— Je ne savais pas que vous aviez une clôture en bas.

— Heureusement !

Elsa sortait du bâtiment : elle avait décidé de se donner une pause.

— C'est difficile pour vous de garder l'œil sur tout le monde en même temps ?

— De plus en plus, soupira la jeune femme. Je ne voudrais pas avoir l'air de me plaindre, mais puisque vous me le demandez. On a de plus en plus d'enfants et toujours moins de personnel. On a intérêt à se « barricader ».

Depuis la balançoire, Elsa lui envoyait un petit salut.

— Comment faites-vous en excursion ? Vous sortez parfois dans des parcs ou sur des terrains de jeux mieux équipés, non ?

— On préfère éviter.

*

L'étudiant, Jakob Stillman, hocha péniblement la tête en fixant Ringmar, assis près du lit. Le commissaire venait de se présenter.

— J'aurais quelques questions à vous poser. Je suggère que vous cligniez des yeux une fois pour « oui » et deux fois de suite pour « non ». D'accord ?

Un clignement.

— Bien. (Ringmar rapprocha sa chaise.) Avez-vous aperçu quelqu'un derrière vous avant d'être frappé ?

Un clignement.

— Vous aviez donc remarqué quelque chose ?

Un clignement. Oui.

— Loin de vous ?

Deux clignements. Non.

— Étiez-vous seul quand vous avez commencé à traverser la place ?

Oui.

— Mais vous n'avez pas eu le temps de voir l'agresseur arriver dans votre direction ?

Non.

— Il y avait quelqu'un derrière vous ?

Oui.

— Vous avez eu le temps de voir quelque chose ?

Oui.

— Un visage ?

Non.

— Une silhouette ?

Oui.

— De grande taille ?

Pas de clignement. Il est plus malin que moi, se dit Ringmar.

— De taille moyenne ?

Oui.

— Un homme ?

Oui.

— Vous pourriez le reconnaître ?

Non.

— Était-il très proche lorsque vous l'avez vu ?

Oui.

— Vous avez entendu du bruit ?

Oui.

— Avant de le voir ?

Oui.

— Était-ce un bruit de pas ?

Non.

— Un objet frappant le sol ?

Non.

— Un bruit sans rapport avec lui ?

Non.

— Quelque chose qu'il a dit ?

Oui.

— Vous avez compris ce qu'il vous a dit ?
Non.
— C'était du suédois ?
Non.
— Une autre langue ?
Non.
— Un cri ?
Non.
— Plutôt comme un bruit d'animal ?
Oui.
— Un grognement ?
Oui.
— Un grognement humain ?
Non.
— Mais ça venait de lui ?
Oui.

3

Il traversa des tunnels plus sombres que la nuit dehors. Les néons sur les murs ne faisaient que creuser l'obscurité. Il croisait des voitures qui roulaient sans bruit.

La fenêtre ouverte laissait entrer cette lumière froide. Il n'y avait pas de lumière au bout du tunnel, uniquement les ténèbres.

C'était comme de traverser l'enfer, un tunnel après l'autre. Il les connaissait tous, il faisait le tour de la ville en tunnel. Il y a un nom pour cette maladie-là ? Un terme scientifique.

La musique à la radio. Un CD peut-être, il avait oublié. Une belle voix qu'il aimait écouter quand il conduisait sous terre. Il aurait bientôt creusé tous les sous-sols de la ville. Toutes ces routes, le long de l'eau, plongeaient en enfer.

Assis devant le poste, il visonnait son film. Le terrain de jeux, les échelles, le toboggan sur lequel glissaient les enfants, et l'un d'eux riait, lui se mit à rire à son tour parce que ç'avait l'air tellement drôle. Il rembobina la bande et repassa la séquence, puis il nota quelques mots sur le papier qu'il avait près de lui, sur la table où reposait également un vase, avec six tulipes achetées cet après-midi-là, comme le vase.

Et maintenant, le petit garçon. Son visage, puis la lunette arrière, la radio, la banquette arrière. Le petit garçon lui disait ce qu'il devait filmer et il s'exécutait. Pourquoi pas ?

Le perroquet suspendu à la vitre arrière. Il en avait choisi un rouge et jaune, comme les échelles du terrain de jeux, sauf que celles-ci avaient besoin d'un coup de peinture.

Le gamin, Kalle, il aimait bien le perroquet. Ça se voyait sur le film. Il pointait le doigt vers la peluche et lui, il filmait, tout en conduisant. Ça demandait du doigté, mais il était fin conducteur et puis, il avait l'habitude de conduire tout en pensant à autre chose. Depuis le temps.

Voici qu'il entendait parler, comme si on avait subitement augmenté le volume.

— Poquet.

— Poquet, reprit le gamin en le pointant de nouveau du doigt.

On aurait dit que l'oiseau allait s'envoler.

Poquet. Une astuce. Au cas où quelqu'un verrait le film, ce qui n'arriverait jamais, au cas où, on croirait qu'il essayait de parler bébé, alors que non. C'était une de ses astuces, il en avait pas mal depuis tout petit, parce que sa voix, elle se retrouvait bl-bl-bl-blo-blo-bloquée en pleine phrase, et il se mettait à bé-bé-bé-bégayer.

Ç'avait commencé au départ de maman. Pas avant, non. Mais après, il avait dû trouver des trucs pour l'aider à parler quand il avait quelque chose à dire. Le premier truc qu'il se rappelait, c'était le poquet. Perroquet, il ne pouvait pas le dire, pe-pe-pe-pe, non, il aurait pu rester à bredouiller cette syllabe toute une vie sans que le mot arrive. Poquet, ça sortait tout seul.

Un bruit familier maintenant. Venant de lui. Il pleurait encore, tout ça parce qu'il avait pensé au perroquet. Il en avait un, jaune et vert, quand il était petit, et l'avait gardé assez tard. Un vrai perroquet qui pouvait dire son nom et trois trucs drôles. Il s'appelait Bill. Un vrai perroquet, Bill.

Le film était fini. Il le repassa. Bill était présent dans plusieurs scènes. Bill ne l'avait pas quitté puisqu'il suspendait un petit perroquet à la lunette arrière chaque fois qu'il conduisait. Des peluches de couleurs différentes, cela n'avait pas d'importance, puisque c'étaient toutes des Bill. Parfois il les appelait Billy Boy. Le garçonnet riait de nouveau, juste avant que le noir envahisse l'écran. Kalle Boy, songea-t-il, mais le film était terminé. Il se leva pour aller chercher son matériel. Son travail de copie l'attendait, comment disait-on ? Le montage. Il aimait bien ça.

— C'est le cri de Hulk, sourit Fredrik Halders.

— Stillman est également la première victime à avoir vu quelque chose, ajouta Ringmar.

— Ouais... Pas sûr que Hulk ait commis tous les crimes.

Ringmar secoua la tête.

— Les blessures sont identiques.

Halders se massa la nuque. Un mauvais coup lui avait fracturé une côte peu de temps auparavant. Il avait été paralysé, mais avait retrouvé sa mobilité. Sa vie normale. Pour autant qu'on pouvait ainsi la qualifier. Son ex-femme s'était tuée dans un accident de voiture. L'assassin avait pris la fuite. Il vivait dans leur ancienne maison, avec ses jeunes enfants.

— Et sa pioche, quelle taille *a priori* ? s'enquit-il.

Le commissaire leva les mains assez haut.

— Un pic à glace ?

— Non. C'est un peu dépassé.

— Si on se replaçait à Chicago dans les années 1930, ce serait certainement l'arme de la situation.

Halders considéra les clichés sur le bureau de Ringmar. Des couleurs vives, des crânes rasés, blessés. Ils en avaient déjà vu, mais cette fois ils étaient encore en vie. Dans les archives, ils collectionnaient plutôt les têtes de morts, songea l'inspecteur. Ici, on a droit à des *talking heads*.

— Laisse tomber la pioche, fit-il en relevant les yeux. Ce qui compte, c'est qu'on attrape ce dingue, quelle que soit l'arme utilisée.

— Non, il y a quelque chose avec ces... blessures, objecta Ringmar.

— D'après toi, l'agresseur connaissait la victime ?

— Ça m'a effleuré.

— Et que disent les deux autres ?

— Bah... aucun d'eux n'a rien vu ni entendu. Chaque fois, ils ont été agressés dans un lieu ouvert. Tard. Sans témoin. Légèrement ivres, tu vois le genre.

— Et vlan ! fit Halders.

— Tu crois que c'est le même agresseur ?

— Oui.

— Hmm.

— Faut cibler dans les relations des victimes.

— Ce sont des cercles différents, répondit Ringmar. Ils ne se connaissent pas et n'ont aucun ami commun, d'après ce que nous savons pour l'instant.

— OK, ils fréquentent pas les mêmes cercles. Mais ils sont tous étudiants dans le centre de Göteborg, ils ont pu se retrouver ensemble à un moment donné, sans le savoir. Une assoc', un parti politique, un club de handball, d'ornithologie. N'importe quoi. Un club masculin avec des strip-teaseuses et plus si affinités. Si ça se trouve, c'est ça et, du coup, ils préfèrent mentir. Un bal d'étudiants. Ça existe encore, non ? Ils se sont déjà croisés, y a pas de doute.

— OK, fit Ringmar. Et après ? L'agresseur en était aussi ?

— J'en sais rien, moi. Pourquoi pas ?

— Il les aurait donc volontairement suivis ?

— C'est une hypothèse.

— L'autre hypothèse serait que l'agresseur soit tombé sur eux par hasard, alors qu'il cherchait une victime. Il était tard, l'endroit était désert, l'alcool les rendait moins vigilants.

Halders se leva pour aller consulter le plan de la ville, accroché au mur. Il se détendit les bras dans le dos et Ringmar entendit craquer ses articulations. L'inspecteur jeta un œil par-dessus son épaule, esquissa un sourire. Puis il pointa du doigt la carte.

— Place Linné pour le premier. (Son doigt glissa vers la droite.) Place Kappell ensuite. (Son doigt descendit un peu.) Et maintenant la place du Docteur Fries. (Il se retourna.) Une zone bien délimitée. Qui dessine une équerre.

— On n'irait pas facilement à pied d'un point à un autre, fit remarquer Ringmar.

— Il y a les transports en commun.

— Pas tant que ça, la nuit. Pas de tram, par exemple.

— Des bus de nuit, reprit Halders. Ou alors, Hulk se déplace en bagnole. Mais ça peut être un piéton. Les agressions n'ont pas eu lieu la même nuit.

— Pourquoi avoir changé de lieu ?
— Il croit sûrement qu'on a les moyens de surveiller l'endroit précédent, répondit l'inspecteur. Il évite d'y retourner.
— Hmm.
— Des moyens qu'on a pas.
— Il n'a pas pu choisir ces lieux au hasard.

Halders garda le silence, mais il savait à quoi pensait Ringmar. Le criminel, ou sa victime, avait le plus souvent un lien avec la scène de crime. Toujours partir du lieu, de la scène de crime. Quitte à élargir ensuite.

— J'ai parlé avec Birgersson, reprit le commissaire. Après l'agression de Guldheden. On va obtenir des hommes pour l'enquête de proximité.

Birgersson était le chef de la brigade criminelle. Noueux comme les arbres de son Grand Nord natal. La clope au bec, invariablement, malgré sa énième tentative pour arrêter.

— Tu lui as montré l'équerre ? s'enquit Halders. La théorie de l'équerre. Ou du triangle, si on tire une ligne de plus.

— Non. Tu es le seul à avoir fait le rapprochement.

— Sois pas ironique, Bertil, t'es trop gentil pour ça. Mais Birgersson n'a pas la bosse des maths, c'est vrai.

— Alors, cette équerre pourrait nous valoir des renforts ?

— Évidemment. Et si le triangle devient un carré, ça voudra dire que Hulk a de nouveau frappé.

— Je me contenterai d'un triangle.

Halders revint au bureau.

— Si on obtient un enquêteur de plus, on pourra vérifier quelles lignes de bus circulaient ces nuits-là.

Auditionner les conducteurs. Ils ne doivent pas être si nombreux.

— Sans oublier les taxis, ajouta Ringmar.

— Comme tu y vas ! Nos bronzés travaillent au noir. À quand remonte le dernier tuyau qu'on a obtenu d'un chauffeur de taxi ?

— Chais pas.

Le soleil dénudait le monde encore plus. Eh oui, il ne restait plus que des troncs, des branches et le sol.

Le soleil n'a plus d'utilité par ici, songea-t-il. Il a sa place ailleurs. Fous le camp.

Place Linné, le tram avait déversé sa cargaison d'enfants. Comme tous les jours. Ils traversaient la pelouse jaunâtre à la queue leu leu.

Parfois, il les suivait.

Il s'était garé à l'autre bout, au point d'arrivée des enfants.

Avec le gamin, ils avaient parlé dans la voiture. C'était arrivé.

Il avait envie de recommencer. Non. Non. Non ! avait-il crié cette nuit. Non !

Si. Il était venu. Juste pour... voir... s'approcher. Rien de méchant.

La longue file se rompit et les enfants s'éparpillèrent. Une petite fille s'enfonça dans les buissons et sortit de l'autre côté, avant de revenir sur ses pas ; elle faisait maintenant le tour du massif. Il jeta un œil vers les auxiliaires, mais elles n'avaient rien vu.

Et si un étranger s'était posté derrière les buissons ?

Elle resurgit, un petit tour et puis voilà qu'elle rejoignait les autres.

Il la portait. Poids plume. On ne le voyait pas, les arbres étaient plantés serrés. Quelle surprise quand il l'avait soulevée. C'est moi qui fais ça ? La main pressant légèrement sa bouche. On était à la voiture en un rien de temps. Facile de se garer ici, mais personne n'y pense. Je ne suis pas sûr que ce soit autorisé, en fait.

Ça, c'est juste un tissu que j'ai posé dessus. On le soulève et on entre dans la tente. Oui ! On n'a qu'à dire que c'est une tente !

On a la radio. Tu l'entends ? C'est un monsieur qui parle. Et maintenant, c'est de la musique.

Tu vas voir. Prends ce que tu veux. J'en ai tout plein.

Les jolis cheveux ! Comment tu t'appelles ? Tu ne sais pas. Mais siii, tu le sais.

Là, c'est Bill. Il s'appelle comme ça. Bill. Billy Boy. Il sait voler. Tu vois ? Il vole, vole, vole.

Ellen ? Tu t'appelles Ellen ? C'est joli. Très joli. Tu sais comment elle s'appelait ma maman ? Non, tu ne peux pas savoir.

Qu'est-ce que tu en penses ? Tu ne trouves pas qu'elle avait un joli prénom, ma maman ?

Tu en veux encore un peu ? Tu peux prendre le sachet.

Voi… voi… voi… ci le sa… sa… sachet.

Il caressait la tête de la petite fille. Ses cheveux doux comme un duvet d'oiseau. Un oiseau vivant, dont il sentait battre le cœur. Il avait déjà connu ça avec un oiseau bien plus petit que Bill. Quand il était lui-même un oisillon tombé du nid.

Il se rapprocha d'elle. La radio se remit à parler. Il avait le souffle court, baissa la glace et respira à grandes bouffées. Il caressa la petite fille, le duvet, les petits os du crâne. Elle dit quelque chose.

Le soir tombait, tranchant comme une lame. Le soleil résistait péniblement entre les immeubles. Sur son balcon, Winter huma cet air de fin d'automne entre deux bouffées de tabac. La place Vasa se vidait lentement. Les gens rentraient chez eux en bus, en tramway, en voiture. C'était ici chez lui.

Angela ne parlait plus d'avoir une maison. La ville était là, pour eux, qui étaient faits pour elle. Une ville de pierre. Un cœur de pierre, songea-t-il. Mais il était plus facile de vivre ici. Dans les quartiers résidentiels de bord de mer, on s'encroûtait. Tout était trop calme. Mon Dieu, lui-même était déjà bien décati. Quarante-deux, quarante-trois ans. Il n'aurait pas su dire, sur le moment, et c'était aussi bien.

En chemise sur le balcon, il frissonnait, mais il attendit que le cigarillo se consume entre ses doigts. Une bande de jeunes passa dans la rue, déambulant avec le plus grand naturel. Leurs rires montaient jusqu'à son étage. Pour eux, la soirée ne faisait que commencer.

Il rentra. Elsa vint lui montrer son dessin : un oiseau qui volait sur fond de ciel bleu. Ces dernières semaines, elle avait beaucoup utilisé le jaune et le bleu pour le sable, le ciel et la terre, un vert pour des prairies d'été, parsemées de fleurs qui suivaient toute la gamme de sa boîte de pastels. Toujours l'été. L'automne n'avait pas encore touché l'esprit d'Elsa. Ils avaient ramassé des feuilles mortes dans le parc, en bas, ils les avaient remontées pour les faire sécher, mais elle retardait le moment de mettre l'automne en image. C'était aussi bien.

— Oiseau, dit-elle.
— Quel genre d'oiseau ?
Elle réfléchit :
— Une mouette.
— Un oiseau de mer.
— De mer, répéta-t-elle en prenant une nouvelle feuille blanche.
— Un oiseau de merde ! lança-t-il à Angela qui rentrait dans la pièce.
— Merde, fit Elsa.
— Tu es fier de toi ?
— Ce mot, elle le connaît depuis longtemps.
— Les mouettes, elles aiment bien s'amuser, assura-t-il à Elsa en s'esclaffant. Ha-ha-ha-HA-HA.
La petite eut une mine effrayée, puis elle rit à son tour.
S'emparant d'un pastel et d'une feuille blanche, Winter esquissa un genre de mouette à large sourire. Elle eut même droit à un nom, Sigge la Mouette rieuse. C'était son premier dessin depuis trente ans.
— On dirait un cochon volant, commenta Angela.
— N'est-ce pas fantastique ? Un cochon rieur volant.
— Les cochons, ils *savent* voler, déclara Elsa.

Ils étaient assis à la table de la cuisine autour d'un verre de vin. Elsa s'était endormie. Winter avait fait des tartines à la sardine, déjà toutes englouties.
— Ça donne soif, soupira-t-il en se levant pour aller remplir la carafe.
— J'ai croisé Bertil à l'hôpital.
— Oui, il devait y passer.
Angela se frotta le nez. Une ombre se dessinait sous ses yeux. La journée avait été longue. Elle avait parfois du mal à se détacher de ses préoccupations

professionnelles, mais elle y parvenait mieux que lui. Même s'il s'était amélioré. Avant, il était capable de rester des heures, penché sur son ordinateur portable, à ruminer ses affaires criminelles. Jusqu'à tomber de sa chaise ! Il n'était plus seul et ne le regrettait pas.

— Ce garçon a reçu un coup terrible, continua-t-elle. Il aurait pu en mourir.

— Comme les autres.

Elle acquiesça. Leurs professions se rejoignaient. Était-ce le destin ? Il y avait pensé. Au moment de leur rencontre, Angela venait de se décider à faire médecine. Lui-même entrait à la brigade d'investigation, comme assistant, un vrai bleu.

Elle pouvait désormais plonger son regard en plein dans son monde à lui, et l'inverse était vrai. Les blessés, les mourants, les morts entraient de son monde à elle dans le sien. Eh oui. Il finit son verre de vin. Elle se servit de l'eau. La radio marmonnait sur la paillasse. Il faisait presque nuit.

— Ça m'a l'air d'être un peu le bordel à la crèche, reprit-il.

— Comment ça ?

— Je pense au… ratio personnel-enfants.

— Beaucoup trop d'un côté, pas assez de l'autre.

— Oui.

— Pourquoi tu y penses maintenant ?

— Je ne sais pas… Ce matin, quand j'ai déposé Elsa, ils semblaient ne pas être en mesure de surveiller tout le monde.

— Ce n'est pas le policier qui parle ?

— Le policier en moi voit les failles du système.

— Tu parles comme si tu étais responsable de la sécurité du président américain.

— Bush ? Il n'a rien à craindre. C'est son entourage qui devrait se protéger.

— Tu vois très bien ce que je veux dire.

— Ils risquent une disparition. J'ai vu un gamin traverser les buissons. Sans la clôture, il filait dans la rue.

— Elle est là pour ça, Erik. Pour que les enfants ne puissent pas sortir.

— Mais personne ne l'a vu.

— Ils n'ont pas besoin de surveiller ce côté-là. Avec la clôture.

— Tout est donc pour le mieux ?

— Je n'ai pas dit ça. De plus en plus d'enfants, de moins en moins de personnel, je suis bien d'accord, c'est un problème. (Elle prit une gorgée d'eau.) Un grand problème.

— Tu t'imagines la responsabilité pour les assistantes maternelles ?

— Hmm.

— Quand ils partent en excursion. Ça n'arrive plus guère. (Il se gratta le menton.) Leurs craintes sont justifiées.

Il tapota la bouteille de vin, mais renonça à se resservir. Elle le fixa du regard.

— Tu connais trop les risques encourus.

— Pas toi, Angela ? Tu sais tout ce qui peut nous rendre malades.

— Où veux-tu en venir avec cette histoire ?

— Il... il s'agit de la sécurité des enfants, en général. On voit traîner de drôles de types autour des squares, devant les crèches, à la sortie des lycées. Assis dans leur grosse voiture à mater les joueuses de volley, le journal sur les genoux et la main sur la bite.

— Quel cynisme, Erik !

— C'est la réalité.
— Et que faites-vous pour lutter contre ces vilains messieurs ?
— On essaie de les avoir à l'œil, dans un premier temps. On ne peut pas arrêter un homme qui lit son journal dans sa bagnole ou se tient planqué sous un arbre à l'entrée d'un square. Ce n'est pas un crime chez nous.
— Vous ne pouvez pas leur donner un... avertissement ?
— J'aimerais bien. Ce matin, à la crèche, j'ai senti combien les enfants étaient exposés.
— Oui.
— J'aimerais faire plus, mais c'est comme pour les assistantes maternelles. (Il se versa du vin.) On manque d'effectifs.
— Tu me donnes des sueurs froides, Erik.
Il garda le silence.
— Nous sommes parents. (Elle eut un petit rire perçant.) Est-ce qu'on devrait changer de crèche ? Embaucher une assistante maternelle ? Un garde du corps pour Elsa ?
Il lui sourit.
— Il y a la clôture, tu le disais toi-même. Et puis, Elsa adore sa crèche.
— Mais quand elle entrera en primaire ? (Elle se leva vivement.) Non, c'est assez pour ce soir. Je vais me doucher.

4

L'inspecteur de police Janne Alinder souleva le combiné. Il venait de prendre son service et n'avait pas encore eu le temps de s'asseoir.

— Poste de Majorna-Linnéstaden, Alinder à l'appareil, annonça-t-il en s'enfonçant dans le fauteuil à vis, qui gémit sous son poids.

— Allô ? Le poste de Linnéstaden ?

Je viens de le dire, soupira-t-il. C'était toujours comme ça. Personne n'écoutait. Est-ce que cela tenait à lui, ou à ceux qui appelaient ? Quelle confirmation attendaient-ils ? Il aurait mieux valu qu'il réponde « Allô », puisque la question ne pouvait manquer d'arriver.

— Poste du numéro 3 rue Lång, précisa-t-il.

— C'est ma fille.

La voix était celle d'une femme à l'âge indéterminé, du moins pour lui. Il lui était souvent arrivé de prendre sa correspondante pour un genre de présentatrice télévisée hypersexy, quand elle se révélait ensuite être une vieille rombière. L'inverse se produisait aussi.

— À qui ai-je l'honneur ?

Elle se présenta. Lena Sköld.

— Il s'est passé quelque chose de bizarre.

— Reprenez depuis le début, fit Alinder sur le ton posé de l'auditeur professionnel.

— Je ne comprends pas…

— Que s'est-il passé ?

— C'est ma petite fille… Ellen… elle m'a raconté qu'elle avait rencontré quelqu'un cet après-midi.

— Ah bon ?

— Oui, au bois du Château. Ils étaient en excursion avec la crèche. À Plikta. L'aire de jeux se trouve au croi…

— Je vois très bien.

Il en avait passé du temps là-bas, quand les enfants étaient petits. Debout, frigorifié, trimbalant parfois une gueule de bois, il les accompagnait quand même, puisque Plikta était le jardin le plus proche de leur appartement, rue Olivedal. Il n'avait aucune raison de dire non. Il en avait été récompensé plus tard.

— Elle aurait rencontré un homme là-bas. Un « monsieur ». Elle est montée dans sa voiture.

— Qu'en dit le personnel ?

— Les assistantes maternelles ? Eh bien… j'ai appelé l'une d'elles, mais elle n'a rien remarqué.

Alinder ne commenta pas.

— C'est normal de ne rien voir ? reprit Lena Sköld.

Tout dépend s'il s'est vraiment passé quelque chose, se disait le policier.

— Où se trouve votre fille ?

— Elle est assise devant moi, en train de dessiner.

— Elle vous a raconté qu'elle était montée en voiture avec un monsieur, n'est-ce pas ?

45

— C'est du moins comme cela que je l'ai compris.

— Elle aurait suivi quelqu'un ? Sans que les responsables s'en aperçoivent ?

— Oui...

— Est-elle blessée ?

Direct. Autant être direct.

— Pas... pas que je sache. Je viens de l'examiner. Elle m'a dit ça il y a une heure à peine.

— Une heure ?

— Ou deux, peut-être.

— Comment va-t-elle ?

— Elle est... gaie. Comme d'habitude.

— Ah bon.

— Je n'avais personne à qui demander ce que je devais faire, expliqua Lena Sköld. Je vis seule avec Ellen et je ne veux pas avoir affaire à mon ma... mon ex-mari.

Si tu le dis, je te crois, pensait Alinder. La ville était pleine de salauds, leurs ex-femmes avaient bien raison de les éviter. Et de tenir les enfants à distance.

— Croyez-vous personnellement aux dires d'Ellen ?

— Eh bien... je ne sais pas. Elle a beaucoup d'imagination.

— Comme tous les enfants. Et un certain nombre d'adultes.

— Vous parlez de moi ?

— Non, non, ça m'a juste... échappé.

— D'accord.

— Que disiez-vous au sujet de l'imagination d'Ellen ?

Il entendait maintenant la gamine. Elle devait être tout près de sa mère. Il entendit le mot « imagination » et l'explication que Lena Sköld donna à sa fille, ainsi que d'autres questions qu'il ne saisit pas.

— Excusez-moi, mais la petite écoutait ce que je disais, bien sûr. Elle est maintenant partie dans sa chambre pour chercher du papier.

— Son imagination, répéta Alinder.

— Elle invente pas mal de choses, pour être honnête. Des... objets ou des personnages imaginaires... elle dit qu'elle parle avec eux. Même ici, à la maison. Dans sa chambre. Ce n'est pas inhabituel chez les enfants.

— Vous avez néanmoins décidé d'alerter la police.

— Oui, elle n'a pas inventé cette histoire, cette fois. Je ne sais pas comment vous expliquer... j'y ai cru.

— Et *ce qu'elle vous a dit*, c'est qu'elle est montée en voiture avec un monsieur inconnu ?

— Oui, pour l'essentiel.

— Rien de plus ?

— Elle a parlé de bonbons. Je crois qu'il lui a donné des bonbons.

— Quel âge a-t-elle ?

— Presque trois ans et demi.

— Elle parle ?

— Plutôt bien.

— Elle n'a rien dit de plus au sujet de la voiture ? Ou de l'homme ?

— Non. Elle m'en a parlé quand nous sommes rentrées à la maison, alors je lui ai posé des questions, je me suis mise à réfléchir et j'ai contacté cette assistante maternelle. Ensuite, j'ai appelé la police et... Voilà.

Alinder considérait la feuille qu'il avait devant les yeux. Il avait noté son nom, son adresse et ses numéros de téléphone personnel et professionnel ; il avait résumé ses propos. Que pouvait-il faire de plus ? Ça ne l'empêchait pas de prendre au sérieux cet appel. Tout était possible. Mais ç'aurait pu être une voiture en bois. Il y en avait une à Plikta. Elle avait peut-être agrandi un copain de crèche de dix fois sa taille. Rêvé de bonbons, de millions de sachets de bonbons, comme lui pouvait rêver de repas mirifiques, maintenant que la bouffe commençait à l'emporter sur le sexe.

— Si elle vous en dit plus sur cette... rencontre, notez-le, et rappelez-moi.

— Qu'est-ce qui va se passer maintenant ?

— Je vais rédiger un procès-verbal de notre conversation et l'archiver.

— C'est tout ?

— Que devrions-nous faire selon vous, madame Sköld ?

— Je ne sais pas. Je vais reparler avec les gens de la crèche et peut-être que je vous rappellerai après.

— Bien.

— Mais... oui, il est possible qu'elle ait inventé tout cela. Elle n'est pas nerveuse. Elle n'a pas l'air effrayé, ni rien.

Alinder garda le silence. Il consulta l'horloge. La conversation avait duré longtemps. Mais pas trop.

— Vous pouvez me redire votre nom ?

— Alinder, Janne Alinder.

— Oui, merci.

— Ah, j'oubliais. Essayez de voir s'il ne lui manque rien. Si Ellen n'a rien perdu.

Les rues défilaient par les larges vitres, aussi dénudées ce soir que ce matin, qu'hier et que demain. Il était comme dans un rêve, mais faisait parfaitement son travail. On n'aurait pas pu lui faire le moindre reproche.

Bonjour, monsieur ; bonjour, madame.

Naturellement que je peux rouvrir les portes du milieu.

Bien sûr que je peux attendre trente secondes, le temps que vous couriez jusqu'au tram, il devrait pourtant démarrer si on voulait respecter les horaires. Je ne suis pas un monstre, je ne pars pas au nez et à la barbe des gens.

Il y avait des chauffeurs qui ne se gênaient pas, mais ils auraient dû faire autre chose, certainement pas trimbaler des gens. Lui n'était pas comme ça, songeait-il en augmentant la vitesse des essuie-glaces, car la pluie s'intensifiait.

Il aimait bien ce tronçon. Ça faisait tellement longtemps. Il en connaissait la moindre bosse, le moindre virage.

Il savait aussi conduire des bus. Il avait ses lignes favorites, mais il ne les aurait dites à personne.

Il avait dû parler avec la petite fille. Étrange, mais il ne se rappelait pas. Si, ça lui revenait. Il lui avait touché la tête et c'était doux comme un duvet d'oiseau, avec les petits os sur le dessus, il avait laissé sa main et puis, il l'avait regardée, sa main, elle tremblait. Il avait su alors, comme s'il avait pu voir l'avenir, ce qu'il pourrait faire avec la petite fi-fi-fille s'il gardait sa main sur elle, et alors, il l'avait cachée, cachée sous sa veste et sous son pull et sous sa chemise, il l'avait cachée à sa vue à elle et à lui, et ensuite il avait caché son visage pour qu'elle ne le voie pas. Il lui avait ouvert la portière et il l'avait aidée à sortir et puis il était parti. En rentrant à la maison, il avait…

— On démarre ou quoi ?

Il tressaillit et vit dans son rétroviseur l'homme qui se penchait presque vers lui dans la cabine du tramway. Ce n'était pas permis. Le chauffeur doit...

— C'est déjà passé dix fois du rouge au vert, alors t'as intérêt à démarrer, mec, lui dit le gars qui puait l'alcool, même à travers la vitre de sécurité. DÉMARRE !

On klaxonnait derrière lui.

On klaxonnait sur ses flancs. Il regarda devant lui, le feu passa au...

— DÉMARRE, BORDEL ! cria le dingue.

Alors il fit redémarrer le tram un peu plus vite qu'il n'aurait pensé et il arriva quelque chose avec les signaux. Le tram avançait, mais ce n'était plus lui qui conduisait, c'était comme si l'autre se tenait derrière les manettes, ce fou furieux qui puait l'alcool, une puanteur qui lui remontait aux narines, et il craignit soudain que des policiers n'arrivent, qu'ils montent à bord et sentent l'odeur d'alcool et qu'ils croient, oui, qu'il conduisait en état d'ébriété, alors il ne pourrait plus jamais conduire. Ce serait épouvantable.

Il accéléra dans le carrefour comme pour fuir cette menace pendant à sa vitre, mais le feu était déjà passé au vert à l'est, au nord et au sud et il emboutit l'arrière d'une Volvo break qui venait d'obliquer et la Volvo rentra dans une Audi qui s'était arrrêtée au rouge juste devant. Une autre Volvo se fracassa contre le flanc droit du wagon. Une BMW heurta la Volvo. Le wagon s'immobilisa. Il ne pouvait plus toucher les manettes, ni remuer. Au loin mugissaient des sirènes.

— DÉMARRE ! cria le dingue.

5

Pour une fois qu'il était de patrouille, Janne Alinder remontait tranquillement les beaux boulevards, quand l'enfer se déchaîna sous leurs yeux. Pris de folie, le tram *bondit* pour ainsi dire au-dessus du carrefour, avant de se faire percuter par les voitures qui surgissaient de tous côtés.

— Nom de Dieu ! lâcha Johan Minnonen, en finnois.

Pourtant, son coéquipier n'utilisait jamais sa langue natale.

Alinder donna immédiatement l'alarme. Le spectacle n'était pas beau à voir : des voitures avaient grimpé le long des parois du tram avant de redescendre de l'autre côté. Il entendait crier. Un moteur beuglait encore dans les secousses de l'agonie. Il entendit des sirènes. Il vit des lumières. Un nouveau cri, de femme. Voici qu'arrivait une ambulance. Elle devait passer dans le coin au moment où il avait appelé. Une fourgonnette de police. Une autre, avec une voiture de patrouille équipée des nouveaux gyrophares qui giclaient sur tout le Västra Götaland.

Pas de mort. On décompta finalement un bras cassé, des foulures et des brûlures causées par des airbags qui avaient éclaté. Près de la cabine du conducteur, un ivrogne s'était étalé sur le pare-brise, sans le briser. Il avait le front ouvert, mais le cerveau n'était pas en compote, à ce qu'il semblait.

Il pourra bientôt reprendre la belle vie, songea Alinder, en voyant s'éloigner l'ambulance.

Alinder avait été le premier à monter dans le wagon, après avoir enfin obtenu du conducteur qu'il ouvre les portes. Coup d'œil circulaire : le type en sang à l'avant, une femme secouée de sanglots, quelques enfants serrés sur un siège près d'un homme qui les entourait encore de ses bras pour les protéger du choc. Deux jeunes gens assis à l'arrière, l'un noir, l'autre blanc, mais tous deux blafards sous les faisceaux de lumière qui traversaient le wagon.

Le conducteur restait figé, le regard tendu en avant, dans la direction qu'il aurait pu suivre en toute tranquillité s'il avait bien fait son boulot, respecté les feux. L'homme allongé au sol barrait l'accès à la cabine de conduite. Il dégageait des relents d'alcool. Oui, un vrai soûlard. Mais le conducteur avait peut-être biberonné, lui aussi. Ça s'était déjà vu.

Il avait lentement tourné la tête vers le policier. Son porte-documents posé sur ses genoux, il paraissait calme, et indemne. Alinder n'avait rien remarqué de particulier dans la cabine. À quoi ça ressemblait, de toute façon, en temps normal ?

Il y avait quelque chose d'accroché, suspendu à un lacet. Alinder avait cru voir une petite peluche d'animal, un genre d'oiseau, vert, qui se détachait à peine sur la paroi. Un grand bec. On aurait dit un porte-bonheur.

Le conducteur s'était retourné sur son siège, avait levé la main gauche et rangé l'objet dans sa serviette. Eh oui. Un fétiche. Tout le monde avait besoin d'une forme de compagnie, ou de protection. En l'occurrence, le volatile ne l'avait pas vraiment aidé, le gars.

La rame se vidait. Les collègues qui auraient empêché les gens de descendre n'étaient pas encore arrivés.

— J'apprécierais que vous restiez à bord jusqu'à ce que nous ayons éclairci la situation, avait lancé Alinder.

Deux jeunes au crâne planté d'aiguilles l'avaient regardé, avant de descendre. Pas trace non plus du Noir et de son copain.

Le conducteur était assis face à lui. En état de choc, mais pas complètement paralysé.

Au moins, il était sobre.

Blond, la quarantaine, le regard perçant. Perçant quoi ?

Il était mal fagoté dans un uniforme dont la coupe valait la leur. Il tournait sa casquette entre ses mains, un tour, puis un autre. Un tressaillement à l'œil gauche. Il avait à peine décroché un mot, se contentant de hocher la tête, quand ils avaient fini par s'extraire du cercle des curieux regroupés sur les lieux.

Alinder avait noté son nom et son adresse.

— Reprenons depuis le début, dit-il en enclenchant le magnétophone. (Pour tester son stylo, il dessina machinalement une casquette.) Vous avez manqué les signaux lumineux, n'est-ce pas ?

Le conducteur acquiesça, d'un mouvement imperceptible.

— Et comment cela se fait-il ?

53

Le conducteur haussa les épaules, en tordant son couvre-chef.

— Allons, fit Alinder. Est-ce l'ivrogne qui vous a dérangé ?

Trop directif, comme question, mais on s'en fout.

Le conducteur le fixa.

— L'homme étendu près de la cabine avait un sacré coup dans le nez. Que faisait-il là ? Quand le choc a eu lieu.

Le conducteur remua la bouche, mais aucun mot n'en sortit.

Serait-il muet ? se demanda Alinder. Non, ils ne peuvent pas employer des muets à la Compagnie des tramways de Göteborg. Un conducteur, ça communique avec les passagers. Encore sous le choc ? Est-ce que ça rend muet ? Ouais. J'en sais rien, moi.

— Il va falloir me répondre.

L'homme tripotait toujours sa casquette.

— Vous ne savez pas parler ?

Nouveaux tours de casquette.

OK, se dit Alinder. On continue. Il poussa un verre d'eau en direction du conducteur, qui ne but pas.

Son porte-documents était posé sur la chaise, à côté de lui, un porte-documents comme ils en avaient tous. Alinder s'était toujours demandé ce qu'il y avait là-dedans quand il voyait un conducteur de tram se diriger vers sa rame, tel un pilote vers son avion. Des parcours alternatifs ? Un peu plus difficile sur des rails que sur les routes aériennes.

Il y avait au moins une chose dans cette serviette, mais ça n'avait aucun rapport.

— Les signaux ne fonctionnaient pas ?

Le conducteur garda le silence.

— Vous avez grillé un stop.

Le conducteur acquiesça.

— C'est un carrefour très fréquenté, fit observer Alinder.

Le conducteur hocha vaguement la tête.

— Ç'aurait pu se finir beaucoup plus mal, continua le policier.

Le regard du conducteur avait pris la tangente. Ex-conducteur, songea Alinder. Il ne risquait pas de reprendre le volant avant qu'on ait tiré au clair cette histoire.

— Nous pouvons vous aider.

— Co-co-co-co, fit l'homme.

— Pardon ?

— Com-com-com-comment ?

Le pauvre gars, il bégaie. C'est donc ça.

— L'au-l'au-l'au-l'au…

— Oui ?

— L'au-l'au-l'au-l'au-l'au-l'au-l'au-l'autre.

— L'autre ? Vous voulez dire l'autre ?

Le conducteur acquiesça.

— L'autre. Quel autre ?

L'homme pointa le sol.

— Celui qui était allongé par terre ?

Le conducteur opina du bonnet. Alinder jeta un œil au magnétophone dont la bande tournait sans faillir. Signes de tête bien enregistrés, songea-t-il. Bé-bé-bé-gaiements aussi.

— Dois-je comprendre que cet homme vous a dérangé pendant que vous conduisiez ?

Ils étaient plus nombreux que les fois précédentes. Hommes, femmes et enfants. Au départ, ils formaient le groupe parental du centre social, qui avait bénéficié de cours de relaxation. Angela avait gardé le contact avec plusieurs des femmes, et lui, à sa grande surprise, s'était entendu avec certains de leurs conjoints. Malgré une relative différence d'âge.

— C'est parce que tu restes immature, lui avait dit Angela, pendant qu'ils préparaient la fête, dans leur appartement.

— Moi qui ai toujours été le benjamin, avait-il répondu en débouchant une bouteille de vin.

— Est-ce vraiment préférable ?

— Non. Mais ç'a toujours été le cas. Le plus jeune commissaire du pays...

— Plus maintenant.

— Mais tout de même...

Le téléphone avait alors sonné ; ils avaient tous deux pensé à la mère d'Erik, en direct de Nueva Andalucía : c'était son heure. Erreur.

— *Long time no see, Erik.*

— *Likewise, Steve.*

Steve Macdonald avait été son partenaire lors d'une affaire pénible, quelques années auparavant. Winter s'était rendu à Londres, dans les quartiers sud, autour de Croydon, et les deux commissaires étaient devenus amis. Des amis éloignés, mais néanmoins des amis.

Macdonald était à Göteborg lorsque l'affaire avait trouvé son dénouement dramatique.

Ils avaient le même âge et Steve avait des jumelles adolescentes.

— Les filles veulent voir du pays ! avait-il annoncé.

— Formidable ! On vous attend pour quand ? avait continué Winter avec son accent british impeccable.

— Eh bien... leur école est en travaux au début du mois de décembre, alors on s'est dit : pourquoi ne pas en profiter ?

— Bien sûr, mais c'est bientôt.
— Göteborg, c'est pour ainsi dire la banlieue de Londres.
— Hmm.
— Tu pourrais nous trouver un bon hôtel en centre-ville ? Bon, selon mes normes. Pas les tiennes.
— Vous viendrez habiter chez nous, c'est évident.
— Non, non. Beth vient aussi, nous serons donc quatre.
— Tu connais la maison.

Winter revoyait Steve sur le balcon par une chaude soirée d'été, un verre à la main, dangereusement perché à vingt mètres au-dessus du sol. Ils avaient tâché de se détendre et d'oublier tout ce qui s'était passé dans les semaines précédentes.

— J'ai surtout vu la cuisine et le balcon.
— On a de l'espace, je t'assure.
— Ce serait pour trois jours.
— Pas de problème.
— Bon…
— Tu as l'adresse. On se rappelle un peu avant pour les détails pratiques. Je pense à la bière et au whisky.
— Le whisky, j'en fais mon affaire. Un Dallas Dhu de trente-trois ans d'âge et un Springbank qui est vraiment sublime, je te le jure. Plus vieux que nous.

Macdonald était écossais, il avait grandi dans une ferme de la région d'Inverness, non loin du village de Dallas dans le Speyside.

— Je crois que je serai, moi aussi, en congé, avait ajouté Winter.
— Eh bien. C'est l'harmonisation des pratiques tant souhaitée par la hiérarchie ! Sinon, comment vont Angela et Elsa ?

— Très bien.
— Dans ce cas...
— *See you later, alligator !* lui avait lancé Winter.

Mais il n'y aurait pas de retrouvailles, ni de Dallas Dhu, ni de Springbank. Pas cette fois. Steve devait le rappeler avant la fin du mois : l'une des jumelles avait attrapé une vilaine bronchite et le voyage serait annulé.

La fête battait son plein autour du buffet. La preuve, personne ne parlait boulot. Winter avait fait rôtir deux selles d'agneau et n'enregistrait aucune plainte sur la viande, le gratin de pommes de terre ou la sauce pimentée.

Ni sur la tarte aux cerises. L'expresso. Le calvados, la grappa et le marc, qui firent plus d'adeptes qu'il n'aurait imaginé.

*

Il dut s'y reprendre à trois fois pour ouvrir la sacoche, mais Bill n'avait subi aucun dommage. Posé sur son perchoir, il aurait presque pu faire entendre ses drôles d'imitations. Là, il l'entendait ! C'était vraiment drôle !

Le policier avait parlé longtemps et lui aussi, il avait fini par parler, quand son nœud dans la gorge s'était relâché, quand il avait commencé à se calmer.

La fillette riait, il la voyait tendre le bras vers Bill qui se balançait sur son fil. Ils s'amusaient bien. Il la vit glisser un petit bonbon dans sa bouche. Il vit sa propre main droite la toucher et se retirer vite, très vite. C'était comme du duvet.

Comme tu es doux, avait dit l'oncle. Si doux à toucher.

Il était assis dans le train. Une dame, dans le train, lui avait demandé où il allait. Il avait éclaté de rire.

Maman !

Maman !

Elle l'attendait sur le quai, la ville lui avait paru très grande, ensuite. Il n'habitait pas dans une grande ville avec papa, et là, si, c'était grand. Très grand.

Maman !

Mon petit, lui avait dit maman.

Voici ton oncle, avait-elle dit.

L'oncle avait pris sa main et touché sa tête.

Mon petit, avait-il dit.

L'oncle vit chez moi, avait expliqué sa mère.

Ou plutôt, c'est toi qui vis chez moi, avait dit l'oncle. Ils avaient ri, lui aussi il avait ri.

Ils avaient fait un très bon dîner.

Tu vas dormir ici, avait dit maman.

Le matin, elle était partie au travail, loin, très loin là-bas en ville.

Tu veux faire une petite promenade ? avait proposé l'oncle.

Ils avaient marché longtemps dans un sens, et dans l'autre.

Je sens que tu as froid, lui avait dit l'oncle, de retour à la maison.

Viens là que je te réchauffe, mon petit. Comme tu es doux. Si doux à toucher.

6

Il raconta des bribes de ce qui lui était arrivé, sur un ton presque détaché.

Pourquoi avait-il décidé de passer par le terrain de foot ? Aucun souvenir. C'était un détour. Peut-être à cause d'un ballon oublié, il avait eu envie de tirer dans les buts qui l'attendaient à vingt mètres de là, pour en remontrer à ces pieds nickelés de l'équipe nationale ; on l'avait trop vite mis au rancart, sa carrière n'avait même pas débuté.

Ou bien, c'était juste l'effet de l'alcool. En tout cas, il avait traversé la pelouse de Mossen, à une heure bien avancée de la nuit, pour ainsi dire le matin. Quatre heures et demie. Il avait croisé un livreur de journaux, cavalant d'un immeuble à l'autre, le dos courbé. Le porteur de journaux, c'était le nègre de notre temps. Il tâchait de redresser sa route : ses pas obliquaient vers la gauche dès qu'il ne regardait pas droit devant lui. Pour lui, ce serait dodo toute la journée. Pas de boulot, pas de réjouissances, pas de pluie dans le cou, de mauvais graillon, de cours interminables, de couloirs mouillés, de filles bêcheuses.

Voilà ce qu'il pensait quand il se mit à gauchir sérieusement le pas, une fois de plus, et perçut un *swiiiiisch*, comme un truc qui lui passait au-dessus du crâne, et puis quelque chose heurta le sol devant lui, s'y *planta*. Sur quoi il tourna la tête et vit un type qui tirait sur un instrument au long manch...

— Bordel ! avait-il braillé.

Il venait de comprendre, ç'avait été laborieux, mais là, il comprenait. Le type n'était pas en train de ramasser des patates, puisqu'il agitait maintenant sa bêche. Il l'avait bien vu, même s'il avait piqué un sprint, à mettre la pâtée aux meilleurs athlètes. Il n'avait pas perçu de bruits de pas dans son dos, mais il n'avait pas vraiment prêté l'oreille non plus. Il avait traversé la rue, s'était faufilé entre les petits immeubles, avait pris une nouvelle rue, de l'autre côté du pâté de maisons, il avait descendu la colline et seulement alors, il avait ralenti, car sa poitrine menaçait d'éclater.

Face à Gustav Smedsberg, un policier en gros tricot de laine s'était présenté sous le nom de Bertil Ring... truc.

— Vous avez bien fait de vous manifester, Gustav.

— Après coup, il m'a semblé avoir lu quelque chose sur un gars qui s'amuse à assommer les gens.

Ringmar hocha la tête.

— C'était lui ?

— Nous l'ignorons. Tout dépend ce dont vous vous rappelez.

— Pas beaucoup plus que ce que j'ai raconté la première fois au téléphone. Au policier de garde.

— Reprenons ça, fit Ringmar.

*

— Dire que je l'ai pas entendu venir, soupira Gustav Smedsberg.

— Y avait-il d'autres bruits alentour ?

— Non.

— Pas de circulation dans la rue ?

— Non. Juste le porteur de journaux.

— Il était en train de livrer à ce moment-là ?

— Oui. Ou bien il venait de le faire. Quand j'ai traversé la rue, un peu plus haut. La rue de Gibraltar.

— Vous avez vu le livreur ?

— Oui.

— Qu'en savez-vous ?

— Comment cela ?

— Que c'était le livreur.

— Une personne qui porte une pile de journaux tôt le matin…

— Ils étaient combien ? Un, deux, trois porteurs ?

— J'en ai vu qu'un. Il entrait dans un immeuble au moment où je passais. (Le jeune homme fixa Ringmar.) C'est dur, comme boulot.

— Vous lui avez parlé ? Au livreur ?

— Non, non.

— Vous l'avez revu ?

— Non.

— Vous en êtes sûr ?

— Oui, c'est évi…, fit Smedsberg, avant de s'interrompre, les yeux fixés de nouveau sur Ringmar. Vous croyez que…

— Oui ?

Le jeune homme se redressa sur sa chaise qui émit un craquement.

— Vous croyez que c'est le livreur qui a tenté de me tuer ?

— Je ne crois rien.

— Pourquoi vous insistez, dans ce cas ?

— Dites-moi comment il était habillé.

— Le livreur ?

— Oui.

— Aucune idée. Il faisait sombre. Il pleuvait un peu et j'avais la tête dans le sac.

— Avait-il quelque chose sur la tête ?

— Euh... oui.

— Quoi ?

— Un bonnet... je crois. Une casquette, je m'en serais souvenu. (Il regarda par la fenêtre et revint à Ringmar.) Ça devait être un bonnet.

— Et votre agresseur ? Il portait un couvre-chef ?

Gustav Smedsberg réfléchit.

— Je me rappelle pas, pour être franc, finit-il par répondre. (Il se passa la main sur le front comme pour activer sa mémoire.) Je devrais ?

— Tout dépend des circonstances. Ça peut vous revenir un peu plus tard. N'hésitez pas à nous rappeler.

— OK. Je me sens un peu... fatigué maintenant.

Il n'avait qu'une envie, c'était d'aller se coucher.

— Je pense que c'était un fer, déclara Gustav après qu'ils eurent pris une petite pause.

— Un fer ?

— Un fer rouge. Pour marquer les animaux.

— Vous connaissez ce genre de truc ?

— J'ai grandi dans une ferme.

— Vous aviez des fers ?

Il garda le silence. Ringmar répéta la question. C'était pourtant simple, comme question.

— Euh, bien sûr. Avec d'autres vieilleries qui traînaient depuis longtemps.

— Et c'est courant ? s'enquit Ringmar.

— Courant dans quel sens ?

— Est-ce courant de marquer le bétail de cette manière ?

— Ça se fait. Pas autant que dans le Montana ou le Wyoming, répondit Smedsberg.

— Je vois.

— Moi, j'y suis allé.

— Ah.

— À Cody. Un coin assez violent.

— Vous étiez cowboy ?

— Non. Mais qui sait ? Un jour peut-être. Quand j'aurai fini Chalmers.

— Un ingénieur à cheval.

Smedsberg eut un sourire.

— Y a du boulot là-bas. Comme ingénieur, je veux dire.

— Comment avez-vous su que c'était un fer à marquer ?

Ringmar revenait à ses moutons.

— Je n'ai pas dit que c'était ça. Tout s'est passé tellement vite. Je n'ai pas attendu qu'il finisse de déterrer le truc.

— Le manche vous disait quelque chose ?

— Sûrement.

— C'était comment ?

— Je peux essayer de vous faire un dessin. Sinon, faut que vous alliez voir par vous-même, dans une ferme.

— Ils se ressemblent tous ?

— Je sais comment ils étaient chez nous. Et celui-là était pareil, sauf que je n'ai pas vu le fer lui-même.

Ringmar se leva.

— Je voudrais vous montrer.

Il traversa la pièce et rapporta un dossier.

— Merde alors ! fit Smedsberg devant la première photo. Il est mort ?

— Aucun de ces hommes n'est décédé, le rassura Ringmar. Mais ils auraient pu l'être.

Gustav Smedsberg scruta les différents clichés, pris sous des angles différents.

— Je serais donc la quatrième victime.

— Pour autant qu'il s'agisse du même agresseur.

— C'est quoi, ce dingue ? (Smedsberg fixait le crâne de Jakob Stillman.) Qu'est-ce qu'il nous veut ? (Ringmar l'observait, lui.) Si c'est un dingue, il ne doit rien chercher de spécial, sinon frapper quelqu'un. N'importe qui.

— Reconnaissez-vous l'un ou l'autre de ces jeunes gens ?

— Non.

— Prenez votre temps.

— Je ne les connais pas.

— Que pensez-vous de la blessure ?

Smedsberg approcha les photos de la lumière.

— Et... s'il avait essayé de les marquer ?

— Les marquer ?

— Comme je vous disais. Au fer.

— Vous en êtes sûr ?

— Non. Ça ne ressemble pas à une marque au fer rouge.

— Effectivement, acquiesça le policier, le fer a été utilisé comme une simple arme de frappe. Pourrait-il quand même laisser une empreinte ?

— J'en sais franchement rien.

— OK, mais un fer, c'est très lourd, non ? Ça exige de la force.

65

— Ouais.
— Beaucoup de force ?
— Ouais...
— Votre agresseur... vous diriez qu'il était de grande taille ?
— Pas spécialement. De taille moyenne.
— Soit. Imaginons qu'il veuille vous planter un fer dans la tête. Il s'approche à pas de loup. Vous ne l'entendez pas et...
— J'aurais dû l'entendre, non ?
— Passons là-dessus, pour l'instant. Il est derrière vous. Il vous attaque. Vous faites un pas de côté.
— Je titube, pour être honnête. J'avais pas mal bu.
— Vous titubez. Son fer retombe dans le vide. Se plante dans le sable. Il tire dessus, mais l'instrument résiste. Vous en profitez pour prendre la fuite.
— En tout cas, dépêchez-vous de le rattraper. Si ça se trouve, il est en train de me chercher, pour finir son boulot.

Ringmar ne commenta pas. Smedsberg ajouta :
— Il veut pas forcément nous tuer... mais apposer sa marque sur nous... les victimes. Pour nous montrer qu'il nous... possède.

— Hallucinant, déclara Halders. Ce petit gars, c'est quand il veut pour rentrer dans notre service. Il montera vite les échelons jusqu'au sommet.
— Jusqu'où ? sourit Aneta Djanali.
— Je te montrerai, tu me suivras.

Dehors, il faisait un soleil éblouissant. En croisant Aneta, avec ses lunettes noires, dans le hall du commissariat, Halders lui avait lancé qu'elle avait l'air d'une reine de la soul.

Ils étaient dans le bureau de Winter. Ringmar s'était assis sur le coin de la table.

— On contacte le Syndicat des exploitants agricoles ? proposa Halders.

— Bonne idée, Fredrik, lui répondit Winter, ignorant s'il plaisantait ou non. Tu peux commencer avec la fédération du Götaland.

— Jamais de la vie ! rétorqua l'inspecteur avec un regard à la ronde. C'était pour rire. Bon, mais qu'est-ce qu'on peut faire ? On va pas recenser tous les bouseux de la région ?

D'ordinaire, les injures vont aux flics, songea Ringmar. Un des premiers slogans qu'avait appris Moa, dans son adolescence, c'était *Mort aux vaches* !

— Une espèce en voie de disparition, fit-il remarquer.

— Qui ça ?

— Le paysan. Surtout le paysan suédois. Comptez sur l'Union européenne.

— Notre régime alimentaire va virer à l'huile d'olive, ricana Halders, qu'on le veuille ou non.

— C'est très sain, l'huile d'olive, intervint Aneta Djanali. Plus que les pieds de porc panés.

— Bon sang ! Mais pourquoi tu parles de pieds de porc ! Tu me fais saliver ! L'agresseur…, continua-t-il en reprenant son sérieux, il les considère peut-être comme des porcs à marquer au fer rouge.

— Si c'est bien un fer, nuança Winter.

— Il nous faut vérifier, acquiesça Ringmar. Trouver un fer.

— Qui veut se prendre un coup sur la tête pour la vérif ? ironisa Halders.

Tous les regards se tournèrent vers lui.

— Nan, nan, nan, pas moi. J'ai déjà encaissé.

— Le coup n'était peut-être pas assez fort, glissa Aneta Djanali.

Suis-je allée trop loin ? pensa-t-elle. Pourtant Fredrik tend le bâton pour se faire battre.

Halders se tourna vers Winter.

— La réponse peut se trouver chez les victimes. Si nous découvrons un lien entre elles.

— Mmm.

— Un dénominateur commun, ça nous ferait avancer. On les a pas poussés assez loin, les deux premiers mecs.

— Eh bien, dit Ringmar.

— Comment ça ? J'ai au moins dix questions à leur poser. Quant à Gustav, le fils de paysan, je la trouve louche, son histoire.

— Louche ? s'étonna Aneta Djanali.

— Euh… pas claire, quoi.

— Ce qui pourrait la rendre plus vraisemblable, observa Winter.

— Tu gobes ça, toi ? Ne pas se rendre compte qu'on se fait courser, en terrain découvert ?

— Ça vaut pour les autres aussi, observa l'inspectrice. Tu penses qu'ils sont tous complices dans cette affaire ? Les étudiants se seraient laissé agresser ?

— Il se pourrait que Smedsberg ait quelque chose d'important à nous dire, mais qu'il… n'ose pas le faire, suggéra Ringmar.

Tous savaient ce qu'il entendait par là. Beaucoup de victimes mentaient, souvent parce qu'elles avaient peur.

— Alors, il faut lui reposer la question, dit Aneta Djanali.

— Je ne m'étonne plus de rien, soupira Halders. OK, tous n'étaient pas forcément conscients de ce qui leur arrivait. Mais ce gars-là, Gustav, il pouvait avoir d'autres raisons de vous faire la blague.

Personne ne commenta. Winter contemplait la vue de la fenêtre. Dans le parc, les arbres pointaient leurs doigts noirs dans sa direction.

— Il nous a parlé d'un livreur de journaux. Nous allons vérifier ça, reprit-il. Bergenhem s'en charge quand il rentre de sa pause-déjeuner. Le type qui bossait ce matin-là a peut-être vu quelque chose.

— Ou fait quelque chose, souligna Ringmar.

— Ce ne serait pas plus mal pour nous aider à résoudre cette affaire.

— Et les autres fois ? demanda Aneta Djanali. Y avait-il aussi des livreurs de journaux ?

Winter consulta Ringmar du regard.

— Nous... nous ne savons pas encore, répondit ce dernier.

— Je reformule : on n'a pas vérifié, fit Halders.

— En tout cas, nous avons désormais un schéma temporel plus évident, déclara Winter en se levant. Toutes les agressions ont eu lieu à peu près à la même heure. À savoir au petit matin, juste avant l'aube.

— L'heure du premier pipi, sourit Halders.

— Nous allons tâcher d'auditionner tous ceux qui ont pu fréquenter ces zones-là à ces heures-là, notamment les livreurs de journaux, conclut Winter.

— Un foutu boulot, commenta Halders.

— Auditionner des livreurs de journaux ? s'étonna Aneta Djanali.

— Je parle d'expérience, continua l'inspecteur sans lui prêter attention.

— Très bien, fit Winter. Tu t'y colles avec Bergenhem.

— Je retourne d'abord sur la scène de crime.

7

Place Kappell. Pas terrible. Il avait existé une autre ville. Les enfants jouaient dans les parcs. Et puis, ils avaient lâché une bombe et la ville avait disparu. Il traversa le parking. Le soleil s'attardait haut dans le ciel nordique, pour un instant encore. Halders essaya de tourner la tête. Il avait la nuque raide. Plus de vertiges heureusement. Mais le coup reçu sur les cervicales avait laissé son empreinte dans sa mémoire. Côté droit, ç'allait encore, mais c'était plus dur à gauche. Il avait dû apprendre à se tourner de tout son corps à la place.

D'autres souvenirs étaient plus douloureux. Cette même place, il l'avait un jour traversée en courant pour rejoindre Margareta. Ils étaient tout jeunes, très pauvres et très heureux. Il avait manqué d'être renversé par le tram numéro 7. Heureusement, le chauffeur avait freiné à temps. Margareta s'était presque étouffée de rire, après coup. Et maintenant elle était morte, pour de vrai, écrabouillée par un chauffard en état d'ivresse. Ils avaient beau être séparés quand c'était arrivé, il n'était pas sûr d'être sorti, ni de sortir un jour, de l'état de choc qui avait suivi. Non. Leurs enfants restaient le seul témoignage de leur vie passée. S'il y avait un sens à tout ça, il était là. Dans les yeux de Magda quand un rayon de soleil l'éblouissait à la table du petit déjeuner. L'éclair de joie dans les yeux de sa fille qui prenaient l'éclat du diamant l'espace d'une seconde. Ce même sentiment en lui. Juste à ce moment-là. Le bonheur d'une seconde.

Mais il commençait à récupérer. Faire la blague, ce matin, avec les collègues, c'était un signe. Une thérapie ? Ouais.

Aneta avait bien accroché.

Ils allaient peut-être quelque part, tous les deux.

Il se retourna. L'étudiant avait remonté les escaliers depuis la rue Karl Gustav. Cramé, ça faisait pas de doute. L'effet bière. Aris Kaite, noir comme l'ébène, ou comme Aneta, avec un de ces noms. Aris. Peut-être les parents avaient-ils voulu conjurer le sort, s'était dit l'inspecteur en parlant avec le jeune homme, quand il avait repris connaissance. Un Black aryen. Né en Afrique.

Il faisait médecine.

Il aurait pu y passer, comme les autres. Halders fixait les marches luisantes sous le soleil. Aucun n'avait succombé à ces coups. Pourquoi ? Était-ce un hasard, un heureux hasard ? Un calcul ?

Le coup avait été administré au sommet de la côte, non loin de la place Kapell. Ensuite, c'était le noir complet.

La place Linné s'enveloppait d'ombre sous des immeubles neufs, à l'ancienne, ou qui prétendaient s'harmoniser avec les vieilles bâtisses patriciennes.

Jens Book s'était fait assommer juste devant Marilyn, le magasin de vidéos. Les vitrines étaient couvertes d'affiches de films, qui montraient toutes des gens agitant pistolets et autres armes. *Die Fast ! Die Hard III ! Die And Let Die ! Die !*

Mais pas cette fois non plus. Jens Book avait été le premier à se faire agresser. L'étudiant en journalisme. Ensuite, ç'avait été Kaite l'Aryen. Jakob Stillman était le troisième. Un copain de fac de la fille de Bertil, se rappelait l'inspecteur. Il fit un écart pour éviter le cycliste qui déboulait à toute berzingue de Sveaplan. Gustav Smedsberg arrivait en quatrième position, le péquenot qui avait atterri à Chalmers. Un fer rouge. Mon œil, ouais.

Des quatre, Book avait été le moins chanceux. Le coup avait touché un nerf ou une autre merde, et ça l'avait paralysé du côté droit, on n'était pas sûr qu'il se rétablisse. Il n'a pas eu ma chance, soupira Halders en reculant de nouveau pour éviter le con de cycliste qui lui fonçait dessus. Il avait failli tomber contre la vitrine.

Ces agressions, c'était du rapide. Pang, sans prévenir. Rien vu, rien entendu.

Pas de bruit de pas.

Il suivit du regard le cycliste qui grillait le feu rouge au carrefour avec un souverain mépris de la mort. *Die* ? Ha !

Un cycliste.

Est-ce qu'on leur a posé la question ?

Il n'y avait pas pensé en auditionnant l'Aryen.

L'agresseur avait-il pu s'approcher à vélo ?

Halders scruta l'asphalte comme si d'anciennes traces de pneus allaient brusquement lui sauter aux yeux.

Lars Bergenhem avait des nouvelles dès la fin de la matinée. Winter fumait un Corps. La fenêtre donnant sur la rivière était entrouverte. Le Panasonic, par terre, jouait *Lush Life*. Rien que du Coltrane aujourd'hui, et pour les prochaines semaines. Le commissaire avait dégrafé deux boutons de sa veste Zegna. Le visiteur impromptu aurait pu croire qu'il ne travaillait pas.

— Il n'y avait pas de livraison de journaux, déclara Bergenhem en pénétrant dans le bureau.

Winter se leva, posa le cigarillo sur le cendrier, baissa le son et referma la fenêtre.

— Notre client était pourtant formel. Smedsberg.

— Il dit qu'il a vu quelqu'un, rectifia Bergenhem, mais ce n'était pas un livreur de journaux.

Winter hocha la tête en attendant la suite.

— Je viens de vérifier auprès du *Göteborgs Posten* et ce matin-là, avant-hier donc, le livreur attitré s'est fait porter pâle en dernière minute, juste avant sa tournée ; il leur a fallu trois heures avant de trouver un remplaçant. Ça nous mène au moins deux heures après l'agression de Smedsberg.

— Il a pu se déclarer malade et y aller quand même. S'il se sentait mieux.

— Elle, corrigea Bergenhem, c'est une fille.

— Une fille ?

— Je lui ai parlé. Et c'est sûr... elle a chopé une sacrée crève, sans compter qu'elle a un mari et trois enfants à la maison, qui peuvent lui donner un alibi.

— Mais les journaux ont été livrés ?

— Non. Pas avant l'arrivée du remplaçant. D'après le *GP* en tout cas.

— Tu as vérifié auprès des abonnés ?

— Pas eu le temps. Mais la fille du journal dit qu'ils ont reçu un tas de réclamations. Comme d'hab, pour la citer.

— Pourtant, Smedsberg a vu quelqu'un porter des journaux, insista Winter.

— Il a vu les journaux, de ses yeux ?

73

Winter fourragea la paperasse qui s'amoncelait dans l'une des corbeilles du bureau. Il relut le procès-verbal d'audition rédigé par Ringmar.

Comment savez-vous qu'il s'agissait d'un livreur de journaux ? avait demandé son collègue.

Parce qu'il portait une grosse pile de journaux et rentrait dans un immeuble, après quoi je l'ai vu ressortir et rentrer dans l'immeuble suivant, avait répondu Smedsberg.

Y avait-il un chariot dehors avec d'autres journaux ? avait ajouté Ringmar.

Bonne question, pensa Winter,.

Nooon... pas de chariot. Ce... non, j'en ai pas vu. Mais il portait des journaux, ça je vous le garantis.

— Eh oui, fit Winter en regardant Bergenhem, il a vu cette personne, les bras chargés de journaux, rentrer et sortir d'un immeuble, rue de Gibraltar.

— OK.

— Mais pas de chariot. C'est pas dans leurs habitudes, non ?

— Je vérifie, promit Bergenhem.

— Vérifie l'identité du remplaçant pendant que tu y es.

— Naturellement.

Winter ralluma son cigarillo et rejeta la fumée.

— Nous avons donc possiblement un faux livreur de journaux qui se trouvait dans les environs au moment de l'agression.

— Oui.

— Intéressant. La question est de savoir si c'est notre homme. Et si ce n'était pas le cas, que faisait-il là ?

— Un dingue ?

— Un dingue qui joue au livreur de journaux ? Pourquoi pas ?

— Un doux dingue, alors.

— Mais si c'est notre homme, il aurait dû planifier ça rigoureusement. Prévoir un paquet de journaux. Se pointer à la bonne heure. (L'inspecteur acquiesça.) Savait-il que Smedsberg allait passer par là ? Lui ou quelqu'un d'autre ? C'est un lieu de passage.

— Mais pourquoi s'embêter à trimbaler des journaux ? Il lui suffisait de se cacher.

— Sauf s'il a utilisé ce déguisement pour se fondre dans le paysage. Donner... une impression de sécurité. Quoi de plus rassurant qu'un livreur diligent ?

— Il a pu essayer d'entrer en contact par ce biais, enchérit Bergenhem.

Winter prit une nouvelle bouffée en regardant le jour baisser dehors. Le soleil les avait déjà quittés pour d'autres contrées.

— C'est précisément ce à quoi je pensais.

— On n'a pas le droit d'avoir des idées originales.

— Mais c'est toi qui l'as dit le premier, sourit le commissaire.

Bergenhem s'était assis ; il se pencha en avant.

— Ils se sont peut-être parlé. Ça se fait d'échanger deux mots avec un livreur de journaux.

Winter hocha la tête et patienta.

— Ils sont entrés en contact d'une manière ou d'une autre, continua Bergenhem.

— Pourquoi Smedsberg n'en a-t-il pas fait mention, dans ce cas ?

— D'après toi ?

— Hum... tout est possible. Ils se sont dit quelque chose. L'étudiant a continué son chemin. Le livreur est entré dans l'immeuble.

— Voyons, Erik. C'est pas crédible. Smedsberg nous l'aurait indiqué.

— Donne-moi une autre hypothèse.

— Je ne sais pas... mais s'ils ont échangé plus de deux mots, cela signifie que Smedsberg nous cache quelque chose.

— Quoi donc ?

— Eh bien...

— Veut-il cacher qu'il a parlé à un étranger ? Non. C'est un grand garçon et nous ne sommes pas ses parents. Veut-il cacher qu'il avait bu, éviter qu'on le lui rappelle, qu'on le rappelle à d'autres ? Non.

— Non, répéta Bergenhem, qui savait où Winter voulait en venir.

— Si, pour suivre notre raisonnement, nous supposons qu'il veut cacher quelque chose, c'est peut-être en rapport avec ses orientations sexuelles.

— À savoir qu'il est pédé, acquiesça l'inspecteur. Il a établi une forme de contact et le faux livreur de journaux lui a mis le grappin dessus avant de le frapper.

— Mais nous vivons au XXIe siècle, dans un pays civilisé, objecta Winter. Un jeune homme peut-il cacher ses préférences sexuelles au point de protéger la personne qui a tenté de l'assassiner ?

Bergenhem haussa les épaules.

— Il faut lui poser la question.

— Oui. Après tout, ça expliquerait pas mal de choses.

— Il y a encore...

— Oui ?

— Où sont les journaux ?

— Très juste.

— Il en transportait, mais aucun abonné ne les a eus et nous n'en avons pas retrouvé.

— Nous ne les avons pas cherchés, rectifia Winter. Nous supposions qu'ils étaient arrivés à bon port.

— C'est vrai.

— Il y a peut-être un tas quelque part. Ce serait bien de le retrouver.

— Oui.

— Encore faut-il croire à cette histoire de livreur que nous a servie Smedsberg, ajouta le commissaire en se frottant le nez. Et pourquoi le faire si, simple hypothèse, nous ne le suivions sur d'autres points de sa déposition ?

Bergenhem se passa la main dans les cheveux, de gauche à droite, une habitude qu'avait également prise sa petite fille de quatre ans.

— Ce raisonnement pourrait jeter une lumière nouvelle sur les autres agressions.

— Une lumière ou une ombre, suggéra Winter avec un sourire. On pédale toujours dans la choucroute.

À vélo, pensa-t-il immédiatement. L'agresseur avait pu s'approcher à vélo. D'où la rapidité, l'effet de surprise. Un vélo silencieux. Une roue qui tourne...

— Sur quatre agressions, reprit Bergenhem, on n'a aucun témoin, aucune trace du criminel. Les victimes n'ont rien vu ni entendu, ou pas grand-chose.

— Continue.

— Eh bien... peut-être qu'ils ont tous été... en contact avec l'agresseur.

— Comment ça ? Il aurait chaque fois joué le livreur de journaux ?

— Je ne sais pas. Il aurait pu jouer un autre... rôle, un autre personnage. Pour ne pas les effrayer.

— Oui.

— On a vérifié s'il y avait des livreurs de journaux dans les autres affaires ? s'enquit Bergenhem.

— Non. Pas eu le temps.

Pas encore pensé à le faire, corrigea-t-il mentalement.

— Ça vaudrait le coup de voir ça, insista Bergenhem. On a déjà parlé avec les riverains.
— Mais pas des journaux.
— Non, on ne leur a pas posé la question.

On obtient les réponses aux questions qu'on a posées, se dit Winter.

— Eh oui…, poursuivit l'inspecteur, il reste donc la question de l'orientation sexuelle des autres victimes.
— Tous pédés ?

Bergenhem esquissa un geste qui signifiait « p't-être ben que oui p't-être ben que non ».

— Des jeunes gens à l'affût d'une rencontre, qui auront payé cher l'expérience ? suggéra Winter.
— Possible.
— Ils seraient tombés sur un, ou plusieurs homophobes ?
— Peut-être, mais je parierais sur un seul.
— Quelle orientation aurait-il, cet agresseur ?
— Je ne le vois pas homo, fit Bergenhem.
— Pourquoi ?
— Je ne sais pas, ça ne colle pas.
— Ils ne sont pas violents, ces gens-là ?
— Les cogneurs de pédés n'en sont pas, non.

Winter garda le silence.

— Ça ne colle pas, répéta Bergenhem. Évidemment, il est trop tôt pour se prononcer sur quoi que ce soit.
— Pas du tout. C'est comme ça qu'on avance. Par le dialogue. On a quand même abouti à un mobile plausible.
— À savoir ?
— La haine.

Bergenhem hocha la tête.

— Supposons un instant que les quatre étudiants ne se connaissent pas, reprit Winter. Ils n'ont pas d'histoire commune, de ce point de vue-là. Mais ils seraient réunis par leurs... préférences sexuelles.

— L'agresseur est homophobe, compléta Bergenhem. Soit. Mais comment savait-il que ses victimes étaient pédés ?

— Il suffisait qu'il soit invité à les suivre chez eux.

— Peut-être...

— C'est toi qui es entré le premier dans ce raisonnement.

— Vraiment ?

— L'agresseur pourrait les avoir connus tous les quatre, souligna le commissaire.

— Comment cela ?

— Imaginons qu'il ait, lui aussi, cette... orientation. Ils se seraient rencontrés dans un club, les Libres Étudiants Gays, ou je ne sais quoi. Au pub. Le rendez-vous secret aurait dégénéré en drame passionnel.

— Un quadruple drame, fit l'inspecteur, dubitatif.

— Il pourrait y en avoir d'autres encore.

Winter se frotta de nouveau le bout du nez. Tout cela n'était que des mots. Les spéculations devaient maintenant être suivies de questions, d'autres questions encore, de promenades dans les rues, dans les escaliers, de nouvelles auditions et de conversations téléphoniques, de lectures, suivies de nouvelles lectures, suivies d'examens et de nouveaux examens.

— Il reste encore une question, reprit-il. S'il y avait un faux livreur de journaux... si nous pouvons le faire confirmer par des témoins... comment savait-il qu'il ne serait pas dérangé ce matin-là ?

Bergenhem hocha la tête.

— Il fallait qu'il soit au courant. Sinon, lui et la vraie livreuse se seraient rentrés dedans. Et elle n'est pas venue. Comment pouvait-il le savoir ?

8

Debout à la porte-fenêtre, Ringmar contemplait sa pelouse, qu'il n'avait plus besoin de tondre, en ce mois de novembre. Elle était éclairée par la lanterne du porche et par les réverbères de la rue.

La pluie enveloppait le jardin de son linceul. Le vent soufflait dans les trois érables qu'il avait vus étendre leur ramure au fil des vingt dernières années. Il aurait pu en passer, des heures, à la fenêtre, à regarder pousser l'herbe, à se détendre, comme maintenant. Dieu merci, il avait été occupé ailleurs. Mais tout de même. Ringmar but une gorgée de bière. Il avait trente-quatre ans quand ils avaient acheté la baraque.

Il but de nouveau, écouta le vent. Comme c'était étrange. Sa fille de vingt-cinq ans vivait chez eux, même si c'était provisoire, le temps de trouver un appartement. Son grand fils de vingt-sept ans ne leur avait même pas laissé son adresse. C'était facile de se cacher dans une grande ville comme Göteborg. Et Ringmar n'avait pas lancé de mandat de recherche après ce fils qui n'avait pas donné de nouvelles depuis bientôt un an. Qui ne voulait pas qu'on le trouve. Au moins savait-il, par Moa, que le gamin était en vie.

Il cherchait plutôt en lui-même, tâchant de découvrir ses torts.

N'avait-il pas été un bon père ? N'avait-il pas essayé de se montrer attentionné ? Était-ce encore la faute à ce foutu boulot ? Les horaires impossibles... les passages à vide après une enquête, pas toujours faciles à vivre. L'image d'un cadavre d'enfant ne vous quittait pas sur une simple douche le soir.

Ringmar finit son verre. Oui, le pire, c'est les meurtres d'enfants.

Et maintenant, tout ce que je désire, c'est une conversation avec mon fils.

Le téléphone mural de la cuisine se mit à sonner. Au même moment, de petits oiseaux s'envolèrent de la pelouse.

Ringmar traversa la pièce, posa le verre sur la paillasse et souleva le combiné. L'horloge indiquait vingt heures précises.

— Oui, Bertil à l'appareil.
— Salut, c'est Erik.
— Bonsoir, Erik.
— Tu fais quoi ?
— Je regarde la pelouse. En buvant une bière de Bohême.
— Tu comptes parler avec Moa ?

— De quoi tu parles, papa ?
— Je ne sais pas très bien, pour être franc.
— Tu n'as pas trouvé ça tout seul ?
— Pas exactement sous cette forme, admit-il.

Il occupait le fauteuil installé dans la chambre de sa fille depuis plus de vingt ans. Elle avait pris

81

l'habitude de s'asseoir à la fenêtre pour contempler la pelouse.

— Pas sous cette forme ? reprit-elle, de son lit. Qu'est-ce que tu veux dire ?

— Pour être franc, je ne sais pas vraiment, répéta-t-il avec un sourire.

— Mais quelqu'un en est arrivé à soupçonner Jakob Stillman d'être homo ?

— Je ne dirais pas soupçonner.

— Comme tu veux. Je me demande juste d'où ça sort.

— Cela tient, entre autres, au métier que j'exerce, fit-il en se déplaçant dans le fauteuil qui s'affaissait un peu, lui aussi, sous le poids des années. Nous testons différentes théories. Des hypothèses.

— Mais ça n'a pas de sens.

— Ah bon ?

— Complètement à côté de la plaque.

— Tu m'avais dit que tu ne le connaissais pas, s'étonna Ringmar.

— Il a une copine, Vanna. Je te l'ai envoyée.

— Effectivement.

— Tu vois.

— Les choses ne sont pas toujours si simples.

Elle garda le silence.

— Eh bien...

— Qu'est-ce que ça peut faire de toute façon ? ajouta-t-elle. Si contre toutes les apparences il était homo ?

— Pour être franc, je ne sais pas.

— Que savons-nous, finalement ? demanda Sture Birgersson, qui s'apprêtait à allumer une nouvelle John Silver sur le bout de la précédente.

Le chef de la brigade criminelle était debout à la fenêtre, selon son habitude, un peu en retrait de son bureau.

— Je croyais que tu avais arrêté ?

— Mes poumons vont mieux, répondit Birgersson, en inhalant une nouvelle bouffée. Du coup, je suis revenu sur ma décision.

— Très sain.

— N'est-ce pas ? Mais nous sommes face à un autre problème.

— C'est un gros dossier, commenta Winter.

— Tu as besoin de renforts ?

— Oui.

— On n'en a pas.

— Merci.

— Si ça empire, j'obtiendrai peut-être quelque chose, admit Birgersson.

— Comment ça pourrait encore empirer ?

— Une victime de plus, bordel. Ou bien un mort.

— On aurait pu en avoir quatre.

— Hum. Effroyable, mais pas encore assez effroyable.

— Quatre morts, ce serait un record, en tout cas pour moi.

— Pour moi aussi. (Birgersson fit le tour de la table, une forte odeur de tabac flottant autour de lui.) Mais tu as raison. Ça ne sent pas bon. Nous sommes peut-être en présence d'un meurtrier en série qui n'a pas encore tué.

— Si tant est que cela revienne au même.

— Tu ne crois pas ?

— Si, murmura Winter.

Birgersson saisit trois feuilles sur le bureau, par ailleurs entièrement vide. Ça vous a un air contraint, songea Winter, comme chaque fois qu'il venait en visite.

Le boss parcourut les documents.

— Je me demande si ça tient, cette théorie de l'homosexualité, fit-il en relevant les yeux.

— Il n'y a que toi et moi, Lars et Bertil à en avoir entendu parler.

— Ça vaut sans doute mieux comme ça.

— Tu m'as appris toi-même à enquêter avec des lunettes à double foyer.

— Pas mal, comme formule. C'est de moi ? (Birgersson se frotta le menton, puis il esquissa un sourire.) Tu peux me rappeler ce que j'entendais par là ?

— Être capable de regarder de près et de loin. Dans ce cas-ci, chercher différents mobiles en même temps.

— Hmm.

— C'est une évidence, ajouta Winter.

— J'ai pas entendu.

— Comme toutes les grandes pensées.

— Tu m'en diras tant !

— La théorie de l'homosexualité était censée nous donner un mobile.

— Vous avez revu l'un ou l'autre des étudiants ? Avec cette orientation.

— L'idée vient de germer.

Birgersson ne répliqua pas, ce qui signifiait que la conversation était terminée. Winter sortit son paquet de Corps et déballa l'un des fins cigarillos de sa gaine en plastique.

Birgersson lui tendit son briquet.

— Toi aussi, t'avais arrêté.

— C'était trop dur, répondit Winter. Depuis que j'ai repris, ça va beaucoup mieux.

Halders se tenait au beau milieu de la place du Docteur Fries. Elle témoignait d'un temps révolu, celui des Maisons du peuple, et autres utopies. On regardait alors vers l'avenir en toute confiance. Me revoici enfant, songea l'inspecteur. Tout est ici comme avant. Exactement comme avant.

Dalles, pierre, béton. Mais à l'époque, bordel, c'était paisible, comme quartier. Le béton qui se balance au-dessus du sol. Pas mal, pas mal du tout.

Peu de gens circulaient entre la bibliothèque, le centre associatif et le cabinet dentaire où Winter se faisait suivre. Une pizzeria, bien sûr. Une agence bancaire, fermée. Un bureau de presse qui vendait du tabac. Un bureau de poste, plus pour longtemps. Une supérette. Le mot datait des années 1960, 1970, lui aussi.

Halders choisit un banc devant le Forum et s'assit pour dresser un plan sur son bloc-notes.

Stillman était passé par là en débouchant des escaliers qui descendaient vers la ville. Il avait traversé les massifs buissonneux qui devaient être complètement noirs. De tous les chemins, il avait choisi le plus difficile. Tempérament aventureux. Halders tira un trait depuis l'endroit où il se trouvait, Stillman avait dû y passer, jusqu'au point où le jeune homme avait été frappé.

Presque au milieu de la place. Il regarda dans cette direction. Quelqu'un aurait pu se cacher sous les arcades devant la supérette. Devant le tabac. La confiserie de l'autre côté. L'individu aurait trottiné avec son fer. Un autre genre de chandelier que celui de Noël. Ou bien il se serait approché à vélo. À moins qu'il n'ait couru comme un dératé sur des semelles souples, et l'étudiant, fatigué plus bourré, n'aurait rien entendu. Dommage que la victime n'ait pas eu d'écouteurs, Motorhead à fond dans les oreilles, ç'aurait expliqué pas mal de choses.

Et s'ils n'étaient pas seuls ? Ils étaient peut-être accompagnés de quelqu'un qu'ils ne voulaient pas trahir même si l'intéressé avait commis une tentative de meurtre sur leur personne. Protéger son agresseur ? Bah, Halders en avait tellement vu dans ce métier. La psyché humaine, c'était une drôle de réalité. Une réalité effrayante, plutôt. Il fallait bien faire avec.

Ils protégeaient quelqu'un. Par honte ? Il examina de nouveau son plan, traça une ligne vers l'arrêt de tram et de bus. C'était par là que se dirigeait Stillman, d'après ses dires.

Venant d'où ? Il n'avait toujours pas expliqué ce qu'il faisait là. Son histoire de petite balade ne prenait pas. Ça faisait loin jusqu'au foyer d'Olofshöjd. Certes, on pouvait le rejoindre depuis Slotsskogen, en traversant Änggården et Guldheden. Autant faire le trajet à pied de Göteborg à Shangaï.

Venait-il en visite chez quelqu'un ? Pourquoi ne pas le dire dans ce cas-là ? Est-ce qu'ils se baladaient à l'abri des regards, la nuit ? À voir avec lui. Et avec les autres étudiants, se promit l'inspecteur. Il quitta son banc pour aller s'acheter un casse-croûte.

Winter s'attarda dans la cour après avoir fait signe à Elsa qui le regardait par la fenêtre. Elle s'était aussitôt retournée et avait disparu. Elle commençait à avoir une vie en dehors de ses parents.

Beaucoup d'enfants dans la cour. Deux assistantes maternelles, à ce qu'il pouvait voir. Le trafic était dense dans la rue, la deuxième vague des départs au travail. Moi aussi, il va falloir que je mette la gomme.

Les buissons s'ouvraient de la largeur d'une main. Peut-être la même que la dernière fois, en quête de liberté derrière la clôture.

Winter vit les buissons se refermer derrière le petit garçon. Il ressortirait bientôt. Il devait avoir une cachette secrète à l'intérieur, qu'il visitait chaque jour.

Le commissaire descendit la pente et chercha l'enfant sur la droite, après le fourré, mais il ne vit personne. Il n'entendait rien non plus. En se rapprochant du grillage, il aperçut un fil de fer qui ressortait, tira dessus, et sentit suivre le reste comme une porte battante.

Il jeta un regard circulaire, mais pas de gamin en combinaison brune et bonnet bleu pour lui faire signe.

Bordel de m...

Il n'aurait pu passer, lui, à travers la grille. Il retourna donc sur ses pas et sortit dans la rue, mais toujours pas de garçon.

Il avança de dix mètres en direction du carrefour, partiellement caché par les massifs de résineux qui entouraient l'établissement. Il prit ensuite à droite et vit le gamin marchant sur le trottoir vingt mètres plus loin, à un rythme soutenu qui trahissait sa détermination.

Lorsque Winter regagna la cour avec le petit fuyard, on venait de faire l'appel.

— Nous allions faire la pause collation, dit la sous-directrice, qui se tenait à la porte, la mine inquiète.

— Il y a un trou dans la clôture, annonça le commissaire en lâchant la main du gamin, qui l'avait suivi sans protester.

— Mon Dieu ! fit-elle en s'asseyant sur les talons devant l'enfant. Alors, August, tu t'es fait une petite promenade ?

Le garçon hocha la tête.

— Tu n'as pas le droit de passer de l'autre côté du grillage.

Il acquiesça derechef.

Elle leva les yeux vers Winter.

— C'est la première fois que ça nous arrive. (Elle jeta un coup d'œil en direction des genévriers.) Comment la grille a-t-elle pu se rompre ?

— Je ne sais pas, répondit le commissaire. Je n'ai pas eu le temps de l'examiner. Mais veillez à ce qu'elle soit vite réparée.

— J'appelle tout de suite, fit-elle en se levant. Les enfants resteront à l'intérieur en attendant.

— La clôture doit être vérifiée sur toute sa longueur, précisa-t-il.

Il la vit hocher la tête avant de regagner la maison avec August dans les bras.

Winter retourna voir la clôture et secoua le pan de grillage trop lâche. Un pan supplémentaire céda lorsque deux ou trois attaches rouillées lâchèrent. Il était plus fort qu'August, mais le garçon avait tout de même réussi à le soulever, à moins qu'il n'ait déjà cédé. Inquiétant. Winter pensa à Elsa. Avait-elle déjà suivi August par ici ? Ne jamais suivre un inconnu.

Tout le groupe jouait à une sorte de cache-cache ; les enfants riaient, ç'avait l'air drôle. Il aurait voulu courir vers eux, compter jusqu'à cent, crier « Ça y est ! », « J'arrive ! ». Après, il chercherait avec eux, il verrait quelqu'un surgir de sa cachette, mais il serait plus rapide, aurait le temps de le frapper dans le dos, et une fois de plus, ce serait comme ça, tout le monde dirait qu'il était le plus rapide et le meilleur et ensuite, quand il se cacherait lui-même, personne ne le trouverait, il se précipiterait pour se sauver. Chaque fois, il réussirait à se sauver.

Il pleurait maintenant.

Il pleuvait, ça se voyait sur le pare-brise.

Encore cette voix à la radio, toujours cette voix quand il s'en allait, qu'il se sentait comme maintenant. Il voulait être au milieu des enfants. Leur parler, c'est tout.

La même voix, à la même heure, le même programme, la même lumière dans le ciel. Le même sentiment. Et si l'un des enfants voulait le suivre, plus loin ? Le suivre à la maison ? Comment pourrait-il refuser ? Même s'il le voulait ?

Les voix dehors bruissaient comme la pluie. Il aimait les deux bruits, leur façon de se mélanger doucement. Il aurait pu rester là des heures à les écouter.

Mais voici qu'arrivait cette sensation en plus, qui lui faisait peur. Il secoua la tête pour qu'elle se renfonce en lui, comme avant, mais elle ne se renfonçait pas. Du coup, il se redressa, ouvrit la portière et posa le pied à terre, sur un sol couvert de feuilles pourries qui sentaient plus fort que jamais. Il se tenait contre la voiture. Cette sensation se renforçait et lui serrait la poitrine. Il s'entendait respirer, si fort que les autres auraient dû l'entendre aussi. Mais personne n'entendait. Ils couraient, ils riaient tous. Ils étaient tous joyeux et lui, il ne voulait pas penser à son enfance, quand il riait et courait aussi. Avec maman. Maman le tenait par la main et le sol était parsemé de feuilles de toutes les couleurs.

Là, une petite fille qui courait.

Une bonne cachette.

Il la suivit.

J'en connais une encore mieux.

Oui, je joue avec vous. Ils regardent vers nous ! Imagine qu'ils te voient !

Par là, oui.

Cache-toi mieux.

Là-dedans.

Il avait déjà vu ce passage avant, comme une ouverture entre les pans de rochers, qui donnait sur le petit bois où il avait garé sa voiture. Derrière la butte. Il s'était presque étonné que ce soit aussi facile de conduire jusque-là depuis le parking.

C'est la meilleure cachette. Ici, personne ne te retrouvera.

Il sentit la pluie sur sa langue, lui signalant qu'il était dehors.

Il avait cru que la police le rappellerait, mais pourquoi le feraient-ils ? Il n'avait rien fait. C'était... l'autre. Tout le monde avait bien compris. Au travail, ils avaient compris. Repose-toi une semaine ou deux le temps qu'on finisse l'enquête.

Je n'ai pas besoin de congés. J'ai besoin de mon travail. C'était ça qu'il avait dit. Il avait répondu à des questions sur ce qui s'était passé, il avait raconté.

Vous n'avez jamais eu un type pareil à bord ? Un dingue ! La ville en était pleine, dans les wagons de tram, les bus. Un vrai danger pour les passagers et pour les conducteurs. Regardez ça ! C'était pas une preuve, cet accident ? La *vraie cause* de cet accident.

Oui, c'est ma voiture. Qui pourrait te trouver ici ? Il n'y a pas mieux, comme cachette.

9

Janne Alinder étendit le bras pour soulager la douleur qui lui tenaillait le coude. Il le leva à quarante-cinq degrés en gardant la main ouverte et se dit que si quelqu'un entrait dans la pièce à ce moment-là, il risquait de prendre ce geste pour un salut banni depuis bien longtemps.

Johan Minnonen pénétra dans le bureau.

— Je dirai rien à personne.

— Tennis elbow, expliqua Alinder.

— Étonnamment vertical dans ce cas.

— Crois ce que tu veux.

— Mon paternel s'est battu à leurs côtés.

— Aux côtés de qui ?

— Des Allemands bien sûr. Contre les Russes. Un Finlandais, tu penses.

— Tous les Allemands n'étaient pas nazis.

— J'en sais rien, répondit Minnonen, la mine assombrie. J'étais trop petit. Et mon pater n'est jamais revenu de cette guerre.

— Désolé, fit Alinder.

— À vrai dire, moi non plus je ne suis jamais rentré au pays. J'ai été envoyé en Suède et j'y suis resté.

(Minnonen restait debout.) Un orphelin de guerre, comme on disait. Je m'appelais Juha, et c'est devenu Johan.

— Et ta... maman ?

— On s'est revus après la guerre, mais on était beaucoup de frères et sœurs. Eh oui...

Alinder savait qu'il n'en apprendrait pas plus. Minnonen en avait dit plus que jamais auparavant.

Mon Dieu ! Il découvrait qu'il avait toujours le bras tendu en l'air.

Le téléphone retentit devant lui. Il abaissa la main droite et saisit le combiné. Minnonen claqua des talons, le salua et retourna à sa voiture de patrouille.

— Poste de Majorna-Linnéstaden, Alinder.

— Oui... bonjour... ici Lena Sköld... Je vous ai appelé il y a quelques jours à propos de ma fille... Ellen...

Sköld, Sköld, se demandait Alinder. Sa fille. Il s'était passé un truc, mais c'était pas sûr.

— Ellen... elle m'avait dit qu'elle avait suivi un... étranger.

— Oui, je m'en souviens maintenant. Comment va-t-elle ?

— Bien... comme d'habitude...

— Hmm.

— Vous... vous m'avez dit que je devais vous rappeler si je pensais qu'elle avait... perdu quelque chose. C'est bien ça ?

Si vous le dites, pensa Alinder. Oui, effectivement... ça me revient.

— C'est exact, répondit-il.

— Elle porte toujours une breloque dans la poche de sa doudoune, mais elle a disparu.

— Une breloque ?

— Oui, une sorte de…

— Je vois de quoi il s'agit… je veux dire… (*Oui, qu'est-ce que je veux dire, en fait ?*) Une breloque, donc ?

— Une babiole que j'avais moi-même quand j'étais petite. C'est un peu superstitieux… de ma part. Un talisman.

Elle se tut.

— Oui ?

— Elle est toujours dans la poche gauche de sa doudoune. Une petite poche sur la poitrine. Je ne comprends pas comment…

Il attendit la suite.

— Je ne comprends pas comment elle a pu glisser de là.

— Ellen n'aurait pas pu… l'enlever toute seule ?

— Non, je ne crois pas.

— Et c'est la première fois ?

— Comment cela ?

— C'est la première fois qu'elle disparaît ? précisa le policier.

Idiot comme question, mais je n'ai vraiment pas de temps à perdre avec ce genre de conversation.

— Oui… bien sûr.

— Qu'en pensez-vous ?

— Eh bien… si Ellen dit vrai… cet homme dans la voiture pourrait bien l'avoir prise.

— Avez-vous réinterrogé Ellen à son sujet ?

— Oui.

— Alors ?

— Elle dit à peu près la même chose qu'avant. C'est étonnant, non, qu'elle s'en souvienne ?

J'ai déjà pris des notes sur cette histoire, songea Alinder. Je peux aussi bien ajouter deux lignes.

— Décrivez-moi cette breloque, dit-il en prenant son stylo.
— C'est un petit oiseau argenté.

Juste un petit truc. Un souvenir. Il pouvait le sortir, et ça lui suffisait.
Pour le moment. Non. Non ! Ça suffisait. Suffit !
Il savait que ça ne lui suffirait pas. Il faudrait qu'il... l'utilise à quelque chose.
Il ferma les yeux et regarda en direction du mur et du bureau qui se trouvait devant la bibliothèque, celle qui contenait les films vidéo.
Il avait sa petite boîte dans le bureau, avec la voiture du garçon et l'oiseau de la fille. La voiture était bleue et l'oiseau brillait d'une couleur toute particulière.
Dans sa main, il tenait la balle, que l'autre fillette avait dans sa poche. Complètement verte, comme une pelouse en plein été. Maja. Son prénom sentait l'été, lui aussi. Il n'aimait pas l'automne. Il était plus calme en été, mais en ce moment... il perdait tout son calme. Il prenait sa voiture, se mettait à rouler. Il roulait au hasard, sans pouvoir s'en empêcher. Les parcs de jeux. Les cours de crèche.
Pour aller jouer avec eux.
Il perdit sa balle qui alla rebondir contre le tiroir du haut. Il se pencha sur le côté et l'attrapa d'une main. À la volée, d'une seule main !

À la nuit tombée, il n'avait plus besoin de tirer les rideaux pour visionner ses enregistrements. Il alluma la télé.
Maja dit quelque chose de drôle. Il entendit son propre rire dans le poste. Elle souriait. La pluie rayait la vitre derrière elle. Les arbres nus. Le ciel

vide. Comme c'était triste, en dehors de la voiture. Gris, noir. Trempé. Pourri. Un ciel gris, noir, rouge comme... comme du sang. Non. Vilain. Le ciel est un vilain trou plus grand que tout, pensa-t-il en serrant dans sa main la petite balle verte. Il tombe du ciel des choses qu'on fuit, dont on se cache. C'est vide, mais il en tombe de la pluie, on n'y échappe pas, c'est pour ça que le ciel est juste un endroit sur terre. Le ciel se trouve sur terre, se répéta-t-il. Quand il était petit. Quand il avait pleuré, le monsieur s'était approché de lui. Il avait éteint la lumière dans la chambre, le monsieur, il lui avait demandé des choses et puis il était reparti. Après, il était revenu.

Ç'avait fait tellement mal. Mais c'était... papa ? Est-ce que c'était papa ? Ou le monsieur ? Il l'avait consolé après.

Il l'avait consolé tellement de fois.

La télé. Il faisait bon dans la voiture. Il s'était senti bien en filmant. On entendait la radio. Cette voix qui avait lâché un juron. L'enfant l'avait entendu. Maja. Elle lui disait maintenant que le monsieur avait dit un gros mot.

Oui. Un vilain gros mot.

Quelle jolie balle, Maja. Montre-la-moi.

Assis par terre, les jambes à angle droit, Winter faisait rouler une balle vers Elsa, à l'autre bout du couloir. Un long couloir. La balle parvint jusqu'à elle, mais la fillette ne put la renvoyer en sens inverse.

Il se leva et s'assit plus près.

— Balle idiote, dit Elsa.

— Là, tu verras, ça ira mieux, fit-il en la lui renvoyant.

— La balle, la balle papa ! cria-t-elle quand la balle parvint jusqu'à lui.
— Voilà, voilà !

Elsa dormait déjà quand Angela rentra de sa garde du soir après une longue journée à l'hôpital : garde du matin, un peu de repos, garde du soir. La grille de l'ascenseur grinça sur le palier, il ouvrit la porte avant qu'elle n'ait eu le temps de le faire.
— J'ai entendu l'ascenseur.
— Comme tout Vasastan. (Elle ôta lentement son imperméable et l'accrocha sur un cintre pour le porter dans la salle de bains.) Cet ascenseur est bon pour la retraite depuis au moins trente ans. (Elle retira ses bottes.) C'est une honte qu'il soit encore obligé de travailler.
— Elsa l'aime bien, ce vieux Hasse, sourit Winter.

Dire que j'ai vécu ici des années sans connaître son nom, s'était-il dit le jour où Elsa l'avait baptisé. Hasse l'ascenseur. Un bon vieux tranquille, vêtu de cuivres et de cuir.
— Comment ça s'est passé aujourd'hui ? s'enquit Angela.
— Nouvel incident à la crèche, fit-il en la suivant dans la cuisine.
— Quoi ?
— Je crois que c'est le même gamin qui s'était glissé dans les buissons. Cette fois, il est carrément sorti.
— Sorti ? De qui tu parles ?
— Il s'appelle August. Tu le connais ?
— Oui… je crois.
— Il y avait un trou dans le grillage, il est sorti dans la rue.

— Mon Dieu !

— J'ai eu le temps de le rattraper avant qu'il n'arrive quelque chose.

— Merde alors, comment peut-il y avoir un trou dans le grillage ? fit Angela, qui ne jurait pas souvent.

— Il était rongé par la rouille.

— Mon Dieu ! répéta-t-elle. Que faire ?

— Comment cela ?

— Où mettre Elsa ? Tu ne crois tout de même pas que je vais la laisser là ? Dans une passoire qui donne sur l'une des rues les plus fréquentées d'Europe.

— Ils l'ont réparé.

— Comment le sais-tu ?

— J'ai vérifié. (Il sourit.) Cet après-midi.

— Ils ont changé toute la clôture ?

— Il semblerait.

— Tu ne t'en inquiètes pas plus que ça ?

— J'ai appelé, mais je n'ai pas réussi à joindre la directrice.

— Moi, je vais le faire.

Elle se leva, se dirigea droit vers le téléphone et composa l'un des numéros listés sur le réfrigérateur.

Angela lui mordit le doigt quand elle sentit qu'il était aussi près de jouir qu'elle. Il entendit grincer un ressort du matelas.

— Tu pourrais m'apporter un verre d'eau ? demanda-t-elle ensuite.

Il se leva et alla à la cuisine. La pluie perlait sur la vitre qui donnait côté cour. L'horloge indiquait minuit et quart. Il versa de l'eau pour Angela et s'ouvrit une Hof.

— Tu ne vas plus pouvoir dormir, sourit-elle en le voyant boire sa bière sur le coin du lit.

— Qui a parlé de dormir ?

— Je n'ai pas des horaires aussi souples que toi. J'ai des contraintes professionnelles.

— Souplesse et créativité, ça va de paire.

Elle but et reposa le verre sur le parquet qui luisait à la lumière du réverbère dehors. On entendait un bus qui remontait la rue. Puis un autre véhicule. Pas d'ambulance, Dieu merci.

Avons-nous trop tardé ? pensa-t-elle au même moment. N'est-il pas temps de quitter la ville ?

Elle le regarda. Je n'ai pas voulu remettre ça sur le tapis. Peut-être parce que je n'en ai plus vraiment envie moi-même. On vit bien dans le centre-ville. Nous ne sommes pas des campagnards. Elsa ne se plaint pas. Elle a même une copine dans l'immeuble. La clôture de la crèche est réparée. On peut se contenter de louer une maison à la campagne pour l'été.

Erik paraissait plongé dans ses pensées. Ça va mieux entre nous, mieux que l'an dernier. Pendant un moment, j'ai cru ne plus savoir. Il ne savait pas non plus, je crois.

Nous aurions pu nous retrouver dans des mondes différents. Moi dans le ciel, Erik ici, sur terre. Je crois que j'aurais fini au ciel. Lui, ce n'est pas sûr. Ah là là !

J'ai presque tout oublié. C'était... de la malchance.

Elle pensait à ce qui s'était passé quelques mois avant la naissance d'Elsa. Quand elle avait été... kidnappée par un meurtrier. Il l'avait retenue dans son appartement. Je ne peux pas imaginer qu'il me voulait du mal. Tout est fini maintenant. Tout va bien.

Une voiture isolée, en bas, un bruit étouffé.

— À quoi penses-tu ? demanda-t-elle à Erik, toujours immobile et concentré.

Son regard s'éclaira, il la vit.

— À rien.
— Je me disais qu'on n'a pas à se plaindre.
— Hmm.
— C'est tout ce que tu trouves à me dire ?
— Hmm.

Elle attrapa un oreiller et le lui jeta à la figure, mais il esquiva le coup.

— Si on entame une bataille de pelochons, on va réveiller Elsa.

Il déposa par terre sa bière et lança à son tour son oreiller qui s'écrasa avec un bruit sourd sur le mur derrière elle, non sans avoir fait décoller un magazine de la table de nuit.

— Prends ça ! répliqua-t-elle.

Il vit venir l'oreiller.

— Nous avons retrouvé un petit tas en voie de décomposition au bas de l'escalier, déclara Bergenhem, ouvrant leur assemblée du matin. Sous un tas de feuilles encore plus épais.

— Pourquoi on l'a pas trouvé avant ? s'indigna Halders.

— On n'a pas cherché, répondit Ringmar. On ne savait pas qu'on cherchait des journaux.

— Alors ? Des empreintes ?

Il se frotta la nuque, de nouveau raide, et même plus raide que d'habitude, si on pouvait parler d'habitude pour cette satanée raideur. Il avait pris froid sur la place, la veille.

— Les gars de Beier sont en train de les examiner, annonça Ringmar. Ils essaient également de repérer la date. Elle devrait être encore visible.

À la brigade technique, ils s'occupaient du paquet avec des mines sceptiques.

— Insensé ! répondit Halders. Aussi insensé que de chercher des traces de vélo sur les lieux de ces agressions.

— Des traces de vélo ? s'étonna Bergenhem.

— C'est ma théorie perso, fit Halders sur le ton d'un candidat à l'examen de commissaire. L'agresseur s'est approché sur sa bécane. Silence. Rapidité. Surprise.

— Pourquoi pas ? ajouta Winter sans dire qu'il y avait également pensé.

— C'est une hypothèse tellement crédible que nous avons tous dû y penser, commenta Bergenhem.

— Enlève-moi la primeur de l'idée, ne te gêne pas.

— Un livreur de journaux à vélo, résuma Aneta Djanali.

— Pas sûr qu'il y ait un lien, objecta Halders.

— À propos de livreur de journaux, commença Ringmar.

— Oui ? fit l'inspectrice.

— Il y a quelque chose d'étrange. Comme dans le cas Smedsberg, à Mossen... eh bien, le livreur affecté aux immeubles limitrophes de la place du Docteur Fries était malade, lui aussi, le matin où Stillman s'est fait agresser.

— Mais Stillman n'a pas vu de livreur, objecta Halders.

— Ça n'empêche.

— Ça n'empêche quoi ?

— Laissons cela une minute, proposa Winter en commençant à prendre des notes au tableau blanc. Nous avons encore autre chose à vous soumettre, Bertil et moi.

La soirée était déjà bien avancée lorsque Larissa Serimov prit place derrière le guichet d'accueil. Avancer, c'était surtout l'expression de son père. Il avait bien avancé, lui qui avait quitté l'Oural pour la Scandinavie après la guerre et avait fini par fonder une famille à l'âge où les autres deviennent grands-pères.

Un jour, on rentre à la maison, Larissa, avait toujours dit son père, comme si elle avait fait le voyage aller avec lui. Et quand ce fut enfin possible, ils étaient rentrés. C'est alors qu'elle avait compris, qu'elle comprit vraiment, qu'ils avaient bien émigré ensemble, tant d'années auparavant. Le retour au pays de son père fut aussi le sien.

Il était resté sur place, Andreï Iljanovich Serimov. Là-bas vivaient encore des gens qui se souvenaient de lui et dont il se souvenait. Je ne resterai que deux, trois mois, avait-il dit quand elle était repartie vers la Suède. À peine deux, trois jours après, elle avait reçu la nouvelle : il était tombé de sa chaise devant chez sa cousine Olga ; le cœur avait cessé de battre avant même qu'il ne se cogne contre le mur de planches qui entourait la grande maison de guingois.

Le téléphone sonna.

— Poste de Frölunda, Serimov.

— C'est bien la police ?

— Le poste de police de Frölunda, répéta-t-elle.

— Je m'appelle Kristina Bergort. Je voudrais vous signaler une disparition, qui est arrivée à ma fille Maja.

La policière avait écrit « Kristina Bergort » sur le papier devant elle ; elle hésitait maintenant.

— Pardon ? Vous voulez dire que votre fille a disparu ?

— Je comprends que cela vous paraisse bizarre, mais ma fille a été... enlevée et... rendue par la suite.

— Je pense que vous devriez reprendre les choses depuis le début.

Elle écouta le récit de la mère.

— Maja porte-t-elle des marques ? Des blessures ?

— Je n'ai rien vu. Nous... mon mari et moi... nous venons d'apprendre cette histoire de sa bouche. Je vous ai tout de suite appelée. Mon mari est allé chercher une voiture chez les voisins... la nôtre est en réparation... nous filons à l'hôpital de Frölunda pour qu'ils l'examinent.

— Oui.

— Vous pensez que c'est... un peu précipité ?

— Non, non, répondit la policière.

— En tout cas, nous y allons. Je crois Maja sur cette histoire.

— Oui.

— Elle a raconté qu'il lui avait pris sa balle, ajouta Kristina Bergort.

— Une balle ?

— Oui, sa balle préférée, une balle verte. Il lui a dit qu'il la lui lancerait de la voiture, mais il ne l'a pas fait. Elle ne l'a plus.

— Est-ce que Maja a bonne mémoire ?

— Elle est... spéciale. Mais voici mon mari, nous partons pour l'hôpital.

— Je vous rejoins là-bas, répondit Larissa Serimov.

10

Sous l'éclairage des urgences, les patients avaient le teint blafard. La salle d'attente était pleine. Pour un État providence..., songea Larissa Serimov. Mais les soins d'urgence n'existent pas dans la Russie d'aujourd'hui. Les besoins oui, pas les soins. Ici, on a un docteur, même si l'attente est longue.

La famille Bergort était assise à l'écart dans l'une des salles attenantes. La fillette roulait une balle sur le sol, mais elle avait les paupières lourdes. Elle va s'endormir pendant l'examen médical, songea la policière en saluant la femme, puis son mari. Les gens ouvraient des yeux ronds devant sa tenue noire barrée de la grosse inscription POLICE dans le dos. Quel intérêt ? avait-elle pensé la première fois qu'elle l'avait endossée. Éviter qu'on me tire dans le dos ? Ou l'inverse ?

— Oui, c'est bien nous, sourit Kristina Bergort.
— Vous avez encore longtemps à attendre ?
— Je ne sais pas.
— Je vais voir ce que je peux faire, dit la policière avant de se diriger vers le bureau d'accueil.

Kristina Bergort la regarda parler avec l'infirmière puis passer une porte derrière le guichet. Elle la vit ensuite ressortir accompagnée d'un médecin qui fit signe à la petite famille.

Le médecin ausculta l'enfant. Il avait envisagé de l'anesthésier, mais il y renonça.

Larissa Serimov patientait à l'extérieur. Elle s'étonnait que le couple Bergort se montre si calme. L'homme n'avait pas dit un mot.

Lorsqu'ils sortirent, elle se leva.

— Le docteur veut vous dire quelque chose, lui expliqua Kristina Bergort.

— Vous rentrez chez vous maintenant ?

— Que faire d'autre ? répondit la mère avec un regard sur la fillette, endormie dans les bras de son papa.

— Que... qu'est-ce que l'examen a donné ?

— Rien du tout, Dieu merci. (Elle commença à se diriger vers les portes vitrées.) Il faudra que je parle un peu plus avec Maja demain matin.

— N'hésitez pas à me rappeler.

Kristina Bergort hocha la tête et ils quittèrent les lieux.

Larissa entra dans le cabinet de consultation. Le médecin qui finissait d'enregistrer son compte rendu au magnétophone, leva les yeux et vint à sa rencontre. Ce n'était pas leur premier entretien. La police et l'hôpital travaillaient en interaction, surtout à Frölunda où seule la voie rapide les séparait. À un jet de pierres les uns des autres, s'était-elle dit une fois. Et l'on avait bien jeté des pierres, mais sur le poste de police...

— C'est quoi, cette histoire, Larissa ?

— Je ne sais pas. La maman s'est inquiétée. On peut la comprendre.

— Les enfants font parfois preuve de beaucoup d'imagination. La mère m'a raconté ce qui s'est passé et... Non, je ne sais pas ce qu'il faut en conclure.
— Tu n'as pas besoin de croire quoi que ce soit. Un examen nous suffit.
— Examen qui n'a montré aucune trace de sévices physiques. De sévices graves.
— Est-ce qu'il aurait montré autre chose, Tommy ?
— Deux ou trois bleus sur le bras. Un sur le dos. Difficile de dire d'où cela peut provenir.
— On l'aurait tenue trop fort ? Ou pire ?
— Je leur ai posé la question. Pas de réponse claire. Au tout début.
— Comment cela ?
— Le papa semblait regarder ailleurs. (Il fixa des yeux la jeune femme.) Mais c'est peut-être une simple impression.
— Qu'a dit la mère ?
— La gamine serait tombée d'une balançoire et se serait cognée aux montants. Mais, comme si elle se rappelait subitement la raison de leur visite, elle a ensuite prétendu que c'était sûrement l'inconnu qui lui avait fait ces marques.
— Est-ce qu'elle aurait pu se les faire elle-même ? En se cognant ?
— Eh bien... les bleus sont assez récents...
— Tu sembles hésiter.
— Dans les cas de maltraitance, il n'est pas rare que les parents présentent les blessures de leur enfant comme des accidents. Ou qu'ils inventent une histoire.
— Un inconnu attire la petite dans sa voiture, par exemple.

— Ça relève de ta compétence, fit-il avant de répondre au téléphone. (Il lui jeta un regard par-dessus le combiné.) Mais oui, pourquoi pas ?

Les deux commissaires préparaient les auditions de l'après-midi. Ils s'étaient installés dans le bureau de Ringmar.
— Tu as refait la tapisserie ? s'enquit Winter.
— Bien sûr. Ce week-end. Tout seul. Je refais ton bureau dimanche prochain, si tu veux.
— C'est juste que ça me paraît plus sombre.
— Mon humeur doit se refléter sur les murs.
— Qu'y a-t-il ?
Ringmar garda le silence.
— C'est... comme d'habitude ? insista Winter.
— C'est... Martin.
— Toujours pas de nouvelles ?
— Non.
— Et Moa, elle sait ?
— Où il est ? Je ne crois pas. Elle me l'aurait sûrement dit. (Ringmar renifla, leva le bras, éternua une première fois, puis une deuxième, avant de redresser la tête.) Il l'appelle de temps en temps. Pour autant que je le sache.

Pourquoi le môme avait-il coupé les ponts ? Bertil ne méritait pas ça. Pour autant qu'il le connaisse.
— Je suis toujours en contact avec mon second enfant, dit Ringmar en regardant la vitre couverte d'une fine couche de buée. Ce n'est peut-être pas si mal finalement. Cinquante pour cent de réussite.
— Il reviendra. Il va reprendre contact.
— La question, c'est d'abord de savoir pourquoi il s'est éloigné.
— Tu devrais lui poser la question.
— Oui.

— Ça n'a certainement rien à voir avec toi, ajouta Winter. Il est en quête de... lui-même. Les jeunes gens se cherchent, plus que les autres.
— En quête de lui-même ? C'est joliment dit.
— N'est-ce pas ?
— Mais il aura bientôt trente ans, bon sang. T'appelles ça jeune ?
— Moi aussi, tu me trouves jeune, Bertil. Et j'ai passé les quarante ans.
— Tu te cherches ?
— Absolument.
— Tu cherches le sens de la vie ?
— Oui.
— Tu en as encore pour longtemps ?
— D'après toi ? répondit Winter. D'après ton expérience de quinquagénaire ?

Le regard de Ringmar s'absenta de nouveau vers la fenêtre qui laissait pénétrer une lumière incertaine de fin d'après-midi.

— Je crois que je l'ai trouvé, déclara Ringmar. Le sens de la vie, dans son ensemble.
— J'écoute.
— On doit tous mourir.
— Mourir ? C'est ce que tu appelles le sens de la vie ?
— Le seul.
— Bertil !
— En tout cas, c'est ce que je ressens en ce moment.
— Ça se soigne, Bertil.
— Je ne pense pas souffrir de dépression.
— En tout cas, tu n'es pas euphorique.
— Tout le monde a le droit d'être un peu à plat. Il y a trop de gens satisfaits qui vous narguent avec leur bonheur à tout faire.

— Là, je te suis.

— Beaucoup trop de gens, répéta Ringmar.

— Pourquoi tu ne fais pas un brin de conversation avec Hanne ?

Hanne Östergaard était l'aumônière de la police, qui travaillait à mi-temps au commissariat. Elle avait été d'un grand soutien pour Winter dans une affaire particulièrement douloureuse.

— Pourquoi pas ? répondit Ringmar.

Ringmar fit un brin de conversation cet après-midi-là, mais pas avec Hanne Östergaard.

Jens Book était calé sur des oreillers, dans une position assez inconfortable, semblait-il, mais il refusa d'un signe de tête l'offre de Ringmar d'arranger son lit.

Nous y revoilà, s'était dit Ringmar en pénétrant dans l'hôpital Sahlgrenska où se croisaient les blouses blanches et les civils. Nous devrions ouvrir une annexe sur place. Pourquoi personne n'y a pensé avant ? Je mériterais une prime rien que pour ça. Nous passons notre temps ici. Il nous faudrait un endroit pratique et confortable. Une secrétaire particulière, pourquoi pas ? Il était monté dans l'ascenseur avec des projets plein la tête. Le gamin, lui, avait vu ses projets interrompus. Pas d'études de journalisme avant un moment, peut-être jamais. Il lui restera toujours les Jeux handisports, avait dit Halders.

Mais Jens Book avait commencé à retrouver sa mobilité, tout d'abord dans l'épaule droite, puis lentement dans le reste du corps. Il restait de l'espoir. La paralysie faciale avait disparu, ce qui lui permettait de parler, mais Ringmar ne savait sur quoi commencer l'entretien.

— Pensez-vous qu'il a pu s'approcher à vélo ? finit-il par demander.

L'étudiant parut réfléchir. Au chemin qu'il avait suivi sans doute, jusqu'à ce trottoir devant le marchand de vidéos sur la place Linné. Peu de circulation, peu de lumière, une brume légère sur le parc.

— Peut-être.
— Oui ?
— C'est allé tellement vite. (Il tourna la tête vers la muraille d'oreillers.) Mais je n'ai rien entendu… ni rien vu qui puisse le confirmer.
— Rien du tout ?
— Non.
— Comment allez-vous ? reprit Ringmar.
— Bof…
— On m'a dit que ç'allait dans le bon sens.
— Apparemment.
— Vous pouvez bouger la main droite ?
— Un peu, oui.
— Vous pourrez bientôt remuer les orteils.
Jens Book sourit.
— Nous ne sommes pas sûrs d'avoir compris où vous étiez ce soir-là, continua le commissaire.
— Euh, quoi ?
— D'où vous veniez quand vous avez été agressé.
— Quelle importance ?
— On a pu vous suivre.
— De là-bas ? Je ne pense pas.
— D'où, Jens ?
— Je ne vous ai pas dit que j'étais à une fête du côté de… Storgatan ?
— Si.
— Alors ?
— Pas toute la soirée, ajouta Ringmar.
— Comment ?

Ringmar fit mine de consulter son bloc-notes. La page était blanche, mais ça pouvait servir d'avoir l'air de vérifier une info.

— Vous avez quitté cette soirée environ deux heures avant votre agression sur la place Linné.

— Qui vous a dit ça ?

— Plusieurs personnes que nous avons auditionnées. Elles n'en ont pas fait un secret.

— On croirait que c'est moi qui suis en position d'accusé.

— Qu'est-ce qui vous fait croire ça ?

— Le ton de votre voix.

— Je voudrais juste savoir ce que vous avez fait. Vous pouvez le comprendre, non ? Si nous voulons retrouver votre agresseur, nous devons pour ainsi dire vous suivre à la trace.

Quelle connerie, pensa-t-il, ces formules toutes faites.

Le jeune homme gardait le silence.

— Vous avez rencontré quelqu'un ?

— Même si c'était le cas, ça n'aurait rien à voir avec cette affaire.

— Vous pouvez donc me le dire.

— Vous dire quoi ?

— Si vous avez rencontré quelqu'un.

— Oui et non, fit Jens Book, le regard errant à travers la pièce.

Ringmar hocha la tête comme s'il avait compris.

— Vous êtes en quelle année ? demanda Winter.

— En deuxième année.

— Ma femme est médecin.

— Ah oui ?

— Généraliste.

— C'est ce que j'envisage également.

— Pas la chirurgie du cerveau ?

— Il faudra attendre un moment, de toute façon, répondit Aris Kaite avec une grimace, en pointant le bandage qui enserrait sa tête. La question, c'est de savoir si je pourrai continuer mes études. J'espère ne pas avoir perdu mes capacités de raisonnement, la mémoire. Pas sûr.

— Comment vous sentez-vous maintenant ?

— Mieux, mais pas terrible.

Winter hocha la tête. Ils étaient attablés dans un café de Vasastan choisi par Kaite. Ce serait une idée de tenir un peu plus souvent nos auditions dans ce genre d'endroit, songea Winter. Plus décontracté. Audition-café, ça ferait une belle enseigne.

— J'habite au coin de la rue, confia-t-il.

— Vous êtes donc venu à pied au travail.

— Oui. Ce n'est pas la première fois.

Et Winter lui parla d'une affaire qui l'avait occupé deux ans auparavant : un couple salement amoché dans un appartement à cinquante mètres de là. Mais il ne lui dit pas ce qui était arrivé à leurs têtes.

— Je crois avoir lu quelque chose là-dessus, fit Kaite.

— C'est un jeune livreur de journaux qui a donné l'alarme. Il avait des soupçons.

— Ils voient pas mal de choses.

— Vous n'auriez pas aperçu de livreur de journaux ce matin-là, Aris ?

— Quand je me suis fait fracasser le crâne ? Je ne pouvais rien voir.

— Quand vous avez débouché sur la place Kapell... ou juste avant votre agression. Il ne passait aucun livreur ? Près des immeubles.

— Pourquoi cette question ?

— Vous avez vu quelqu'un avec des journaux ?

111

— Non.
— Soit. Je vais vous dire pourquoi. Vous avez sûrement entendu parler d'un étudiant qui a été... attaqué de la même façon. À Mossen.
— Yes.
— Il prétend avoir vu passer un porteur de journaux juste avant. Or, il n'y avait pas de livraison ce matin-là. Le préposé était en arrêt maladie.
— Ce devait être son remplaçant.
— On n'en avait pas encore trouvé à cette heure-là.
— Comment sait-il que c'était un porteur de journaux ?
— Une personne qui tient dans ses bras des piles de journaux, qui monte et descend les escaliers à quatre heures et demie du matin...
— Ça ressemble à un livreur, admit Kaite.
— Oui.
— Mais s'il y avait là quelque chose de louche... comment pouvait-il savoir que le livreur habituel allait tomber malade ? Il risquait de tomber sur elle, non ? Comment pouvait-il savoir ?
— C'est également ce que nous nous demandons, répondit Winter, le regard rivé sur le jeune homme, aussi noir qu'Aneta Djanali.
— Étrange, soupira Kaite.
— D'où venez-vous, Aris ?
— Du Kenya.
— Vous êtes né là-bas ?
— Yes.
— Vous êtes beaucoup de Kenyans à Göteborg ?
— Pas mal, oui. Pourquoi ?
Winter haussa les épaules.
— Je ne les fréquente pratiquement pas, ajouta Aris Kaite.

— Qui fréquentez-vous ?
— Pas grand-monde.
— Même parmi vos camarades d'études ?
— Oui.
— Avec qui étiez-vous ce soir-là ?
— Quoi ?
— Quand vous avez été agressé. Qui vous accompagnait ?
— Je vous ai dit que j'étais seul, non ?
— Avant que vous n'arriviez sur Kapellplats.
— Absolument personne. Je faisais juste un tour en ville.
— Vous n'avez retrouvé personne ?
— Non.
— De toute la soirée ?
— Non.
— La nuit était pourtant bien avancée.
— Oui.
— Vous n'avez rencontré personne durant la nuit ?
— Non.
— Et vous voulez que je vous croie ?
— Et pourquoi ce ne serait pas le cas ? (Il parut surpris.) Qu'est-ce qu'il y a d'étonnant ?
— Vous ne connaissiez pas la personne qui vous a frappé ?
— Quelle question ? !
— Dois-je la répéter ?
— Inutile. Si je savais qui c'était, je vous le dirais, évidemment.

Winter ne commenta pas.

— Pour quelle raison je ne vous le dirais pas ?

11

— Et si je vous disais vélo ? lança Halders.
— C'est un jeu d'associations ? répondit Jakob Stillman.
— D'assoc' ?
Stillman considéra l'inspecteur, la boule à zéro, en polo, jeans et Pataugas. Qui c'était, celui-là ? On embauchait des skinheads à la crim' ?
Il tourna précautionneusement le buste et la tête suivit, opération douloureuse. Foutu mal de crâne. Et cette conversation n'arrangeait rien.
— Si vous aviez dit vélo, j'aurais certainement répondu matraquage, fit Halders.
— Rien de plus naturel.
Halders eut un sourire.
— Vous comprenez où je veux en venir ?
— Vous menez toujours comme ça vos interrogatoires ?
— Vous faites du droit, n'est-ce pas ?
— Oui...
— Vous n'êtes pas encore arrivé au chapitre méthodes d'audition cognitives ?
Stillman secoua la tête. Grave erreur.

— Continuons, dit Halders. Pensez-vous envisageable que votre agresseur vous ait approché à vélo ?

— Comme je l'ai déjà dit à votre collègue, j'ai surtout vu une silhouette. Et tout s'est passé très vite.

— Justement. Il a pu venir à vélo.

— Oui... c'est possible.

— Vous ne pouvez pas le confirmer ?

— Non... sûrement pas.

Halders baissa les yeux vers son carnet. Depuis son coup à la tête, il prenait tout en note. Comme s'il ne comptait plus vraiment sur sa mémoire.

— Quand Ber... le commissaire Ringmar vous a interrogé, vous avez mentionné un bruit... apparemment pas un bruit humain, selon vous. De quoi pouvait-il s'agir ?

— Je n'ai pas de réponse.

— Et si je vous dis vélo ?

— Je ne sais pas quoi vous dire, soupira Jens Book.

— Je vous ai demandé si vous aviez rencontré quelqu'un dans les heures qui ont précédé votre agression et vous m'avez répondu oui et non.

Silence de Jens Book.

— Vous allez devoir développer votre réponse, le prévint Ringmar.

— J'ai retrouvé quelqu'un.

Ringmar patienta.

— Mais ça n'a rien à voir avec cette histoire.

— Qui avez-vous rencontré ?

— Rien à voir avec cette histoire.

— Pourquoi c'est si difficile d'en parler ?

— Bordel, mais vous ne pouvez pas me laisser tranquille ! s'écria Jens Book.

Ringmar attendit la suite.

— C'est comme si j'avais commis un crime. Me voilà paralysé, complètement épuisé et... et...

Il se tut et son visage se contracta. Il se mit à pleurer.

Ça suffit, Bertil.

— Si je savais qui vous avez vu, cela pourrait m'aider à trouver qui vous a blessé.

— OK, ça n'a aucune importance, reconnut Book. J'ai rencontré un mec, OK ?

— C'est tout à fait OK.

— OK.

— Pourquoi était-ce si difficile à dire ?

Le jeune homme garda le silence. Il fixait un point derrière Ringmar, qui savait bien qu'il n'y avait rien, sinon un mur vide d'une teinte sans intérêt. Un mur d'hôpital.

— Qui était-ce ? insista-t-il.

— Un... mec, c'est tout.

— Un ami ?

Book hocha lentement la tête. Comme s'il venait de révéler un grand secret. C'était bien le cas.

— Un ami proche ?

— Oui.

— Je ne vous demanderai pas quelles étaient vos relations, mais il faut que je sache si vous vous êtes vus chez lui ?

— Oui.

— J'aurais besoin de son adresse.

— Pourquoi donc ?

— Vous a-t-il suivi quand vous êtes parti ?

— Parti ? Quand ?

— Quand vous avez quitté son appartement.

— Oui... un moment.

— Il était quelle heure ?

— Pas d'idée.
— Par rapport à votre agression ?
— Eh bien... une demi-heure avant, je pense.
— Il habite tout près ?
Book ne répondit pas.
— Vous étiez encore ensemble quand on vous a agressé ?
— Non.
— Où vous êtes-vous séparés ?
— Plus... plus haut dans la rue.
— Sur Övre Husargatan ?
— Oui.
— Où ?
— Au bas de Sveaplan.
— Quand ?
— Quand... eh bien... c'était un petit moment avant que ce dingue me fracasse la tête.
— Je veux son nom et son adresse.
— Et moi donc ? !
— Ceux de votre ami, précisa Ringmar.

L'équipe se retrouva dans le bureau de Winter, plongé dans la pénombre.
— Tu ne pourrais pas écraser ton mégot pour une fois ? lança Halders.
— Je n'ai même pas sorti mon paquet, s'étonna Winter.
— Mieux vaut prévenir.
Ringmar se racla la gorge, puis il étala ses documents sur le bureau que Winter venait de débarrasser.
— Ç'a eu du mal à sortir, fit-il. Pour Book.
— J'espère que tu as réussi à lui faire comprendre que, par principe, nous ne nous préoccupons pas de ses orientations sexuelles, répondit Winter.

— C'est ce « par principe » qui peut poser problème.

— Son ami était chez lui ?

— Personne n'a répondu au téléphone.

— Il faut qu'on se déplace là-bas. (Winter jeta un œil à Bergenhem.) Tu as le temps d'y aller ce soir, Lars ?

— Oui. Juste un tour pour vérifier ?

— Non, intervint Halders. Tu l'embarques, à coups de fouet, s'il le faut.

— Tu essaies d'être drôle ? rétorqua Bergenhem.

— J'essaie ?

— Nous devons jouer serré, Lars, reprit Winter. Tu t'en doutes sûrement.

— C'est pas le copain pédé qui a fait ça, bordel ! s'écria Halders.

— Il a pu voir quelque chose, argua Ringmar.

— Dans ce cas, il serait déjà venu nous voir.

— Tu ne sais pas ce que c'est, objecta Bergenhem.

— De quoi ?

— De se cacher de ça.

— Et toi, tu le sais ?

— Faire son *coming out*, ça demande un effort considérable.

— Ah ouais, mais alors, comment t'expliques qu'on lise chaque jour dans les journaux le *coming out* d'une nouvelle célébrité ?

— C'est différent quand t'es connu.

Ringmar se racla de nouveau la gorge.

— T'as mal à la gorge, Bertil ?

— Fredrik ! lâcha Winter.

Halders se tourna vers lui.

— Il y a quelque chose qui réunit ces quatre jeunes gens, et ce n'est pas leur sexualité, déclara

Winter. Peux-tu reprendre ce que tu me disais tout à l'heure, Fredrik ?

— J'ai fouillé un peu dans leur passé. Ils ont tous vécu au foyer d'étudiants d'Olofshöjd.

Bergenhem émit un sifflement.

— Comme environ la moitié des étudiants passés ou présents de Göteborg, ajouta Halders.

— Mais ça n'empêche, dit Bergenhem.

— Kaite et Stillman y vivent encore, ajouta Winter.

— Smedsberg, lui, s'est installé à Chalmers, précisa Ringmar.

— Pourquoi ça ? s'étonna Bergenhem.

Personne ne le savait encore.

— Et Book est en coloc à Skytteskogen, reprit Halders. Va falloir prévoir des aménagements pour handicapé.

— Qu'est-ce qu'on fait à Olofshöjd ? Des propositions ? lança Winter.

— On n'a pas assez de monde pour enquêter là-bas, marmonna Ringmar.

— On pourrait au moins visiter leurs corridors, proposa Bergenhem. Ceux de Kaite et Stillman.

— Ce ne sont pas les mêmes, signala Halders.

— Kaite a dit quelque chose de bizarre, observa Winter. (Il tâta sa poche de poitrine à la recherche du paquet de cigarillos, mais le regard de Halders l'arrêta.) On parlait du fait que Smedsberg avait vu un livreur de journaux et Kaite s'est montré suffisamment malin pour s'étonner que le faux livreur ait su qu'il pouvait opérer sans être dérangé par le vrai.

— À moins qu'il ait juste pris le risque, objecta Bergenhem. Je parle du faux livreur, bien sûr.

— Ce n'est pas ça, continua Winter. Ce qui m'a frappé, c'est que Kaite a dit « elle » en parlant du livreur habituel : « Il prenait le risque de tomber sur elle. » Comment savait-il que c'était une femme ?

— Un lapsus, peut-être, dit Bergenhem.

— Drôle de lapsus, non ?

— Dans le monde de ce mec-là, tous les livreurs de journaux sont peut-être des femmes, suggéra Halders. Dans son monde imaginaire. Il attend impatiemment qu'elles viennent chez lui aux premières heures du matin.

— Et ça colle avec la théorie pédé ? ricana Bergenhem.

— Ne me demande pas, répliqua Halders. C'est votre théorie, à Erik et toi.

12

Le vent soufflait fort dans son dos quand Bergenhem traversa Sveaplan. Une feuille de papier journal tourbillonnait devant les boutiques du quartier.

Les immeubles qui entouraient la place paraissaient noirs sous le crépuscule. Un wagon de tramway passa sur la droite, nimbé d'une lumière jaune et froide. Deux pies voletèrent devant lui quand il appuya sur le bouton d'appel. Il perçut une voix lointaine.

— Ici Lars Bergenhem de la police criminelle régionale. Je voudrais voir Krister Peters.

Pas de réponse, mais la porte bourdonna et il poussa le vantail. La cage d'escalier ne sentait rien, comme si le vent avait tout nettoyé. Les murs étaient aussi sombres que la façade du bâtiment.

Bergenhem attendit en vain l'ascenseur.

Il prit l'escalier et appuya sur la sonnette près de la plaque indiquant le nom de Peters. La porte s'entrouvrit au bout de la deuxième sonnerie. L'homme que Bergenhem avait en face de lui avait à peu près son âge. Cinq, six ans de plus que les étudiants.

Il fixait Bergenhem du regard. Une mèche brune lui tombait sur le front de manière étudiée. Il portait une barbe de trois jours. Son maillot blanc se détachait sur la peau bronzée et moulait ses biceps. Naturellement, pensa l'inspecteur. Non, prends garde aux préjugés. Ce mec est simplement très coiffé, mal rasé et bien musclé.

— Je peux voir votre plaque ?

Bergenhem la lui tendit.

— Krister Peters ? demanda-t-il.

L'homme hocha la tête. Puis, désignant la carte professionnelle, il dit :

— Et si c'était un faux ?

— Je peux entrer un moment ?

— Vous pourriez être n'importe qui.

— Vous avez déjà eu des problèmes de ce type ?

Peters éclata d'un rire bref et finit par ouvrir la porte. Il tourna les talons et s'avança dans le hall qui desservait tout l'appartement. Bergenhem aperçut les immeubles de l'autre côté de la place. Le ciel paraissait plus clair vu d'ici, plus bleu, comme si l'immeuble s'élevait au-dessus des nuages.

Il suivit Peters qui s'était installé dans un luxueux sofa gris foncé. Le plateau vitré de la table basse était jonché de revues. Il supportait également un verre, une bouteille, et une petite carafe embuée. Bergenhem prit place dans un fauteuil du même revêtement que le sofa.

Peters se leva.

— J'allais me montrer impoli, dit-il en quittant la pièce pour revenir avec un deuxième verre. Un whisky ?

— J'hésite.

— Il est plus de midi.

— Il est toujours plus de midi quelque part, sourit Bergenhem.

— Midi à Miami, comme disait Hemingway quand il commençait à boire à onze heures.

— Je m'en passerai cette fois-ci. Je suis en voiture et je dois rentrer directement chez moi.

Peters haussa les épaules et se versa deux doigts d'alcool qu'il additionna d'un peu d'eau.

— Vous êtes en train de manquer un sacré Springbank.

— Il y aura peut-être d'autres occasions.

— Peut-être, fit Peters en portant le verre à ses lèvres avant de le reposer et de regarder Bergenhem. Vous comptez bientôt aborder les choses sérieuses ?

— Quand avez-vous quitté Jens Book ?

— Une histoire épouvantable, fit Peters. Est-ce que Jens pourra remarcher ?

— Je ne sais pas.

— C'est incroyable. À seulement quelques pâtés de maisons d'ici.

Peters prit une nouvelle gorgée et Bergenhem sentit les effluves d'alcool. Il pouvait bien laisser la bagnole et prendre un taxi.

— Vous n'étiez pas loin quand c'est arrivé.

— Non.

— Jens n'avait pas très envie de raconter ça.

— Raconter quoi ?

— Qu'il vous avait vu.

— Non.

— Que vous étiez encore avec lui très peu de temps avant... l'agression.

— Effectivement.

Bergenhem garda le silence.

Peters, lui, gardait le verre à la main, sans y toucher.

— J'espère que vous ne me soupçonnez pas de l'avoir frappé. Si je l'avais mis dans l'état où il est, et qu'il le savait, croyez-vous qu'il me protégerait ?

Peters but une gorgée. Pas le moindre signe d'ivresse chez lui.

— Vous ne croyez pas ça ? reprit-il.

— Je ne crois rien. J'essaie de savoir ce qui s'est vraiment passé.

— Les faits. *Always the facts*.

— D'après Jens, vous vous seriez séparés une demi-heure avant son agression.

— Peut-être. Je ne sais pas exactement quand elle s'est produite, cette agression.

— À quel endroit vous êtes-vous séparés ?

Il consulta son carnet, sur lequel était inscrite l'information, transmise par Ringmar, « au bas de Sveaplan ».

— Juste en bas, répondit Peters en désignant la fenêtre du doigt. Un peu au-dessous de Sveaplan.

— Où ça, exactement ?

— Je peux vous le montrer si c'est important.

— Bien.

Peters parut réfléchir.

— Que s'est-il passé ensuite ? enchaîna le policier.

— Après ? Vous devez le savoir.

— Qu'avez-vous fait, juste après l'avoir quitté ?

— Eh bien… j'ai fumé une clope, je suis rentré chez moi, j'ai écouté un CD, puis je me suis douché, je me suis couché et je me suis endormi.

— Pourquoi l'avez-vous raccompagné dehors ?

— J'avais besoin de prendre l'air, et puis c'était une belle soirée. Un peu orageuse.

— Vous n'avez croisé personne en bas ?

— Pas de piéton. J'ai vu passer quelques bagnoles. Dans les deux sens.

— Vous avez suivi Jens du regard ?

— Pendant que je fumais, oui. Il s'est retourné une fois pour me faire signe. Je lui ai répondu, et comme j'avais fini ma cigarette, je suis rentré chez moi.

— Vous n'avez vu personne dans la rue ?

— Non.

— Personne à pied ?

— Non.

Bergenhem percevait le bruit de la circulation ; l'artère était une des plus fréquentées de la ville. Une sirène d'ambulance retentit. On était tout près de l'hôpital. L'inspecteur reconnut soudain la musique que Peters avait mise.

— The Only Ones !

Peters fit mine de s'incliner devant lui.

— Pas mal. Surtout que ce n'est pas de votre génération.

— Jens est-il venu plus d'une fois chez vous ?

— Oui.

— Avez-vous déjà été exposé à des menaces ?

— Comment ça ?

— Est-ce qu'on vous a déjà menacé ?

Peters garda le silence. Il prit une petite gorgée. Les Only Ones poursuivaient doucement leurs « stupéfiantes » pérégrinations.

— Bien sûr qu'on peut recevoir des menaces. Quand on est pédé, il y a toujours un risque.

Bergenhem hocha la tête.

— Vous voyez ce que je veux dire ?

— Je crois.

— Je n'en suis pas certain, insista Peters.

— Vous comprenez où je veux en venir, alors ?

Peters réfléchit. Il tenait toujours son verre. La musique s'était arrêtée. Bergenhem vit un oiseau noir passer devant la fenêtre, puis un autre. Une sonnerie de téléphone retentit quelque part dans l'appartement, une fois, deux fois. Peters ne remuait pas. La musique reprit, un groupe que Bergenhem n'identifiait pas. Le téléphone continuait à sonner. Le répondeur finit par s'enclencher, sur la voix de Peters, mais aucun message ne suivit.

— Vous pensez que l'agresseur en avait après moi ?
— Je ne sais pas.
— Ou qu'il en avait après Jens pour une raison... spéciale ?

Bergenhem ne répondit pas.

— Il n'en voulait pas spécialement à Jens ? C'était juste... parce qu'il est pédé ?
— Je ne sais pas.
— Oui... c'est bien possible. (Peters leva son verre, désormais vide.) Rien ne m'étonne plus de ce côté-là.
— Racontez-moi quand vous avez pu vous sentir menacé.
— Je commence où ?
— Commencez par la dernière fois.

Aneta Djanali se gara le long du trottoir et ils sortirent de voiture. Halders se frotta le cou et jeta un regard à la jeune femme tandis qu'elle fermait les portières avec la commande à distance. Elle se retourna.

— Tu as mal ?
— Oui.
— Ce soir, je te ferai un massage, si tu veux.
— Bien volontiers.

Aneta Djanali consulta son bloc-notes et ils poussèrent l'une des portes du foyer étudiant. Un vélo était garé dans le hall d'entrée. Au mur, un tableau d'affichage était couvert de plusieurs couches de messages et surmonté d'une grande affiche annonçant la fête d'automne de la maison. La date était dépassée depuis longtemps.

Il flottait une vague odeur de graillon, ou de cuisine rapide à base d'ingrédients bon marché. Halders avait occupé l'une de ces chambres d'étudiant lorsqu'il était à l'École de Police à Stockholm.

— Ça sent comme de mon temps.

— Et du mien, fit Aneta Djanali. Hot dogs et sauce bolo.

— Haricots à la tomate.

Elle eut un petit rire.

— À Masthugget, on avait une fille qui ne mangeait que des haricots à la tomate, à la cuillère, dans la boîte. Sans les réchauffer.

— Pas mal !

— Ça me rendait malade, soupira la jeune femme.

— C'est toujours comme ça avec les fayots.

Aneta Djanali renifla.

— Étonnant cette mémoire olfactive qui fait resurgir le passé ! constata-t-elle.

— J'espère juste que tu ne vas pas faire un malaise, on est en service.

Aneta Djanali sonna à la porte du couloir qui avait été celui de Gustav Smedsberg avant son déménagement à Chalmers. Jakob Stillman avait sa chambre à l'étage du dessus, avant d'être consigné à l'hôpital de Sahlgrenska. Il serait bientôt de retour.

Aris Kaite vivait dans le bâtiment voisin. Ce qui ne signifiait pas que les jeunes gens se connaissaient, même de vue. C'est un monde anonyme d'une certaine façon, songea Aneta Djanali. Les gens sont dans leur truc, leurs études, ils se traînent dans la cuisine commune juste le temps de se chauffer un plat et retournent aussi sec dans leur chambre pour avaler leur assiette. La seule fois où ils lèvent le regard sur les autres, c'est quand il y a une fête. Mais il peut y en avoir souvent, des fêtes. De mon temps, certains fêtaient le week-end toute la semaine. Et si c'est encore samedi-dimanche pour eux, ils ont peut-être raison. Pour moi, c'est trop souvent lundi. Sauf qu'il pourrait y avoir du changement dans ma vie.

Halders lisait les noms sur le panneau.

— Je vois bien notre agresseur sur cette liste.

— Mmm.

Une jeune fille se présenta de l'autre côté de la porte vitrée. Elle leur ouvrit lorsque Halders brandit sa carte professionnelle.

— Je me rappelle Gustav, dit-elle.

Ils étaient assis dans la cuisine, dans les relents de nourriture.

— Il s'est fait tuer ?

— Non, répondit Halders. Il a été victime d'une agression, mais il s'en est sorti et de ce fait il est pour nous un témoin important.

— Mais... pourquoi venez-vous ici ?

— Il vivait ici jusqu'à très récemment.

— Et alors ?

Ce n'était pas une question insolente. Elle n'a pas l'air effrontée, pensa Halders. Effrontée. J'adore ce mot.

— Cette affaire nous semble assez sérieuse pour que nous cherchions à déterminer avec quelles personnes les victimes ont pu être en contact, expliqua Aneta Djanali.

— Mais Gustav n'est pas une victime.
— Il aurait pu l'être.
— Pourquoi a-t-il quitté ce foyer ? s'enquit Halders.
— Je ne sais pas, répondit la fille sur un ton qui parut légèrement suspect à l'inspecteur.
— On ne peut pas dire qu'il gagnait vraiment au change en passant au foyer de Chalmers.
Elle haussa les épaules.
— Il ne s'est pas disputé avec quelqu'un ici ?
— Disputé ? Dans quel sens ?
— Ça peut aller d'un simple échange de mots à une bataille rangée avec jet de grenades et attaque aéroportée. Du grabuge, quoi.
— Non.
— Si je vous pose la question, c'est que l'affaire est grave. Cette ou ces affaires. On en a plusieurs.
Elle acquiesça.
— Y avait-il une raison particulière au déménagement de Gustav ? reprit-il.
— Vous lui avez posé la question ?
— Nous vous le demandons maintenant.
— Il peut vous le dire lui-même, non ?
Ni Halders ni Aneta Djanali ne répondirent. Ils continuèrent de fixer la jeune fille. Elle détourna les yeux vers la fenêtre qui laissait passer la douce lumière de novembre. Elle revint à eux.
— Je ne le connaissais pas si bien, Gustav.
Halders hocha la tête.
— Pas du tout, en fait... Mais il y avait quelque chose.
Elle regarda de nouveau par la fenêtre, comme pour essayer d'attraper ce « quelque chose ».
— Quoi donc ?

— Eh bien… du grabuge, comme vous dites, répliqua-t-elle en se tournant vers l'inspecteur. Pas vraiment de… jet de grenades, mais il est arrivé deux, trois fois… plusieurs fois… qu'il vocifère au téléphone et puis… il y a eu des cris, comment dire… qui venaient de sa chambre.

— Quel genre de cris ?

— Des cris, vous voyez. On n'entendait pas ce qu'ils criaient. Ç'a dû arriver deux, trois fois.

— Qui étaient ces « ils » ? demanda Aneta Djanali.

— Gustav… et celui qui était avec lui.

— Qui était-ce ?

— Aucune idée.

— Un homme ou une femme ?

— Un homme. Jeune.

— Pas plus d'un ?

— Je n'en ai pas vu d'autre.

— Vous l'avez donc vu ?

— Je ne suis pas sûre que ce soit le même. Mais un mec a surgi de sa chambre un moment après que j'ai entendu ces cris. J'allais à la cuisine. Il se dirigeait vers l'escalier. Pour quitter les lieux, je suppose.

— Vous l'avez vu plusieurs fois ?

— Non, juste cette fois-là.

— Qui occupe l'ancienne chambre de Gustav ? continua l'inspectrice.

— Une fille. Je ne l'ai presque pas croisée. Elle vient juste d'emménager.

— Vous pourriez reconnaître le garçon qui sortait de la chambre de Gustav ? intervint Halders.

— Je n'en sais rien, fit-elle en regardant Aneta Djanali. Ce n'est pas si évident. À part la couleur de peau. Et il y en a pas mal au foyer.

— Là, je ne comprends plus.

— Quand les gens n'ont pas la même couleur de peau, on a tendance à les confondre, répondit la jeune fille avec force gesticulations. Je me suis souvent fait la réflexion. (Elle eut un petit sourire.) Pas seulement chez nous, dans le monde dit occidental. En Chine, il y en a qui ne distinguent pas les Blancs entre eux. (Elle pointa la tête vers Aneta Djanali.) Vous voyez ce que je veux dire.

— Ce garçon qui est sorti de la chambre de Gustav... ce n'était pas un Blanc ? demanda l'inspectrice.

— Non, il était noir, comme vous. Je ne vous l'ai pas dit ?

Au moment où il sortit de chez lui, un rayon de soleil éclaira la façade. L'immeuble était laid, mais cet éclat de lumière l'embellissait.

Le soleil venait de quelque part ailleurs, d'un endroit calme et chaud, où tout le monde était gentil. Sans personne pour vous... faire des choses que vous ne voulez pas. Les enfants dansaient et les grands dansaient à côté d'eux, ils s'amusaient et riaient tous ensemble.

Il fut pris d'une suée. Le soleil n'était pas si chaud pourtant.

Depuis qu'il était... contraint, oui, *contraint*, de rester à la maison, plutôt que d'aller au travail, ça empirait.

Il tournait en rond dans son appartement.

Les films. Non, pas maintenant. Si. Non. Si. Si.

C'était bien pire qu'avant.

Il allait dans le bureau, il sortait les objets des enfants, les prenait dans sa main, l'un après l'autre. Le drôle de petit truc, un oiseau argenté. Une perruche peut-être ? Pas un perroquet, en tout cas. Ha, ha, ha !

La balle verte, elle était amusante, elle aussi. Et la petite voiture bleue et noire, reçue du garçon avec qui il avait parlé la première fois. C'était la même voiture. Non, la même marque. Il n'était pas vraiment expert, mais bien sûr que c'était la même marque que la sienne, hein ? Oui. Il s'appelait Kalle, le gamin, et c'était rigolo de parler dans la voiture avec Kalle. Qu'est-ce que tu as là ? Je peux regarder ? Mmm. Qu'est-ce qu'elle est belle ! Moi aussi, j'en ai une, de voiture. Elle lui ressemble. En un peu plus grand. Non, beaucoup plus grand ! Beaucoup, beaucoup plus grand ! On est assis dedans. Je peux la mettre en marche et toi, tu conduiras la tienne en même temps, Kalle.

Mais ça ne s'était pas passé comme ça. Pas cette fois-là.

La voiture de Kalle roulait sur le parquet, traversant le séjour, passant le seuil de la cuisine, broum, BRRRMMM, ça résonnait dans la pièce quand il faisait le bruit du moteur, BRRRRMMMMM !

Et voici qu'il ouvrait la portière de la grande voiture. La sueur perlait toujours à son front. Ça empirait.

Il roulait. Il savait vers où. Il avait mal aux mâchoires tant il serrait les dents. Non, non, non ! Il voulait que ça reste amusant. Rien d'autre, r-i-e-n-d-a-u-t-r-e, mais tout en conduisant, il sentait que ce serait différent cette fois-ci, ça ne servirait à rien de tourner à gauche au lieu de tourner à droite au premier carrefour, puis au second.

Il aurait pu conduire les yeux fermés. Les rues suivaient les rails. Il suivait les rails. Il entendait les wagons du tram avant de les voir. Les rails luisaient au soleil encore haut dans le ciel. Il ne s'en écartait pas, ça le rassurait.

13

La campagne était baignée d'une lumière douce comme de l'eau. Tout paraissait noyé, liquide. Les arbres. Les pierres. Les champs rougeoyants. La terre labourée faisait comme des vagues, une mer solidifiée qui ne dégèlerait pas avant le printemps.

Qu'est-ce que je dois faire ? Qu'est-ce que j'ai bien pu faire ? Qu'est-ce que *j'ai fait* ?

Un tracteur cheminait au loin. Il travaillait depuis si longtemps que la peinture s'était écaillée. La machine, la nature, tout se confondait, sous une lumière uniforme qui semblait glisser continûment du jour au crépuscule.

Il se sentait plus calme, après une demi-heure de conduite, mais il savait que ce n'était que provisoire, comme tout le reste autour de lui. Non. Tout n'était pas provisoire. C'est éternel, songea-t-il. C'est plus grand que tout.

Je regrette, mais c'est comme ça, je hais ce paysage.

Il tourna et franchit la clôture qui semblait recouverte d'une nouvelle couche de rouille, par-dessus la précédente. Il se tenait maintenant dans la cour de la ferme.

J'ai rêvé de la prairie dans le passé. Je me disais qu'un jour, j'aurais un cheval et que nous galoperions loin d'ici pour ne plus jamais revenir.

J'aurais pu m'envoler dans le ciel. Les gens m'auraient vu passer au-dessus de leurs têtes.

C'est ce que je vais faire.

Deux poules se promenaient dans la cour. Le vent faisait tourbillonner des brins de paille et des éclats de bois.

Ça puait, comme toujours, le fumier, les semences et la terre, les feuilles et les pommes pourries, le bois moisi. Une odeur tenace de bétail. Pourtant il n'y avait plus d'animaux.

Même plus Zack. Il marcha jusqu'au chenil, maintenant vide. Il lui manquait, Zack. Il avait été son ami quand il en avait besoin et puis, Zack était parti et tout était redevenu comme avant.

Il entendit le tracteur sur la route. L'engin allait bientôt franchir la grille dans un grognement et s'arrêter à peu près à sa hauteur.

Il se retourna. Le vieux se gara, éteignit le moteur et descendit avec raideur, mais sans hésitation. Son corps continuerait de suivre la routine, longtemps après avoir perdu toute souplesse.

Toute tendresse, songea-t-il. Quand on est un enfant, on est tout tendre et le reste n'est que dureté, mais ensuite, on devient pareil.

Le vieux s'avança vers lui clopin-clopant.

— Ça faisait un bail.

Il ne répondit pas.

— J'ai pas reconnu la bagnole.

— Elle est nouvelle.

— Elle en a pas l'air, fit remarquer le vieux en jaugeant le capot.

— Je veux dire nouvelle pour toi.

Le vieux avait des taches de boue sur le visage. Il avait toujours été sale.

— Tu bosses pas ? On est en pleine journée. (Il leva les yeux vers le ciel, pour confirmation, puis se retourna, pris d'un tremblotement.) Mais t'aurais pas pu venir jusqu'ici en tramway. Ç'aurait fait un sacré spectacle !

— Je suis en congé aujourd'hui.

— Ça fait pas loin depuis Göteborg.

— Pas trop, non.

— Aussi bien, t'aurais pu vivre de l'autre côté du globe. Ça fait quoi ? (Il consulta derechef le Grand Almanach du ciel.) Quatre ou cinq ans que t'es pas venu ?

— Aucune idée.

— J'te le dis.

Il entendit un bruit d'ailes. Des corbeaux voletèrent entre l'étable et la maison.

— Puisque t'es là, tu prendras bien une tasse de café.

Ils entrèrent. Les relents du hall le ramenèrent immédiatement dans le passé.

Quand il était petit.

À l'intérieur, tout était comme avant. En d'autres temps, il s'était assis sur cette chaise. Et elle, elle était assise en face, grande, rouge.

Elle était gentille au début, oui, c'était quand il sentait encore une tendresse en lui, dans son corps de petit garçon, avant qu'il ne soit trop tard.

C'était bien ça ? Il ne se trompait pas ?

C'était la troisième maison. Ils avaient décidé qu'il ne pouvait pas vivre avec maman. On lui avait donné un papa adoptif, le vieux qui s'activait bruyamment devant la cuisinière. L'eau finit par bouillir dans la casserole et le vieux sortit maladroitement deux tasses et deux soucoupes du placard.

— Ben, ici ça a pas trop changé, comme tu peux l'voir, fit-il en posant sur la table une petite corbeille de brioches encore dans leur plastique.

— Non.

— Pas aussi coquet qu'avant. Mais sinon, c'est pareil.

Il hocha la tête. Ce devait être une blague.

La bouilloire se mit à siffler, le vieux versa l'eau et se rassit. Puis il lui jeta ce regard qu'il connaissait bien, avec un œil en berne et l'autre relevé.

— Pourquoi t'es venu ?

— Je... je ne sais pas.

Il était déjà revenu quelquefois. Sans doute parce que c'était le dernier endroit qui lui ait servi de foyer.

— Je t'ai écrit.

— C'est pas la même chose.

Il but de ce café bouilli qui devait avoir le même goût que la terre au-dehors ou les flaques d'huile dans la cour.

— Qu'est-ce qu'y a ? fit le vieux.

— Comment ça ?

— Qu'est-ce que tu m'veux ?

— Rien du tout.

Le vieux but une gorgée de café et prit une brioche, sans mordre dedans.

— J'ai rien à te donner.

— Depuis quand je te demande quoi que ce soit ?

— Juste pour que tu saches, fit le vieux en entamant sa brioche, qu'il mâchonna. On m'a cambriolé. L'étable, tu te rends compte. Un cambriolage dans une étable où y a plus d'animaux ni rien à prendre. Nom de Dieu !

— Comment tu sais qu'elle a été cambriolée ?
— Quoi ?
— Qu'est-ce qui te fait penser qu'elle a été cambriolée, s'il n'y avait rien à prendre ?
— Ça se voit tout de suite quand on a eu la même étable toute sa vie. On voit bien si quelqu'un est entré dedans. (Il fit passer la brioche avec une nouvelle gorgée de café.) Ça se remarque.
— Ah bon.
— J'te le dis.
— Et rien de volé ?
— Deux trois vieilleries, mais j'm'en fiche. (Le regard du vieux prit la tangente.) C'est pas ça.

Il ne commenta pas.

— C'est que j'ai pas envie que des étrangers se baladent chez moi quand j'suis pas là. Ou qu'ils viennent crécher.
— Je peux comprendre.

Le vieux l'épluchait maintenant du regard.

— Tu m'as pas l'air en grande forme.
— J'ai... j'ai été malade.
— C'était quoi ?
— Rien de spécial.
— La grippe ?
— Quelque chose d'approchant.
— Et t'es venu prendre un peu d'air frais ?
— Oui.
— Ben, ici, t'as qu'à respirer pour gagner des forces, fit le vieux, secoué d'une sorte de rire. Y a qu'à te servir.

Il avança la tasse vers sa bouche, mais ne put se résoudre à boire. Il frissonna sous le courant d'air humide qui les avait suivis dans la cuisine. Le vieux n'avait pas encore eu le temps d'allumer le poêle après sa journée de travail. Dieu sait à quoi il pouvait bien travailler.

— Je crois qu'il me reste des affaires ici.

Le vieux ne répondit pas, il n'avait pas l'air d'avoir entendu.

— Ça m'est revenu l'autre jour, j'ai repensé à deux trois babioles.

— Genre ?

— Des jouets.

— Des jouets ? Qué-ce tu vas en faire ? (Son regard le transperça.) Tu serais pas devenu père ?

Il garda le silence.

— T'as pas de gosses ?

— Non.

— Je pensais pas non plus.

— C'est... des souvenirs. Ils sont dans une boîte, je crois.

— Eh ben, si y a quéquechose, ça doit être au grenier et j'y ai pas mis les pieds depuis la mort de Ruth. (Son regard le fixa de nouveau.) Elle t'a réclamé.

— Je monte, fit-il en se levant.

L'escalier menant au grenier craquait toujours autant.

Il entra dans ce qui avait été la chambre du vieux. Plus d'odeurs.

Le vieux avait cessé de coucher là pour se faire un lit dans la pièce derrière la cuisine. Mais ça n'avait pas disparu. Rien ne disparaît. Ça reste et ça ne fait que grandir, en plus fort et plus horrible.

La lumière de l'après-midi filtrait péniblement de la fenêtre en mansarde. Il alluma l'ampoule de quarante watts qui pendait au plafond. Il jeta un regard circulaire, mais il n'y avait pas grand-chose à voir. Un lit qu'il n'avait pas occupé. Un fauteuil. Trois chaises à barreaux, une table bancale. Trois manteaux accrochés à un portant.

Le plancher était couvert de sciure, en trois petits tas. Quelques cartons avaient été posés dans un coin au fond de la pièce, sous la fenêtre. Il ouvrit celui de gauche. Sous des nappes et des serviettes de toilette se trouvaient deux de ses jouets, il les prit sous son bras et descendit les ranger dans la voiture.

Le vieux sortit sur le perron.

— T'as trouvé quéquechose ?

— J'y vais.

— Quand c'est qu'tu repasses ?

Jamais, pensa-t-il.

Winter se gara derrière le bâtiment qui abritait la moitié des commerces place du Docteur Fries. Il ne s'agissait pas d'une visite chez Dan, son dentiste et tortionnaire, mais il aurait préféré. Des jeunes gens brutalisés, c'était encore pire.

La place était presque déserte. Un décor des années 1960. J'avais trois, quatre ans quand je suis venu pour la première fois, avec mon père, dans le même cabinet de dentiste. Je ne me trompe pas ?

Son portable se mit à vibrer dans la poche intérieure de son manteau.

Il reconnut le numéro qui s'affichait à l'écran.

— Bonjour, maman.

— Tu as lu mon numéro, Erik ?

— Comme toujours.

— Où es-tu en ce moment ?

— Sur la place du Docteur Fries.

— Ah bon ? Tu es allé chez le dentiste ?

— Non. (Il s'écarta pour laisser passer deux femmes poussant chacune un landau.) C'est ici qu'allait papa, non ?

— Je crois bien. Pourquoi cette question ?
— Pour rien. (Il y avait du grésillement sur la ligne Göteborg-Nueva Andalucia, sauf hypothèse, improbable, qu'elle soit en train de lire un journal.) Quel temps vous avez ?
— Un temps couvert. Depuis hier.
— Ce n'est plus la Costa del Sol. Comment dit-on la Côte des Nuages en espagnol ? ajouta-t-il en sortant un paquet de Corps de sa poche.

Il alluma un cigarillo, qui libéra de sombres et lourds arômes de fin d'automne.

— Je n'en sais rien, avoua-t-elle.
— Au bout de trente ans là-bas, tu ne connais toujours pas le mot nuage en espagnol ?
— Il ne doit pas exister.

Il éclata de rire.

— Tu savais que les Japonais n'ont pas de mot pour la couleur bleue ?
— Celui-là, je le connais. C'est *azul*.
— *El cielo azul*, reprit-il en levant les yeux vers le ciel de plomb.
— Ça commence à s'éclaircir sur la mer, au moment où je te parle.

Il savait à quoi cela pouvait ressembler. Quelques années plus tôt, il avait passé plusieurs journées de fin d'automne à Marbella auprès de son père mourant.

Un matin qu'il marchait sous un ciel sombre en direction de la plage, après avoir pris le petit déjeuner chez Gaspar, il avait vu les nuages se déchirer en quelques secondes au-dessus de la Méditerranée et le soleil avait balayé la mer jusqu'à l'Afrique.

— Tu avais quelque chose de spécial à me dire ? fit-il.

— Oui. À propos de Noël. Je te l'ai déjà demandé. Vous ne pourriez pas venir ici ?

— Je n'en suis pas sûr.

— Pense à Elsa. Ce serait amusant pour elle. Comme pour Angela.

— Et pour moi ?

— Pour toi aussi, Erik, c'est évident.

— Je ne sais vraiment pas où j'en serai dans mon travail. Dans le service d'Angela, ce n'est pas très clair non plus.

— Il y a bien d'autres médecins, non ?

— Durant les fêtes, ils ont tendance à disparaître.

— Eh bien, Angela n'a qu'à disparaître la première.

— Tu ne pourrais pas faire le voyage ?

— Je viens ce printemps. Mais ce serait drôle de fêter Noël ici avec vous. Une première !

— Tu en as parlé à Lotta ?

La sœur de Winter avait souvent rendu visite à leur mère avec ses deux filles.

— Elle avait quelque chose de prévu avec de bons amis.

— Comment s'appelle-t-il ? s'enquit-il.

Sa sœur cherchait à se recaser après un douloureux divorce.

— Elle ne m'a rien dit de plus.

— Bon, je verrai.

— Ne te mêle pas de ses affaires, Erik.

— Je veux dire que je vais voir si on peut venir en Espagne.

— Tu aurais dû t'y prendre avant.

Il préféra ne pas répondre.

— Je peux faire du jambon braisé, lança-t-elle.

— Non, pas question ! Si on vient, c'est pour manger local.

Winter avait du mal à s'imaginer sa mère derrière les fourneaux. Ses compétences culinaires se limitaient à couper des tranches de citron pour des drinks ou à visser le shaker. De temps en temps, elle prenait un verre de trop. Mais elle les avait toujours bien traités. Elle avait même élevé ses enfants dans le respect de certaines valeurs. Combien de personnes manquaient d'un socle sur lequel s'appuyer en cas de coup dur !

— On est bientôt au mois de décembre, le prévint-elle. Vous devriez vous occuper des billets. Il est peut-être déjà trop tard.

— Dans ce cas, tu aurais dû appeler avant.

Elle ne répondit pas.

Il comprit soudain pourquoi. Elle avait attendu jusqu'au bout qu'il s'invite. Elle ne tenait plus.

— Je fais une préréservation, promit-il.

Pourquoi pas ? Vingt degrés au minimum, des bars à tapas et des palmiers, ça changerait des Noëls à Göteborg, balayée par des vents pénétrants, ou couverte de brume.

Ils se dirent au revoir. Il resta figé sur place, il avait du mal à retrouver pourquoi il était venu là.

Il roula en direction de la ville, laissant derrière lui la vaste plaine et toutes les senteurs qui appartenaient à ce monde.

Bien trop de souvenirs avaient afflué à son esprit, il essayait maintenant de s'en débarrasser, de les chasser par la fenêtre ouverte. Le souffle de la vitesse lui balayait les cheveux et les joues.

Il suivait un circuit bien connu. Le réseau autoroutier le ramenait vers le centre-ville, en progressant par cercles concentriques. Il s'arrêta au feu sur Allén.

Il se gara au même endroit que la fois précédente. Non, pas tout à fait, s'il prenait comme repères les érables.

Il passa la main sur son front, trempé de sueur. Comme son cou et sa nuque.

Il caressa le perroquet suspendu à la lunette arrière. Il caressa le nounours assis sur le siège passager. Comme c'était étrange qu'il ne lui ait jamais donné de nom. Puis il sourit en se rappelant qu'il en avait un, bien sûr. Nounours !

Il caressa le perroquet installé à côté de Nounours, qui ressemblait trait pour trait à Bill. Même pour les couleurs. Un peu plus rouge peut-être.

— Qu'est-ce tu vas foutre avec ces vieux machins ? lui avait lancé le vieux quand il remontait dans sa voiture.

— Ils sont à moi, avait-il dit.

— C'est pas ce que j'te demandais. Je t'demandais ce que t'allais fabriquer avec.

— Ils sont à moi.

C'était tout ce qui lui restait de son enfance.

— T'as toujours été bizarre.

Il aurait pu l'aplatir sous ses roues pour ces paroles-là. Faire le tour de la cour et revenir lui *montrer* pour de bon qu'il ne voulait pas qu'on lui parle comme ça.

Il souleva l'oiseau qui regardait droit devant en direction de la pelouse, du terrain de jeux où les enfants faisaient de la balançoire, couraient en tous sens et jouaient à cache-cache. Il y en avait beaucoup trop comparé au petit nombre d'adultes qui veillaient sur eux.

Il fallait les aider.

Il descendit de voiture et laissa ses affaires à l'intérieur, sans pour autant fermer à clé.

Il avait tourné son véhicule en direction de la route qui passait derrière le parc, en longeant la place, il franchit en une minute ou deux la distance qui le séparait des immeubles. Il fut pris d'une nouvelle suée, saisi d'un malaise, comme un vertige sur un manège. Il s'arrêta, respira, se sentit mieux. Il avança encore de quelques pas, entendit une voix.

Il baissa les yeux et vit un garçonnet près des buissons.

— Tu t'appelles comment ? lui demanda le gamin.

14

Il regarda ses mains posées sur le volant. Elles tremblaient. Il dut les faire glisser, que sa conduite n'en soit pas affectée. Il n'en était pas question.

Le parking était plein, ce qui n'arrivait pas souvent. Le temps qu'il fasse le tour du quartier, heureusement, une place s'était libérée.

Il alla boire un verre d'eau à la cuisine avant même d'enlever ses chaussures. Une entorse à ses habitudes. Les chaussures, il fallait les enlever dans l'entrée, pour éviter de salir avec de la terre et du gravier, comme maintenant. Hier, il avait fait le ménage et il voulait que ça reste propre aussi longtemps que possible.

Il reposa le verre et considéra sa paume, les lignes qui s'y dessinaient, puis il détourna la tête et traversa la cuisine, le hall, jusqu'à la salle de bains. Il se lava les mains, sans regarder. Du coup, il s'éclaboussa, mais il n'y pouvait rien.

Il se sécha les mains. Le téléphone sonna. La serviette lui échappa. La sonnerie continuait à retentir. Il gagna le hall.

— A... Allô ?

— Jerner ? Vous êtes bien Mats Jerner ?
— Euh... oui.
— Bonjour, ici la Compagnie des Tramways de Göteborg, Järnström à l'appareil. Je vous appelle au sujet de l'accident sur la place Järn. C'est moi qui m'occupe de l'enquête. Ou qui l'ai récupérée, pour être exact.

Järnström pour la place Järn, songea-t-il. Est-ce qu'ils choisissaient leurs enquêteurs sur leur nom ? Le mien correspond, lui aussi.

— Elle est pratiquement bouclée, continua Järnström.
— On s'est déjà rencontrés ?
— Non.

Il perçut un bruissement de papier.

— Pour vous, c'est terminé. Vous pouvez remonter en selle.
— Je reprends le boulot, c'est ça ?
— Ouais.
— Plus d'interrogatoires ?
— Des interrogatoires ?
— Des questions sur ma façon de travailler.
— Il ne s'agissait...
— Alors, ce n'est plus ma... faute ?
— Personne n'a jamais dit ça. Vous avez...
— J'ai été mis à l'écart.
— Je ne dirais pas ça.
— Comment vous appelez ça ?
— Nous nous sommes occupés de l'enquête et ça nous a pris un certain temps.
— Alors, qui est coupable ?
— Pardon ?
— Qui est coupable ? cria-t-il dans le combiné. (Le gars avait apparemment des problèmes d'audi-

tion.) Qui va assumer la faute pour tout ce qui s'est passé ?
— Calmez-vous, Jerner.
— Je suis calme.
— L'affaire est close. En ce qui vous concerne.
— Qui reste concerné ?
— Là, je ne comprends plus.
— Et le soûlard ? C'était entièrement sa faute.
— Ça pose problème, admit Järnström.
— Pour qui ?
— Pour la circulation.
— Pour les conducteurs. Ça pose problème aux conducteurs.
— Ouais.
— C'est pour ça qu'il arrive ce genre de choses.
— Je sais.
— Vous n'aviez rien d'autre à me dire ?
— Non, pas pour le moment. Nous vous demanderons peut-être de préciser un détail ou un autre à l'occasion, mais…
— Alors, je n'ai plus qu'à reprendre le travail ?
— C'est exactement la raison de mon appel.
— Je vous remercie, dit-il en raccrochant.

Sa main recommençait à trembler. Elle était propre, mais secouée de tremblements.

Il retourna s'asseoir à la cuisine, puis il sortit dans le hall, fouilla dans sa poche droite et ressortit le souvenir qu'il avait gardé de la petite fille.

Il s'installa sur le sofa pour l'examiner. Puis éclata en sanglots.

Il n'était jamais allé si loin avant. Jamais. Il sentait que ç'allait arriver maintenant et il avait fait un grand détour en voiture pour en sortir, mais au lieu de ça, il avait été pris dans la spirale, et il avait compris que ça finirait comme ça.

Comment ça serait la prochaine fois ?
Non. Non, non, non !

Il se leva pour aller chercher le caméscope dans le hall et poursuivit la discussion avec lui-même.

Le film se déroulait sur l'écran de télévision.

Il entendit la voix du petit garçon qui lui demandait son nom. Il s'entendit lui répondre sans savoir *à ce moment-là* qu'il le disait. Mais il n'avait pas donné son nom d'aujourd'hui. Il avait dit le nom qu'il portait quand il était enfant, à son âge. Non, plus grand, mais petit quand même.

L'image tremblotait à l'écran. Des voitures, des arbres, la pluie dehors, la circulation dans la rue, un feu, deux, sa main sur le volant. Le garçonnet. Ses cheveux, l'espace d'un instant. Plus de voix, plus aucun bruit. Sa main. Ses cheveux, passant fugitivement de nouveau, pas de visage, pas sur ce film.

Winter essaya de se concentrer sur la musique. Elle s'accordait bien avec le crépuscule de novembre. De l'autre côté de la rivière scintillaient les feux des voitures.

Il avait suivi le même chemin que Stillman, l'étudiant en droit, cette nuit-là : après les escaliers, le Forum, son propre cabinet dentaire, la bibliothèque. Il était posté au milieu de la place où l'agression avait eu lieu. Une approche à vélo ? Non, il n'y croyait pas. Une rencontre occasionnelle ? Un type qui passait par là au même moment, qui serait arrivé par-derrière, sur le côté, de face ? Mais Stillman aurait dû le voir, bon sang. Il en aurait parlé après coup.

Il avait pu tomber sur une connaissance.

Restait une possibilité : il était avec quelqu'un dont il ne voulait pas révéler l'identité. Pourquoi ? *Warum* ? *Why* ? *Porqué* ?

La question la plus difficile, comme toujours, et dans toutes les langues. « Qui ? » « Où ? » « Comment ? » « Quand ? », c'étaient les questions immédiates qui exigeaient des réponses immédiates, et quand on les avait, l'affaire était résolue. Ce « Pourquoi ? » pouvait le travailler longtemps après. Lui laissant un goût d'inachevé. La vie n'était pas si facile à comprendre, ni à résumer.

Mais tout de même. En éclairant un peu ce « pourquoi », il avait des chances d'arriver plus rapidement au « qui », « où », « comment » et « quand ».

On frappa doucement à sa porte et, sur sa réponse, Ringmar fit son entrée. Winter resta sur sa chaise tandis que son collègue s'asseyait sur un coin de son bureau.

— Fait sombre là-dedans.
— Tu as besoin de lumière ?
— À quoi d'autre aspirons-nous ?
— C'est reposant, la pénombre, argua Winter.

Ringmar jeta un œil au Panasonic et fit l'effort d'écouter trente secondes.

— Relax, ton jazz.
— Bobo Stenson Trio. *Orphelins de guerre*, précisa Winter.
— Victimes de guerre.
— Non… ça désigne plutôt ceux qui ont perdu leurs parents à la guerre.
— Victimes de guerre, ça sonne mieux.
— Si tu le dis.

Ringmar prit la chaise devant le bureau. Winter alluma la lampe et un cercle lumineux se dessina entre eux. Ils étaient souvent restés comme ça, à discuter à bâtons rompus pour tenter d'approcher la solution d'une énigme. Sans son aîné, il ne serait pas allé aussi loin. Et réciproquement. Bertil devait le sentir. Et pourtant, certains aspects de la vie de Bertil lui restaient méconnus. Ce dernier ne savait pas tout de lui non plus.

Mais l'heure était venue pour Winter de faire parler le bonhomme, s'il le voulait bien. Peut-être était-ce lié à sa propre vie... la maturité, oui. Son cheminement de jeune célibataire doté d'un certain pouvoir vers... les autres.

Bertil était le ciment de leur brigade. Il le savait. Tout le monde le savait. Winter, lui... eh bien, qu'était-il ? La foreuse ? Dans tous les cas, ils avaient besoin l'un de l'autre, de leurs conversations. De leur jargon à eux, qui n'était jamais qu'un jargon.

— Pourquoi les gens passent-ils leur temps à mentir ? lança Ringmar.

— Ça fait partie du job.

— De mentir ?

— D'écouter des mensonges.

— Regarde-les, ces étudiants, ils nous embobinent.

— Ce sont leurs mensonges.

— Ils deviennent les nôtres, répliqua Ringmar.

— On les démêlera. C'est notre boulot. Eux ne peuvent pas démêler les leurs.

Ringmar hocha la tête.

— Ou alors, ils nous disent la vérité, et rien d'autre.

Ringmar acquiesça, toujours coi.

— Mais ce n'est pas pour parler de ça que tu es venu me voir, Bertil. Je me trompe ?

Ringmar garda le silence.

— Tu n'as pas l'air dans ton assiette.

Ringmar se passa la main sur le front.

— Tu n'as pas de fièvre ?

— C'est pas ça.

Winter attendit la suite. La musique s'arrêta, c'était la fin du disque. Il faisait plus sombre dehors. Le bruit de la circulation avait augmenté. Des gouttes de pluie coulaient lentement sur la vitre. À Göteborg, la neige était un cadeau rare, qui surprenait tous les deux ans les services du déblaiement, et qui engendrait un véritable chaos. Winter aimait alors rentrer à pied à travers le parc de Heden, sous les flocons, avant de se poster à la fenêtre pour boire du vin chaud.

— C'est Martin, bien sûr, fit Ringmar.

Winter attendit.

— Eh oui…

— Tu veux m'en dire plus, l'encouragea Winter.

— Je ne sais pas comment le dire.

— Dis-le, tout simplement.

— C'est… une histoire entre… père et fils.

— Père et fils.

— Oui… Bordel, j'essaie de saisir comment fonctionne mon gamin. Comment on a pu en arriver là. (Il se pinça le front.) Ce que j'ai bien pu faire. Et lui. Non, moi le premier.

Winter patienta, sortit son paquet de Corps, mais sans prendre de cigarillo. Il releva la tête et Ringmar le regarda dans les yeux.

— C'est pour ça que j'ai pensé à toi. Aux… relations que tu avais avec ton père. Comment c'en est arrivé à ce que… tu n'aies… plus de contact avec lui.

15

Winter alluma un cigarillo, aspira une longue bouffée. La fumée traversa le cercle de lumière sur la table.

— C'est une question épineuse, Bertil.
— Tu vois que ça me mine.

Winter prit une nouvelle bouffée. Il se revit sur le versant d'une montagne s'élevant au-dessus de la Méditerranée quand son père se faisait enterrer dans une église blanche comme neige. Sierra Blanca. Plus aucune possibilité de contact.

— Il a quitté le pays avec son fric, dit Winter.
— Je le sais.
— Ça ne m'a pas plu.
— C'est tout ?

Winter ne répondit pas, se contentant de fumer. Puis il se leva, ouvrit la fenêtre et constata que la pluie avait cessé. Il fit tomber la cendre après avoir contrôlé que personne ne se promenait sur la pelouse juste en dessous. Il se retourna.

— Je ne sais pas.
— Tu en savais quoi, au juste, des... affaires de Bengt ?

— Assez pour ne pas apprécier.
— Oui.
— Il aurait pu rester en Suède et… oui, payer sa part. Il en avait les moyens. Ça ne l'aurait pas empêché d'avoir sa baraque au soleil. (Winter eut un sourire.) S'il avait payé ses impôts, on aurait peut-être un enquêteur de plus.

Il retourna à son bureau. Il se sentait infiniment fatigué. Ils auraient pu résoudre ce conflit, son père et lui, en se parlant. Le silence n'engendre que lui-même.

— On a fini par ne plus se parler, reprit-il. C'était comme si on n'avait plus rien à se dire. (Il se rassit.) Je ne sais pas… j'ai souvent pensé que ça devait remonter plus loin… à quelque chose qui n'a rien à voir avec… avec l'argent. Autre chose.

Ringmar garda le silence. Son regard s'était assombri.

— Mon Dieu, Bertil, je dois te faire mal.
— Je suis là pour ça.
— Tu n'es pas masochiste. Et puis, tu n'es pas comme lui.
— Nous sommes tous différents, mais ça ne nous empêche de faire les mêmes conneries.
— Quelle connerie ?
— J'ai bien dû en faire une. J'ai un fils adulte qui ne veut plus me voir. Il ne veut même pas me parler.
— Il le regrettera. Il changera de position.
— Tu parles d'expérience ?

Winter ne répondit pas. La pluie recommençait à battre la vitre sous un ciel noir. Cinq heures de l'après-midi, il faisait déjà nuit.

— Excuse-moi, Erik. C'est juste que… merde…
— Je peux essayer de lui parler.
— J'ignore où il est.

— Ta fille a bien des contacts avec lui ? Moa.
— Je ne sais pas bien.
— Faut-il que je lui parle aussi ?
— Je ne sais pas, Erik. J'ai moi-même essayé de le faire, mais elle... respecte son souhait.
— Et du côté de Birgitta ?
— C'est pour elle que c'est le pire. Il semble avoir décidé que le refus de me voir l'incluait, elle aussi. (Ringmar se redressa sur sa chaise avec un sourire.) Un genre de package, si tu veux.
— Je lui flanque une bonne rossée si je le retrouve ?
— Je ne pensais pas que tu irais jusque-là.
— Quand les mots ne suffisent plus, il reste les gnons. (Winter levait le poing dans l'atmosphère enfumée.) Pas si rare, comme façon de s'exprimer. Même chez nous.
— On pourrait tester la communication verbale avant, suggéra Ringmar.

On frappa à la porte de Winter. Invité à rentrer, Bergenhem se dirigea vers le bureau nimbé de lumière dans une pièce entièrement sombre.

— Vous vous auditionnez l'un l'autre ?
— À défaut de suspect, on prend ce qu'on a, fit Winter.
— Épargnez-moi ça ! Bon, j'ai regardé d'un peu plus près ces prétendues marques au fer dont parlait Smedsberg.
— Je ne suis pas au courant.
— Ça vient.

Bergenhem prit la chaise à côté de Ringmar. Il semblait en proie à une certaine excitation. Winter se leva pour allumer le lampadaire. L'atmosphère devint immédiatement plus chaleureuse. Il ne manquait plus que des bougies.

— J'ai parlé avec une femme des Services de l'agriculture, expliqua Bergenhem en sortant son carnet. Département de la protection animale.
— Fallait y penser ! sourit Ringmar.
— J'ai plus drôle encore.
— Excuse-moi, Lars. C'est la fatigue de l'audition qu'on vient d'avoir.
— Il s'avère qu'on trouve ce genre de fers en Suède, pas seulement dans les fermes du Wyoming et du Montana. Mais on n'a plus le droit de marquer le bétail à chaud. Au fer rouge.
— Comment on fait alors ?
— On utilise un marquage à froid.
— À la neige carbonique, ajouta Winter.
— Tu savais ça, toi ? s'étonna Ringmar.
— Non, mais ça se devine.
— Eh bien, oui, ils peuvent réfrigérer ces fers à la neige carbonique, ou plus exactement à l'azote liquide, avant de marquer les bêtes avec.
— Et ça se fait encore aujourd'hui ? s'enquit Ringmar.
— Oui. Surtout pour les chevaux, les trotteurs. Mais aussi pour les bovins d'après ma spécialiste.
Ringmar hocha la tête. Bergenhem lui jeta un regard acide.
— Tu le savais déjà, Bertil ? dit-il.
— Les paysans ne sont pas satisfaits du marquage à l'oreille. Quand ils traient le troupeau, ils ne voient pas le numéro depuis leur tabouret sous les pis.
— Eh bien, j'en reviens pas, j'ai atterri dans un congrès du Syndicat de l'agriculture.
— Ces foutues règles communautaires ! enchérit Winter.
— Pourquoi interdit-on le marquage au fer rouge ? reprit Ringmar, sur un ton plus sérieux.

— Eh bien... pour des raisons... humanitaires, si je puis dire. En tout cas, en vertu de la loi de 1988 sur la protection animale, on autorise seulement le marquage à froid.

— On peut utiliser le même fer qu'à chaud ?

— Il semblerait bien.

— Tu as posé la question ?

— Oui.

— OK. Rien de plus ?

— Le plus intéressant dans cette histoire, c'est le symbole. Ils utilisent une combinaison de chiffres. (Il lisait maintenant ses notes.) Le plus souvent trois chiffres. Mais il peut y en avoir plus.

— Que signifient-ils ? l'interrogea Ringmar.

— Ils représentent ce qu'ils appellent un numéro d'unité de production, qui ne vaut que pour la ferme en question.

Ringmar émit un sifflement.

— Ça vaut pour toutes les fermes de Suède ? demanda Winter.

— Toutes celles qui possèdent des bovins, des moutons, des chèvres ou des cochons. Et des chevaux.

Comme dans cet établissement, songea Ringmar. Personnel et clientèle.

— Et les autres ? poursuivit Winter.

— Comment ça ?

— Celles qui ont abandonné l'élevage, par exemple. Ça arrive fréquemment. Est-ce qu'elles restent enregistrées ? Ou bien est-ce qu'on les raye du fichier ?

— Je ne sais pas encore. Je n'ai pas réussi à joindre le responsable du Service de l'enregistrement.

— Si ça se trouve, nos victimes portent un numéro d'enregistrement sous les croûtes de leurs cicatrices, fit Ringmar. Comme un tatouage.

— Est-ce qu'on peut accélérer la cicatrisation ? ricana Bergenhem.

— Je vais en parler avec Pia, répondit Winter.

— Et l'affaire sera réglée, déclara Ringmar.

Bergenhem le regarda d'un air surpris.

— Tu es sérieux, Bertil ?

— Positif.

— L'agresseur aurait trempé son arme dans de l'azote liquide avant d'entrer en action…

— Où donc aurait-il fait ça ? ajouta Ringmar.

— Il peut avoir emporté une Thermos de neige, suggéra Winter.

— Ça laisserait des traces ? s'enquit Bergenhem.

— J'ai du mal à l'imaginer. Mais qui pourrait en savoir un peu plus là-dessus ? Sur le bétail, la neige carbonique et le reste ?

Il consulta Ringmar du regard.

— Des inséminateurs, précisa celui-ci. Ils conservent le sperme à froid.

Winter hocha la tête.

Ces gars-là se sont trompés de branche professionnelle, pensa Bergenhem.

Les enfants étaient couchés. Halders et Aneta Djanali s'étaient installés dans le sofa. Lui écoutait les U2. *All that you can't leave behind*. Tout ce que tu ne peux pas laisser derrière toi.

Il était assailli par des flashs de souvenirs sombres.

Il ignorait si Aneta écoutait ou pas. Elle avait les yeux rivés sur la porte vitrée qui donnait sur la terrasse, fouettée par la pluie. *It's a beautiful day*, chantait Bono. Sans doute une acception irlandaise de l'expression « beau temps », sourit Halders.

Il sentit la main d'Aneta sur son cou.

— Prêt pour un massage ?

Il pencha doucement la tête vers l'avant. Elle se leva, se plaça derrière le dossier et lui massa les vertèbres douloureuses.

Il se détendait à mesure. *Stuck in a moment you can't get out of*, chantait Bono. C'était exactement ça. Il était bien.

Sa femme avait été tuée par un chauffard qui avait pris la fuite. C'était un an auparavant ? Au début du mois de juin, se rappelait-il. Ses enfants avaient encore quelques jours d'école. Il faisait une chaleur d'enfer et l'enfer ne faisait que commencer.

Ils avaient fini par mettre la main sur ce salaud. Halders avait mené sa propre enquête, en vain. Ensuite, il avait été blessé en cours de service. Bêtement. Pour une connerie de sa part. Non, pensa-t-il, ce n'était pas moi, pas à ce moment-là. J'étais un autre.

Ce con de fuyard n'était qu'un pauvre type, qui ne méritait pas de se faire casser la gueule. Quand Halders l'avait vu, bien après, cela n'avait désormais plus aucun sens pour lui. Il ne ressentait plus de haine. Il n'en avait plus le temps, ni la force. Toute la force qu'il avait, il devait la mettre au service de ses enfants qui commençaient à comprendre ce qui s'était passé.

Maman est au ciel, répétait Magda certains jours.

Son grand frère la dévisageait sans commenter.

Il ne doit pas y croire, se disait Halders, assis avec eux à la table de la cuisine. Ne crois pas au ciel. Le ciel, on le voit que de la terre. C'est pareil qu'ici. De l'air, de la pluie, et du vide.

— Tu te sens comment ? lui demanda Aneta Djanali.

Slow down my beating heart, chantait Bono, d'une voix qui aurait pu être noire, comme les mains de la jeune femme qu'il voyait se glisser le long de ses épaules. Une main sur la poitrine. *Slow down my beating heart.*
— On va se coucher, fit-il.

Angela roulait sous une pluie battante. La nuit était tombée, presque imperceptiblement. Elle sourit. Bientôt décembre et les congés de Noël. Le travail lui pesait davantage en cette saison, elle se fatiguait plus vite, comme ses patients. Elle avait réussi à se faire dispenser de gardes pendant les fêtes. Erik avait vaguement parlé de la Costa del Sol. Elle espérait que Siv appellerait. Elle s'entendait bien avec sa belle-mère. Elle saurait également s'accommoder d'un ciel bleu, d'un verre de vin au soleil et de langoustes grillées au feu de bois.

Mais tout d'abord, quelques courses à Haga. Ils étaient ouverts jusqu'à vingt heures.

Elle traversa la place et descendait la rue Linné, lorsqu'en consultant son rétroviseur, elle vit les lumières bleues d'un gyrophare se mettre en marche, silencieusement.

La voiture sérigraphiée était toujours derrière elle. Qu'est-ce que c'est comme intervention ? se demanda-t-elle. Je ne peux pas tourner tout de suite et les laisser me dépasser. Voici qu'ils actionnent la sirène. Oui, je *dois* m'échapper le plus vite possible.

Une place se libérait devant la Centrale des Alcools ; elle se gara.

La voiture de police se rangea juste derrière elle. Le gyrophare continuait sa rotation. Personne sur le trottoir.

Elle vit dans son rétroviseur que l'un des policiers s'extirpait du véhicule ; elle se glaça d'effroi. Tout ce qu'elle avait vécu peu de temps auparavant lui revenait à l'esprit, des souvenirs qui tournoyaient comme des flashs de lumière autour d'elle. Elle avait été... kidnappée par un homme en uniforme. Arrêtée par un faux policier, alors qu'elle était enceinte d'Elsa...

On gratta à la vitre, elle aperçut un gant noir. Elle préférait ne rien voir. On frappa de nouveau. Elle lança un œil : on lui faisait signe de baisser la glace.

Elle ne trouvait pas le bouton sur la portière. Voilà, la glace se baissa dans une secousse.

— Ils vous ont pas appris, à l'auto-école, à vous arrêter quand la police le demande ?

Elle garda le silence. Elle pensait : ils ne vous ont pas appris la politesse à l'École de Police ?

— Ça fait un moment qu'on vous talonne.

— Je... je ne pensais pas que ç'avait un rapport avec moi.

Il la dévisagea. Son visage à lui était plongé dans l'obscurité, à peine tacheté de flaques de lumière électrique. Il y avait dans son regard quelque chose de dur, voire pire. Un désir de frapper quelque chose ou quelqu'un. Une provocation calculée. Ou bien juste de la fatigue, se dit-elle. Ça nous arrive à tous. À moi la première. Mais ça ne m'empêche pas de rester correcte.

Elle connaissait de vue quelques policiers, mais pas celui-là. Elle tâcha de repérer un autre collègue dans le rétroviseur, mais ne vit rien d'autre que la pluie qui dégoulinait sur la lunette arrière de la Golf.

Une semaine seulement que j'ai ma propre voiture, et voilà ce qui m'arrive.

— Comment va ? fit-il.

Elle garda le silence.

— Permis de conduire.

Elle l'extirpa péniblement de son portefeuille.

— Angela Hoffman ?

Elle hocha la tête.

Il prit le document et recula de quelques pas. Elle devina qu'il faisait une vérification sur fichier et regretta le temps d'une seconde de ne pas porter le nom d'Erik. Cette brute le reconnaîtrait tout de suite. Il marmonnerait deux mots et lui rendrait son permis aussitôt, pour regagner son véhicule et tracasser d'autres malheureux.

Elle tâcha de se calmer. Elle aurait pu montrer son irritation... ou sa peur... mais ça n'aurait fait qu'empirer la situation.

Et si on se mariait ? J'ajouterais Winter à Hoffman.

Je me sentirais plus tranquille.

Un mariage au bord de la mer.

Reconnais que tu y as déjà pensé.

On tambourina la vitre. Il lui rendit son permis, marmonna « Angela Hoffman » une nouvelle fois et retourna à sa voiture dont le gyrophare était toujours en action, ce qui avait provoqué un petit attroupement de curieux. Elle démarra en trombe en direction du nord. À ce stade, elle avait oublié quelle course insignifiante elle avait à faire dans les parages. Elle tourna vers l'est dès qu'elle put. En deux temps trois mouvements, elle gara la voiture dans le parking souterrain et monta à l'appartement où elle lança ses bottes dans le hall.

— Quelle entrée ! fit Winter qui sortait de la cuisine avec Elsa dans les bras. On dirait une charge de cavalerie.

— Je n'en peux plus.

— Un problème au boulot ?
— C'est venu après. Je me suis fait cueillir par un de tes collègues sur le chemin du retour.
— Un contrôle d'identité ?
— Non. Une vraie saloperie.
— Attends un peu.

Elsa gigotait dans ses bras, partagée entre le désir de retrouver sa mère et celui de finir son dîner. Il retourna à la cuisine et installa la petite sur sa chaise pour qu'elle continue à manger toute seule. Il y en avait partout sur le plateau de la table.

— Je ne me sens pas bien, fit Angela, qui l'avait suivi, son manteau toujours sur les épaules.

Elle sortit.

Au bout d'un moment, il l'entendit pleurer au fond de l'appartement.

Il appela sa sœur.

— Salut, Lotta, c'est moi. Est-ce que par hasard Bim ou Kristina seraient à la maison ce soir ?
— Bim, oui. Que se passe-t-il ?
— Une urgence. J'ai besoin d'une baby-sitter.

— Les brebis galeuses, ça existe dans tous les métiers.
— On n'a pas le droit de se conduire de cette façon, répondit-elle, son verre de vin à la main.
— Je pourrais facilement savoir qui c'était.

Elle avait vu une ride se creuser sur son front. Il pouvait se mettre... hors de lui. Pour un bref moment, qui n'en était pas moins effrayant.

— Et ensuite ?
— Mieux vaut que tu l'ignores, fit-il en buvant une gorgée de leur puligny-montrachet.
— On s'en fiche ! décida-t-elle.

Elle but à son tour et regarda au-dehors. Elle pointa la tête vers l'immeuble moderne de l'autre côté de la rue Lasarett, plus précisément vers un cinquième étage avec balcon, dont la fenêtre était éclairée.

— J'aime bien les rideaux de mon ancien appart, continua-t-elle.

On avait une belle vue, panoramique, depuis les hauteurs de Kungshöjd.

Il acquiesça.

— Il me manque parfois.

Il acquiesça de nouveau.

— J'en ai passé, des années, dans cet appart.

— Moi aussi.

— Pour toi, c'était plutôt un gîte de nuit, sourit-elle. Pour des nuits partielles.

— La vue me manque.

— Mais le Bistro 1965 n'existait pas encore, ajouta-t-elle avec un regard circulaire sur le restaurant.

L'établissement venait d'ouvrir. C'était la deuxième fois qu'ils venaient, et sans doute pas la dernière. Peut-être étaient-ils les premiers habitués.

Les moules à la coriandre d'Angela arrivaient avec leur purée de potiron. Puisque je sors d'un épisode Halloween, s'était-elle dit en commandant le plat. Winter quant à lui, avait choisi un filet de sandre légèrement fumé sur un lit d'aubergines à l'huile vanillée.

— Délicieux, fit-elle.

— Mmm.

— Est-ce qu'on doit avoir mauvaise conscience de ne pas avoir emmené Elsa ? demanda-t-elle en prenant un peu d'eau.

— On peut rapporter la carte à la maison et la lui lire demain soir.

— J'en ferais bien ma lecture, confia-t-elle en parcourant la liste de vocabulaire gastronomique qui était attachée au dos du menu du jour. Est-ce que tu connais l'*escalavida*, par exemple ?

— Purée de poivron, d'oignons, d'aubergine avec une pointe de citron, entre autres.

— Avoue que tu l'avais lu avant.

— Bien sûr que non, dit-il avec un sourire en portant son verre à ses lèvres.

— *Gremolata* ?

— Trop facile.

— Mon Dieu ! (Elle releva la tête.) Mais tu vas voir.

— Pose-moi une vraie colle.

— *Confit* ?

— Trop facile.

— *Vierge* ?

— Oui, *vierge*. (Il loucha vers la carte, posée sur ses genoux.) Ça n'est pas précisé.

— Ah ! Je savais bien que tu trichais.

Une voiture passa devant la fenêtre. Le temps s'était dégagé. Des étoiles couvraient le ciel au-dessus de l'ancien immeuble d'Angela.

— La première fois, dit-elle en désignant la façade de crépi blanc, tu es venu en uniforme. Les voisins m'ont prise pour une criminelle !

Ils poursuivirent la conversation dans la plus grande sérénité. Bien installé dans un endroit public, avec des étrangers autour de soi, on éprouve souvent un sentiment d'intimité, songea Winter. Un paradoxe.

Il buvait maintenant un fief de lagrange, pour accompagner les côtes d'agneau grillées. Celles-ci étaient servies avec une gremolata ainsi qu'un ragoût de haricots et d'artichauts, arrosé de cette *vierge* à laquelle il n'avait pas vraiment réfléchi en commandant le plat : une sauce légère composée d'huile d'olive vierge, de tomate, de bouillon, ail et fines herbes. Il avait déjà goûté le risotto au vin rouge d'Angela.

La serveuse changea les bougies. La salle s'était vidée peu à peu. Le téléphone de Winter sonna dans la poche intérieure de sa veste.

Elsa, pensa Angela.

— Oui ? répondit-il.

— Bertil à l'appareil. Désolé de te déranger.

16

Winter aperçut le garçonnet à travers la porte. Il dormait. Plus exactement, on lui avait administré un somnifère. Ils étaient venus directement du Bistro en taxi. Je veux être avec toi cette fois-ci, lui avait dit Angela. Tu ne vas pas toujours être seul. En plus, c'est mon lieu de travail. Mon service. Et puis, Elsa est déjà endormie.

— Il aurait pu mourir de froid, constata Ringmar.

— Ou d'autre chose, répondit Winter qui avait lu les rapports, encore succints, de l'hôpital et du médecin légiste, Pia E:son Fröberg. Quand a-t-on donné l'alarme ?

— Bien après sa disparition, probablement.

— Quand donc ? Quand a-t-il disparu ?

— Après quatre heures. (Ringmar consulta ses notes.) Aux environs de 16 h 15. Mais ce n'est qu'une estimation.

— Elle nous vient du personnel de la crèche ?

— Oui.

— Comment ça s'est passé ? Que faisaient-ils ?

— Eh bien... personne ne peut vraiment le dire.

— Alors, il est parti se balader tout seul ?

Ringmar garda le silence.

— Vraiment ?

— Je n'en sais rien, Erik. Je ne les ai pas enten...

— OK. C'est facile d'enlever un gamin, de toute manière.

Angela tressaillit.

Il y avait une femme assise auprès de l'enfant. Des appareils médicaux. Un bruit peu naturel. Une lumière pas très agréable.

— On va s'installer ailleurs, décida Winter.

On avait mis une pièce à leur disposition.

— Où sont les parents ? s'enquit-il tandis qu'ils traversaient le couloir.

— Là-haut, chez l'un des médecins.

— Ils restent sur place ?

— Naturellement.

— Moi, je rentre, fit Angela.

Ils s'embrassèrent, devant un Ringmar au visage fermé.

La pièce était aussi nue que les arbres et les rues dehors. Winter s'adossa contre un mur. Les trois verres de vin qu'il avait bus dans la soirée lui avaient donné mal à la tête. Plus loin, une radio jouait du rock à niveau assez bas. *Touch me*, perçut-il. Et puis quelque chose comme *Take me to that other place*. Mais il n'y avait pas d'autre lieu. C'était là, tout était là.

Le petit garçon dans la chambre avait quelques mois de plus qu'Elsa.

— On a dû le promener en bagnole, déclara Ringmar.

— Où donc ?

— Le groupe était sur l'aire de jeux, dans le parc. Ensuite... eh bien...

— Ensuite, on est dans le noir, compléta Winter.

— Il y avait bien dix kilomètres d'un point à l'autre.

Dix kilomètres de l'aire de jeux d'où le gamin avait disparu à l'endroit où il avait été finalement retrouvé.

— Qui l'a découvert ?

— Classique. Un clebs, puis le propriétaire du clebs.

— Où est-il ? Le maître, je veux dire.

— Chez lui.

Winter hocha la tête.

— Ça faisait déjà quatre heures qu'il avait disparu, conclut-il.

— À peu près.

— Que sait-on de ses blessures ?

Ringmar fit un geste vague, qui pouvait dire tout et son contraire. Il avait à peine le courage de lever la main, semblait-il. Les guitares avaient cessé de résonner dans le corridor. Qui pouvait bien écouter du rock dans ce service ?

— Il souffre de contusions sur le buste. Et sur le visage. Rien sous... sous la taille.

— J'ai vu son visage.

— Moi, juste son bras.

— Rien ne t'étonne plus dans cette vie ? lui demanda Winter en se dégageant du mur. Dans cette vie qui est la nôtre aujourd'hui.

— Il y a des questions auxquelles on ne peut répondre ni par oui ni par non.

— Où se trouvaient les parents quand l'alarme a été donnée au commissariat central ?

— Le père était au travail, entouré de plusieurs personnes, et la mère prenait un café avec une amie.

— Le ravisseur l'a trimbalé aux heures de pointe, quand les gens regardent droit devant eux et ne pensent qu'à rentrer à la maison.

— Il s'est garé dans le parc, ou juste à côté, ajouta Ringmar qui se frottait le menton, déjà râpeux après une journée de travail. Les experts sont sur place.

— Bonne chance, commenta Winter sans conviction. Sur un parking, tu dois avoir un million d'empreintes qui se croisent les unes les autres. À la rigueur sur une pelouse bien souple et humide, sinon, ça ne peut pas marcher.

On devra chercher du côté de nos habitués, songea-t-il. Le plus dur, c'est de s'y mettre. Soit on le trouve dans la liste, soit on ne le trouve pas. Et ça risque de nous prendre du temps.

— Il faut que je parle au personnel de la crèche, dit-il. Quel que soit leur nombre. Ou leur petit nombre.

Mais, pour commencer, les parents. Ils l'attendaient dans un bureau que Winter connaissait bien. Celui d'Angela. Avant de rentrer à la maison, elle avait fait en sorte que Paul et Barbara Waggoner puissent s'y installer. D'ordinaire, une photo d'Elsa avec son père trônait sur le bureau ; elle l'avait retirée, avec sa délicatesse habituelle.

L'homme était resté debout, la femme s'était assise. On devinait chez eux un état de nervosité contenue, qui témoignait d'une volonté de retenir le temps, de le retenir dans un *alors*. Évidemment. Les victimes de crimes ou leurs proches, quand ils n'étaient pas coupables, aspiraient toujours à un retour en arrière. Les autres aussi probablement. Lui-même serait volontiers revenu une heure auparavant, quand il était attablé au Bistro 1965, une heure qui

169

renvoyait aussi bien à un autre monde. Un recoin protégé. *Take me to that other place.* Il n'était pas de garde ce soir-là, mais Bertil l'avait appelé, sentant qu'il voudrait être présent. Cette intuition de Bertil l'effraya, car son collègue ne s'y trompait jamais. Cette affaire serait un sombre et long voyage, auquel Winter devait participer depuis le début. Ce genre de choses était difficile à expliquer aux autres. Il regarda Ringmar assis sur la banquette à côté de la mère. Cette complicité entre nous, Bertil et moi. Il se frotta le crâne. Mon mal de cheveux s'est dissipé.

— Est-ce qu'il pourra retrouver la vue ? demanda Barbara Waggoner sans lever les yeux.

Winter ne répondit pas, Ringmar non plus. Nous ne sommes pas des médecins, pensa le commissaire. Lève les yeux, et tu le verras tout de suite.

— Ce n'est pas le médecin, Barbara, lui souffla son mari, avec un léger accent britannique. Il vient de nous quitter.

— Il ne pouvait rien nous dire à ce sujet, fit-elle comme si elle plaçait ses espoirs dans les nouveaux spécialistes qui venaient de franchir la porte.

— Madame Waggoner... (Elle redressa la tête et Winter se chargea des présentations.) Pouvons-nous vous poser quelques questions ?

Il consulta l'homme du regard. Celui-ci acquiesça.

— Comment peut-on faire ça à... un enfant ? continua-t-elle.

La question du pourquoi... La plus difficile.

— C'est bien à vous de répondre à cela ? reprit son époux sur un ton faussement flegmatique.

— Nous allons d'abord tout mettre en œuvre pour retrouver celui qui a fait ça.

— Quel monstre ! fit l'homme. *What kind of fucking monster is this ? !*

— Nous sommes venus…
— Vous n'avez pas de fichiers sur ces gens-là ? Il suffit de chercher dedans, non ?

L'accent se faisait plus marqué.

— C'est prévu, assura Winter.
— Alors, que faites-vous ici ?
— Nous avons quelques questions sur Simon. Ce sera…
— Des questions ? Nous n'avons rien de plus à dire que ce que vous avez vu vous-mêmes.
— Paul, intervint la femme.
— Oui ?
— Laisse-les parler, s'il te plaît.

Le regard de l'homme se fixa sur elle, avant de se détourner.

— Posez vos questions, dit-il.

Winter s'enquit de leurs horaires, leurs routines, et des vêtements de l'enfant. Avait-il quelque chose sur lui ? Quelque chose dont il ne faudrait pas lui parler pour l'instant.

— Comment cela ?
— Est-ce qu'il lui manque quelque chose ?
— Un jouet, précisa Ringmar. Un doudou, par exemple. Un porte-bonheur, n'importe quel objet qui ne le quitterait pas.
— *Keepsake ?* fit l'homme.
— Oui.
— Pourquoi cette question ?
— Je vois, déclara Barbara Waggoner en se levant.

Winter décela chez elle un léger accent, très discret. Parlaient-ils anglais entre eux, ou suédois, ou alors les deux pour que l'enfant devienne bilingue ? Anglais sans doute, puisque le petit fréquentait déjà l'école suédoise.

— Ah bon ? s'étonna son mari.

— Tu ne comprends pas ? dit-elle. Pour le cas où celui... celui qui... pour le cas où il le lui aurait volé.

L'homme hocha la tête.

— Y avait-il un objet à subtiliser ? reprit Winter.

— Nous... nous n'y avons pas réfléchi, répondit-il. *We... haven't checked it.*

— Vérifié quoi ? insista Winter.

— Sa montre, s'écria Barbara Waggoner avant de se poser la main sur la bouche. Il ne l'enlevait jamais. (Elle se tourna vers son conjoint.) Je ne l'ai pas vue...

— Une montre bleue.

— En plastique, compléta-t-elle.

Ringmar quitta la pièce.

— Est-ce que je peux vous proposer du café ? fit Winter. Du thé ?

— Nous venons d'en prendre, merci, murmura Barbara Waggoner.

— Est-ce que c'est... courant ? demanda son époux. Qu'il arrive des choses pareilles aux enfants ?

Winter ne savait pas s'il était question de Göteborg, de la Suède, des maltraitances envers les enfants en général, ou de ce genre de... crime en particulier. Plusieurs réponses étaient envisageables. L'une d'elles étant qu'il était courant de voir les enfants maltraités par des adultes. Enfants ou adolescents. Le plus souvent à l'intérieur de la famille. Presque toujours dans la famille, songea-t-il en observant le couple Waggoner, la trentaine, les traits tirés se découpant dans la pénombre. Des pères et des mères battaient leurs enfants. Il en avait visité, de ces foyers dont il avait tâché d'ensevelir le souvenir avant qu'il ne resurgisse immanquablement. Des enfants qui restaient handicapés pour le restant de leur vie. Certains ne marcheraient plus, d'autres ne voyaient plus, comme ce petit Simon dont les yeux avaient été touchés.

Certains en mouraient. Et ceux qui survivaient n'oubliaient jamais. Personne n'oubliait jamais. Bon Dieu, il en avait rencontré de ces victimes devenues adultes, chez qui la blessure persistait, dans le regard, ou dans la voix.

— Je veux dire, ici, en ville, précisa Paul Waggoner. Qu'un enfant soit enlevé comme ça, maltraité et puis, comment dire... relâché... peut-être après... après...

Il ne put continuer. Il avait le visage défait.

— Non, répliqua Winter, ce n'est pas courant.

— C'est déjà arrivé ?

— Non. Pas de cette manière.

— *How do you mean ?* Pas de cette manière ?

Winter le fixa du regard.

— Je ne sais pas vraiment ce que je veux dire. Pas encore. Il nous faut d'abord en savoir plus sur ce qui s'est vraiment passé.

— Un fou a enlevé notre enfant alors qu'il était sur un terrain de jeux avec son *daycare*. Voilà ce qui s'est passé. (Il regardait Winter, mais il y avait dans ses yeux plus de résignation que d'agressivité.) Voilà ce qui s'est vraiment passé. Et je vous demandais si c'était la première fois.

— J'en saurai bientôt un peu plus là-dessus.

— Si c'est déjà arrivé, alors ça peut recommencer.

— ÇA NE TE SUFFIT PAS QUE CE SOIT ARRIVÉ, PAUL ? s'écria Barbara Waggoner en se levant du canapé pour aller poser son bras sur les épaules de son mari. Ça nous est arrivé, Paul. C'est arrivé à

Simon. Qu'est-ce qu'il te faut de plus ? Est-ce qu'on ne peut pas... se concentrer sur notre cas et essayer de... l'aider ? Tu ne comprends pas ? Il faut laisser la police faire son travail. Paul ? Tu comprends ce que je dis ?

Il acquiesça. Peut-être comprenait-il. Winter entendit Ringmar ouvrir la porte derrière lui. Il se retourna. Son collègue secoua légèrement la tête.

— Vous avez retrouvé la montre ? demanda Paul Waggoner.

— Non, répondit Ringmar.

En bouclant sa ceinture de sécurité, Larissa Serimov sentit le poids de son arme contre son flanc. Un Sigsauer ne pesait guère plus que beaucoup d'accessoires, mais on ne pouvait oublier sa présence.

Il faisait doux, en ce début décembre. Des vitrines de Noël sous une température de dix, douze degrés. Brorsson conduisait la vitre plus qu'à moitié baissée. Les cheveux au vent, il avait l'air d'un trotteur sur la ligne d'arrivée. La jeune femme se demanda l'espace d'un instant si les chevaux étaient idiots ou seulement nerveux. Qu'une feuille vole au vent et ils piquent aussitôt un galop. Bêtise ? Nervosité ? Les deux ?

Pour Kalle Brorsson, c'était les deux. Larissa affichait un vague sourire, mais elle était mal à l'aise. Son collègue avait quelque chose d'inquiétant.

— Fais attention à ne pas attraper un torticolis.

— Ça ne m'arrive qu'en été, pour rien en général.

— Moi, je sais pourquoi, fit-elle quand ils obliquèrent en direction de la mer.

Elle entendait les mouettes dehors.

— Ah ouais ?

— C'est parce que, l'été, tu conduis la fenêtre ouverte, déclara-t-elle.
— Mais on n'est pas l'été, justement.
Elle eut un rire sonore.
— Quoique, les températures sont quasiment estivales en milieu de journée.
— On est donc l'été, Kalle.
— T'as raison, admit-il en lui adressant un clin d'œil.
— Et on peut s'attendre logiquement à ce que tu attrapes un torticolis, fit-elle en contemplant les rochers et la mer d'huile.

Brorsson finit par remonter la glace.

— Tout droit ! indiqua-t-elle à la hauteur du rond-point.

Ils poursuivirent jusqu'au fond de l'impasse et se garèrent. Sur leur droite, adossé à la montagne, le lotissement était construit par paliers. La baie s'ouvrait devant eux. Des bateaux à voile étaient encore à l'appontement.

— C'est ouvert, lui lança Brorsson.

La salle de restaurant leur tendait les bras, dans un bâtiment en forme de phare. Tout respirait le calme et vous invitait au repos. Mais il n'en était pas question pour eux.

— On vient à peine de déjeuner, répondit-elle. Tu as oublié ?
— Non, je sais, mais je me disais qu'on pourrait contrôler ceux qui sortent. (Elle vit ses yeux se rétrécir.) Les faire souffler dans le ballon. Je veux atteindre mon quota de conducteurs en état d'ivresse d'ici Noël. (Il la fixa.) Je tiens beaucoup aux statistiques.
— J'ai vu ça.
— Et toi ? ajouta-t-il, avec un regard sur sa montre.

— Tu ne pourrais pas laisser les gens tranquilles pour une fois ?

— Comment ça ?

— Je pense à cette pauvre femme d'hier, sur Linnégatan. En plus, on n'avait rien à faire dans ce quartier.

— Elle ne s'est pas arrêtée.

— Si.

— Elle a tenté de fuir.

— Fuir quoi ?

Il garda le silence.

— Fuir quoi ? répéta-t-elle.

— Ces bonnes femmes arrogantes.

— T'as un problème, Kalle.

— Tu veux qu'on en parle ?

— Après tout, je m'en fous. Ils vivent là-haut, c'est là qu'on va, dit-elle en tendant le bras.

— Dans ce cas, on n'avait pas besoin de passer par ici.

— J'avais envie de voir la mer.

Connard. Elle jura en russe dans son for intérieur. Ça sonnait mieux qu'en suédois.

Ils montèrent à bord et prirent la côte.

— Voilà, fit-elle, pour qu'il gare la voiture.

— J'attends dehors.

— Évite de tracasser les voisins.

Kristina Bergort ouvrit dès la deuxième sonnerie. La policière aperçut sa fille, Maja, qui pointait la tête vers la porte.

— Entrez.

— J'espère que tout va bien, dit Larissa Larimov, qui regretta aussitôt cette banalité.

La fillette se serra contre sa mère.

— Magnus m'a appelé pour me prévenir qu'il ne pourrait pas se libérer de son travail.

C'était surtout avec vous que je tenais à parler, pensa-t-elle, mal à l'aise en uniforme dans la cuisine.

La fillette regardait l'arme et le ceinturon qui dépassaient de sa veste. La policière réalisa qu'elle ne l'avait pas encore saluée.

— Bonjour, Maja.

La petite releva les yeux, timidement, elle eut un sourire rapide et baissa de nouveau le regard.

— Tu peux retourner jouer, lui dit sa maman.

Elle se retourna et Larissa Serimov aperçut comme une éraflure sur son bras. L'enfant disparut dans le couloir.

— Elle a un problème à la jambe ?

— À... la jambe ?

— Oui. On aurait dit qu'elle boitait.

— Maja ? Je n'avais pas vu. (Kristina Bergort la dévisageait d'un air vaguement inquiet.) Je l'aurais vu, non ?

La policière réfléchissait à ce qu'elle devait dire maintenant. Elle voulait savoir. C'était la raison de sa visite.

— Un peu de café ?

Larissa Serimov pensa à Kalle Brorsson, dehors. Elle répondait par l'affirmative lorsque que son portable sonna.

— Tu comptes rester longtemps ?

— Dix minutes, un quart d'heure.

— Je fais un tour en bagnole.

Elle raccrocha et songea à cette pauvre humanité maintenant livrée à la vindicte de Brorsson, puis elle se tourna vers Kristina Bergort.

— J'ai repensé à cette histoire que Maja vous racontait, commença-t-elle.

17

On servait du café, des sandwichs au fromage et trois sortes de gâteaux. La pièce était décorée aux couleurs de Noël. Les enfants s'en étaient donné à cœur joie. Angela reconnaissait les dessins d'Elsa. On y voyait des lignes et des cercles qui pouvaient avoir force de symboles, ou juste représenter les choses. Tout n'était pas que symbole.

Il flottait un parfum de bougie et de vin chaud. Les parents circulaient dans la pièce en commentant l'atmosphère de Noël qui régnait ici à trois semaines des fêtes.

Les enfants n'étaient pas présents ce soir-là. On leur épargne les heures sup, à eux, pensa Angela. Elsa a le droit de se détendre avec Erik. La balle roulera sur le parquet jusqu'à ce qu'il ne puisse plus se relever pour cause de fourmis dans les jambes. Bon, il n'en est pas là. Mais, ce n'est pas la même chose d'être père à quarante ou à vingt-cinq ans.

Elle jeta un regard circulaire. Elle-même était dans la moyenne en tant que mère, ni trop âgée, ni trop jeune. De nos jours, cela n'avait rien de sensationnel d'attendre la trentaine pour avoir des enfants.

Beaucoup attendaient. Comme Erik, à l'époque. Elle avait fini par décider pour deux. L'avenir n'est pas fermé. Tu vas voir, Erik.

Ils étaient rassemblés dans la grande salle. La directrice de la crèche leur souhaita la bienvenue dans les formes. On était en centre-ville.

Angela s'imaginait la maison au bord de la mer. Une allée, des arbres, un potager. Un silence à peine éraflé par le bruissement du vent.

L'avenir n'était pas fermé.

Mais ce serait dommage de quitter l'appartement de Vasaplats. C'était pour l'instant le meilleur endroit possible pour Elsa. Un vaste parquet bien lisse. Idéal pour faire rouler la baballe.

Ce n'est que plus tard, une fois qu'on se fut réparti en petits groupes, que la question surgit. Plusieurs voix s'élevèrent. On y pensait ce soir-là, personnel compris, mais comme le dit l'un d'entre eux :

— On ne savait pas vraiment comment commencer.
— Dans quelle crèche ça s'est passé ? fit un autre.
— À l'Anémone.
— C'est où ?
— À Änggården.
— Pas très loin d'ici.
— Ils étaient au bois de Slottskog.
— Ce n'est pas croyable.
— Non.
— C'est la première fois que ça arrive ?
— Oui, jamais entendu un truc pareil.
— Comment va le petit ?
— Aucune idée.

Angela écoutait sans mot dire. Elle avait vu l'enfant le soir des événements, et par la suite. On n'était que le lendemain. Simon. Ses parents. Le papa avait dit *fuck*, au moins une fois, sinon deux.

Elle était assise un peu à l'écart, près de la fenêtre, sur une chaise conçue pour des nains. Une lanterne éclairait les balançoires et le toboggan. Les phares des voitures balayaient la rue en pente. Elle songea à la clôture endommagée. L'avait-on bien réparée ?

Elle apercevait le clocher de l'église dans le parc, de l'autre côté de la rue.

Une femme s'assit à côté d'elle.

— On va voir si on arrive à se relever de là.

— Je n'ose pas encore essayer, plaisanta Angela.

— Lena Sköld, dit la femme en lui tendant la main droite.

— Angela Hoffman.

Elle ne l'avait jamais rencontrée. C'était le plus souvent Erik qui déposait Elsa et venait la chercher à la crèche. Si, elle la reconnaissait maintenant. Elle se rappelait également sa fille, une petite brune.

— Je suis la maman d'Ellen.

— Et moi, celle d'Elsa.

— Oui, je vois. (Lena Sköld leva sa tasse à café.) Nous... Ellen... n'est pas ici depuis longtemps. (Elle but.) Nous étions dans une autre crèche, avant.

— Je crois savoir qui est Ellen.

— Vous avez son portrait derrière vous.

Angela tourna la tête et vit au mur la petite photo collée sur une feuille de papier. La fillette était sur la plage et riait aux éclats, dans le vent. Le cadre était aux couleurs de l'arc-en-ciel. Des flèches pointaient depuis son nom vers l'image. Elle devait avoir du tempérament.

— Ellen voulait montrer que c'était elle sur la photo, et pas une autre, précisa Lena Sköld en souriant.

— Elle doit être assez sûre d'elle.

— Eh bien… je ne sais pas, fit sa mère, en reprenant une gorgée de café. On… on verra ça. (Elle regarda Angela.) Je l'élève seule, comme on dit.

Angela hocha la tête. Par la fenêtre, elle voyait des gens sortir du bâtiment de la crèche pour rentrer chez eux. Elle consulta l'horloge.

— Oui, il est temps d'y aller, si on parvient à se soulever, fit Lena Sköld, en remuant les jambes. Premier essai, premier échec.

— Je préfère ne pas essayer, répondit Angela.

Lena Sköld resta assise, elle aussi, le regard tourné vers la vitre qui reflétait son visage.

— Je ne peux pas m'empêcher de repenser à ce que nous disions tout à l'heure, commença-t-elle.

— Sur le petit qui a… disparu ?

— Oui. (Elle parut vouloir ajouter quelque chose et Angela resta silencieuse.) Il… m'est arrivé quelque chose d'étrange, il y a peu. Ou plutôt à Ellen. C'est presque… effrayant. Oui, surtout après ce qui est arrivé à ce garçon…

De quoi parle-t-elle ? se demandait Angela.

— C'était tellement étrange, continua Lena Sköld. Cette histoire d'Ellen. Elle est rentrée à la maison en racontant… oui, en racontant… qu'elle avait rencontré quelqu'un pendant une sortie de la crèche.

— Comment cela… rencontré ?

— Un… monsieur. Elle aurait passé un moment en voiture avec quelqu'un. J'ai cru comprendre que c'était dans une voiture.

— Elle vous a raconté ça ?

— C'est ainsi que je l'ai traduit en tout cas. Il y a plus. Elle a perdu quelque chose, ce jour-là.

— Quoi donc ? s'enquit Angela.

— Une petite breloque argentée qu'elle avait dans une poche de sa doudoune. La police m'a demandé si elle avait perdu quelque chose, et c'était bien le cas.

— La police ?
— J'ai tout de suite appelé la police le soir où elle m'a raconté ça.
— Quelle police ?
— Comment cela ?
— Vous avez appelé le central ?
— Je ne sais pas comment ça s'appelle. J'ai fait un numéro, je suis tombée sur le standard et ils m'ont mise en relation. (Lena Sköld déposa la tasse à café par terre.) Avec un poste de police qui se trouve tout près d'ici d'ailleurs.
— Une antenne locale, compléta Angela.
— Oui. (Elle scruta son interlocutrice.) Vous avez l'air de vous y connaître. Vous êtes dans la police ?
— Non.
— C'était le poste de Majorna et Linnéstaden.
— Que vous ont-ils dit ?
— L'homme a noté ce que je lui disais. En tout cas, c'est ce qu'il m'a semblé. Et puis il m'a dit ça, de vérifier que la petite n'avait rien de perdu. Je l'ai fait, et puis je l'ai rappelé à propos de la breloque.
— Est-ce que la police vous a recontactée ?
— Non.
— Comment va Ellen ?
— Comme d'habitude. J'en arrive à croire qu'elle a tout inventé.

Elle considéra la salle de jeux, impeccable. Les jouets étaient rangés dans des tiroirs le long des murs, couverts de dessins. La plupart représentaient Noël.

Il flottait un parfum de bougie et de vin chaud. Des voix, moins nombreuses désormais, leur parvenaient des autres pièces.

— Mais quand je vois ce qui s'est passé avec ce gamin, je me demande si ce n'était pas vrai, reprit Lena Sköld.

Angela garda le silence.
— Qu'en pensez-vous ?
— Avez-vous essayé d'en parler avec Ellen ?
— Oui. Deux ou trois fois.
— Alors ?
— Elle ne semble pas avoir oublié ce qui s'est passé. Elle répète à peu près la même histoire. Ou la même... fable.

18

Angela rentra chez elle plongée dans ses pensées. Il y avait des lutins de Noël aux vitrines des magasins, mais pas de neige. Les trottoirs luisaient d'humidité sous l'éclairage urbain. Elle pensait au petit garçon blessé, à ses parents. Elle pensait à Lena Sköld qui lui avait un peu parlé d'elle. Pas d'homme dans sa vie pour le moment, et pas de papa pour Ellen. Plus tard peut-être.

Elle resta debout devant le portail. La place Vasa avait retrouvé son calme pour la nuit, mais un vent du nord remontait depuis l'Allén. Elle releva le col de sa veste. Un tramway s'arrêta de l'autre côté de la rue, puis il reprit sa route à contrevent. Elle aperçut deux passagers dans le premier wagon, personne dans les autres. Une façon de voyager pour celui qui voulait rester seul. Le conducteur lui avait lancé un regard au passage.

Conduire un tramway, c'était une façon de voir la ville. À force de faire le même trajet, on devait les connaître les rues, les carrefours et les parcs. Surtout à cette vitesse. Elle se réjouissait d'avoir sa Golf, malgré sa mauvaise conscience de pollueuse.

Elsa respire cet air-là. Vasaplats n'est pas le meilleur endroit où élever un enfant. Elle est encore fraîche comme un bouton de rose. Que faire ? Suffirait-il de déménager ? Il faut qu'on en reparle, Erik et moi, sérieusement.

Elle l'avait appelé en entrant dans le hall, mais n'avait pas reçu de réponse et s'était glissée dans la chambre à coucher. Ils s'étaient endormis dans le grand lit, au milieu d'une dizaine de livres illustrés.

Elle souleva Elsa qui marmonnait dans son sommeil et la transporta jusqu'à sa chambre où la lumière était restée allumée.

Entre-temps, Winter avait mis de l'eau à bouillir.

— Tu veux une tisane ?

— Volontiers. Après tout le café que j'ai bu à la réunion de parents...

— Un bout de tarte ?

— Non merci.

— Une demi-baguette avec du brie et du salami ?

— *Non merci*.

— Des moules fumées...

— Je n'ai pas faim, Erik.

— Comment ça s'est passé ?

— On a pas mal parlé de ce... crime. Du petit Waggoner.

— Nous allons tâcher de l'auditionner demain.

— Vous avez du nouveau ?

— On vérifie les emplois du temps des détraqués du coin. Rien pour l'instant.

— Que dit Pia ?

Angela avait souvent croisé la légiste, Pia E:son Fröberg.

— Elle ne constate aucune violence sexuelle, répondit-il. Il ne s'agit probablement que de violence ordinaire.

— Que ?
— Tu n'as pas entendu les guillemets ? Je préfère ne pas les dessiner en l'air.
— Et cette tisane ?

Le vent rabattait la pluie sur les grandes vitres avant. L'un des essuie-glaces ne marchait pas bien, il n'était pas synchrone. C'était comme de regarder quelqu'un boiter. Faudrait le signaler.

La ville scintillait sur son trajet. Bientôt Noël. Le vieux lui avait demandé s'il voulait venir chez lui pour le réveillon. Réponse négative.

Le wagon était presque vide, il ne s'en plaignait pas. Quelqu'un descendit à Vasaplats, mais personne ne monta. Plantée sous un porche, une femme l'avait suivi du regard. Elle n'avait vraiment rien d'autre à faire ?

Beaucoup de gens montèrent à la Gare centrale, pour gagner les contrées sauvages de la banlieue nord. Là-bas, les immeubles grimpaient jusqu'au ciel, comme pour échapper à ce monde. Mais si on l'interrogeait là-dessus, il avait la réponse. Il n'y avait rien dans le ciel.

Il longeait la rivière, noire comme toujours. Sur la gauche, le deuxième pont, plus grand et plus beau que l'autre. Beaucoup de choses étaient plus belles vues d'ici. Des sapins brillant de mille lumières par exemple.

Le gamin avait fait des histoires.

Il se mordit le poing jusqu'au sang.

Bill se balançait sur son lacet près de lui. Le perroquet était attaché de telle sorte que personne ne pouvait le voir à moins de se pencher vers lui, et pourquoi les gens s'amuseraient à faire ça ? En plus, ce n'était pas autorisé.

Il stoppa et les passagers entrèrent en masse. Quelle idée de sortir à une heure pareille ? Il commençait à se faire tard.

Pourquoi n'avait-il pas reconduit le gamin ?

Il avait pensé le faire. Comme d'habitude, quand ils avaient fait un tour en voiture.

Je ne comprends pas pourquoi je ne l'ai pas raccompagné. Peut-être parce qu'il faisait des histoires. Oui, c'est ça. Il ne voulait pas se montrer gentil. Moi, je l'étais. J'essayais.

Quelqu'un lui adressa la parole sur sa droite. Les portes étaient ouvertes. Il sentit le courant d'air froid.

— Pourquoi on ne démarre pas ?

Il se tourna vers l'homme qui se tenait de l'autre côté de la vitre.

— Seize couronnes.
— Quoi ?
— Un ticket, ça coûte seize couronnes, répéta-t-il.

Les gens devaient le savoir quand ils prenaient le tram. Certains ne payaient pas du tout, ils fraudaient. D'autres se dépêchaient de descendre quand les contrôleurs pointaient leur nez. Il ne parlait jamais avec ces gens-là. Chacun son boulot.

— J'ai pas besoin de ticket, dit l'homme. J'ai déjà poinçonné le mien.

— Pas de ticket ?

— Pourquoi on est immobilisé ici ? Qu'est-ce que vous attendez pour démarrer ?

— Nous sommes à un arrêt, répondit-il. Il faut bien que les voyageurs puissent monter ou descendre.

— Mais c'est fait, bordel ! fit l'homme qui paraissait soûl.

Il y en avait toujours à bord, des poivrots. Il en savait quelque chose !

— Ça fait des siècles, alors maintenant, on aimerait bien y aller, continua l'homme en se rapprochant de lui. Bordel, mais pourquoi tu démarres pas ?

— J'appelle la police ! lança-t-il sans réfléchir.

— Quoi ?

Il n'avait pas envie de se répéter.

— La police ? La bonne idée ! Comme ça, enfin, on démarrerait. Ils nous escorteront. Je peux les appeler moi-même, fit l'autre, en sortant son téléphone mobile.

Bon, j'y vais.

Le wagon s'ébranla. L'homme fut projeté en arrière sous la secousse et manqua de perdre l'équilibre, se rattrapant in extremis à une barre. Son portable lui glissa des mains.

Ils étaient partis.

— T'es dingue, ou quoi ?

Il l'aperçut dans le rétroviseur, dans une posture ridicule.

Encore un soûlard qui ne tient pas sur ses jambes. Voici qu'il se penche en avant pour se relever. « J'ai perdu mon mobile. » La suite était inaudible. Mais il revenait. C'est interdit de parler au conducteur pendant le trajet.

— S'il est foutu, j'peux t'dire que j'porte plainte à la police, tête de nœud !

Il choisit d'ignorer la menace. C'était la meilleure chose à faire.

Nouvel arrêt. Des gens attendaient pour monter. Le poivrot gênait le passage. Ils le repoussèrent, l'obligeant à s'écarter. Une dame arrivait. Un ticket ? Naturellement. Je vous en prie, voici le ticket et vos quatre couronnes.

Il roula, s'arrêta de nouveau, reprit sa route. Le calme était revenu. Il stoppa, ouvrit les portes.

— T'as eu de la chance qu'il fonctionne, mon mobile, sale con ! lui cria une voix.

Le gars descendait. Bon débarras.

Malheureusement, ce n'était pas le seul. D'autres monteraient sur le trajet du retour. C'était toujours comme ça. Des dangers publics. Il pouvait en témoigner, si on lui posait la question. C'était déjà fait, d'ailleurs.

— J'ai l'impression d'avoir perdu l'envie des fêtes, dit Angela. Ça m'a pris dans l'ascenseur. Une impression subite. Ou bien une intuition.

— Une intuition de quoi ?

— Tu vois très bien.

— Tu n'aurais pas dû me suivre la première fois qu'on a vu le gamin.

— Si.

Il garda le silence, écouta un instant le Frigidaire et la radio qui murmurait doucement de son côté.

— C'est pour le 23 qu'on a réservé les billets d'avion ?

— Mmm.

— Ça nous fera sûrement du bien.

— Effectivement.

— Noël dans un pays chaud.

— Pas si chaud que ça.

— Non, il fait sûrement moins de zéro en décembre à Marbella, sourit-elle en se réchauffant les mains contre les flancs de la tasse qu'elle n'avait toujours pas bue. Tempête, un froid glacial et pas de chauffage central.

— On pourrait avoir de la neige.

— De la neige, il y en a. Au sommet de la Sierra Nevada.

Il hocha la tête. Ils feraient le voyage. Sa mère serait contente. Cinq jours sur la Costa del Sol, puis le Nouvel An, avant le printemps, l'été, et on n'avait pas besoin de voir plus loin dans le temps.

— J'ai rencontré une maman à la réunion de la crèche, elle m'a raconté une drôle d'histoire.

— Ah bon ?

— Je pensais à ce petit garçon. Oui, on en avait parlé avec les autres.

— Difficile de garder la confidentialité sur tous les dossiers, soupira Winter.

— C'est peut-être mieux.

— Qu'est-ce qu'elle t'a raconté ?

— Que sa petite fille avait... rencontré un inconnu. Apparemment, ils étaient restés assis à bord d'une voiture. Rien de plus.

— Elle a raconté ça à sa mère en rentrant à la maison ?

— Oui. Ellen fréquente la même crèche qu'Elsa. Ellen Sköld.

— Je reconnais ce nom.

— C'est elle. La maman s'appelle Lena.

— Elle y croyait, à cette histoire ?

— Elle ne savait pas vraiment quoi penser.

— Comment a-t-elle réagi ?

— Elle... elle a porté plainte. En tout cas, elle a parlé avec l'antenne de Linnéstaden. Sur l'un des boulevards.

Winter acquiesça.

— Que dit le personnel ? s'enquit-il. À la crèche.

— Personne n'a rien remarqué.

Winter marmonna quelques mots qu'elle n'entendit pas.

— Qu'est-ce que tu dis ?
— Ils ne peuvent pas tout voir.

Elle se leva et se dirigea vers la paillasse pour y poser sa tasse. Winter restait assis. Elle revint à la table. Il avait le regard absent.

— À quoi tu penses ?
— À ce que tu viens juste de dire. Ça paraît un peu étrange.
— C'est ce que trouve la maman, Lena.
— Mais elle a déposé plainte. Dans ce cas, il doit y avoir une trace écrite. (Il la regarda.) Au poste de police, je veux dire.
— Oui, je comprends. Sûrement. Le policier avec qui elle a parlé n'avait pas l'air de prendre ça par-dessous la jambe. Il lui a demandé de vérifier si quelque chose avait disparu, et effectivement.
— Ce jour-là ?
— Oui.
— Les enfants perdent tout le temps leurs affaires. Rien d'étonnant, tu le sais bien.
— C'était un objet qu'elle ne pouvait pas enlever toute seule. Une sorte de breloque attachée à son vêtement.
— Lena Sköld, reprit Winter. C'est bien le nom de la maman ?
— Oui. Qu'est-ce que tu vas faire ?
— Lui parler.
— Je ne lui ai pas dit que je vivais avec un commissaire de police.
— Il faudra bien qu'elle l'apprenne ! C'est grave ?
— Non...

Il laissa la pénombre envahir l'appartement lorsqu'il eut fermé la porte extérieure. Il connaissait si bien les lieux qu'il pouvait y circuler à l'aveugle. Dehors, c'était autre chose.

Il préférait l'obscurité dedans que dehors. La lumière pénétrait par les fentes des persiennes, bien qu'il les ait fermées au maximum.

Il s'assit devant l'écran de télévision. Le garçonnet riait sur la bande vidéo, mais quelque chose n'allait pas.

Pourquoi avait-il arrêté ? Subitement, il avait perdu l'envie de toucher le garçon. Est-ce qu'il devait aller chez le docteur et lui raconter ce qui se passait, lui demander si c'était normal ?

Il visionna tous les films. Il en avait une petite collection maintenant. Des films qui se ressemblaient, mais tous différents. Il en connaissait tous les détails. On pouvait voir. Un petit... pas de plus chaque fois. Ça, il le savait. Et pourtant, non. Il était en chemin vers... vers... il n'osait pas y penser. Il refusait. Je refuse !

Ne pense pas au petit. C'était autre chose. Non. Ce n'était PAS ÇA.

Maman ne l'entendait jamais quand il l'appelait. Il l'avait rejointe et il n'avait plus besoin de faire le lit pour elle tous les soirs, à des centaines de kilomètres de distance. Maman était à la maison. Il l'appelait.

Elle ne l'avait pas entendu.

Une fois, il était sorti JUSTE APRÈS, il avait crié après elle, mais elle avait détourné le visage. C'était comme s'il n'existait pas. Il n'avait pas osé venir se poster devant elle. Avant non plus, elle ne l'avait peut-être pas entendu, mais s'il s'était posté devant elle et qu'elle ne l'avait pas vu, il n'aurait plus existé du tout. Il savait qu'elle n'était pas aveugle, et il n'aurait pas existé. Il n'existait pas.

Ensuite, elle avait disparu.

Et puis tout le reste était arrivé.

Le téléphone sonna. La télécommande trembla dans sa main. Il laissa le téléphone sonner, encore et encore. Cinq, six sonneries. Puis le silence revint. Il n'avait pas de répondeur. Pour quoi faire ?

Nouvelle sonnerie. Il n'était pas là. L'appareil finit par se taire. Il revint à ses vidéos, avant de se préparer pour la nuit. Tout cela sans allumer une seule lampe. Si quelqu'un passait dehors, il penserait certainement qu'il n'y avait personne à l'intérieur, ou que les occupants dormaient. Et c'était bien ce qu'il allait faire maintenant.

19

Halders et Aneta Djanali étaient de retour au foyer universitaire, dans un autre corridor cette fois. La fille qui avait entendu des bruits de dispute chez Smedsberg avait identifié Aris Kaite comme étant l'individu qui s'était précipité hors de la chambre. Ils venaient le voir, chez lui. Punaisé au mur, un poster représentant un champ blanc de neige. La pièce était bien rangée. Sur le bureau : un porte-crayons, un bloc-notes, un ordinateur, une imprimante sur une planche surélevée, des livres en deux piles bien droites, d'autres alignés dans les bibliothèques basses. Une minichaîne, deux petits haut-parleurs autour de la fenêtre qui donnait sur la rue, où des voitures se laissaient deviner dans le jour blême.

À quoi nous servira-t-elle, cette visite ? se demandait Aneta Djanali. On n'en sait jamais rien.

— Tu devinerais qu'il étudie la médecine ? lança Halders.

— La planche anatomique met sur la voie, sourit la jeune femme.

— Tout le monde a ça de nos jours. Les gens sont tellement narcissiques qu'ils exposent leurs radios dans la vitrine du séjour.
— Tu exagères.
— Pas du tout.
— Hmm. Mais pourquoi est-ce qu'il ne revient pas ? s'interrogea Aneta Djanali.
— Bonne question, fit l'inspecteur en consultant sa montre. Il est peut-être trop nerveux.

Aris Kaite s'était excusé aussitôt après les avoir fait entrer. Un besoin urgent. Les toilettes communes étaient situées dans le corridor.

Ils n'avaient pas appelé à l'avance pour prendre rendez-vous avec lui.

Le jeune homme avait toujours un bandage autour du crâne quand il leur avait ouvert. Que cache-t-il là-dessous ? s'était demandé Halders. On le saura demain. Il ressemble à un roi Mage. Sa famille doit avoir le même look, là-bas dans la savane.

Si ça se trouve, à l'heure qu'il est, il est en route pour son pays. Halders regarda de nouveau sa montre puis le petit hall de la chambre.

— C'est quoi, cette porte ?
— Une garde-robe, sans doute, répondit Aneta Djanali.

L'inspecteur se leva pour aller ouvrir la porte. Il aperçut le siège des WC, un petit lavabo et un rideau de douche.

— Il s'est évaporé dans la nature !
Mais pourquoi faire ça ? s'interrogea Aneta Djanali.

Winter appela la station de Tredje Långgatan.
— Poste de police de Majorna-Linnéstaden, Alinder à l'appareil.

195

Le commissaire se présenta et expliqua ce qu'il recherchait.

— Ça me dit quelque chose, fit Alinder.
— Vous savez qui a pris en charge cet appel ?
— Lena Sköld, vous avez dit ? Une histoire de vilain monsieur ? Je m'en souviens. C'est moi.
— Très bien. Vous avez le temps de vérifier la déposition, maintenant ?
— Laissez-moi cinq minutes, le temps de fouiller dans mes classeurs. À quel numéro je peux vous joindre ?

Alinder rappela sept minutes plus tard.
— Voilà, je l'ai devant moi.
— Oui.
— La fillette s'appelle Ellen, et la mère, qui l'élève seule, se demandait si elle avait tout inventé ou pas.
— Qu'est-ce que l'enfant avait raconté ?
— Hmm, hmm, voyons... Elle était montée dans la voiture d'un monsieur inconnu. C'est tout.

Winter entendit un bruissement de papier.
— Non, attendez, continua Alinder. La petite avait eu droit à des bonbons aussi.
— La mère avait parlé avec le personnel de la crèche ?
— Oui. Personne n'avait rien remarqué.
— Ils ont dit ça ?
— Oui.
— Est-ce qu'elle était remuée ?
— Quand ça ? Quand elle m'a appelé ?
— Oui.
— Non.
— Rien de plus ?
— Si. Je vois que... je lui ai demandé de vérifier si rien n'avait disparu. Elle m'a rappelé : la gamine

avait perdu une babiole en argent qui se trouvait normalement dans la poche de poitrine gauche de sa combinaison.

— Et ça collait avec son histoire ?

— Selon elle, l'objet n'aurait pas pu sortir tout seul de la poche et la petite était incapable de l'en retirer.

— Peut-être qu'elle ne savait même pas qu'il y était.

— Non. La maman m'a dit que c'était un talisman. Elle l'avait porté elle-même quand elle était petite.

— Et voilà qu'il est perdu.

— Elle a pu le retrouver.

— Je lui poserai la question.

— Pourquoi vous m'interrogez là-dessus ? demanda Alinder. Et comment vous avez su qu'elle avait appelé ici ?

— Ma compagne l'a rencontrée dans une réunion de parents. Ma fille fréquente la même crèche.

— Merde, alors !

— Merci de votre aide.

— Pourquoi vous vous intéressez à cette histoire ? insista Alinder.

— Je ne sais pas vraiment, répondit Winter. Juste une idée comme ça.

— J'ai entendu parler de ce qui arrivé au petit.

— Qu'est-ce qu'on vous en a dit ?

— Baladé à travers la ville. Je viens de voir ça sur l'intranet. Bordel. Comment il va ?

— Il est muet, répliqua le commissaire. Il ne dit pas un mot. Mais il a retrouvé la vue.

— Vous voyez un lien entre les deux ?

— Qu'en pensez-vous, Alinder ?

— Eh bien... je viens seulement de recevoir l'info sur votre affaire. Mais j'aurais peut-être fait le lien. Je vous aurais appelé. Enfin, c'est pas si sûr. La déposition est là en tout cas.

— Vous n'avez pas reçu d'autres appels de ce type ? Vous ou l'un de vos collègues.

— Moi, non. Je suis pas au courant pour les autres, mais je peux vérifier.

— D'accord, merci de votre aide, répéta Winter avant de raccrocher.

Il appela Lena Sköld. Une demi-heure après, il entrait chez elle. Ellen était assise à la table de la cuisine en train de dessiner un bonhomme de neige.

— Est-ce qu'elle a déjà vu la neige ?

— Quand elle avait un an. On en a eu pendant trois jours.

Le climat de la côte ouest, plus doux que jamais, songea Winter. À quand les palmiers sur Avenyn ?

— On dirait un vrai bonhomme de neige, déclara-t-il. Ma fille Elsa ne sait pas encore en faire d'aussi beaux.

— Voulez-vous une tasse de café ?

— Oui, merci.

— Vous pouvez m'interroger pendant que je mets en marche la cafetière.

Elle se leva. Winter resta assis à la table en face d'Ellen qui avait commencé un nouveau dessin. Il reconnut une voiture, à l'envers.

Ah, les dessins d'enfants ! Il repensa à cette affaire Helene deux ans auparavant, la femme assassinée restée si longtemps anonyme. Le seul guide qu'il avait eu, ç'avaient été les dessins d'un enfant. L'enfant avait vu ce qu'il avait vu et l'avait ensuite dessiné de mémoire. La mémoire pouvait ouvrir grand ses portes et vous laisser entrer à l'intérieur. Vous ou un autre avant vous, conduisant parfois à la catastrophe, à l'ultime catastrophe. Si vous n'arriviez pas à temps.

Pourquoi je pensais à ça ? Le dessin, oui. Mais pour autre chose encore. Est-ce qu'un souvenir pourrait être à l'origine de tout ça ?

— Une voiture, dit-il à Ellen.

Elle hocha la tête.

— Une grande voiture.

Elle acquiesça de nouveau, ajouta une roue.

— Elle en a fait un pareil quand elle m'a parlé de cet inconnu en rentrant à la maison, commenta Lena Sköld qui revenait avec deux tasses de café et un petit pot de lait.

— Vous l'avez gardé ?

— Bien sûr. Je garde toutes ses œuvres !

— J'aimerais bien le voir tout à l'heure.

— Pourquoi donc ?

— Je ne sais pas. J'y trouverai peut-être quelque chose d'exploitable.

— Dans quel but ?

— Je ne sais pas non plus, sourit-il.

— Que pensez-vous donc de l'histoire d'Ellen ?

La fillette releva la tête.

— J'y crois suffisamment pour être venu vous voir, fit-il avant de boire une gorgée de café.

— Que va-t-il se passer maintenant ?

— Là non plus, je ne peux pas vous répondre.

— Mais quelle est la prochaine étape pour vous, si je puis dire ?

Winter se tourna vers la petite qui lui sourit.

— Vous n'allez quand même pas l'auditionner ?

Le regard de Lena Sköld passa de Winter à sa fille.

Il fit un geste d'impuissance de la main. Il n'en savait rien.

— Est-ce que c'est arrivé ailleurs ? Ce qui... ce qui pourrait être arrivé à Ellen.

Même geste de la part du commissaire.

— Vous ne savez pas ?

— Nous allons vérifier s'il y a un lien.

Dans l'après-midi, Winter rejoignit Ringmar dans son bureau. Même configuration standardisée que le sien, avec une orientation différente cependant. Dehors, l'atmosphère était électrique. La nuit tombait à quinze heures et la ville scintillait de joie à l'approche des fêtes.

— Tu as fait tes achats de Noël ? s'enquit Ringmar, debout à la fenêtre.

— Bien sûr, mentit Winter.

— Des bouquins ?

— Oui. Pour Elsa.

C'était vrai en plus.

— Mmm, grogna Ringmar.

— Je n'éviterai pas les courses de dernière minute, comme d'habitude.

— Votre avion, c'est pour quel jour ?

— Le 23. (Winter roula son cigarillo entre ses doigts sans l'allumer, ce qui ne l'empêchait pas d'embaumer.) Mais je ne suis pas sûr de monter dedans.

— Ah bon ?

— Qu'est-ce que tu en penses, toi ?

Ringmar se retourna vers lui.

— Difficile à dire.

— Tu as envoyé notre annonce ?

— Il y a une demi-heure.

Le service de renseignements de la brigade criminelle devait la publier sur l'intranet et dans la feuille d'informations du commissariat. On cherchait s'il y avait eu d'autres appels comparables à celui de Lena Sköld. Au commissariat central, ils ne savaient rien de ce qui arrivait ailleurs. On ne leur acheminait plus les infos. Avant, tout était centralisé, et le patron de la brigade criminelle lisait le moindre rapport dont il gardait une copie, même quand il s'agissait de cas d'ébriété sur la voie publique. Ringmar s'était plaint de cette évolution auprès du jeune Bergenhem : certes, beaucoup de gens voient des vilains messieurs partout, mais il est important de ne pas complètement ignorer ces dépositions, pour le jour où t'en cherches un.

— On dirait que le gamin a perdu l'usage de la parole, ajouta Ringmar. Je suis passé à l'hôpital tout à l'heure.

— Rien de nouveau ?

— Non.

— On va déjà faire avec ce qu'on a, conclut Winter.

— La petite Sköld ? Elle a peut-être tout inventé. Le personnel n'a rien remarqué.

— C'est à vérifier.

De retour chez lui, Ringmar constata que le voisin avait installé ses illuminations de Noël. Les trembles et les érables, de l'autre côté de la haie, ployaient sous des guirlandes de lumières qui se reflétaient sur la laque de son Audi poussiéreuse. Toutes les fenêtres du pavillon étaient décorées de rutilants chandeliers de l'Avent. Bonjour, la facture d'électricité ! Une grimace de dégoût se peignait encore sur son visage quand il entra dans le hall.

201

— Tu as mangé un truc avarié ? s'inquiéta Moa, sur le point de sortir.
— Où vas-tu ?
— Quel ton !
— Excuse-moi.
— Je vais faire des courses de Noël, répondit-elle. À propos, tu ne m'as pas donné ta liste !
— Tu dois deviner le cadeau qui figure en tête.
— Bien sûr.
— Mmm.
Elle garda le silence.
— Quand est-ce que tu lui as parlé pour la dernière fois ? reprit-il.
— Ça fait un moment.
— C'est-à-dire ?
Elle ouvrit la porte.
— Quand est-ce que tu lui reparles ? Mon Dieu, Moa, ce n'est pas croyable.
— Laisse-lui un peu de temps, papa.
— Du temps ? Mais pour quoi faire, bordel ? !

20

— Un appel de Frölunda pour toi, fit Möllerström en agitant le combiné, au moment où Winter passait dans le bureau de l'archiviste.
— Je le prends dans mon bureau, répondit le commissaire.
Il décrocha le téléphone sans prendre le temps d'enlever son manteau.
— Winter.
— Bonjour, Larissa Serimov à l'appareil, du poste de Frölunda.
Une voix nouvelle.
— Bonjour, Larissa.
— J'ai lu votre annonce dans la feuille d'infos.
— Oui ?
— Et sur l'intranet, bien sûr.
— Voyons ça.
— J'ai rencontré un cas similaire ici.
— Je vous écoute.
— Une maman m'a appelée pour me dire que sa petite fille avait rencontré un inconnu.
— Comment l'a-t-elle appris ?
— Par la gamine.

— Que lui a-t-elle raconté ?
— Juste ça. Une brève... rencontre, si l'on peut dire.
— Des blessures ?
— Non...
— Je perçois une hésitation.
— C'est compliqué. Peut-être. J'ai des soupçons. Mais ce n'est pas forcément en relation avec le reste.
— Ah bon ?
— Enfin, je ne sais pas. (Winter perçut un bruissement de papier.) La fillette a perdu une balle selon sa mère. Ça se serait produit le même jour.
— Vous m'appelez d'où ?
— Du poste de police.
Winter consulta sa montre.
— J'arrive, d'ici une demi-heure.

Le poste de Frölunda paraissait ridicule en regard de son voisin, le grand magasin de meubles. Des voitures quittaient le parking avec des canapés et des fauteuils sur le toit. Des chariots transportaient des lits dont les montants formaient un assemblage à l'équilibre périlleux. Cette année, les gens ont envie de changer d'intérieur, songea Winter. C'est bon signe pour l'économie.
Larissa Serimov l'attendait derrière la vitre du guichet d'accueil.
— Je les ai accompagnés à l'hôpital, expliqua-t-elle. La maman était inquiète. Le papa était également là.
— Il s'agit bien de la famille Bergort ?
— Oui. L'enfant se prénomme Maja.
— Qu'a dit le médecin ?
— Il n'a pas trouvé trace de sévices sexuels. Mais il a vu autre chose.

— Ah oui ?

— Maja portait un certain nombre de marques sur le corps.

— Elle avait été maltraitée ?

— Il l'ignorait.

— À quoi ça ressemblait ?

— C'étaient des bleus. Pas énormes.

— Il avait bien une idée ?

— La maman dit que Maja s'est cognée contre un montant en tombant de la balançoire. Elle aurait crié. Et le médecin confirme que ça pourrait être la cause.

— Ou alors ?

Elle vérifia les notes qu'elle avait pris soin d'imprimer. Une fille organisée, se réjouit Winter.

— Je le cite : « Dans les cas de maltraitance, il n'est pas rare que les parents présentent les blessures de leur enfant comme des accidents. Ou qu'ils inventent une histoire. »

— Mais il n'a pas envisagé de déposer une plainte ?

— Non.

— Et vous ?

Elle attendait visiblement cette question.

— Je n'ai pas pu lâcher ce cas. Je suis retournée voir la mère et sa fille.

Winter patienta. Ils n'avaient pas quitté l'accueil. Il portait toujours son manteau.

— L'enfant m'a paru... comme s'il était arrivé quelque chose.

— Vous en êtes sûre ?

— Non. Si, je crois.

— Comment se comportait la mère ?

— Comme si de rien n'était.

— Et pourtant elle avait déposé plainte pour enlèvement, observa Winter.

205

— La question est de savoir pourquoi.
— Voudriez-vous déposer à votre tour ? Contre les parents.
— Je ne sais pas. Tout avait l'air si... normal. Une petite famille harmonieuse. Comme les autres.

Comme la mienne, pensa Winter.

— Avez-vous rencontré le père en dehors de l'hôpital ? Comment s'appelle-t-il déjà ?
— Magnus Bergort. Non, il n'était pas là quand je suis allée chez eux.

Winter regarda par la porte le jour qui faiblissait dehors.

— On sort un moment ? proposa-t-il, tirant de sa poche un cigarillo en guise d'explication.

Ils se tenaient devant les voitures. Il faisait doux : la jeune femme n'avait pas froid dans sa chemise d'uniforme, bleu délavé. Winter fumait. C'était le quatrième de la journée. Seulement le quatrième...

— Quelle est votre impression sur cette histoire ? demanda-t-il.
— Eh bien... elle s'est construite sur les... dires de la fillette. Le plus concret, c'est cette balle disparue. Selon Maja, ce monsieur a pris sa balle préférée en lui disant qu'il la renverrait depuis la voiture, mais il ne l'a pas fait.
— Où stationnait-il ?
— Le long de la crèche, au-dessus de la rue Marconi. Ils jouaient sur le talus.
— Il y a moyen de se garer à cet endroit ?
— Oui. C'est goudronné et bien caché, en plus.
— Le personnel n'a vraiment rien vu ?
— Non.
— Ils auraient dû ?
— Je n'en sais rien, franchement.

Ils se dirigeaient vers la rue Marconi. Avec la tombée du jour, le trafic s'intensifiait. Le parking géant, derrière la place Frölunda, commençait à se remplir. Les gens se rendaient à la Maison de la culture, la blibliothèque ou la piscine. Au supermarché pour la plupart. Les wagons des tramways défilaient le long de l'avenue. Les fenêtres des immeubles étincelaient tels de larges sourires, rangée après rangée. La lune l'emportait maintenant sur le soleil. Des étoiles apparaissaient, comme pour rappeler aux hommes que le ciel ne s'était pas complètement fermé. Winter se sentit affamé, il consulta sa montre. Il aurait encore le temps de passer aux Halles, un peu plus tard dans l'après-midi. Mais il y avait plus urgent.

On faisait des pâtés, sous la surveillance de deux assistantes maternelles. Deux adultes pour trois enfants. Des chiffres inattendus, songea-t-il.

La directrice était encore là. Son tablier arborait des taches de confiture. Elle tenait sur ses genoux un petit garçon qui sourit lorsque Winter lui souffla sur les joues et lui chanta un petit refrain.

— Vous savez vous y prendre avec les gamins, déclara la jeune femme en déposant l'enfant, qui savait à peine marcher.

Elle retira son tablier qui couvrait une robe très proche du... tablier. Ses yeux battus laissaient penser qu'elle avait d'autres soucis en dehors de son métier.

Winter se présenta.

— Nous pouvons sortir, lui dit Margareta Ingemarsson. Oui, nous nous sommes déjà rencontrées, ajouta-t-elle à l'intention de Larissa Serimov.

Elle a de l'ambition, pensa-t-il en regardant sa collègue. Et elle ne nous a pas appelés. Mais si elle l'avait fait, son rapport aurait été enterré chez nous, exactement comme chez elle. Il était encore trop tôt.

Ils se tenaient derrière le bâtiment en forme de U tourné vers la rue, où le trafic s'écoulait à la lumière des phares. Derrière la barrière, une butte couverte d'arbres. Une petite rue goudronnée serpentait du parking devant la crèche aux places attenantes à la zone pavillonnaire de l'autre côté de la butte.

— Un moment, fit Winter en remontant un peu la pente, à moitié cachée derrière les troncs.

Il rejoignit les deux femmes.

— Non, je n'ai rien de plus à vous dire, constatait la directrice de la crèche.

— Vous avez parlé avec la maman de Maja ? demanda Winter.

— Oui. Nous ne savons pas quoi penser.

— Mais ç'aurait pu arriver ? Que l'enfant soit montée en voiture avec un inconnu. À cet endroit.

— Ça me paraît possible, répondit Margareta Ingemarsson. Je ne sais pas quoi vous dire. Nous n'avons rien remarqué. Et je peux vous assurer qu'ici, nous gardons les enfants à l'œil.

— Est-ce qu'il leur arrive de jouer là-haut ? demanda le commissaire en pointant la tête vers la butte et les arbres.

— Parfois. Mais jamais seuls.

— Vous n'avez pas de problème d'effectifs ?

— Vu le nombre d'enfants... c'est catastrophique.

Je connais ça, pensa Winter. En tant que père de famille.

Le bâtiment du commissariat était chaleureusement éclairé, comme toujours. Mon second foyer, songea Winter en traversant le corridor qui n'attendait plus que le sapin de Noël et résonnait de la joyeuse cadence des claviers d'ordinateur. Les derniers rapports de la journée. Il aperçut un dos courbé. Encore quelques lignes et puis, retour maison. Il se prit à rêver d'un steak de chevreuil, accompagné d'un gratin de pommes de terre. Ou d'une bonne purée de céleri. De champignons. Eh oui, il était maintenant quadragénaire. Était-ce lié ? Sauter le déjeuner lui coûtait plus qu'avant.

Le téléphone sonnait quand il franchit la porte de son bureau.

— Erik ? C'est un peu la panique ici... un accident de la route. Tu peux aller chercher Elsa ?

Angela semblait tendue.

Une crèche de plus. Pas de problème.

— À quelle heure ?

— Cinq heures et demie : on est jeudi.

Winter consulta l'horloge murale. Quatre heures et demie. Il aurait sans doute le temps de faire un saut aux Halles.

— Quand rentres-tu ? s'enquit-il.

— Je ne sais pas, vraiment pas, et là il faut que je te laisse.

— OK. Je m'occupe de tout. Pour le dîner, je prévois...

Elle lui avait déjà lancé un « bisou » expéditif. La tonalité résonnait lamentablement à ses oreilles.

Il alluma son ordinateur. Plusieurs messages l'attendaient. Il ouvrit l'un d'eux et composa le numéro direct.

— Poste d'Örgryte-Härlanda ! Berg à l'appareil.

— Bonjour, Winter de la crim'. Je cherche à joindre Bengt Josefsson.

— Il est parti il y a de ça une heure.

— Vous avez son numéro personnel ?

— Comment puis-je savoir qui vous êtes ?

— Je dois prendre ma fille à la crèche dans cinquante minutes, et passer aux Halles juste avant. Mais je dois d'abord parler à Josefsson d'un message qu'il m'a envoyé, alors, soyez gentil, donnez-moi ce numéro.

— Je vois sur mon écran que vous êtes de chez nous ; en tout cas, vous appelez du QG, dit Berg.

On a tiré le gros lot, avec ce gars, pensa Winter. Mais il obtint le numéro et le composa aussitôt.

— Josefsson.

— Bonjour, Winter.

— Ah, très bien.

Winter perçut un bruit de gorgée et le son des cubes de glace s'entrechoquant dans un verre à whisky. *On the rocks*. Josefsson fêtait la fin de sa journée de travail.

— C'est rapport aux gamins.

— Je vous écoute, fit le commissaire.

— Voilà, j'ai vu votre message et j'ai peut-être quelque chose dans le même genre. (Nouvelle gorgée, tintement plus faible.) J'ai pris des notes sur un appel téléphonique, continua-t-il, la voix légèrement embrumée par les vapeurs de l'alcool.

Il trouva une place inespérée pour la Mercedes le long du canal. Winter acheta la viande et quelques écrevisses en vue d'une entrée, deux trois fromages de chèvre bien faits pour terminer. Les Halles commençaient à sentir le jambon rôti de Noël. Winter pensa aux tapas de crustacés qui l'attendaient sur une côte plus méridionale. Avec un peu de chance. Il avait un souci en tête. Comme un vieil ennemi toujours prêt à resurgir.

Elsa avait déjà mis son manteau, mais il n'était pas en retard. Dans la voiture, elle l'interrogea sur le dîner.

— Tu as faim ?
— Très-très faim.
— Vous n'avez pas déjeuné aujourd'hui ?
— Non ! fit-elle en se frottant le nez.
— Rien ?
— Non !
— Alors je comprends.
— Tu nous fais quoi ?

Il n'eut pas le cœur de répondre du chevreuil. Un Bambi.

— Un bon petit rôti, avec de la purée et une sauce aux chanterelles.
— Chouette !
— Et puis, tu m'aideras à faire une petite salade d'écrevisses en entrée, avec ce qu'on trouvera à la maison.
— Où ça dans la maison ?
— Dans ta chambre ! fit-il en braquant.
— Ah ah ah ! (Elle sauta sur son siège.) Très-très faim.

Trêve de discours, à la cuisine, elle s'effondra sur sa chaise, une écrevisse entre les doigts. Il la redressa et continua à préparer seul le repas. Elsa ne pouvait attendre après une dure journée de travail. Elle mangea une pince, puis il se dépêcha de lui servir une première portion de purée accompagnée d'un burger de saumon et morue, réchauffé de la veille. Le four dégageait des arômes appétissants, mais la fillette s'en désintéressait.

Il décida de lui lire une histoire.

— Tu es fatiguée, ma chérie ? Qu'est-ce que vous avez fait aujourd'hui ?

Elle dormait déjà. Il ferma les yeux à son tour et repensa au petit Waggoner qui ne voulait pas parler, qui ne pouvait toujours pas remuer l'un de ses bras, mais qui avait retrouvé la vue.

Il la porta jusqu'à son lit et laissa la porte entrouverte. Puis il retourna à la cuisine et vérifia le cuissot de chevreuil. Il éplucha d'autres pommes de terre et sortit les champignons du congélateur. Le tintement dans le verre de son interlocuteur, au téléphone, lui revenant en mémoire, il se servit un petit Rosenbank.

Le ciel était dégagé. Winter se tenait debout à la porte de son balcon. Il buvait et savourait le goût frais et sec des herbes, le parfum du vent des Highlands. Il chassa l'idée d'un Corps. Il laissa encore ouverte un moment la porte-fenêtre, puis il se dirigea vers son bureau et alluma son PowerBook. Il resta assis à méditer tandis que la musique emplissait la vaste pièce.

On aurait pu croire à un tableau paisible. Mais Winter ne se sentait pas en paix. Il était à la recherche d'un monstre. Et, d'après ce qu'il avait pu entendre ce jour-là, il s'agissait d'un monstre bien tourmenté, lui aussi.

Il mettait le couvert lorsque Angela rentra à la maison.

— J'ai droit à un peu de vin ? fit-elle. (Il entendit son sac tomber de haut.) Mmm. Quel fumet !

Elle alla voir Elsa tandis qu'il ajoutait une noix de beurre à sa sauce. La dernière touche.

— On est bien jeudi soir, non ? fit la jeune femme en regagnant la cuisine.

— Elsa était lessivée.

— Moi, je suis affamée. Et assoiffée. (Elle considéra le vin dans le verre qu'elle leva à la lumière.)

En tant que médecin de famille, je déclare très sain de boire du vin après une dure journée de travail.

Ils étaient assis à table. La musique de Mingus glissait toujours vers eux depuis le salon.

— Tu n'as pas dit à Elsa ce que nous mangeons ce soir comme plat principal ?

Il secoua la tête.

— En tout cas, c'est délicieux. Tout est délicieux.

— Meilleur qu'au Bistro 1965 ?

— Il y a des questions auxquelles on ne peut répondre ni par oui ni par non.

21

Réunion du matin aux chandelles. Deux bougies étaient déjà allumées sur le chandelier de l'Avent. Du café et des brioches au safran étaient servis sur la table, avec les inévitables biscuits au gingembre que Halders avalait les uns après les autres. Winter n'avait pas encore ouvert la séance lorsque Birgersson apparut dans l'encadrement de la porte, l'œil goguenard :

— Venez donc voir !

On chantait dans le couloir. Lucia s'avançait avec ses demoiselles d'honneur, tels des anges tombés dans les catacombes. Winter reconnut l'hôtesse d'accueil dans la jeune fille à la couronne de bougies. En fin de cortège, deux garçons d'honneur à chapeau pointu arboraient le même sourire narquois que Birgersson. Des gardiens de cellule. L'un d'eux était connu pour son tempérament colérique.

Halders essaya de lui faire un croche-patte au passage. Le collègue lui répondit par un geste internationalement connu.

Le cortège poursuivit sa route. *Sainnnte-Luuuucie* dans une gamme impossible à tenir, avec l'écho des murs en brique. Bergenhem se bouchait les oreilles.

— Tu savais que c'était la Sainte-Lucie aujourd'hui ? demanda Winter à Birgersson.
— Ne suis-je pas le chef ici ? Je sais tout.
— Et maintenant il nous faudra attendre jusqu'à l'année prochaine, soupira Aneta Djanali.
— Ce sera peut-être toi, la sainte Lucie, lui répondit Halders. Ce serait moderne et politiquement correct, une sainte Lucie noire.
— Oui, un rêve devenu réalité !
— Elle venait d'Afrique en plus.
— De Sicile, rectifia la jeune femme. De l'Italie du Sud.
— Le sud de l'Europe, le nord de l'Afrique, c'est du pareil au même, fit Halders.
— Le café refroidit, prévint Winter.

Malgré les bougies qu'ils ont allumées au plafond, l'ambiance de Noël est terminée, pensa Aneta Djanali.

— Aujourd'hui, on tente une nouvelle fois de parler avec le gamin, dit Ringmar.
— Combien de mots comprend-il ? demanda Halders. Il a à peine quatre ans.
— D'après les parents, il s'exprime bien, répondit Ringmar. En plus, il est bilingue.
— On ne peut pas en dire autant de tout le monde ici, ironisa l'inspecteur.
— Parle pour toi, répliqua Aneta Djanali.
— Il est toujours en état de choc, mais ils n'ont rien trouvé de nouveau comme lésions cérébrales, précisa Winter.

On parle de Halders ? pensa Bergenhem.

— Il a récupéré une partie de sa motricité et n'aura sans doute pas de séquelles. (Le commissaire leva les yeux.) Physiques.

— Et ça a donné quoi, tes recherches dans le fichier ? lança Halders à Möllerström.

— On a pas mal de noms sous les rubriques pédophilie, maltraitance, abus sexuels de tous ordres, enfin, vous voyez... La liste est longue.

— C'est une question de patience, dit Winter.

— Jusqu'à présent, on n'a que des alibis, déclara Bergenhem. Ils semblent tous tenir.

— Est-ce qu'on va obtenir des renforts pour les opérations de porte-à-porte ? demanda Halders.

— Possible, répondit le commissaire.

— Qu'est-ce qu'il attend, Birgersson ? s'écria Halders. Cette histoire, elle aurait pu tourner au meurtre, bordel. Si ça se trouve, ce dingue a été surpris en train de cueillir le gamin et n'a pas osé aller plus loin.

— On doit faire avec ce qu'on a.

— Pourquoi il n'a pas été victime d'abus sexuel ? questionna Aneta Djanali. (Elle jeta un regard circulaire.) J'y ai pensé. Vous aussi. Il a été blessé, mais pas de cette manière. Pourquoi ? Que voulait ce type ? Pourquoi l'avoir blessé d'ailleurs ? Est-ce que ces blessures-là ont un sens quelconque ? Les avait-il préméditées ? Est-ce qu'il s'est passé quelque chose dans cette voiture ? Avait-il l'intention de le violer ? Pourquoi l'avoir abandonné de cette manière ?

— Ça fait pas mal de questions, fit remarquer Halders.

— Mais on doit se les poser, répliqua Aneta Djanali.

— Naturellement, acquiesça Winter. Et ce n'est pas fini. (Tous relevèrent la tête.) Écoutez ça. Les dernières nouvelles.

Il leur rapporta ces cas d'enfants ayant rencontré un inconnu. Ellen Sköld. Maja Bergort. Et puis Kalle Skarin, le garçonnet sur lequel Bengt Josefsson avait pris des notes au poste d'Härlanda.

— Eh bien, que dire ? fit Halders.

— Ce que tu veux. Nous formons équipe, nous travaillons en équipe. Maintenant, j'attends vos remarques.

— Y a-t-il vraiment un lien entre ces trois cas ? lança l'inspecteur à la cantonade.

— Nous ne le savons pas encore. Il va falloir auditionner les enfants.

Tous les regards se tournèrent vers Winter.

— Tu parles sérieusement ? s'étonna Sara Helander.

— Je n'en suis pas sûr à cent pour cent. Poursuivons la discussion.

— Un lien, reprit Aneta Djanali. Quel genre de lien ?

— Trois enfants, quatre avec le petit Waggoner. Une différence : les trois autres n'ont pas été baladés.

— Pourquoi donc ? fit Sara Helander.

— Il n'était pas encore mûr, répondit Halders en regardant Ringmar et Winter de l'autre côté de la table. Ça relève de la psychologie la plus élémentaire. Ce dingue n'était pas encore mûr les premières fois. Il s'est essayé, en avançant d'un pas de plus chaque fois et il a fini par aller trop loin. C'est pas forcément d'ordre sexuel. Mais ça peut le devenir.

— Une analyse un peu expéditive, objecta Aneta Djanali.

— Vous allez voir que j'avais raison. (Halders fixa de nouveau Winter.) Et que ça se reproduira. Bordel ! (Il frissonna.) À supposer qu'il y ait un lien.

Et que tout soit bien arrivé. Pour le petit Waggoner, on en est sûr. Mais pour les autres ? Ça pourrait sortir de leur imagination.

— On ne peut pas l'exclure, admit Winter.

— Quatre gamins grimpant dans la voiture d'un vilain monsieur sans que personne le remarque, j'ai du mal à y croire, enchérit Sara Helander.

— Ce n'était peut-être pas un vilain monsieur dans ce sens-là, intervint Halders. Tu n'as pas entendu mon analyse de tout à l'heure ?

— Vous trouvez ça plausible ? reprit la jeune femme. Que personne, parmi le personnel, ne s'en soit rendu compte ?

— Quel personnel ? ricana Halders.

— Quoi ?

— Y a plus de personnel nulle part, bordel. On est bien placés pour le savoir, Erik et moi. C'est comme ça. Des classes surchargées et toujours moins de gens pour les surveiller.

— Alors tu penses que ça a pu arriver ? Qu'ils ont pu disparaître dans la nature ?

— J'en mettrais ma main à couper. Tu n'as qu'à te rendre sur place, sur n'importe quel terrain de jeux, et essayer de prendre à part un gamin.

— Ah oui ?

— Tu serais étonnée, Sara, de voir à quel point c'est facile.

— On va devoir inspecter tous ces lieux ? demanda Bergenhem. Les crèches, les parcs. (Il se tourna vers le commissaire.) Tous sauf Plikta où Simon a été kidnappé.

— Dans le cas d'Ellen Sköld, c'était également à Plikta.

Winter vit se dessiner le visage d'Elsa. Sa fille, sur ces mêmes balançoires, près du même parking.

Le criminel rôdait-il encore dans les parages ? Après deux visites, en avait-il terminé là-bas ? Recommencerait-il ? Au même endroit ? Peut-être. Sûrement.

— Alors, souffla Bergenhem, est-ce qu'on met des hommes là-dessus ?

— Oui, dit Winter, mais je ne sais pas encore comment. Il faut que je réfléchisse et que j'en parle à Sture.

— Profite de ce qu'il vient de voir passer la Lucia, lança Halders.

Sara pouffa de rire.

— J'étais drôle ? fit l'inspecteur avec une mine étonnée.

— Une chose encore, reprit Winter. Trois des enfants ont perdu quelque chose après ces kidnappings, si on peut les appeler comme ça. Maja Bergort une balle...

— Non mais, l'interrompit Halders, vous connaissez des gosses qui perdent pas leurs affaires ?

— Je peux continuer ?

Halders hocha la tête en silence.

— Sa balle préférée. Qu'elle porte toujours avec elle. Ellen Sköld avait une babiole en argent en forme d'oiseau enfermée dans sa poche de combinaison. Disparue. Simon Waggoner, lui, a perdu sa montre. (Winter releva les yeux.) Tout cela, d'après les parents.

— Et le quatrième enfant ? s'enquit Aneta Djanali. Comment s'appelait-il ?

— Skarin. Kalle Skarin. Je n'ai pas encore d'info dans son cas. J'ai parlé rapidement avec sa mère hier, elle devait vérifier.

— Tu peux nous donner l'ordre chronologique ? fit Halders.

— D'après les dépôts de plainte, on aurait Skarin, Sköld, Bergort, et enfin Waggoner.

— Pour autant que ce soit le dernier, fit Halders.

— Est-ce qu'on a des rapports médicaux ? demanda Aneta Djanali.

— Dans deux cas. Le cas Waggoner, bien sûr, et la petite Bergort.

— Alors ?

— Pas de violences sexuelles, si c'est ce à quoi tu penses. Les blessures de Waggoner, nous les connaissons tous, et dans le cas de Maja Bergort, il y a suspicion de blessures.

Tous les regards convergèrent vers lui.

— Une collègue de Frölunda, Larissa Serimov, a enregistré la plainte. Elle s'est déplacée à l'hôpital où les parents ont amené l'enfant juste après qu'elle leur a raconté son histoire. Le médecin a trouvé quelques bleus. Serimov leur a rendu visite deux jours après et a cru en voir d'autres.

— Dans ce cas, on a affaire à autre chose, déclara Halders. Ils battent leur môme et ensuite ils vont aux urgences la gorge serrée, pour vérifier qu'elle n'a rien et pour se dédouaner. (Il regarda Sara Helander.) Rien de nouveau sous le soleil.

— Pourtant l'histoire de la maman correspond très exactement avec les versions des autres mères, objecta Winter.

— Pourquoi des mamans uniquement ? intervint Halders.

— Dans l'ensemble, elles se tiennent toutes, continua le commissaire.

Personne n'ajouta de commentaire cette fois. Les bougies brûlaient encore tandis que le ciel s'éclairait dehors. Winter voyait les piliers gris du nouveau stade d'Ullevi s'envelopper d'une brume grise. Tout ne faisait qu'un, tout paraissait flotter dans l'air. Pas de frontières, pas de lignes. Il percevait maintenant le grondement des voitures de patrouille, un trafic plus intense que d'habitude. Au matin de la Sainte-Lucie, la ville était méconnaissable, des milliers de jeunes avaient besoin d'être pris en charge après leurs beuveries de la nuit. Ils sont allongés par grappes sur les trottoirs de la ville, avait annoncé Halders en arrivant. Les cellules de dégrisement faisaient le plein.

— J'essaie de trouver un schéma-type des lieux choisis, dit Winter. Pourquoi précisément ces lieux-là ? Ces crèches, ces terrains de jeux-là ?

— Tu as dressé une carte ? l'interrogea Aneta Djanali.

— Je m'y mets ce matin.

— Et les parents, tu envisages de les auditionner aussi ?

— Oui.

— Tous les parents ?

— Oui.

— Je veux en être pour la famille Bergort à Önnered, annonça Halders.

— Si tu y vas doucement.

— T'as besoin de moi.

La matinée n'était pas terminée. Le boulot non plus. En général, on ne travaillait pas sur une seule affaire. Il aurait fallu vivre dans le meilleur des mondes. Et dans ce monde-là, ils n'auraient pas existé comme groupe de travail. Au paradis non plus, il n'y avait ni police criminelle, ni forces de l'ordre. Tout se réglait de soi-même dans le pays des rivières de miel et de lait.

Mais qui peut bien avoir envie de patauger dans cette fange ? s'était écrié Halders, un jour où la conversation avait dérivé sur ce sujet.

— Notre médecin black est toujours en vadrouille, déclara l'inspecteur en se tournant vers Aneta Djanali. Tu as vérifié au pays ?

— On surveille toutes les savanes entre le Kenya et le Burkina Faso.

— Il y a la savane au Burkina Faso ? s'étonna Bergenhem, qui s'intéressait à la géographie.

— Non, répondit Aneta Djanali. Justement.

— Juste un point de traduction, sourit Halders.

— J'ai du mal à comprendre.

— Il n'y a pas que toi, fit Aneta Djanali.

— Pendant que vous palabrez, notre homme a déjà rejoint l'Afrique du Sud, commenta Winter.

— On le coupera à la machette là-bas, fit Halders.

— Allons, Fredrik, fais-nous ton rapport.

Halders se redressa, le visage crispé.

— Nous avons mis la main sur Smedsberg en fin de journée, hier, juste avant qu'il ne se fasse la malle dans les plaines du Västgötaland. Il a confirmé qu'il s'était disputé avec Kaite l'Aryen.

— Sur quoi ?

— Une fille.

— Une fille ?

— C'est ce qu'il m'a dit. Kaite croyait sortir avec une minette qui pensait, elle, sortir avec Smedsberg.

— Et Smedsberg dans tout ça ? demanda Winter.

— Il était resté neutre, selon ses propres termes.

— Et elle existe, cette fille ?

— Nous avons un nom et un numéro de téléphone, mais pas d'adresse, constata Halders avec un geste d'impuissance. Nous avons appelé, personne n'a répondu. On a cherché l'adresse, on s'est pointés là-bas, personne. On a réussi à s'introduire dans l'appart, mais pas de Kaite, ni de minette à l'intérieur.

— Tu étais avec lui, Aneta ?

La jeune femme secoua la tête.

— Je suis restée dans la voiture pour réceptionner les messages radio.

Winter se retourna vers Halders.

— Tu as laissé un mot sur la table de la cuisine pour qu'elle te rappelle à son retour ? fit-il d'une voix aigre.

— T'inquiète pas de ça !

— Tu lui fais confiance à ce Smedsberg ?

— Je n'ai confiance en personne, mais il nous a quand même donné un nom. Josefin. Josefin Stenvång.

— Smedsberg est le seul de ces quatre garçons à ne pas avoir été blessé, observa Ringmar.

— Tu vois le lien entre les deux affaires, Bertil ? lança Halders.

— Euh… comment ça ?

— Quatre étudiants et trois blessés. Quatre enfants et trois non blessés.

— Qu'est-ce que tu as pris au petit déjeuner, Fredrik ? Tu m'as l'air un peu échauffé.

— Je croyais que ça faisait partie du boulot de faire des rapprochements, se défendit Halders. J'ai dû me tromper.

— Fredrik, tempéra Winter.

Halders se pencha vers lui.

Voici peut-être venir la grande crise, songea Winter. Halders a réussi à se contenir jusqu'à maintenant. Mais à grand-peine. Est-ce qu'il a les yeux révulsés ? Non. Est-ce qu'il est en phase d'hyperventilation ?

Pas encore. Que lui dire alors qu'il attend ma réaction ? Fous le camp d'ici ?

— Laisse parler Bertil.

— OK, fit Halders.

— Nous avons donc Smedsberg, reprit Ringmar. Il évite le ou plutôt les coups. Il n'est pas marqué au fer ou je ne sais quoi. Il a vu un livreur de journaux. Grandi à la cambrousse. Il prétend que la marque pourrait révéler un numéro ou un autre symbole qui conduirait à une ferme. Il a vécu dans la même résidence universitaire que les autres, Kaite et Stillman. Book aussi d'ailleurs. Jusqu'à présent il soutient qu'il ne connaissait aucun d'entre eux.

— Sans compter qu'il fait Chalmers, une grande école, c'est du louche, ajouta Halders.

— Mon petit Fredrik, intervint Sara Helander, tu ne pourrais pas garder tes commentaires, pour une fois ?

— Pour revenir à Jens Book, continua Ringmar. Il fait des études de journalisme. Enfin, pour l'instant, il est sur son lit d'hôpital. Il semble recouvrir l'usage de ses membres côté droit. Les derniers rapports médicaux sont plutôt positifs, il est probable qu'il pourra de nouveau marcher.

— Si l'agression l'écarte du boulot de journaliste, le rapport est sacrément positif, fit Halders, avant de se tourner vers Sara Helander. J'aime pas non plus cette profession, tu vois.

— Jens Book était en compagnie de son ami Krister Peters à peine une demi-heure avant de se faire frapper près de la place Linné devant chez Marilyn, le marchand de vidéos.

— Son ami homo, précisa Halders.

— Ça te pose problème, Fredrik ? intervint Ringmar, en levant les yeux de son dossier.

— Pas du tout. C'était juste une précision.

— Peters est homosexuel, confirma Bergenhem. Je l'ai rencontré, comme vous le savez. Il ne cherche pas à s'en cacher.

— Pourquoi a-t-il caché avoir vu Book, alors ? s'enquit Aneta Djanali.

— Ce n'est pas lui qui a dissimulé, mais Book lui-même. Il nous a fallu lui tirer les vers du nez. Ça nous a pris du temps.

— Une attitude très courante, commenta Bergenhem. S'il ne veut pas le dire aux gens, c'est son droit, non ? Quelque chose à ajouter, Fredrik ?

Halders secoua la tête.

— Donc l'éventuelle relation homosexuelle de Book avec Peters n'a pas obligatoirement de lien avec ce qui nous occupe, poursuivit Bergenhem.

— Peters n'a pas d'alibi, fit remarquer Ringmar.

— Mais c'est sur l'emploi du temps de Books que nous en savons le plus, répliqua Bergenhem. Si nous accordons foi à ce que nous a dit Peters, nous connaissons l'essentiel de ce qu'a fait Books ce soir-là, en dehors des trente minutes précédant l'agression.

— Oui, acquiesça Winter qui était resté longtemps silencieux, se contentant de prendre quelques notes.

— Mais il n'en va pas de même pour Kaite par exemple. Que faisait-il dans les heures qui ont précédé son agression place Kapell ?

Personne ne répondit.

— Après avoir éludé la réponse, il s'est maintenant volatilisé, dit Bergenhem. Il s'est disputé avec Smedsberg qui habitait le bâtiment d'à côté. Voici un lien pour toi, Fredrik.

Halders tressaillit, comme si on venait de le tirer de ses pensées.

— Quant à notre ami juriste, Jakob Stillman, il n'a pas bonne mémoire non plus, continua Bergenhem. À moins que ce ne soit le contrecoup de sa blessure à la tête. Ce qui m'étonnerait. Je pense qu'il était quelque part, dans un endroit qu'il ne veut pas nous révéler, avant de traverser la place du Docteur Fries.

— Qu'est-ce qui l'a conduit sur cette place ? s'interrogea Aneta Djanali.

— Qu'est-ce qui a conduit Kaite place Kapell ? ajouta Bergenhem.

— Y a-t-il un lien ? enchérit Halders.

— Peut-être qu'ils rentraient tout simplement chez eux dans les deux cas, avança Winter.

— Convergeant vers le même lieu alors qu'ils venaient de directions différentes, ajouta Ringmar.

— À des heures différentes, observa Bergenhem.

— Stillman a l'air d'un hétéro de base, dit Halders, du moins si l'on en croit la copine de la fille de Bertil. (Regardant Bergenhem.) Pour parler d'absence de liens.

— Le lien ici, c'est qu'ils sont tous les trois tombés sur le même criminel, déclara Ringmar, tous les quatre même, car Smedsberg aurait pu subir le même traitement.

— Si on doit le croire, fit Halders.

— Il a déposé plainte, lui rappela Aneta Djanali.

— La famille Bergort aussi, répliqua l'inspecteur. Peut-être pour la même raison que Gustav Smedsberg. (Il se tourna vers Winter.) Au fait, on y va ?

— Bientôt.

— On pourrait aussi faire un tour chez le père de Smedsberg, suggéra Bergenhem. Dans les plaines du Västgötaland, comme dit la chanson.

— Pour chercher quoi ?

— L'arme du crime. Le fer à marquer les bêtes. Si nous suivons l'hypothèse qu'ils font tous le contraire de ce qu'ils disent, alors, c'est Gustav Smedsberg qui a frappé les autres garçons, avec précisément le même fer qu'il nous a décrit, et il serait logique de retrouver ce dernier, ou ses semblables, dans la ferme familiale.

— Mais attends un peu, intervint Aneta Djanali, si nous arrivons à déceler un numéro d'identité ou une autre marque, et à trouver la provenance de ce fer... eh bien, ce n'est pas très malin de la part de Smedsberg de frapper les gens avec une arme qui peut être repérée... Surtout que c'est lui qui nous a mis sur la piste... si vous voyez ce que je veux dire.

— Tu supposes que les gens agissent rationnellement, dit Halders. Mais le jour où on fait ça, il est temps d'aller vendre des cacahuètes au parc de Slottsskog.

— On va voir, reprit Winter. Il est possible que nous devions nous rendre à la campagne.

— Juste une idée qui me vient à l'esprit, intervint Bergenhem. Et si Kaite se trouvait là-bas ? Et la fille avec lui ? (Il regarda Halders.) Si on considère ce que tu viens de dire sur la logique des choses. Smedsberg et Kaite peuvent être fâchés l'un avec l'autre sans que ça empêche Kaite d'aller se mettre au vert chez Smedsberg, non ?

— Exactement, fit Halders. Sauf que dans la cambrousse, il aura du mal à passer inaperçu.

— Qui vous dit qu'il cherche à nous échapper ? intervint Ringmar.

— Il s'est quand même barré au moment où on venait causer avec lui. Pratiquement sous nos yeux.

— Mmm.

— Que veux-tu insinuer, Bertil ?

— Il a peut-être peur d'autre chose que de toi, Fredrik.

Halders garda le silence.

— Que de toi en tant que policier.

— Merci, j'avais compris. Pour le coup, t'as sans doute raison.

— Combien de temps a-t-il disparu ? Pendant que vous l'attendiez dans sa chambre.

— Il n'y est toujours pas rentré, fit remarquer Aneta Djanali.

— Je n'ai pas le courage de reformuler ma question, soupira Ringmar.

— On a compris, fit Halders. On a attendu dix minutes avant de se dire qu'il n'était sans doute pas au petit coin. Il avait disparu.

— Vous avez auditionné les occupants de l'étage ? demanda Bergenhem.

— Positif. On a même fouillé toutes les chambres.

— Il y a une chose..., commença Aneta Djanali.

Ils attendaient tous la suite.

— Nous avons attendu que la cicatrice des victimes nous découvre une marque. Mais ça n'a pas fonctionné en ce qui concerne Book et Stillman. La croûte est tombée et on n'a rien vu. On attendait de voir celle de Kaite. (Elle fixait un point invisible.) Est-ce qu'une autre personne attendait ? Ou ne pouvait plus attendre ?

22

Il se prépara deux œufs sur le plat, les déposa sur une assiette, les considéra et comprit qu'il n'avait plus faim. Il se leva, les jeta à la poubelle. Elle était pleine.

Il avait pris des œufs et les avait transportés dans son pull jusqu'à la cuisine. C'était à l'époque. Il s'en dégageait une drôle d'odeur, qui paraissait avoir traversé la coquille. Mets-les dans une jatte, avait dit le vieux. T'aurais pu les casser à les porter comme ça.

L'odeur qui avait disparu dans la jatte. L'un des œufs s'était cassé bien qu'il se soit efforcé de les déposer doucement.

Qu'est-ce tu fous, gamin ? ! Viens par ici. Tu viens, j'ai dit !

Sinon, j'te renvoie d'où tu viens.

Il rouvrit la porte du placard et sentit l'intérieur du sac-poubelle. Les œufs au plat ne sentaient pas comme les œufs crus à la campagne, oh non.

Il jeta le sac par le vide-ordures. Un doux bruissement à l'atterrissage lui indiqua qu'on débarrasserait bientôt le local à ordures.

Dehors, le ciel était bleu.

Il revint sur ses pas, enfila sa veste et sortit au soleil, qui brillait plus faiblement qu'il ne l'avait cru en regardant par la fenêtre. Le soleil était caché derrière les grands bâtiments, il n'avait pas le courage de monter plus haut en cette période de l'année.

Dans les champs, c'était différent. Aucun immeuble derrière lequel le soleil puisse se cacher. Les fermes voisines étaient si éloignées qu'elles se confondaient de loin avec le sol lui-même. Le paysage était sans fin. Une plaine sans fin comme l'océan, et lui vivait sur une île qu'il voulait quitter, mais aucun navire ne venait le chercher. Il savait nager, mais pas si loin. Il n'était pas si grand. Quand il était devenu grand.

Il fit le tour du bâtiment. Un tramway passait en contrebas. Il leva la main pour le saluer. Peut-être le conducteur était-il une connaissance qui pourrait le voir et le reconnaître.

L'engin s'arrêta et les gens descendirent avec des sacs et des paquets contenant des cadeaux de Noël. Des paquets emballés dans du papier rigolo, de couleur vive, ça ne pouvait être que des cadeaux de Noël, n'est-ce pas ?

Il secoua la tête.

Le vieux avait agité le fer devant lui. Il sentit l'odeur de poils brûlés, et autre chose encore. De la chair brûlée.

C'est à moi, avait dit le vieux. Fais attention ! Et le fer s'était rapproché.

Il brûlait la vache. Une vache brûlée de plus.

Quand ça aura cicatrisé, plus personne pourra dire qu'elle est pas à nous. Le vieux avait de nouveau levé le fer. On te fait le même traitement, gamin ? Comme ça, t'iras pas vadrouiller partout, on saura d'où t'es, pas comme avant. Hein ? On y va ? Viens par là. Il avait reculé et son pied droit avait heurté un râteau. Viens par là, j'te dis ! Dehors, la mer était agitée. Il s'était précipité à l'eau.

Winter était au volant. Ringmar jouait les copilotes et lisait les panneaux qui se dressaient comme des fanions dans le vent âpre, à distance régulière. La plaine était noire, enveloppée d'une brume humide. Un tracteur avançait Dieu sait vers où sur un champ oblong.

— Peut-être qu'ils sont en train de semer, fit Ringmar. Printemps précoce cette année !

On était dans un autre monde. On distinguait la ligne d'horizon, comme à bord d'un navire. Je devrais quitter plus souvent la ville, se disait Winter. On arpente les rues, les saisons tournent. On n'est pas bien loin, ça n'a pourtant rien à voir.

— Pas facile de se cacher dans les parages, poursuivit Ringmar.

— À l'intérieur des habitations.

— Tout le monde sait tout sur tout le monde.

— Un bon point pour nous.

— Tu dois obliquer là-bas.

La route de traverse ne leur apparut qu'au dernier moment. Un frêle panneau se balançait aux quatre vents.

— Elle est où, cette ferme ? s'étonna Ringmar.

Ils continuèrent tout droit. Le chemin fit un coude et ils aperçurent la maison.

Un chien se mit à aboyer lorsqu'ils pénétrèrent dans la cour.

Un homme se retourna sur le siège de sa grosse tondeuse à gazon.

Ils descendirent de voiture.

— Bonjour ! lança Ringmar avant de faire les présentations.

L'homme avait la soixantaine, il portait un ciré et de grosses bottes. Winter sentit les gouttes de pluie lui tapoter le visage. L'homme dit « Smedsberg » et prit un chiffon sur le capot de l'engin pour s'essuyer les mains. Le commissaire leva les yeux vers les fenêtres, dont l'une en mansarde. Pas de Kenyan suédois pour les observer à la jumelle.

— Nous cherchons quelqu'un, commença Ringmar.

Entre autres choses, songea Winter.

— Il lui est arrivé quéque chose, à Gustav ?
— Il ne vous a pas raconté ?
— Raconté quoi ?

Deux chats reposaient sur la cuisinière à bois, allumée, qui jouxtait une cuisinière moderne. La chaleur dégagée par la première avait cette odeur d'antan qui éveillait des souvenirs chez l'aîné des commissaires. Le sol était recouvert de tapis de chiffons. Ils n'avaient pas enlevé leurs chaussures, le paysan, lui, avait troqué ses bottes contre des sabots d'intérieur.

Sur deux murs étaient accrochées des broderies : *Une maison à soi, le plus beau des trésors. Dieu est vérité et lumière. Remercie le Bon Dieu pour cette terre. Respecte ton Père et ta Mère.*

Y avait-il une Mme Smedsberg ? se demanda Winter.

Ils avaient raconté ce qui était arrivé aux différents étudiants.

— J'aurais apprécié qu'il en parle, fit Smedsberg en mettant à chauffer la bouilloire qui devait dater de la guerre. Mais il s'en est sorti, hein ?

— Il n'a pas été blessé, confirma Winter en avalant le café noir comme de l'asphalte, à l'ancienne, qui tuerait sûrement toutes les bactéries de ses intestins, les bonnes et les mauvaises.

— Il est bon, ce café, commenta Ringmar.

— C'est comme ça que j'l'aime, dit Smedsberg.

Demander du lait aurait été commettre un impair. Winter se contenta de humer la chaleur de sa tasse.

— Vous n'avez pas reçu la visite d'un camarade de Gustav ces derniers temps ? s'enquit-il.

— Quand ça ?

— Dans les deux derniers jours.

— Non.

— Et avant ?

— Personne est venu depuis la dernière visite de Gustav.

Smedsberg se frotta le menton, rasé de près, ce qui n'allait ni avec sa tenue ni avec le profil général du personnage. Ils n'avaient pas annoncé leur arrivée. Peut-être s'y attendait-il malgré tout. Ici, tout le monde surveillait tout le monde, comme l'avait dit Ringmar. Une voiture inconnue, venant de la ville. Une Mercedes. Une conversation avec le fils. Ou bien des signaux de fumée. Le fils avait pu appeler pour raconter sa mésaventure, après tout. Même des paysans nés sur les terres du Bon Dieu étaient capables de mentir.

— De quand date-t-elle cette visite ? demanda Ringmar.

— Voyons voir... on est presque à la Noël... c'était vers les patates.

— Les patates ?

— On les a ramassées tard. Début octobre.

Cela fait plus de deux mois, songea Winter. Et lui, combien de fois par an voyait-il sa mère ? Pourtant, il y avait presque toutes les heures des vols directs Göteborg-Malaga pour tous ces retraités et ces joueurs de golf, les deux combinés dans la plupart des cas.

De l'autre côté de la table de cuisine, un portrait noir et blanc trônait dans un cadre posé sur le buffet. Une femme d'âge moyen, permanentée, souriait discrètement. Smedsberg perçut le regard de Winter.

— C'est ma femme. La mère de Gustav. Elle nous a quittés.

— Quittés ?

— Je suis veuf, dit-il en se levant.

Il rechargea la cuisinière de quelques bûches de bouleau. Un crépitement se fit entendre lorsque le bois sec entra en contact avec le feu. La pièce embauma de nouveau.

— Gustav vous a-t-il déjà ramené un camarade de Göteborg ? reprit Ringmar.

— Quand ça ?

— N'importe quand. Depuis qu'il est en école d'ingénieurs.

— Ouais, répondit Smedsberg qui réchauffait ses mains noueuses et noircies sur le poêle. Quand il est venu m'aider à ramasser les patates, il avait un camarade avec lui. (Le vieillard esquissa un sourire.) C'était un Noir, un vrai. (Il souffla sur ses mains). Noir comme la glaise, là-bas dehors.

— Il était noir de peau ? le pressa Ringmar.

— Un vrai nègre ! sourit franchement Smedsberg. Mon premier.

Mon premier Noir, songea Winter. Il faut une première fois à tout.

— On aurait pu l'utiliser comme épouvantail, ajouta Smedsberg.

— S'appelait-il Aris Kaite ? demanda Winter.

— J'me rappelle pas son nom. J'suis même pas sûr qu'on me l'a dit.
— Est-ce lui ?
Winter tendit au vieux la photocopie d'une photo de Kaite qu'ils avaient trouvée dans sa chambre d'étudiant.
— Comment vous voulez que je voie la différence ?
— Vous ne le reconnaissez pas ?
— Non, fit-il en rendant la photo.
— Il est revenu après ?
— Non. J'l'ai pas revu, ça j'm'en rappellerais, crénom. (Son regard passa d'un policier à l'autre.) Pourquoi vous me demandez ça ? Il a disparu ?
— Oui, répondit Winter.
— Il fait partie de ceux qu'ont eu des problèmes ?
— Pourquoi cette question ?
— Eh ben... pourquoi vous venez, sinon ?
— Il en fait partie.
— Pourquoi qu'on en veut à Gustav et au négro ?
— C'est ce que nous cherchons à savoir.
— Ils méritaient pt'être.
— Pardon ?
— Ils méritaient pt'être pas mieux.
— Comment cela ? insista Ringmar en lançant un regard à Winter.
— Qu'est-ce qu'ils avaient ensemble ? fit Smedsberg.
— Que voulez-vous dire par là ?
— Il doit bien s'être passé quéqu'chose. Ça peut pas être un hasard si qu'on s'en prend aux deux.
— Ce n'est pas arrivé au même moment, précisa Winter.
— Ça n'empêche.
— Et Gustav ne vous a rien raconté de tout ça ?

— Il est pas venu depuis octobre, je vous disais.

— Il aurait pu vous appeler, objecta Winter qui avait repéré un téléphone, à cadran, dans le hall.

— On s'est pas parlé depuis un mois, affirma le vieillard, la mine assombrie.

Ringmar se pencha en avant.

— Avez-vous d'autres enfants, monsieur Smedsberg ?

— Non.

— Vous vivez seul ici ?

— Depuis que ma Gerd est partie.

— Gustav ne vivait plus chez vous ?

— Si, répondit Smedsberg, le regard dans le vide. Il était encore p'tit. Après, il a grandi. Il a fait son service. Après... après, il a déménagé à Göteborg pour ses études.

— Il ne voulait pas reprendre la ferme ? demanda Ringmar.

— Y a rien à reprendre. J'arrive à peine à survivre, et quand je serai plus là, c'est les corneilles qui prendront le relais.

Ils s'abstinrent de commentaires.

— Je remets du café à chauffer ?

— Bien volontiers, fit Ringmar, à la consternation de son collègue. Si vous avez le temps.

— J'ai qu'à verser sur le marc.

Il se dirigea vers la cuisinière à bois.

— Gustav nous a raconté encore une chose, lui dit Winter à son retour. Les blessures des garçons peuvent avoir été causées par une sorte de fer. D'après lui. Un fer à marquer les bêtes.

— Un fer rouge ? On est censé en avoir à la ferme ?

— Je ne crois pas qu'il ait dit ça. Mais les victimes auraient pu être frappées par un instrument de ce type.

— Jamais entendu ça, fit Smedsberg.
— Entendu quoi ?
— Frapper les gens avec un fer. Jamais entendu ça.
— C'est ce que nous a suggéré Gustav.
— D'où ça lui vient ? Nous, on a jamais eu de fer.
— Ça n'exclut pas qu'il en ait déjà vu, non ? intervint Ringmar.
— Pour sûr. Je me de…
Il s'interrompit pour aller chercher la cafetière.
— Non merci, remercia Winter.
Smedsberg se rassit.
— Moi, j'ai toujours utilisé des plaques aux oreilles pour mes vaches. Quand je les marquais. Mais avant, on avait le numéro de la Coopérative, et c'est tout.
— De quoi s'agit-il ? s'enquit Winter.
— Comme j'vous dis. On marquait le numéro de district.
— De district ? Pas votre numéro de ferme ?
— Non. Ça couvrait plus large que ça.
— Nous avions compris qu'il y avait des numéros spécifiques à chaque lieu de production.
— C'est venu plus tard, en 1995, avec l'Union européenne.
— Et à partir de là, c'est un numéro par ferme ?
— Ouais.
— Il y en a donc un pour la vôtre.
— Ouais, mais j'ai pas de vaches en ce moment. Pas d'animaux, sauf les chiens, les chats et les poules. J'vais pt'être prendre quelques cochons.
— Et le numéro n'est pas supprimé ?
— Il reste, avec la ferme.
Winter crut percevoir une grimace chez Ringmar qui goûtait son deuxième café.

— Mais vous n'avez jamais eu ce genre de fer à marquer à la ferme ?

— Non, c'est pas courant, vous savez. On n'est pas en Amérique. Là-bas, ils ont des grands troupeaux et ils marquent les bêtes au fer rouge pour les repérer de loin. (Il sourit.) Et puis, ils doivent avoir des voleurs chez eux. (Il avala une gorgée de goudron.) Ils marquent aussi les chevaux en Allemagne.

— Pas ici ?

— Des chevaux ? Pas de chevaux ici.

— Vous connaissez quelqu'un qui pourrait avoir utilisé cette méthode ? Un endroit où Gustav pourrait en avoir vu ?

Smedsberg fixa le fond de sa tasse à café, avant de relever la tête. Son regard traversa la pièce jusqu'à la fenêtre où la pluie cachait la vue.

— Vous lui avez pas demandé ?

— Pas directement, répondit Winter, commettant une légère inexactitude.

Gustav Smedsberg ne se rappelait pas l'endroit, prétendait-il.

— Ce n'est d'actualité que maintenant.

— Actualité brûlante ?

Un éclair de malice passa dans l'œil gauche de Smedsberg. Un paysan à l'humour aussi noir que son café.

— Vous n'avez jamais vu ce genre de fer ? insista le commissaire.

— Hum... y a ben une ferme dans la commune plus haut, comme on dit chez nous. (Smedsberg regarda Winter droit dans les yeux.) J'suis pas d'ici au départ, c'était chez ma petite Gerd, elle venait de ce pays-là. On y allait parfois quand ses parents étaient encore de c'monde.

Il se frotta de nouveau la joue gauche, et le front, comme pour se masser la mémoire.

— Y avait une ferme... j'sais pas si elle existe encore... le gars était un peu spécial. Il avait ses méthodes à lui, si vous voulez. (Il se massa plus fort.) On a eu à faire là-bas une fois, et j'crois qu'il... qu'il marquait des bêtes comme ça. Quand j'y repense. (Il tourna son regard vers eux.) J'me rappelle l'odeur. Et l'bruit. Ouais. Sur le chemin du retour, j'ai posé la question à Gerd, et elle m'a dit... elle a dit qu'il marquait ses bêtes au fer rouge.

— Avec le numéro de la Coopérative ? s'enquit Ringmar.

— Non... il avait le sien. J'me rappelle qu'j'ai demandé à Gerd.

— Vous avez bonne mémoire, monsieur Smedsberg, fit observer Winter. Comment s'appelle ce paysan aux méthodes si particulières ?

— Désolé, ça j'm'en rappelle pas, fit le vieillard dans une sorte de gloussement. Y a des limites.

— Et l'emplacement de la ferme, vous vous en souvenez ?

— Là, c'est différent.

— Vous pourriez nous guider là-bas ? s'enquit Ringmar.

— Maintenant ?

— C'est loin ?

— Eh ben... ça doit faire dans les quarante bornes, j'crois.

Winter était sur le point de répondre « à vol d'oiseau ».

— Vous avez le temps de nous accompagner ? Nous pouvons partir tout de suite. Bien entendu, nous vous reconduisons après.

Smedsberg alla se changer. Il avait gardé sa tenue de travail durant toute la conversation. Il hésita à monter dans la Mercedes. Winter avait repéré une vieille Ford Escort qui rouillait près de la grange.

La route coupait les champs en ligne droite. Des oiseaux noirs tournaient en cercle au-dessus de la voiture telles des mouettes au-dessus d'un navire. Le jour tombait et les fenêtres commençaient à s'allumer dans les fermes isolées. Ils traversèrent un village avec une église grise. Dans la cour adjacente, une dizaine de voitures étaient stationnées.

— Le pasteur invite au café de l'Avent, expliqua Smedsberg.

— Une petite tasse ? suggéra Winter à Ringmar qui se garda de répondre.

— On n'a pas le temps, je suppose, dit Smedsberg.

Ils croisèrent deux jeunes filles montées sur des chevaux hauts comme des maisons. Au moins, il restait des chevaux par ici. Winter se rangea autant que possible et les cavalières le remercièrent d'un signe de main. Dans le rétroviseur, les chevaux paraissaient encore plus grands.

— On se rapproche, annonça Smedsberg.

Il leur indiqua de tourner à gauche sur un petit carrefour. La chaussée de graviers défoncée et tachée semblait avoir vécu les deux dernières guerres mondiales. Les champs étaient cernés de clôtures abîmées, les lieux paraissaient abandonnés. C'était sans doute le cas, songea Winter. Ils passèrent devant deux fermes plongées dans le noir. La désertion des campagnes.

— Les gens ont commencé à partir, expliqua Smedsberg, comme en écho à ces réflexions. Dans ces deux fermes, y avait pas mal de gosses dans l'temps.

Ils arrivèrent à un nouvel embranchement.

— À gauche, fit Smedsberg, indiquant un chemin de terre avant d'indiquer une ferme. C'est d'là qu'elle v'nait, ma Gerd.

Winter et Ringmar découvrirent une maison de bois, encore rouge sous les derniers rayons du jour, une grange, une cabane plus petite, une barrière. Pas de lumière électrique.

— Ses n'veux l'utilisent maintenant comme maison d'vacances, l'été. Ils sont pas souvent là. Comme aujourd'hui par exemple.

Le bois s'épaissit. Ils parvinrent à une clairière, un nouveau bois, une nouvelle clairière. Une cabane en rondins bordait la route.

— Ça servait d'épicerie dans l'temps.

— C'est vraiment dépeuplé, par ici, dit Ringmar.

Soudain le bois s'ouvrit et ils traversèrent un champ qui paraissait infini en comparaison du paysage fermé qui avait précédé. À cinquante mètres de la route, se dressait une grande bâtisse.

— On y est ! annonça Smedsberg.

Il y avait de la lumière à la fenêtre.

23

— Comment allons-nous justifier notre visite ? s'inquiéta Ringmar tandis qu'ils se dirigeaient vers le perron.

Smedsberg avait préféré rester dans la voiture.

— Nous n'avons pas besoin de justification, répondit Winter.

Des bourrasques de vent assiégeaient la maison. L'obscurité tomba subitement, en même temps que le froid, comme si l'hiver s'apprêtait enfin à faire son entrée. Dans un mois, peut-être que tout serait blanc alentour et ressemblerait vraiment à une mer. Il serait encore plus difficile de distinguer le ciel de la terre.

Lorsqu'il leva la main pour frapper à la porte, il sentit que ce ne serait pas la dernière fois. C'était une impression impossible à expliquer, mais elle l'avait déjà fait descendre très loin dans les ténèbres. Le pressentiment d'horreurs passées, à venir. On ne s'en débarrassait pas comme ça.

Tout est lié.

Il avait toujours la main levée. Un tourbillon de vent siffla éperdument à ses oreilles. Une vague lumière à la fenêtre de gauche. Une âpre odeur de terre. Sa propre haleine comme un signal de fumée, l'haleine de Bertil. Une autre odeur, incertaine. Il pensait à un enfant sur une balançoire, il le voyait. L'enfant tourna le visage vers lui, éclata de rire. C'était Elsa. Une main poussait la balançoire et là, ce fut un autre visage qui se tourna vers lui. Un visage inconnu.

— Qu'est-ce que tu attends pour frapper ? s'étonna Ringmar.

Au troisième coup, ils entendirent remuer, puis une voix :

— De quoi s'agit-il ?

De quoi ? Ringmar consulta Winter du regard. Deux commissaires un peu fêlés en manteaux de ville frappent à la porte d'une maison isolée au milieu de nulle part. Sur la banquette arrière de notre voiture est assis un péquenot qui nous a embobinés avec son histoire de brigand. Derrière la porte, un frère psychopathe armé de son fusil. Nos cadavres s'enfonceront dans la fosse à purin et personne ne les retrouvera. Nos manteaux réchaufferont les épaules des deux frères sur leurs tracteurs.

Tu me couvres, Erik ?

Euh... *no sorry*, Bertil Boy.

— Police, dit Winter. Pouvons-nous vous poser quelques questions ?

— Qué-c'qui vous amène ?

La voix chevrotait, une voix de vieillard.

— Pouvons-nous entrer ?

Ils perçurent un murmure et le cliquetis du pêne dans la serrure. La porte s'ouvrit sur une silhouette se découpant sur la pénombre du hall. Winter tendit sa carte. L'homme avança la tête. Les yeux mi-clos, il inspecta le texte et la photo, puis il dévisagea Winter avant de désigner Ringmar.

— Cé qui, lui ?

Ringmar se présenta et montra sa carte à son tour.

— Qué-c'qui vous amène ? répéta le vieil homme.

Légèrement voûté, de taille moyenne, les cheveux coupés ras, il portait une chemise blanchâtre, des bretelles sur un pantalon d'une étoffe improbable, et des chaussettes de laine grossière. Tenue paysanne classique. De la tête aux pieds. Winter sentit une odeur de feu de bois, de cendres et de graillon. Du porc. Une humidité glaciale régnait dans l'entrée, et elle ne provenait pas que de l'extérieur.

— Nous avons juste quelques questions, répéta Winter.

— Vous êtes perdus ? (Il parut montrer le toit.) La grand-route passe par là.

— Nous avons besoin de renseignements. Nous recherchons quelqu'un.

Autant commencer par là.

— C't une battue ?

— Non. Il n'y a que nous deux.

— Vous vous appelez ? demanda Ringmar.

— Carlström, répondit l'homme sans serrer la main qu'ils lui tendaient. Natanael Carlström.

— Pourrions-nous nous asseoir un petit moment, monsieur Carlström ?

Il poussa un soupir et les précéda dans une cuisine qui rappelait celle de Georg Smedsberg en plus petit, plus sombre et définitivement plus crasseux. Winter songea à Smedsberg, sur la banquette arrière d'une voiture de plus en plus froide, et regretta de l'avoir abandonné. Ils devaient faire vite.

— Nous cherchons cet homme, fit Ringmar en tendant une photo d'Aris Kaite.

C'était un cliché très ordinaire, type Photomaton. Le visage de Kaite paraissait couvert de suie contre le fond miteux. Et pourtant, il s'était donné la peine de l'agrandir et de l'encadrer pour l'exposer dans sa chambre, s'était étonné Winter.

— Y a intérêt à vous dépêcher parce qu'y va bientôt faire nuit, et là vous risquez plus de l'voir, dit le vieux avec un râle qui s'apparentait à un rire.

— Vous ne l'avez pas vu ? demanda Winter.

— Dans l'pays, un nègre, ça se verrait. C'est qui ?

— Personne ne vous a jamais parlé de lui ? insista le commissaire.

— Qui vous voulez ?

— Je vous le demande.

— Y a personne d'autre ici. Vous avez bien vu, non ? Pas de voisins.

— Vous n'avez donc rien entendu concernant un étranger récemment apparu dans la région ?

— Les seuls étrangers qu'j'ai vus d'longtemps, cé vous, d'la police, déclara Carlström.

— Connaissez-vous Gustav Smedsberg ? s'enquit Ringmar.

— Quoi ?

— Connaissez-vous un certain Gustav Smedsberg ?

— Non.

— Sa mère a grandi dans la région, précisa Winter. Gerd. (Il n'avait pas demandé au vieux Smedsberg son nom de jeune fille.) Elle s'est mariée dans la commune voisine, avec Georg Smedsberg.

Il songea que c'était loin, pour une commune voisine.

— Jamais entendu c'nom-là.

— Le jeune Smedsberg est un ami du disparu, expliqua Ringmar.

245

— Ah bon ?
— Et ces deux garçons ont été victimes d'agressions, ajouta Winter. C'est la raison de notre visite.

Il évoqua les marques au fer. Ils étaient surtout curieux de savoir à quoi elles pouvaient ressembler. Ils s'étaient laissé dire qu'il avait peut-être un instrument de ce type. Ce qui les aiderait à évaluer une telle hypothèse.

— Une hypothèse ?
— Celle que le fer ait été utilisé comme arme.

Carlström parut assez ébranlé.

— Qui vous a dit que j'marque mes animaux au fer rouge ?
— Nous nous sommes renseignés un peu partout dans les environs...
— Cé pas Smedsberg ?

Le jeune ou le vieux ? Les deux commissaires échangèrent un regard. Il se rappelait un nom qu'il n'avait soi-disant jamais entendu auparavant.

— Georg Smedsberg pense vous avoir vu utiliser un fer de ce type il y a longtemps, avança Winter.
— Cé lui qu'attend dans la voiture ?

Le gars voit mieux qu'on ne croirait. Winter fut tenté de jeter un œil par la fenêtre pour vérifier que la silhouette de Smedsberg était bien visible de la maison.

— Pourquoi il est pas rentré avec vous ? fit Carlström.
— Il nous a juste montré le chemin.

Carlström marmonna quelques mots incompréhensibles.

— Pardon ?
— Ouais, cé ben possible.
— Qu'est-ce qui est possible ?

— Qu'j'ai brûlé des bêtes. (Il regarda le commissaire droit dans les yeux.) C'était légal. Maint'nant, on n'aime plus trop ça, mais personne disait rien à l'époque.

— Non, non... nous voulions juste savoir à quoi ça...

— J'ai plus de fer à marquer, l'interrompit le vieux. J'en ai eu deux, mais il m'en reste plus aucun.

— Vous les avez vendus ?

— Le premier, j'l'ai vendu y a vingt-cinq ans à un con de brocanteur, et là je vous souhaite bonne chance pour l'retrouver, fit-il avec un éclair de malice dans le regard.

— Et le second ?

— Fauché.

— Fauché ? répéta Winter. On vous l'a volé ?

— C't automne, acquiesça Carlström. C'est pour ça qu'j'étais méfiant quand vous avez frappé à la porte. J'me suis demandé si vous alliez m'parler de ça, après.

— Que s'est-il passé ? demanda Ringmar. Un cambriolage ?

— J'en sais rien. Quand j'me suis pointé le matin, j'avais des outils qu'étaient disparus d'la remise.

— D'autres outils encore ?

— Ouais. Des vieux, des neufs.

— Parmi lesquels un fer ?

— Qui veut d'un truc pareil ?

— Le fer a donc été volé ?

— J'viens de vous le dire.

— Quand est-ce que c'est arrivé exactement ?

— Cet automne, j'vous dis.

— Vous savez quel jour ?

— Ça, j'en sais... rien. J'devais aller au village, j'crois. Et ç'arrive pas tous les jours...

Ils attendirent.

— J'en suis pas sûr, dit Carlström. Faut que j'réfléchisse.

— On vous a déjà cambriolé avant ? s'enquit Winter.

— Jamais de la vie.

— Vous avez déposé plainte à la police ?

— Pour des vieux outils ?

— Combien y en avait-il ?

— Pas beaucoup.

— Vous avez le chiffre exact ?

— Voulez une liste ?

— Non, répondit Winter. Pas encore.

Ringmar lui jeta un regard étonné.

— Vous avez entendu parler de vols ailleurs que chez vous ? demanda-t-il.

— Non.

Il faudra qu'on vérifie chez les voisins, songea Winter. Le problème, c'est qu'il n'y en a pas.

— Vous vivez seul ici, monsieur Carlström ?

— Voyez bien, non ?

— Nous ne pouvons pas le savoir, dit Ringmar.

— Tout seul.

— Avez-vous des enfants ?

— Comment ça ?

— Avez-vous des enfants ? répéta Winter.

— Non.

— Vous avez été marié ?

— Jamais. Pourquoi vous m'posez tout ça ?

— Eh bien, merci de nous avoir consacré du temps, monsieur Carlström, dit Winter en se levant.

— Cé fini, l'interrogatoire ?

— Merci de votre aide, confirma Winter. Si vous apprenez quelque chose sur ces outils volés, j'aimerais que vous nous contactiez. (Il lui tendit sa carte de visite.) Voici mon numéro.

Le vieillard la cueillit dans ses mains comme il aurait pris une porcelaine précieuse.

— ... surtout si vous entendez quoi que ce soit sur ce fer, ajouta le commissaire.

Carlström hocha la tête. Winter avait attendu jusque-là pour lui poser la dernière question.

— Vous auriez une copie de votre marque, au fait ? demanda-t-il sur un ton léger. Une marque de propriété, ou bien une combinaison de chiffres.

— Quoi donc ?

— À quoi ressemblait votre marque ?

— J'en ai pas de copie si c'est ça qu'vous voulez.

— Mais vous vous rappelez à quoi elle ressemblait ?

— Pour sûr.

— Vous pourriez nous la dessiner ?

— Pourquoi ça ?

— Au cas où elle réapparaîtrait.

— Si elle réapparaît, ça s'ra chez moi, dit Carlström.

— Ça nous aiderait, expliqua Ringmar. Nous pourrions identifier votre fer si nous en retrouvions un qui a été utilisé pour ces agressions.

— Pourquoi donc est-ce qu'mon fer aurait été utilisé ?

— Nous l'ignorons, répliqua Winter, il y a très peu de chances, naturellement. Mais ça nous aiderait tout de même.

— Ouais, ouais, fit le vieux. C't un carré avec un cercle à l'intérieur et un C dans le cercle. (Il regarda Winter.) C pour Carlström.

— Vous pouvez nous le dessiner ?

Carlström émit un grognement, mais il se leva et sortit sans un mot. Il revint au bout d'une minute avec une esquisse qu'il tendit à Ringmar.

— Vous l'aviez depuis longtemps ? s'enquit ce dernier.

— D'puis toujours. C'était à mon père.

— Merci pour votre aide, dit Winter.

Ils regagnèrent le hall et s'arrêtèrent sur le perron. L'obscurité était compacte, le ciel couvert, sans lune ni étoiles. Seul se détachait un point lumineux, à l'horizon.

— De quoi s'agit-il ? demanda-t-il.

— Une antenne télé. Radio, télé, ces trucs d'ordinateur, j'sais pas bien. Ça fait un bout de temps qu'ils ont installé ça.

— Eh bien, merci, fit Ringmar.

Ils retournèrent à la voiture. Carlström restait sur le pas de sa porte, une silhouette voûtée.

— Vous n'avez pas froid ? s'inquiéta Winter en démarrant.

— Non. C'tait pas bien long, répondit Smedsberg dans le noir.

— Ça a duré plus longtemps qu'on ne pensait.

Winter fit faire demi-tour à la voiture et reprit la direction de la route principale.

— Sommes-nous restés suffisamment de temps sur le perron pour que vous le reconnaissiez ? demanda-t-il à leur passager.

— Ça fait un bout de temps, mais j'l'ai quand même vu quéques fois, dit Smedsberg. Pendant qu'j'étais assis dans la voiture, son nom m'est revenu tout à coup. Carlström. Natanael Carlström. Un nom pareil, ça s'oublie pas.

— Il est très croyant ? s'enquit Ringmar. Lui ou ses parents ?

— Ça, j'en sais rien, fit Smedsberg. Mais y avait tout un tas de bigots par ici dans l'temps.

Ils roulèrent en silence. Winter ne reconnaissait pas le trajet. Nuit noire, petites routes, arbres éclairés par ses phares puissants. Des maisons surgissaient de l'ombre pour disparaître aussitôt.

La plaine arrivait, la plaine mère. Des lumières vacillantes étaient amarrées au sol. Encore un carrefour. Ils n'avaient croisé personne.

— Il avait un garçon, déclara soudain Smedsberg depuis sa banquette sombre.

— Pardon ? fit Winter tout en obliquant en direction de la ferme de Smedsberg.

— Carlström. Il avait un garçon à la ferme pendant quéques années. Ça m'revient maintenant.

— Qu'est-ce que vous voulez dire par « pendant quelques années » ? s'étonna Ringmar.

— Un enfant placé, qui vivait chez lui. J'l'ai jamais vu, mais Gerd m'en a parlé une ou deux fois.

— Elle en était certaine ?

— Elle m'l'a dit.

Pas d'enfant, se rappelait Winter. Carlström avait répondu non à sa question, mais il n'avait peut-être pas considéré celui-là comme son enfant.

— Elle m'a dit qu'il était dur avec le gamin, ajouta Smedsberg. (Ils étaient arrivés. Tout semblait éteint dans la maison.) Il était dur, l'vieux. Quand l'gamin est devenu grand, il est parti et il est jamais revenu.

— Dur ? reprit Winter. Voulez-vous dire méchant ?

— Oui.

— Comment s'appelait-il, ce garçon ? demanda Ringmar.

— Elle m'a jamais dit. J'crois pas qu'elle savait.

Ils rentraient par la « grand-route ».
— Intéressant, fit Ringmar.
— C'est un autre monde, commenta Winter.
Ils laissèrent un moment de silence s'installer entre eux. C'était sensationnel de voir des maisons éclairées, des bourgs et des villes, de croiser des voitures, des semi-remorques...
— Le vieux nous a menti, reprit Ringmar.
— Tu veux dire Carlström ?
— Natanael Carlström, oui.
— C'est l'euphémisme du jour, sourit Winter.
— Il s'est foutu de nous.
— Là, tu te rapproches de la vérité !
Ringmar rit à son tour.
— Mais ça n'a rien de drôle, fit-il ensuite.
— Je n'ai pas eu de bonnes vibrations, là-bas.
— Il nous cache quelque chose. Un ou plusieurs secrets, déclara Ringmar.
— On va vérifier les cambriolages qui ont pu avoir lieu dans la région.
— Ça en vaut vraiment la peine ?
Ils se rapprochaient de Göteborg. Le ciel était jaune vif, luminescent.
— Oui, répondit Winter.

24

Ils étaient tout proches de la ville. Coltrane jouait dans l'autoradio. À la hauteur du Gazomètre, un pick-up les dépassa, conduit par un homme en bonnet de lutin. Coltrane plongeait dans son solo. Les vibrations traversèrent l'habitacle de la Mercedes et la tête de Winter. Un deuxième bonnet à clochettes leur passa devant.

— C'est quoi, ce cirque ? ! s'écria Ringmar.
— La parade des Lutins.
— Tu n'aurais pas des chants de Noël ?

Winter s'arrêta au rouge. L'opéra brillait de mille feux. Sur le passage piéton, des gens bien habillés allaient écouter un chef-d'œuvre de l'art lyrique dont il n'avait pas retenu le nom. Ce n'était pas son genre de musique.

— Ce ne sera pas drôle comme Noël, lâcha Ringmar, le regard droit devant lui, comme en quête de lutins joyeux pour se dérider.
— Tu penses à Martin ?
— À quoi d'autre ? On a beau être commissaire, on n'en reste pas moins homme.

— Je vais parler avec Moa, promit Winter. Je te l'ai déjà dit avant, mais cette fois, je vais le faire.
— Laisse tomber.
— Ce sera un moyen indirect de parler avec Martin. D'abord Moa, ensuite Martin.
— C'est entre lui et moi, Erik.
— Dis plutôt que ça vient de lui.
Ringmar inspira longuement.
— Il m'arrive de rester éveillé la nuit à réfléchir sur l'événement qui a pu tout déclencher. Quand ? Quoi ? Qu'ai-je bien pu faire ?

Winter attendait qu'il poursuive. Il quitta l'autoroute en direction de chez Ringmar. La place principale de Mariaplan avait gardé son air d'antan. Des jeunes qui traînaient autour du kiosque à saucisses ; le ballet des tramways ; la pharmacie, toujours au même emplacement, comme la boutique du photographe, la librairie. C'était son quartier, à lui aussi, durant son enfance et son adolescence à Hagen, dans la maison même où sa sœur vivait avec ses filles.

— Je ne l'identifie pas, reprit Ringmar. Cet événement.
— C'est qu'il n'a pas eu lieu.
— Tu te trompes. Il y a toujours quelque chose. Un enfant ou un adolescent, ça n'oublie jamais. Par contre, une fois adulte, il considère parfois la chose autrement qu'elle n'était.

Winter pensa à sa propre fille. Aux années qui l'attendaient. Quels événements particuliers allait-elle traverser ?

Ils remontèrent la rue jusqu'à la maison, qui profitait largement des illuminations de Noël du voisin.

— C'est beau, non ? fit Ringmar avec un sourire goguenard.

— Très. Je comprends mieux pourquoi tu fais de l'insomnie.

Ringmar éclata de rire.

— Tu le connais bien ?

— Pas assez pour pénétrer dans son jardin et dégommer ses guirlandes au Sigsauer en comptant sur sa compréhension.

— Tu veux que je m'en charge ?

— Tu vas déjà en faire assez pour moi, répondit Ringmar en sortant de voiture. À demain.

Il agita la main et remonta le perron qui n'avait pas besoin de lanterne. Une vraie luminothérapie, songea Winter. Lui-même aurait droit à sa cure dans les dix jours. Un jardin en Espagne, doté de trois palmiers, sous la Montagne Blanche, au rythme de la musique pop de sa mère. Quelques tapas sur la table, des gambas *a la plancha*, de jambon de Serrano, des *boquerones fritos*, peut-être un *fino* pour Angela, et pour lui-même.

Avec un peu de chance, se dit-il en passant le vallon de Slottsskogen pour rentrer chez lui. Tant qu'on ne sera pas assis dans l'avion, je ne dois pas y croire.

Il suivait l'avenue. Il l'avait prise en sens inverse ce matin-là. Mon Dieu, ça lui paraissait déjà tellement loin. Halders et lui étaient restés silencieux dans la voiture, regardant droit devant eux.

— Comment ça va, Fredrik ?

— Mieux qu'à Noël dernier. C'était pas drôle.

Winter avait remarqué que Bertil avait utilisé la même expression : « pas drôle ». Oui, quand ça allait bien, la vie était drôle.

Le Noël précédent, Fredrik Halders l'avait passé avec ses deux enfants, Hannes et Magda, six mois après l'accident de voiture qui avait coûté la vie à Margareta. Aneta Djanali avait partagé quelques heures avec eux. Winter n'en avait jamais parlé avec Fredrik, mais Aneta était passée chez lui, Winter, un jour d'automne, un mois auparavant. Elle n'était pas venue chercher sa bénédiction, mais elle avait tout de même envie d'en parler avec lui.

Ils avaient longuement parlé. Il se réjouissait de l'avoir dans son équipe, qu'il désirait la plus resserrée, la plus unie possible. Il se réjouissait d'avoir Fredrik Halders, et il pensait qu'Aneta et Fredrik se réjouissaient d'être ensemble, même s'il ignorait sous quelle forme.

— Vous restez à la maison cette année ?

Winter traversait les nouveaux ronds-points à l'est de la place Frölunda. La circulation était peu intense, pour une fois.

— Quoi ?

— Vous fêtez Noël à Göteborg ?

Halders n'avait pas répondu. Peut-être n'avait-il pas entendu, pas voulu.

Ils avaient longé la mer et ses étendues de varech jaune et brun, de roseaux piquants. Les oiseaux tournaient en cercle au-dessus d'eux, en quête de nourriture. Il n'y avait pas grand monde. Ni sur la grève, ni dans les rues.

Plus tard dans la journée, Winter comparerait ce paysage avec les solitudes encore plus marquées de la campagne en dehors de la ville, en plus aplati.

— Tu as acheté un sapin ? lui avait soudain demandé Halders.

— Non.

— Moi non plus. Mais les enfants me le réclament.

— Elsa pareil.

— Et vous en pensez quoi, avec Angela ?

— On en prendra un petit.
— Les aiguilles, c'est une vraie saleté, quand ça tombe, dès le 26, avait ajouté Halders.
— Tu as vu le Lazio hier ? demanda Winter, en tournant à droite au-dessus du ponton.

Les maisons paraissaient taillées à même le roc. Cela faisait longtemps qu'il n'était pas passé par là.

— Non. Le Lazio, c'est une vieille équipe de fachos avec une nouvelle clique de supporters tout aussi fachos, avait commenté l'inspecteur. Ils peuvent aller se faire foutre.
— On y est, avait annoncé Winter.

Les maisons jumelles étaient les avant-dernières de l'impasse. Un sapin couvert de guirlandes lumineuses trônait dans le jardin. Mais elles n'étaient pas allumées. La montagne s'élevait juste derrière.

— La maison de droite, avait précisé Winter.
— Tout ce qu'il y a de plus sympa. Et le petit papa, il est là ?
— Vas-y doucement avec eux, Fredrik.
— Quoi ? Tu veux que je fasse le bon et toi le méchant ?

Magnus Bergort les avait accueillis d'une poignée de main rapide, mais chaleureuse. Son regard marquait un mélange de curiosité et de confiance, comme s'il avait attendu cette visite avec intérêt. Les yeux étaient d'un bleu transparent. Un dingue, avait songé Halders. Bientôt il prendra sa scie électrique pour découper en morceaux la petite famille.

L'homme portait un costume noir, une cravate bleu marine, des pompes excessivement cirées. Il avait les cheveux blonds coupés en brosse.

— Merci de nous consacrer un peu de votre temps, avait déclaré l'inspecteur.

— Pas de problème, avait répondu Bergort, je n'ai pas besoin d'être au bureau avant dix heures et demie.

La cuisine paraissait avoir été tout juste récurée et il flottait un vague parfum de produit de nettoyage. Un oiseau de mer tournoyait devant la fenêtre entrouverte. Des casseroles, des couteaux et autres ustensiles étaient suspendus le long des murs. Tout en acier brossé.

La fillette était à la crèche. Winter aimait autant.

— Dans quelle branche travaillez-vous, monsieur Bergort ? l'avait questionné Halders.

— Je suis… dans l'analyse financière.

— Où cela ?

— Eh bien… dans une banque. La SEB. (Il s'était passé la main dans les cheveux sans les dépeigner d'un poil.) Appelez-moi Magnus, au fait.

— Vous donnez des conseils aux gens pour gérer leur argent, Magnus ?

— Pas directement. Je travaille sur, oui… des stratégies à long terme pour la banque.

— Pour gérer votre propre argent ?

Winter avait jeté un œil à son collègue.

— Oui, oui, on peut dire les choses comme ça.

— Bon, était intervenu le commissaire. Magnus doit bientôt se rendre à son travail et nous devons aussi regagner le commissariat. Il s'agit ici de ce qui est arrivé à Maja.

— Une drôle d'histoire, avait aussitôt répondu Bergort.

— Comment voyez-vous la chose ? avait demandé Winter.

Est-ce que Magnus Fuhrer se rend compte de ce dont nous parlons ? s'était interrogé Halders.

L'homme avait consulté du regard sa femme. Kristina Bergort paraissait pour la première fois désireuse d'expliquer. D'expliquer quoi ?

— Kristina m'a raconté ça et nous... eh bien, j'ai parlé avec Maja qui m'a dit avoir passé un moment dans la voiture d'un monsieur.

— Qu'est-ce que vous en pensez ?

— Je ne sais pas quoi en penser.

— Votre fille a-t-elle beaucoup d'imagination ? était intervenu Halders.

— Oui... comme tous les enfants.

— Elle vous a déjà raconté ce genre d'histoire ?

Bergort s'était tourné vers sa femme.

— Non, avait assuré Kristina Bergort. Rien de tel.

— Quelque chose d'approchant ? avait insisté Winter.

— Que voulez-vous dire ? s'était étonné le père.

— Aurait-elle déjà rencontré un inconnu dans un même contexte ? avait repris Halders.

— Non, avait répondu Kristina Bergort. Elle ne nous cache rien et elle nous l'aurait dit dans ce cas.

Tout. Elle raconte tout, avait retenu Halders.

— Elle a perdu une balle ? s'était enquis Winter.

— Oui, sa balle préférée, qu'elle avait depuis Dieu sait combien de temps.

— Quand a-t-elle disparu ?

— Le même jour que... cette histoire.

— Comment ça s'est passé ?

— Je ne comprends pas.

— Comment a-t-elle perdu la balle ?

— Elle nous a dit que ce... monsieur devait la lui jeter de la voiture, mais qu'il ne l'avait pas fait.

— Et qu'est-ce qu'il a fait ?

— Il a redémarré et il est parti avec, d'après ce que j'ai compris.

— Que dit-elle, maintenant ? Parle-t-elle de cette balle ?

— Oui. Tous les jours, pratiquement. Ça ne date pas de très longtemps.

Halders s'était assis sur une chaise, les yeux vers la fenêtre, mais il s'était ensuite tourné vers elle.

— Vous vous êtes vite décidés à l'emmener à l'hôpital de Frölunda.

— Oui ?

— Qu'est-ce qui vous a poussés à prendre cette décision ?

Elle avait échangé un regard avec son mari, Magnus Heydrich, qui semblait au garde-à-vous à la porte. Il ne s'était pas assis une seule fois durant l'entretien et il avait consulté sa montre à moult reprises.

— Nous avons pensé que c'était ce qu'il y avait de mieux à faire, avait dit l'homme.

— Avait-elle l'air d'avoir mal ?

— Pas... pas que nous puissions en juger.

— A-t-elle mentionné des coups ?

— Non, avait répondu Kristina Bergort.

— Vous savez que nous travaillons sur une affaire dans laquelle un inconnu a enlevé un enfant qu'on a retrouvé blessé par la suite ?

— Oui. Vous... vous m'avez expliqué ça au téléphone, hier.

— Je n'ai rien lu, ni rien entendu, là-dessus, avait signalé Magnus Bergort.

— On n'a pas donné les détails à la presse. Vous comprenez ? La conversation que nous avons maintenant est confidentielle. Nous avons également discuté avec un autre couple de parents qui a connu une expérience... similaire.

— Qu'est-ce que vous voulez dire ? avait demandé Kristina Bergort.

— Nous l'ignorons encore. C'est pourquoi nous vous interrogeons.

— Maja était-elle blessée ? s'était enquis Halders, retirant les mots de la bouche de Winter.

— Non…, avait commencé la mère.

— Il n'y avait pas quelques bleus ?

— Comment le savez-vous ? Si vous le saviez, vous n'aviez pas besoin de poser la question, d'ailleurs.

— L'inspectrice de police qui vous a accompagnés nous l'a appris. Mais nous voulions avoir votre version de la chose.

— Eh bien, oui. Des bleus. Elle est tombée de la balançoire. Sur le bras, oui. (Kristina Bergort avait relevé son propre bras comme si c'était une preuve de ses dires.) C'est guéri maintenant.

— Ça ne peut pas être lié à cette… rencontre avec l'inconnu ? avait insisté Winter.

— Non.

— Comment pouvez-vous en être aussi sûrs ?

— Je viens de vous dire que c'était la balançoire. (Elle restait assise sur sa chaise, mais avec peine.) Je vous l'ai dit. (Elle avait consulté son mari qui avait hoché la tête et regardé sa montre, une fois de plus. Il était toujours à la porte, comme un soldat de plomb revêtu d'un costume.) Elle est tombée de la balançoire. (Elle avait de nouveau relevé sa main.) Tombée !

Il y a décidément quelque chose qui cloche là-dedans, avait conclu Winter.

25

Les souvenirs comme des clous plantés dans le crâne. Bang, bang, bang, en plein dedans et ça ne faisait pas mal ? ÇA NE FAISAIT PAS MAL ? !

Dans la plaine, il n'y avait pas de rêves. Tout n'était que vide et vent. Il ne voulait pas regarder vers le ciel, mais où pouvait-il diriger ses regards ? Une cloche merdeuse recouvrait tout.

Ici, c'est différent. Je peux voir sans que ça se brise dans ma tête.

Il était allongé sur son lit. Il contemplait le plafond qu'il avait peint en deux parties séparées. Sur la gauche, un ciel étoilé, resplendissant. Il avait peint les constellations de mémoire. Sur la droite, brillait le soleil sur fond de ciel bleu, le plus beau qu'il ait jamais vu. Il l'avait fait lui-même, alors…

Parfois, il tirait un voile accroché au plafond. Il pouvait passer du jour à la nuit, et ainsi de suite.

Il ressentit un coup à la tête. Encore ces souvenirs. *Ça ne peut pas t'avoir fait mal, ça ? !* L'ombre au-dessus de lui, un rire. Plusieurs ombres, l'encerclant. Il ne voyait que la terre. Il pleuvait. Il y avait des bottes devant son visage. *Tu te lèves ?* Une botte. *Il veut ben se lever.*

Y avait-il quelqu'un d'autre ? Il ne se le rappelait pas.

Il préféra se lever. Il alla chercher dans l'autre pièce les souvenirs qui ne faisaient pas mal quand il les touchait : la voiture, la balle, la breloque et la montre. Il leva la montre à la lumière de la rue puisqu'il faisait sombre dans la chambre. Elle était arrêtée, il essaya de la remonter, mais rien ne bougeait sur l'écran. Elle était déjà arrêtée avant. Elle s'était détachée du poignet et puis elle avait atterri sur quelque chose de dur.

Comment s'était-elle détachée ?

Non, non, ce n'étaient pas de bons souvenirs et il ne voulait pas voir de pareilles images dans sa tête où il y avait déjà les blessures de tout le reste.

Le petit ne s'était pas conduit comme il fallait. Non, il n'était pas comme les autres à qui il avait montré des choses et qui comprenaient, ils étaient gentils et voulaient qu'il soit gentil avec eux. Ce garçon-là, il était différent et ça l'avait déçu. Il s'en rappelait bien. De sa déception.

Il manipula le bijou, fit rouler la balle par terre, la petite voiture entre les fauteuils et la table basse. Un tour autour des pieds.

Ça ne suffisait pas. Il lâcha la voiture et se leva.

Ça ne suffisait pas.

Devant l'écran de télévision, il ressentit un certain soulagement. Il prit la télécommande dans sa main, la caressa, et, l'espace d'un instant, il n'y eut plus de souvenirs. Il ferma les yeux, il avait fermé les yeux.

Il regardait maintenant. Les enfants se rapprochaient ou s'éloignaient sans savoir qu'ils étaient filmés. S'ils avaient su ? ! Ç'aurait été différent. Pas bien.

Il vit le visage de la petite fille. Le zoom fonctionnait, ça oui. Elle avait l'air de regarder droit dans l'appareil, mais elle ne pouvait pas savoir.

Il savait où elle habitait. Il avait guetté quand ils venaient la chercher. Il ne les aimait pas. Qui étaient-ils ? Est-ce qu'elle était à eux ? Il ne pensait pas. Il lui demanderait. Il lui… Il serra plus fort la télécommande. Il lui… il se mit à chanter une chanson pour éloigner la pensée de ce qu'il voulait faire la prochaine fois. Il était une fois une petite fille, tra la la la la, un petit garçon, tra la la la lère.

Il y aurait une prochaine fois et ce serait… plus grand, oui, plus grand.

Cette fois, il ferait ce qu'il avait voulu faire depuis le début, mais qu'il n'avait pas été assez… courageux pour oser. Le lâche. Ouh le lâche !

On pouvait la tenir dans sa main. Ça pouvait suffire.

Il ferma les yeux, les rouvrit, les referma. Ils étaient regroupés, maintenant, les enfants, comme sur les ordres des deux auxiliaires, de chaque côté. De vrais adjudants. Il sourit. Des adjudants !

Elles regardaient droit dans l'appareil, qu'elles ne voyaient pas. Personne ne le voyait. Il était sorti de voiture et s'était caché avec tout ce qui disparaissait dans les buissons, sous les arbres. L'herbe. Les pierres, les rochers, tout ce qu'il y avait. La terre.

Les enfants marchaient, formant une longue file. Il les suivait. Là, depuis le canapé, il voyait comme sa main tremblait lorsqu'il était sorti des buissons. Voici qu'une branche passait devant l'objectif.

Ils étaient dans la rue. Il était dans la rue. Loin d'eux, mais il avait un bon caméscope. Une des auxiliaires se retourna et regarda vers lui.

Il se pencha en avant. Elle continuait à fixer l'objectif. Il avait zoomé un peu plus près. Elle se détourna. Se retourna de nouveau de son côté.

Une maison à l'écran maintenant. D'autres maisons ennuyeuses poussaient tout autour. Des voitures devant l'image qui la rendait floue.

Il avait détourné la caméra pour éviter ce regard rivé sur lui. Ce n'était pas son regard *à elle* qu'il recherchait. Que faisait-elle là ?

Fini, les maisons. Il était quelque part ailleurs. Il savait où. Des rochers derrière la maison. Une petite fille se balançait. Quelqu'un se tenait derrière elle. Elle se balançait haut, plus haut. Il la suivait, montait, descendait, montait, descendait.

Il s'assit et la suivit en dodelinant de la tête. Balançoire, petite fille, des mains qui la poussaient. Ç'avait l'air amusant.

Quelque part ailleurs, une famille, il les avait suivis jusqu'à ce qu'ils deviennent de plus en plus petits, hors de portée du zoom.

Des heures plus tard, qui sait combien d'heures. Il roulait, suivant ce trajet bien connu. Tout était pareil, mais sous une lumière plus forte qui vous piquait les yeux, ça ne devait pas le faire qu'à lui. Des sapins comme si la forêt avait pénétré jusque-là, pour laisser une plaine déserte derrière elle. Ensuite, il n'y a plus de forêt. Rien que des champs auxquels on n'échappe pas. Nulle part où se cacher.

Un parc, un autre. Il les connaissait tellement bien. Tout lui était familier.

— Vous pouvez me donner une carte mensuelle ?

Une femme pressait son visage contre la vitre comme si elle voulait l'enfoncer de tout son corps graisseux et le pousser, lui, par la fenêtre de l'autre côté. Pousser, presser leurs grands gros corps contre moi, se PRESSER contre moi, leurs grands corps...

— Vous n'avez pas de carte mensuelle ? insista-t-elle.

— Euh... si, ce sera cent vingt couronnes.

— Cent vingt ? Elles coûtent cent couronnes à la maison de la presse.

Alors, va l'acheter là-bas, file d'ici, et vas-y, à la maison de la presse. Il n'avait pas envie de l'avoir dans son wagon. Elle poussait. Un homme derrière poussait. Ils voulaient entrer, chez lui. Ils vou...

— Pourquoi devrais-je payer cent vingt couronnes ? fit-elle.

— C'est le prix.

— Mais pour...

— Il faut que je démarre. Vous prenez une carte ? Moi, je démarre, la grosse.

— Quoi... qu'est-ce que vous avez dit ?

— Je dois repartir.

— Vous... vous m'avez insultée ?

— Je ne vous ai pas insultée. J'ai dit que je devais partir parce que je suis attendu à Vittora.

— Vittora ?

— Rue Vittora.

— Rue Viktoria ?

— Rue Vittora.

— Donnez-moi cette carte mensuelle. Il faut bien que je bouge d'ici.

— Cent vingt couronnes.

— Les voici.

Il redémarra enfin. La grosse avait disparu à l'arrière du wagon. Il sentait encore son odeur. À vomir. Et si elle avait des enfants ? Non, non, non.

Il s'apprêtait à monter dans sa voiture.
— Tu as une seconde, Jerner ?
Je l'avais, mais je viens de la perdre !
Sans répondre, il s'installa sur le siège conducteur.
— Jerner ?
Qu'est-ce qu'il lui voulait ? Une seconde de plus ? Elle venait de s'envoler par la vitre, perdue, celle-là aussi.
— Éteins le moteur, tu veux bien, Jerner. Qu'est-ce qui te prend, bordel ? T'as pas entendu que je voulais échanger deux mots avec toi ?
Échanger deux mots. Lesquels on échange en premier ? Qu'est-ce que tu dirais de vol...
— Tu peux avoir des problèmes si tu ne m'écoutes pas maintenant, dit l'homme qui se tenait toujours de l'autre côté de la vitre.
Il avait éteint le moteur. Mais celui qui se faisait appeler chef ne décampait pas. Qu'est-ce qu'il voulait ? Il se mit à parler... La bonne femme avait appelé la direction centrale sur son mobile et on l'avait envoyé, lui, elle a dit que tu l'avais brutalement injuriée et que t'avais l'air dérangé.

Brutal. Qui s'était montré brutal ?
Il démarra, sans même un regard dans le rétroviseur.

26

Winter balança ses chaussures et laissa tomber son manteau par terre. Angela lui lança un regard.

— On ramasse ! fit-il en reprenant son vêtement.
— Pas si fort. Elsa est déjà au lit. Elle ronchonnait, elle avait un peu mal au ventre. (Elle regarda le manteau, puis son homme.) Tu n'y es pas tout à fait pour le ton de la mégère.

Il se dirigea vers la cuisine.
— Il y a des restes ?

Ils se retrouvaient une fois de plus assis à la table de la cuisine.
— C'était comment la campagne ?
— Plat. En fait, on aurait dit la mer.
— Il y a une maladie que les gens attrapent quand ils vivent sur ce genre d'étendues, dit Angela.

Winter songea aux deux vieillards qu'il avait rencontrés.
— Je peux m'imaginer.
— Aux États-Unis, ils appellent ça *the Sickness*. Les gens deviennent fous dans des États comme le

Wyoming ou le Montana. Ils perdent leurs repères : on ne voit rien à l'horizon.

— Comme en mer, c'est ce que je te disais.

Angela leur resservit du thé.

— Sans rien pour attacher le regard, ni arbre, ni maison, ni murs, ni voitures, ni bus, ils perdent le sens de l'orientation. Et finissent par perdre la raison.

— Il suffirait donc d'une cabane de toilettes à portée de vue pour rester en bonne santé ?

— Sûrement. Vous avez retrouvé votre homme, le médecin ?

— Non. Aucun de nous n'y croyait.

— Alors, pourquoi vous y êtes allés ?

Il ne répondit pas, se versa du thé, beurra encore une tranche de pain de seigle, déposa dessus une tranche de Stilton, se coupa un morceau de pomme.

— Vous aviez juste besoin de quitter la ville ? s'enquit Angela.

— Il s'est passé quelque chose là-bas.

— Comment cela ?

Il but une gorgée de thé, mordit dans sa tartine. La radio, sur la paillasse, moulinait les dernières nouvelles du temps, plus froid, plus sec, la perspective de neige à Noël.

— Il s'est passé quelque chose là-bas, répéta Winter, d'un ton grave. J'ai eu ce sentiment chez l'un de ceux à qui nous avons rendu visite.

— Elle est fondée sur quoi cette impression ?

— *The Sickness*, fit-il avec un sourire par-dessus sa tasse de thé.

— Tu te moques de moi ?

— Exact !

Mais il ne plaisantait pas. Angela l'avait bien vu, et il le lui avait confirmé, beaucoup plus tard. Après l'amour, il était allé chercher deux verres d'eau gazeuse, en résistant à l'envie de fumer un Corps, ce qui l'aurait obligé à sortir sur le balcon.

— Tu sais que je me trompe rarement.

— De quoi s'agissait-il donc ?

— Sur la route du retour, Bertil et moi nous sommes tombés d'accord sur le fait que le vieux, le plus vieux des deux, nous avait roulés dans la farine. Ça fait partie de notre métier de sentir ce genre de choses.

— Et ça compte vraiment ?

— Comment cela ?

— Les gens mentent pour des raisons diverses. Moi aussi, je peux m'en rendre compte. Certains mentent, sur le moment. Ils ne sont pas pour autant des criminels. Ça ne signifie pas forcément qu'ils cachent quelque chose d'épouvantable.

— Mais c'est l'impression que j'ai eue là-bas. J'ai senti un truc... énorme. Dégueulasse. Dans le passé du vieux. Tu comprends ? (Winter but une gorgée d'eau minérale.) Mais je crois que l'autre, Smedsberg père, mentait lui aussi. Je ne sais pas quoi en penser... je ne suis même pas sûr que ça concerne notre affaire. Sans doute pas.

— Il s'est senti nerveux en voyant arriver deux messieurs de la ville.

Elle but à son tour, il observa son profil.

— Tu crois qu'il cache ce Kaite ? demanda-t-elle.

— Non.

— Alors, c'est quoi ?

— Je ne sais pas, je te le répète. En revanche, je sais qu'il faut que je revoie l'autre, Carlström. Mais avant, je dois parler avec le jeune Smedsberg.

Elle hocha légèrement la tête.

— En même temps, il nous faut auditionner tous ces enfants, et reprendre le dialogue avec les parents.

— Quelle horreur ! fit-elle.

— Ce pourrait être pire que ce que nous croyons.

Elle ne répondit pas.

— J'ai cherché à repérer un schéma de comportement. Mais il nous faudrait plus de faits, de témoignages. Des images. Des objets. S'il y a bien un schéma, cela ne nous simplifiera pas nécessairement la tâche. Et si ça devient plus compliqué, ça pourrait être plus monstrueux. (Il tendit la main vers elle, lui caressa l'épaule, ferme et douce.) Tu vois à quoi je pense ?

— Ça pourrait empirer, dit-elle.

— Oui.

— Et ça pourrait continuer.

— Oui.

— Que faire alors ? Enfermer les enfants ? Engager des vigiles armés à la crèche et dans les écoles ?

— Il suffirait de renforcer le personnel.

— Eh oui !

— Mais il n'y a pas de protection à cent pour cent contre quelqu'un qui souhaite faire du mal.

— Alors, vous ne pouvez qu'attendre ?

— Absolument pas.

— Que se passerait-il si on sortait dans la presse qu'il y a… un criminel en embuscade à Göteborg ?

— Ce ne serait pas une bonne chose, déclara-t-il.

— Mais c'est un devoir d'alerter le public.

— Il y a différentes façons de le faire.

— J'ai vu le petit Waggoner. (Elle eut un soupir.) Comment est-ce possible ? Hein ? Qu'est-ce qui peut pousser quelqu'un à faire une chose pareille ?

Comment répondre de façon claire et rationnelle à ce genre de question ? pensa-t-il.

— Je sais qu'il n'y a pas de réponse claire et rationnelle à ce genre de question, mais il faut bien la poser, non ? fit-elle, les yeux brillants. Pourquoi ? Il faut chercher pourquoi.

— Nous ne faisons que ça.

— Est-ce suffisant ?

— De trouver un pourquoi ? Je ne sais pas. Parfois, il n'y en a pas.

— Aucune raison ?

— Oui... pour quelle raison commettre un crime atroce ? N'y en a-t-il qu'*une* ? S'agit-il d'une série de raisons ? Peut-on les analyser logiquement ? Devrait-on même penser logiquement un crime, ou des crimes, s'ils sont le fruit du hasard et de l'opportunité ? D'un chaos organisé, si ça existe. Ce pourrait être de la pure folie, une maladie grave. De mauvais souvenirs. Une vengeance.

— C'est courant, ça, de se venger ?

— Oui. Contre quelqu'un qui vous a fait du mal. Directement ou indirectement. Ça arrive souvent. Et ça peut remonter loin.

— Loin dans le temps ?

— Loin dans le temps, répéta Winter. Le passé jette des ombres, tu le sais bien. Combien de fois, pour trouver des réponses, il nous faut chercher un *alors*. Ce qui arrive aujourd'hui a des origines.

— Et ça peut être le cas avec ces étudiants ? Avec ce petit garçon ?

— Bien sûr.

— Ce sont deux cas différents.

— Mmm.

— Non ?

— Si...

— Tu hésites, insista-t-elle.

— Non, je pensais à cette histoire de chercher dans le passé. Le fouiller.
— Vous seriez comme des journalistes d'investigation ?
— Non... plutôt comme des archéologues. Des archéologues du crime.

27

Ils menaient activement leurs recherches, mais rien ne les mena à Aris Kaite.
— Tu as eu des réponses des clubs africains ? demanda Fredrik Halders tandis qu'ils remontaient vers chez lui.
— Non, répondit Aneta Djanali. Il n'est pas membre. Ils le connaissaient, mais c'est tout.
— Et toi, t'es membre ?
— De quoi je serais membre ?
— Du club Ouagadougou.
— Tu imagines si je t'emmenais là-bas, Fredrik ? Parfois, je me demande si tu ne fantasmes pas sur cette ville. Tu en parles souvent.
Aneta Djanali était née à l'Hôpital Est de Göteborg de parents africains qui avaient quitté le Burkina Faso à une époque où il s'appelait encore la Haute-Volta. Son père était venu faire des études d'ingénieur et ils étaient rentrés au pays lorsque Aneta sortait à peine de l'adolescence. Elle avait choisi de rester en Suède. Son père vivait seul désormais, dans une petite maison de la capitale accablée de soleil, de la même couleur que les sables environ-

nants. Dans cet air brûlant, les gens rêvaient d'eau qui n'arrivait jamais. Aneta Djanali était… retournée là-bas, si on pouvait utiliser l'expression. Elle s'était sentie chez elle, et en même temps, elle avait compris qu'elle ne pourrait jamais y vivre.

Elle se gara devant la maison de Halders. Un chandelier de l'Avent brillait à une fenêtre.

— Je peux aller chercher Hannes et Magda, proposa-t-elle, alors qu'elle s'apprêtait à repartir.

— Tu n'as pas de courses à faire ?

— Ça peut attendre. (Elle eut un rire bref.) C'étaient surtout des racines de tapioca et des bananes séchées, on en trouve toujours.

— Sauf si le club fait sa fête ce soir.

— Que se passerait-il si les gens prenaient au sérieux tes blagues racistes, Fredrik ?

— Je n'ose pas y penser.

— Alors, je vais les chercher ?

— Bien volontiers. Je fais le dîner. Des boulettes de gazelle…

— Ouais ouais, fit-elle en redémarrant.

Winter était assis dans le bureau de Birgersson. Le patron fumait dans la semi-pénombre de la fenêtre.

Les piliers du stade d'Ullevi se détachaient sur un ciel clair. Il aperçut une étoile.

— Que fais-tu à Noël, Erik ?

— On part en Espagne, sur la Costa del Sol. Si tu me laisses partir.

— Bien sûr que non.

— Je comprends ta position.

Birgersson grogna et secoua sa cendre.

— Quand est-ce que vous convoquez les gamins ?

— On commence les auditions demain.

— Ce sera difficile.

Winter garda le silence. Il se pencha en avant et alluma un Corps avec une allumette qu'il laissa brûler quelques secondes. Birgersson eut un sourire.

— Merci pour l'ambiance de Noël.

— En général, ils parlent assez facilement, continua Winter en laissant monter la fumée de son cigarillo. Comme les adultes, en gros.

Birgersson émit un nouveau grognement.

— Il y a tout de même du boulot, ajouta Winter.

— De mon temps, on disait qu'il fallait faire cracher les enfants tout de suite. Qu'on n'en tirait plus rien après. (Il observa les volutes de fumée.) Mais de nos jours, on laisse mûrir les souvenirs. Les images.

— Mmm.

— Imaginons un instant que ça ait bien eu lieu, ce que racontent les gosses, fit Birgersson.

— Simon Waggoner est complètement muet.

— Mais dans son cas, on sait que c'est arrivé, pas de doute.

Winter réfléchit.

— Il a quelque chose qui les attire, dit-il.

— La même et unique chose ?

— Prenons cette supposition.

— Continue, bougonna le boss.

— Et ils ont quelque chose qu'il veut s'approprier.

— Comment ça ?

— Il cherche quelque chose chez ces enfants. Un objet. Un souvenir qu'il peut emporter avec lui.

— Il les veut aussi pour eux-mêmes. Il veut avoir... des enfants.

— Laissons ça de côté, fit Winter. (Il reprit une bouffée.) Il ramasse un objet. Il veut le rapporter chez lui. Ou l'avoir avec lui.

— Pourquoi ?

— Cela doit à voir avec… lui-même. Celui qu'il était.

— Qu'il était.

— Qu'il était enfant. À leur âge.

— On sait ce qu'il a subtilisé, reprit Birgersson. Une montre, une balle et une sorte de bijou.

— Et peut-être encore un objet enlevé au petit Skarin. Probablement.

— Ce seraient des trophées, Erik ?

— Je ne sais pas. Non, pas vraiment.

— Est-ce que ces objets ressemblent à des choses qu'il possède, lui aussi ? s'interrogea Birgersson.

Il déposa sa cigarette et se balança sur sa chaise à vis qui émit un grincement.

— Très bonne question, déclara Winter.

— Qu'il pourrait partager avec quelqu'un s'il a quelqu'un.

— Les enfants.

— Oui. Mais je pensais à d'autres adultes. Des témoins adultes. (Il se rapprocha de Winter, du cigarillo de Winter, la chemise boutonnée jusqu'au cou, la cravate comme un lacet.) Est-ce même à un adulte que nous avons affaire ici, Erik ?

— Bonne question.

— Un enfant dans un corps d'adulte.

— Ce n'est pas si simple, objecta le commissaire.

— Qui a dit que c'était simple ? C'est foutrement compliqué… et malsain. Tu sais que je trouve pas ça professionnel d'utiliser ce genre d'expression, mais je le fais quand même. (Il alluma une cigarette et la pointa vers Winter.) Attrape-le avant qu'il ne fasse pire.

28

Angela appela au moment où Winter sortait de chez Birgersson. Il vit s'afficher son numéro de fixe à l'écran.
— Oui ?
— Erik, la directrice de la crèche vient de m'appeler. De notre crèche.
— Elsa est à la maison ?
— Oui, oui, rassure-toi.
— Qu'est-ce qui s'est passé ?
— Elles ont vu un type... un type louche.
— OK, tu as son numéro ?
Il appela directement de son mobile, tout en marchant vers son bureau.

Il était assis dans le bureau de la directrice, couvert de dessins de Noël. Ce n'était pas la première fois qu'il pénétrait ici, mais la raison en était maintenant tout autre. Il n'y avait plus personne dans les locaux, en dehors des agents de service. Le silence paraissait déplacé dans cette pièce qui résonnait habituellement de voix enfantines. Et même durant les réunions de parents, le silence était différent, habité des chuchotements d'adultes.

— Quelqu'un qui filmait, répéta Winter.

— C'est un souvenir qui lui est revenu après coup, quand Lisbeth a vu l'un des papas commencer à filmer, ce soir, en venant chercher son enfant.

— Où est-ce que c'est arrivé ?

— Sur le terrain de foot. De l'autre côté, plutôt. Ils venaient de le traverser.

— Où se tenait-il ?

On frappa doucement.

— La voici, justement, fit Lena Meyer, la directrice. Entre !

Lisbeth Augustsson poussa la porte. Elle salua Winter d'un signe de tête. Ils s'étaient déjà parlé, mais n'avaient échangé que quelques mots. Elle pouvait avoir vingt-deux, vingt-cinq ans, portait d'épaisses tresses brunes, attachées par des élastiques rouges. Elle prit place sur la chaise à côté de lui.

— Où se trouvait-il au moment où il filmait ?

Elle tâcha de décrire les lieux.

— Il nous a suivis après.

— En vous filmant ?

— Oui... c'est ce qu'il me semblait.

— Vous l'avez reconnu ?

— Non.

— Vous en êtes certaine ?

— Euh... non, bien sûr. Ça fait un moment aussi. Et puis la caméra le masquait, sourit-elle.

— Jamais vu avant ?

— Non.

— Qu'est-ce qui vous a poussée à en parler à Lena ?

279

— Eh bien... c'est cette histoire de la fillette qui dit avoir... parlé avec quelqu'un. Ellen Sköld. Ça vous rend méfiant. (Elle se tourna vers la directrice.) On se méfie toujours.

Elle ne savait rien des autres enfants. Pas grand-chose de Simon Waggoner, pas encore. Winter et ses collaborateurs ne pourraient bientôt plus garder le secret sur son cas.

— Vous avez déjà été filmés ? demanda Winter. Durant une excursion, ou dans la cour.

— Non, je ne pense pas. C'était la première fois, aujourd'hui.

— Dites-moi aussi précisément que possible ce qui s'est passé.

— Ce ne sera pas long. J'ai regardé au loin à un moment et je l'ai vu sans y penser plus que ça. Des gens avec un caméscope, c'est assez courant, non ? Mais j'ai regardé une fois de plus dans sa direction et il était toujours là, en train de... nous filmer, quoi. Quand il m'a vue, qu'il a vu que je regardais l'appareil, je veux dire, il s'est détourné et il a fait semblant de filmer les bâtiments de l'autre côté de la rue.

— Il ne faisait peut-être pas semblant, objecta Winter.

— On aurait dit.

— Et ensuite ? Vous l'avez gardé à l'œil ?

— Oui... je l'ai observé un petit moment, mais nous étions avec les enfants... et puis, il a fait demi-tour et il a déguerpi au bout de quelques secondes.

— De quel côté ?

— Vers la place Linné.

— Vous l'avez vu de côté, ou de dos ?

— De dos, je crois... je ne l'ai pas regardé longtemps. Ou alors, j'ai oublié, comment dire. J'avais d'autres choses à faire. J'y ai repensé plus tard.

— Pourriez-vous le décrire physiquement ?

— Oui... il avait l'air normal... La caméra lui cachait la figure ; une veste bleue, je crois, un pantalon, je suppose... (Elle eut un petit rire.) Il ne portait pas de jupe, je m'en souviendrais, oui, c'est ça.

Elle réfléchissait. Winter était resté des milliers de fois assis devant un témoin qui tâchait de se souvenir. Leurs dires pouvaient être justes, mais également trompeurs. Des verts se révélaient jaunes, des hommes de deux mètres avaient la taille d'un nain, des femmes étaient des hommes, des hommes des femmes, des pantalons... des jupes. Les voitures pouvaient être des mobylettes et des chiens, sûr et certain, des chameaux. Non. Il n'avait pas encore rencontré de chameaux dans aucune de ses affaires.

Des enfants pouvaient être des enfants. Cesser de l'être, disparaître. Cesser de vivre. Ou bien ne plus jamais être des enfants, ne jamais devenir des adultes épanouis.

— Il avait une casquette ! s'écria-t-elle.

— Vous disiez tout à l'heure que la caméra lui cachait la tête.

— Le visage seulement. Et pas durant tout le temps où je l'ai vu. Je me souviens maintenant de la casquette, quand il nous filmait, mais aussi quand il s'est retourné vers les bâtiments.

— Quel genre de casquette ?

— Eh bien... ce n'était pas une Nike en tout cas. Ni la variante sport, avec un logo.

Winter pensa à Fredrik Halders qui en portait souvent sur son crâne rasé.

— C'était une casquette de vieux, dit-elle.

— De vieux ?

— Oui... grise ou beige, vous voyez, comme en portent les vieux messieurs.

Winter hocha la tête.

— Voilà. Grise, je crois, mais je n'en suis pas sûre. Avec un motif gris.

— Était-ce un homme âgé ? (Il pointa du doigt sa propre personne.) Comme moi ?

Elle sourit de nouveau, découvrant de belles dents, impeccablement blanches, nordiques, pourrait-on dire.

— C'est difficile à évaluer, mais il devait avoir à peu près votre âge. Malgré la casquette. Il marchait... normalement, il n'était pas gros, n'avait pas l'air... croulant.

— Pourriez-vous le reconnaître ?

— Je ne sais pas. S'il était habillé pareil... avec un caméscope... là, oui, peut-être.

— Avez-vous parlé à quelqu'un de cette rencontre ? En dehors de Lena.

— Non.

— Combien étiez-vous cet après-midi pour accompagner les enfants ?

— Euh... trois, en me comptant.

— Et les autres n'ont rien remarqué ?

— Je ne sais pas. Comme je vous le disais, j'ai vite oublié, sur le moment.

Winter se leva, réfléchit. Il s'imaginait le groupe, traversant le terrain de foot, une auxiliaire en tête, une autre au milieu et la dernière en queue. Un spectacle qui lui était familier. On était maintenant au mois de décembre. À quelques jours des vacances. Tout le monde était plutôt excité. Que fait-on lorsqu'il y a une atmosphère de fête ? On chante, on danse, on est détendu. On peut avoir envie de conserver ce moment, ce spectacle. Le conserver. Le regarder à nouveau. Le conserver. Le garder pour soi.

Il revint à Lisbeth Augustsson.
— Vous n'aviez pas de caméscope personnellement, durant cette sortie ?
— Euh... non.
— Un appareil photo ?
— Euh... comment cela ?

Il vit qu'elle cherchait à se laisser le temps de réfléchir.
— Est-ce que vous aviez un appareil photo avec vous ?
— Mais... oui, bon sang ! Anette avait son appareil ! Un jetable tout ce qu'il y a de plus simple, je crois. Elle a dû prendre des photos sur le terrain de foot ! Elle a dit qu'elle le ferait. (Elle regarda alternativement sa chef et Winter.) Elle l'a peut-être pris en photo !
— Peut-être, acquiesça le commissaire.
— Que vous y ayez pensé...
— Nous l'aurions appris en interrogeant vos collègues, de toute manière. Comment est-ce que je peux joindre Anette ?

Ringmar attendait Gustav Smedsberg. Il entendait des voix dans le couloir. On s'essayait à des chants de Noël. Un rire de femme. Des poulets mis en joie par la perspective des fêtes.

Mais ici, ce n'est pas vraiment la joie.

Il appela chez lui. Personne. Birgitta aurait dû être rentrée à cette heure-ci. Il lui aurait demandé quoi prendre aux Halles.

Il composa le numéro de mobile de Moa : « Votre correspondant est injoignable pour le moment... »

Il aurait bien aimé appeler Martin s'il avait su quoi lui dire. Mais c'était une question de principe, en quelque sorte.

On l'appela de l'accueil. L'étudiant Smedsberg l'attendait en bas, dans le petit salon, ou « chaudron à sorcière » comme Halders appelait la salle d'attente. Un premier contact stimulant avec la police.

Le jeune homme paraissait frêle et trop légèrement habillé. Un bonnet surtout décoratif, une veste en jean et un sweat-shirt dessous. Le cou nu. Son visage n'exprimait rien, sinon l'exaspération peut-être. Ringmar lui fit signe de le suivre.

— Par ici.

Smedsberg grelottait dans l'ascenseur qui les montait à l'étage.

— Il ne fait pas chaud dehors, soupira le commissaire.

— Ça a commencé hier. Avec ce foutu vent.

— Vous n'avez pas eu le temps de sortir la garde-robe d'hiver ?

— C'est ça, mes vêtements d'hiver, rétorqua Smedsberg en fixant les boutons de l'ascenseur.

Il frissonna de nouveau, comme pris de tics.

— Venant de la campagne, je vous aurais cru habitué aux vents glacés.

Smedsberg ne fit pas de commentaire.

Ils sortirent de l'ascenseur. Les briques d'un jaune pisseux le long des murs n'invitaient pas à la joie. Mais en arrivant au bureau, ce matin-là, Bertil avait déjà le moral dans les chaussettes. Birgitta n'avait rien dit quand il s'était levé. Il savait qu'elle était réveillée, comme toujours. Silence. Il avait prononcé deux, trois mots, sur quoi elle s'était retournée dans le lit.

— Je vous en prie, lança-t-il en faisant entrer Smedsberg dans son bureau.

L'étudiant restait debout à la porte. Ringmar le voyait de profil, le nez crochu comme son père. Peut-être tenait-il également de lui pour la posture. Et l'accent, même si le jeune homme parlait un suédois plus moderne.

— Asseyez-vous, je vous en prie.

Smedsberg prit un siège, avec hésitation.

— Ça sera long ?

— Non.

— De quoi s'agit-il ?

— Nous en avons déjà parlé, répondit Ringmar.

— J'en sais pas plus. Il m'a engueulé à propos de Josefin et puis c'est tout.

— Qui cela « il » ?

— Aris, bien sûr. Ce n'est pas de lui qu'on parlait depuis le début ?

— Il y a d'autres personnes concernées, nuança Ringmar.

— Je vous ai déjà dit que je ne les connais pas.

— Jakob Stillman vivait dans le même bâtiment que vous.

— Comme des centaines d'autres. Des milliers.

— Vous m'avez dit plus tôt que vous ne connaissiez pas Aris Kaite.

— Ouais, ouais, fit Smedsberg en détournant légèrement la tête.

— Qu'est-ce que cela signifie ?

— Quoi donc ?

— Ce « ouais ouais ».

— Je sais pas.

— Ressaisissez-vous, lui intima Ringmar d'un ton tranchant.

— Qu'est-ce qui vous prend ? répliqua Smedsberg, plus vivement, mais sans se départir de son expression morose.

— Nous enquêtons là sur des agressions graves, qui requièrent votre collaboration. En nous mentant, vous faussez notre travail.

— J'ai commis un crime ?

— Pourquoi avez-vous nié connaître Aris Kaite ?

— Je pensais pas ça important, répondit Smedsberg avec une lueur glaciale dans le regard.

— Et maintenant, qu'en pensez-vous ?

Smedsberg haussa les épaules.

— Pourquoi nier connaître une personne qui a subi le sort auquel vous n'avez échappé que de peu ?

— Je voyais pas ça comme un truc important. Et je pense toujours que c'est une coïncidence.

— Ah bon ?

— Ma dispute avec Aris n'avait rien à voir avec cette... histoire.

— Avec quoi ça avait à voir ?

— Je vous l'ai déjà dit. C'était un malentendu de sa part.

— Portant sur quoi ?

— Écoutez, pourquoi je dois vous répondre là-dessus ?

— Portant sur quoi, ce malentendu ? répéta Ringmar.

— Euh... il croyait être avec... Josefin. (Gustav Smedsberg esquissa un sourire, ou une brève grimace.) Sauf qu'il lui avait pas demandé son avis.

— Votre rôle dans cette affaire ?

— Elle voulait être avec moi.

— Et vous ?

— Je voulais rester libre.

— En quoi y avait-il matière à dispute avec Kaite ?

— Aucune idée. Posez-lui la question.

— Impossible, n'est-ce pas ? Il a disparu.

— C'est vrai.
— La jeune fille également. Josefin Stenvång.
— Ouais, c'est bizarre.
— Vous ne paraissez pas particulièrement inquiet.
Smedsberg garda le silence. Son visage restait imperturbable. Ringmar perçut une voix dans le couloir, une voix qui ne lui était pas familière.
— Kaite et vous étiez si bons amis que vous êtes allés récolter des pommes de terre ensemble dans la ferme de votre père, déclara-t-il.
Smedsberg ne répondait toujours pas.
— Je me trompe ?
— Vous, vous êtes allés voir mon père.
— Je me trompe ?
— Si vous le dites.
— Quelle raison pouvez-vous avoir de nous cacher vos relations avec Aris Kaite ?
Smedsberg restait silencieux.
— Que pensait votre père de ce camarade ?
— Laissez le vieux en dehors de tout ça.
— Pourquoi donc ?
— Laissez-le tranquille.
— Il est d'ores et déjà concerné, répliqua Ringmar. J'ai encore une question.
Ringmar l'interrogea sur le garçon qui avait été placé chez Natanael Carlström.
— Sûr, y en avait un, dit Smedsberg.
— Vous le connaissez ?
— Non. Il est arrivé avant que je sois... adulte.
— Vous l'avez déjà vu ?
— Non. Pourquoi ?
Le jeune homme semblait prendre plus d'intérêt à la conversation. Il était moins avachi.
— Vous connaissez son nom ?
— Non. Faut demander au vieux Carlström.

Ringmar se leva. Smedsberg l'imita.

— Restez assis, merci. Je voudrais juste me dégourdir les jambes une minute. J'ai des fourmis. (Il reprit sa place.) C'est vous qui avez mentionné ces marques au fer. Nous avons cherché de ce côté-là, mais n'avons rien trouvé avant de nous rendre chez Carlström.

— Pourquoi vous y êtes allés ?

— Votre père pensait qu'il pouvait avoir un fer de ce type.

— Ah bon.

— Ce qui était le cas.

— Ah oui.

— Vous en avez déjà eu chez vous, à la ferme ?

— J'en ai jamais vu.

— Vous avez dit le contraire précédemment.

— Vraiment ?

— Vous avez inventé ça ? s'étonna Ringmar.

— Non.

— Vous avez dit qu'il y en avait chez votre père.

— J'ai dû me tromper.

— Comment est-ce possible ?

— J'ai dit une connerie. J'ai voulu dire que j'avais entendu parler de ces fers.

On reviendra là-dessus, pensa Ringmar. Je ne sais pas quoi penser, et le gars non plus, semble-t-il. Il faudra qu'il revienne nous voir.

— Carlström en avait un, déclara le commissaire. Et même deux.

— Ah oui.

— Cela paraît vous intéresser.

— Hmm.

Ringmar se pencha en avant.

— Il en a perdu un. Disparu, comme Aris Kaite. Dont la blessure pourrait provenir de cette... arme.

Dont la blessure pourrait bien révéler quelque chose.

— Quoi donc ?

— Vous avez donné vous-même la réponse.

— C'est pas un peu léger de croire que le fer du vieux serait celui qui a été utilisé, juste parce qu'il a été volé ?

— Nous nous posons également la question. Et c'est là que vous intervenez, Gustav. (Ringmar se leva de nouveau. Smedsberg resta sur son siège.) Nous ne nous serions pas déplacés à la campagne sans vos observations.

— Je n'étais pas obligé de vous parler de marques au fer.

— Mais vous l'avez fait.

— Vous allez me le reprocher ?

Ringmar garda le silence.

— Je veux bien me joindre à la battue pour trouver Aris si c'est ça que vous attendez de moi.

— Pourquoi ce mot de battue ?

— Quoi ?

— Pourquoi organiserions-nous une battue pour le retrouver ?

— J'en sais rien.

— Mais vous l'avez dit.

— C'est juste une expression. Bordel, appelez ça comme vous voulez.

— Battue, ça ne correspond pas à une grande ville, signala Ringmar.

— Nooon.

— Plutôt à la campagne.

— Sans doute.

— Il est à la campagne ?

— J'en ai pas la moindre idée.

— Où est-il, Gustav ?

— Bordel... j'en sais rien.
— Que lui est-il arrivé ?
Smedsberg se leva.
— Je peux partir ? Tout ça n'a pas de sens.
Ringmar fixa le jeune homme qui paraissait toujours frissonner dans ses vêtements légers. Il avait le droit de le retenir pour la nuit, mais il était trop tôt pour une telle mesure. Ou trop tard. En tout cas, c'était trop... léger. Il se leva.
— Je vous raccompagne, Gustav.

29

Winter appela directement Anette du bureau de la directrice. Elle était chez elle et le commissaire percevait dans le combiné le bruissement de la hotte, ou d'un sèche-cheveux. Le murmure cessa.

L'appareil photo ? Oui, elle l'avait emporté en sortie. La pellicule n'était pas ter... Oui, je peux la cher...

On envoya une voiture chez Anette. C'était un appareil très simple. Un labo de la brigade technique développa le film et le copia le temps qu'il regagne son bureau.

Il avait maintenant les photos sur la table. Ce n'étaient pas des clichés professionnels, mais ça n'avait pas d'importance avec ce type d'appareil. Tout était surexposé et l'image était floue. Les sujets en étaient les enfants, pour la plupart dans un cadre qui lui était familier, la cour de la crèche d'Elsa. Il reconnaissait également les auxiliaires.

Le parc, le terrain de foot. Des enfants en file indienne.

Un homme avec une caméra apparaissait à l'arrière-plan, à trente mètres environ. L'appareil lui cachait le visage. Cette image-là était particulièrement nette.

Il portait la casquette. Winter ne distinguait pas de quelle couleur.

L'homme était vêtu d'une veste vieillotte comme on en trouvait dans les magasins de la Coopérative ouvrière. Impossible de reconnaître quel type de pantalon il avait, il aurait fallu un développement plus soigné et de nouveaux agrandissements.

Anette avait pris deux photos montrant l'homme en arrière-plan, mais elles ne se suivaient pas.

Sur la deuxième, il avait le dos tourné et s'éloignait apparemment. La veste apparaissait plus nettement. La coupe pouvait dater des années 1950. On ne voyait pas les chaussures, l'herbe lui montait jusqu'aux mollets. La caméra n'était pas visible non plus.

— Est-ce qu'il a toujours le nez collé dessus ? fit Halders en examinant la photo.

Ils étaient à quatre dans la petite salle de réunion, Winter, Ringmar, Halders et Aneta Djanali.

— On ne la voit pas, en tout cas, acquiesça Winter.

— Il s'habille comme un vieux, mais il est plutôt jeune, assura Aneta Djanali.

— Comment tu reconnais un vieux, toi ? s'enquit Halders.

— Tu ne me le feras pas dire.

— Sérieusement, insista Ringmar.

— Il ne se tient pas comme un homme âgé, répondit-elle. Il a juste choisi de s'habiller comme un vieux.

— L'habit fait le moine, commenta Halders.

— La question est justement de savoir ce qu'il a pu faire, dit Ringmar en examinant l'image qui avait peut-être fixé leur criminel sur la pellicule.

Il ressentait une étrange excitation.

— Il filmait les enfants, constata Winter.

— Ce n'est pas un crime, poursuivit Ringmar en se frottant un œil cerné de noir. Il y a des gens normaux qui s'amusent à filmer tout ce qui passe à leur portée. (Il releva la tête, son œil avait rougi.) Il n'est pas pour autant pédéraste ou ravisseur, ni agresseur d'enfants.

— Mais nous avons un crime, objecta Aneta Djanali. Et il pourrait en être l'auteur.

— Il nous faut travailler sur l'image, déclara Winter. Sur les images. Peut-être figure-t-il dans nos archives.

— Le caméscope m'a l'air neuf, ça tranche avec le reste de la tenue, commenta Halders.

Personne ne sut s'il parlait sérieusement ou pas.

*

Difficile de se frayer un passage dans cette foule. Il transpirait. S'il n'y avait pas eu cette femme avec la poussette dix mètres devant lui, il ne serait jamais venu ici, non, non. Il serait resté tout seul, à la maison.

L'enfant semblait dormir quand ils s'étaient retrouvés devant le centre commercial de Nordstan. Ensuite, ils s'étaient fondus dans le flot des visiteurs, des acheteurs.

L'avant-veille de la veille de Noël ! criait quelqu'un, mais qu'en avait-il à faire, lui, personnellement, de Noël ? Noël, c'était la fête des enfants. Il n'en avait pas. Il avait été enfant et il savait ce que c'était.

C'était une bonne idée. Il l'avait déjà eue, mais elle s'imposait maintenant. Noël était la grande fête des enfants. Il était seul et n'était pas un enfant. Mais il savait ce qu'ils aimaient à Noël. Il était gentil et il pouvait faire de Noël une joyeuse fête pour un enfant. Une joyeuse fête !

Il n'était pas sûr que la femme devant lui en serait capable, elle. D'après lui, l'enfant qui dormait dans une position incomfortable dans la poussette ne la trouvait pas joyeuse. Elle n'avait pas l'air drôle. Il l'avait déjà vue une fois quand elle arrivait à la crèche, il l'avait regardée, en passant. En fait, il avait dû la voir plusieurs fois.

Il avait vu le petit garçon. Et puis un monsieur qui devait être le papa.

Il avait filmé le gamin.

Il les avait tous filmés.

La femme avait fumé une cigarette avant d'entrer dans le centre commercial. Ça ne lui plaisait pas. Elle avait renversé la tête comme pour boire la fumée. Il ne pensait pas qu'elle vivait avec cet enfant. C'était peut-être son fils, mais il n'en était pas sûr.

Quelqu'un lui rentra dedans, un autre encore. Il ne voyait plus la poussette. Ah si, la voilà qui réapparaissait. Il ne s'occupait pas de la bonne femme, ça non.

Il les avait suivis depuis la crèche. Il pourrait toujours récupérer la voiture plus tard.

La température avait chuté, mais il n'avait pas froid. Il pensait que l'enfant, oui. La femme ne l'avait pas assez couvert.

Maintenant, ce n'était plus très grave : il faisait chaud à l'intérieur. La femme était restée un moment devant le supermarché qui vendait tout ce qu'on pouvait vendre. Les portes étaient grandes ouvertes, comme des vannes et les gens entraient et sortaient par vagues noires.

Il passa devant la sculpture qu'il admirait. Elle avait une allure tellement... libre. Les corps se balançaient dans l'air. En toute liberté. Ils volaient.

Il jeta un regard circulaire et vit qu'elle arrêtait la poussette au rayon parfums, laques, rouges à lèvres et tout ça, ou bien c'étaient des vêtements, mais il ne voyait pas très bien. Oui, des vêtements. Les parfums, c'était plus loin. Il savait bien.

Il voyait les pieds du gamin sortir de la poussette, un pied du moins. Elle regarda le petit, non, quelque chose à côté, par terre. Peut-être cela n'avait-il aucune importance pour elle. Il se déplaça sur le côté, sous la poussée des clients. Il était à dix mètres d'elle. Elle ne l'apercevait pas. Elle rapprocha la poussette d'un des comptoirs. Elle lança un regard à la ronde. Il ne comprenait pas ce qu'elle faisait.

Elle s'en alla. Il la vit se diriger vers un autre comptoir et disparaître ensuite. Il attendit. La poussette. Il était le seul à la voir. Il la surveillait pendant que la femme était ailleurs à faire Dieu sait quoi.

Il veillait. Les gens qui passaient croyaient sûrement que la poussette appartenait à l'un des clients à proximité. Ou bien à un membre du personnel. Il vérifia autour de lui, la femme n'était pas là. Il consulta sa montre, mais il n'avait pas regardé l'heure quand elle était partie, si bien qu'il ne savait pas combien de temps s'était déjà écoulé.

Il fit quelques pas vers la poussette, quelques pas encore.

En rentrant chez lui, Ringmar eut le pressentiment que quelque chose allait de travers. Déjà quand il enleva ses chaussures dans le hall, le silence lui parut pesant. Il n'avait jamais entendu pareil silence dans la maison. Ou bien se trompait-il ?

— Birgitta ?

Pas de réponse, personne dans la cuisine, ni à l'étage, dans les chambres. Il n'avait pas eu besoin d'allumer grâce aux lumières du voisin.

Redescendu au salon, il appela sa fille sur son portable. Elle décrocha à la seconde tonalité.

— Salut, Moa, c'est papa.

Elle ne répondit pas. Elle s'en doute.

— Tu sais où elle est, maman ?
— Ouais…
— J'ai essayé d'appeler avant, mais quand je suis rentré, la maison était déserte.
— Ouais…
— Où est-elle ? Vous faites des courses en ville ?

Il perçut une brève inspiration.

— Elle a décidé de partir pour un moment.
— Quoi ?
— Elle est partie pour un moment, je te dis. Je l'ai appris ce matin.
— Partie ? Où ça ? Pourquoi ? Qu'est-ce qui se passe ?

Ça faisait beaucoup de questions. Elle répondit à l'une d'elles :

— Je ne sais pas.
— Tu ne sais pas quoi ?
— Où elle est partie.
— Elle ne te l'a pas dit ?
— Non.
— Qu'est-ce que c'est cette histoire, bordel ? ! Je n'y comprends rien. Et toi, Moa ?

Elle garda le silence.

— Moa ? (Il perçut comme un sifflement.) Moa ? Où es-tu ?

— Je suis dans le tram. En route pour la maison.

Dieu merci, pensa-t-il.

— On parlera quand je serai là, dit-elle.

*

Il attendait dans la cuisine, en proie à la plus grande agitation. Il ouvrit une bière qu'il ne but même pas. Les milliers d'ampoules du voisin se mirent à clignoter. Il ne manquait plus que ça ! Je vais bientôt lui faire voir trente-six chandelles, à cet imbécile !

Lorsque la porte extérieure s'ouvrit, il rejoignit sa fille dans le hall.

— Ce n'est peut-être pas si terrible, lui lança-t-elle en enlevant son manteau.

— Pour moi, ça tient du cauchemar.

— Allons dans le salon.

Il trotta derrière elle. Ils s'installèrent dans le sofa.

— Martin a appelé, commença Moa.

— Je comprends.

— Vraiment ?

— Pourquoi ne parle-t-elle pas d'abord avec moi ?

— Qu'est-ce que tu comprends, papa ?

— C'est évident, non ? Il veut la voir, mais il ne veut surtout pas me croiser. (Il secoua la tête.) Et elle a dû promettre de ne rien me dire.

— J'en sais rien, fit Moa.

— Quand est-ce qu'elle revient ?

— Demain, je crois.

— Il n'est pas plus loin que ça ?

Elle ne répondit pas. Il ne voyait pas son visage, juste les cheveux qui scintillaient sous la lumière débilitante du jardin voisin.

— Il n'est pas loin ? répéta Ringmar.
— Elle ne va pas le voir, finit par dire Moa.
— Pardon ?
— Maman n'a pas prévu de voir Martin.
— Qu'est-ce que tu sais que moi j'ignore ?
— Pas beaucoup plus que toi. Maman m'a appelée ; elle m'a dit que Martin avait donné de ses nouvelles et qu'elle avait besoin de s'éloigner un moment.
— Mais qu'est-ce qu'il lui a dit, bordel ?!
— Je ne sais pas.
— C'est le genre de truc qui n'arrive qu'aux autres, soi-disant.

Elle garda le silence.

— Tu n'es pas inquiète ?

Elle se leva.

— Où vas-tu ?
— Là-haut, dans ma chambre. Pourquoi ?
— Il y a autre chose, je le vois bien.
— Non. J'y vais. Ivan doit m'appeler.

Il se leva et alla chercher sa bière à la cuisine avant de se rasseoir dans le sofa. Birgitta n'avait pas de téléphone portable, sinon il aurait pu lui laisser un message, dire, ou faire, quelque chose. Je n'ai jamais vécu un truc pareil. Est-ce que je rêve ? Est-ce que j'ai dit, fait quelque chose ? Qu'est-ce que j'ai bien pu faire ?

Pourquoi Martin avait-il appelé ? Qu'avait-il dit pour que Birgitta s'en aille, comme ça, sans laisser de message.

Il but tandis que le jeu de lumière continuait dehors. Il jeta un œil à la fenêtre et constata qu'une arche lumineuse encadrait maintenant la porte, la dernière nouveauté. Il voyait son voisin, de dos, en train d'admirer son ouvrage. Puis Ringmar perçut une sonnerie, suivie de la voix de Moa qui répondait au téléphone. Il espérait qu'elle lui transmettrait l'appel, mais elle poursuivait sa conversation. Ivan, évidemment, son condisciple à la fac de droit, toujours en chemise à fleurs. Ça ferait bien au tribunal.

Il continuait de fixer le jardin des merveilles. Le con se mit à installer une nouvelle guirlande sur l'un des érables. Ringmar reposa brusquement la bouteille sur la table de verre et sortit sur la véranda. Il ne sentait pas le froid à travers ses chaussettes.

— À quoi tu joues encore ? lança-t-il par-dessus la haie.

Une face blême se retourna vers lui.

— Qu'est-ce que tu fous ? cria-t-il.

Certes, c'était mesquin de retourner sa frustation contre autrui.

— De quoi tu parles ?

— J'ai suffisamment d'ampères dans la gueule ! fit Ringmar avec une pensée pour Halders.

Je n'ai pas dû utiliser ce mot depuis quarante ans.

Le voisin le considéra d'un air stupide.

— Vivement que Noël soit passé ! ajouta-t-il, en claquant derrière lui la porte de la véranda.

Il tremblait légèrement. Je me suis mal débrouillé. Il n'y a pas eu de blessé.

Il fut réveillé vers minuit, au beau milieu d'un rêve fortement éclairé.

— Bertil, Erik à l'appareil. J'ai besoin de toi. Je sais qu'il est tard.

Tandis qu'il traversait le parking, il aperçut de la lumière dans le bureau de Winter. C'était la seule fenêtre éclairée sur la façade nord du commissariat.

Un homme était assis en face de son collègue.

— Voici Bengt Johansson. Il vient d'arriver.

Ringmar le salua. L'homme ne répondit pas.

— Tu es allé voir là-bas ? demanda Ringmar en se tournant vers Winter. À Nordstan ?

— Oui. Et je n'étais pas le seul à chercher, mais l'endroit est désert.

— Mon Dieu, fit Bengt Johansson.

— Reprenez les faits, s'il vous plaît, lui demanda Winter.

— Ce n'est pas la première fois, commença Johansson. Un jour, ils ont appelé du kiosque à saucisses. Il ne s'était passé que quelques minutes, heureusement.

Ringmar consulta Winter du regard.

— Racontez-nous ce qui s'est passé aujourd'hui, précisa Winter.

— Elle devait chercher Micke. Eh oui ! On avait décidé qu'ils sortiraient une petite heure pour acheter des cadeaux de Noël et qu'ensuite elle le déposerait chez moi. (Il se tourna vers Ringmar.) Elle l'a bien pris à la crèche, mais ils ne sont jamais arrivés. (Il revint à Winter.) J'ai appelé chez elle, ça ne répondait pas. J'ai attendu et puis j'ai rappelé. Je me demandais où ils étaient.

Winter hocha la tête.

— Après, j'ai appelé un peu partout, chez des... amis... dans les hôpitaux. Et puis... j'ai fini par appeler ici. Le service de... garde, ou je ne sais quoi.

— Ils m'ont contacté, expliqua Winter à Ringmar. La maman... Caroline... avait laissé l'enfant près de l'entrée d'H&M avant de s'éloigner.

— De s'éloigner ?

— Oui. Un peu avant six heures. Beaucoup de monde. Ils fermaient à huit heures.

Winter regarda Bengt Johansson. L'homme paraissait vivre un véritable cauchemar.

— Bengt nous a alertés en ne les voyant pas venir. Puis il m'a rejoint ici.

— Où se trouve le petit ? demanda Ringmar.

— Nous l'ignorons, souffla Winter.

Bengt Johansson renifla.

— Et la mère ? continua Ringmar. Il n'est pas avec elle ?

— Non. Bengt m'a mentionné encore quelques endroits où elle pouvait se trouver et nous avons fini par la joindre.

— Quel genre d'endroits ?

Winter garda le silence.

— Des pubs ? Des restaurants ?

— C'est à peu près ça. Nous l'avons retrouvée et identifiée, mais le gamin n'était pas avec elle.

— Que dit-elle ?

— Rien qui puisse nous aider pour l'instant.

Bengt Johansson remua sur son siège.

— Qu'allez-vous faire maintenant ?

— Vous avez un proche à contacter, pour rester avec vous ? s'enquit Winter.

— Euh… oui… ma sœur…

— Un de nos collègues va vous reconduire chez vous. Vous ne devez pas demeurer seul.

Bengt Johansson garda le silence.

— Je préfère que vous attendiez chez vous. Nous vous appellerons. (*Quelqu'un d'autre appellera peut-être aussi*, pensa-t-il.) Tu peux faire venir Helander et Börjesson, Bertil ?

— De quoi s'agit-il, bon sang ? fit Ringmar.

Ils étaient toujours dans le bureau de Winter. Ce dernier avait cherché à joindre Hanne Östergaard, le pasteur de la police, mais elle était à l'étranger pour les congés de Noël.

— Un drame familial de la pire espèce, répondit Winter. La maman laisse le gamin en espérant qu'une bonne âme va se charger de le surveiller. Dans le personnel, ou quelque autre bon Samaritain.

— C'est ce qui a pu se produire.

— On dirait.

— Et maintenant il a disparu. Il a quatre ans.

Winter hocha la tête et dessina du doigt un cercle sur le bord de sa table, et un deuxième cercle par-dessus.

— Où se trouve la mère à présent ? reprit Ringmar.

— Chez elle, avec deux assistantes sociales. Peut-être en route pour l'hôpital à l'heure qu'il est, je devrais bientôt recevoir de ses nouvelles. Elle avait bu dans un pub, mais pas tant que ça. Elle est désespérée et se repent amèrement de ce qu'elle a fait, si l'on peut dire.

— Si l'on peut dire.

— Elle est revenue sur ses pas au bout d'un certain temps, elle ne pouvait dire combien de temps, et l'enfant avait disparu. Elle a cru qu'il avait été emmené par la police.

— Elle a vérifié au numéro d'urgence ?

— Non.

— Et elle n'a pas appelé le père, Bengt Johansson ?

Winter secoua la tête.

— Ils sont séparés. C'est lui qui a la garde de l'enfant.

— Pourquoi n'a-t-elle pas appelé ? insista Ringmar.

Winter leva les bras en l'air.

— Elle ne peut pas le dire. Pas encore du moins.
— Tu lui fais confiance, à cette femme ?
— Quand elle dit qu'elle a laissé seul le petit ? Oui... quelle alternative tu vois ?
— Une version pire que celle-là.
— Il nous faut prendre en compte toutes les hypothèses. Et même vérifier l'alibi du père. Mais le problème, c'est que l'enfant a disparu. C'est notre priorité.
— Tu es allé chez eux ? Chez le père ?
— Oui. Et nous sommes en train de convoquer tous ceux qui travaillaient à cet étage de Nordstan au moment des faits. Au rez-de-chaussée.
— Quelqu'un pourrait donc avoir enlevé l'enfant ? fit Ringmar.
— Oui.
— Ça y fait penser, non ?
— Oui.
— Mais ça ne concorde pas avec ce qui s'est passé les autres fois.
— Peut-être que si, répliqua Winter. Ce garçon... Micke... allait à la crèche dans le centre-ville. Pas très loin de celles qui nous concernent... pas loin de la mienne, enfin, de celle d'Elsa.
— Ah bon ?
— Si quelqu'un surveille les crèches de temps en temps... les a à l'œil, il n'est pas impossible que l'intéressé se mette aussi à suivre un parent qui vient chercher son enfant.
— Pour quoi faire ?
— Pour voir où ils habitent.
— Pourquoi ?
— Parce que il ou elle s'intéresse à l'enfant.
— Pourquoi ?

— Pour la même raison que dans les cas précédents.

— Vas-y doucement, Erik.

— Je suis parfaitement calme.

— Pour quelle raison ? répéta Ringmar.

— Nous l'ignorons encore.

Ringmar fit une pause dans cette avalanche de questions. Il était conscient de la gravité de la situation.

— C'est peut-être plus facile d'enlever un enfant que l'on a surveillé depuis longtemps, supposa-t-il.

— Probablement.

— Plutôt que de s'approcher et de prendre la poussette. La mère pourrait être juste à côté.

Winter hocha la tête. Il essayait de se figurer la scène. Difficile.

— Bon sang, Erik, on a peut-être un cas d'enlèvement. (Ringmar se frotta l'œil en cercles concentriques.) À moins que le petit ne se soit réveillé et ne se soit fait la malle tout seul ?

— On a pas mal de monde sur les lieux pour le rechercher, le rassura Winter.

— Près du canal ?

— Là aussi.

— Tu as un portrait de lui ?

Winter pointa une photo posée sur le plateau de la table.

— On est en train de faire des photocopies, ajouta-t-il. J'ai rédigé quelques lignes d'accompagnement.

— Tu sais ce que ça signifie une fois que l'avis de recherche est émis ? le prévint Ringmar.

— La confidentialité de notre enquête va s'envoler.

— Et le reste suivra automatiquement.

— C'est peut-être aussi bien.

— La presse va nous mener une vie d'enfer, soupira Ringmar. Les médias, comme on dit maintenant.
— Inévitable.
— On dirait presque que... tu as hâte d'en arriver là, Erik.

Winter garda le silence.

— Quel Noël ! commenta Ringmar. Tu devais pas partir pour l'Espagne ?
— Si. Angela et Elsa décollent demain. Je viendrai quand je pourrai.
— Ah oui.
— Et toi, qu'aurais-tu fait à ma place, Bertil ?
— Tout dépend ce que cache cette disparition. Si nous sommes dans le pire des cas, il n'y a pas à hésiter.
— Il faut réauditionner les enfants.

30

L'appartement était hanté par *The Ghost of Tom Joad*, à plein volume, lorsque Winter pénétra dans le hall. Il perçut néanmoins les pas d'Elsa. *The highway is alive tonight, where it's headed everybody knows.* Le visage de la fillette rayonnait tandis qu'il s'agenouillait devant elle.

Dehors, il neigeait. Des flocons étaient encore en train de fondre sur ses épaules.

— Tu veux qu'on sorte voir la neige ?
— Oui, oui !

Les trottoirs étaient blancs, tout comme le parc.

— On fait un bonhomme de neige, proposa Elsa.

Ils s'y employèrent, mais la neige n'était pas très consistante.

— Une carotte pour le nez ! réclama-t-elle.
— Il en faudrait une toute petite.
— Papa chercher ?
— On prend cette brindille à la place.
— Le bonhomme cassé ! fit-elle après avoir enfoncé la brindille au milieu de la face ronde.
— On va refaire la tête.

Au bout d'une demi-heure, ils étaient de retour. Elsa avait des joues rouges comme des pommes. Angela les rejoignit dans le hall. Springsteen chantait en boucle, toujours assez fort, sa complainte sur la noirceur de l'homme, *it was a small town bank it was a mess, well I had a gun you know the rest*. Les chansons d'Angela étaient devenues les siennes.

— Neige ! cria Elsa en courant vers sa table à dessiner, prise d'une nouvelle inspiration.

— Dire que je vais lui enlever cette joie, sourit vaguement sa mère. Demain on quitte le premier Noël blanc de sa vie.

— D'ici ce soir, ça aura déjà fondu.

— C'est du pessimisme ou de l'optimisme ?

— Tout dépend du contexte, pour ce qui est du positif et du négatif.

Il accrocha son manteau et se sécha le cou d'un revers de manche. Puis il reboutonna sa chemise.

— Et ta cravate ?

— Je l'ai prêtée à un petit gars en bas dans le parc.

— Une cravate en soie ! Votre bonhomme de neige doit être le mieux habillé de la ville.

— L'habit fait le bonhomme, répliqua-t-il en allant se servir un whisky à la cuisine. Tu en veux un ?

Elle secoua la tête.

— Tu n'es pas obligée de partir. On peut rester ici à Noël. Je ne vous mets pas à la porte.

— C'est ce que je me disais cet après-midi. Et puis, j'ai pensé à ta maman. Entre autres.

— Elle peut bien venir.

— Pas ce Noël, Erik.

— Tu me comprends ?

— Que te dire ?

— Tu comprends pourquoi je ne peux pas partir maintenant ?

— Oui. Sauf que tu n'es pas le seul policier capable de mener des interrogatoires dans cette ville. Ou de conduire une enquête.

— Je n'ai jamais prétendu ça.

— Mais il faut que tu restes ?

— La question, c'est de… finir un travail. À peine commencé. Je ne sais pas où ça nous mènera, mais je dois aller jusqu'au bout.

— Tu n'es pas seul.

— Ce n'est pas la question. Je ne me vois pas comme un loup solitaire. Mais si je lâche cette affaire maintenant, eh bien… je ne pourrai plus y revenir. Je la… perds.

— Et alors ? Qu'est-ce que tu perds ?

— Je ne sais pas…

Elle se tourna vers la fenêtre : une violente bourrasque plaquait les flocons de neige contre la vitre. Springsteen chantait, encore et encore, *I threw my robe on in the morning*.

— Il a pu se passer quelque chose d'épouvantable, reprit-il.

— Vous avez lancé un avis de recherche ?

— Oui.

— Ah, j'y pense, ton… contact au *GT*, Bülow, le journaliste, il a appelé.

— Je m'en doutais. Il risque de rappeler.

— Tu entends sonner ? Non. C'est parce que j'ai débranché le téléphone.

— J'entends *Ghost of Tom Joad*.

— Très bien, déclara-t-elle. Est-ce que cette affaire va t'occuper pendant toute la durée des fêtes ?

— C'est pour ça que je reste à Göteborg, Angela. (Il goûtait son whisky maintenant, un feu de glace lui coulant dans la gorge.) Tu me connais, je ne peux pas faire les choses à moitié.

— Dans ce cas, pourquoi faire des projets pour les vacances ? Ça n'a aucun sens. Mieux vaut bosser sans cesse, dix-huit heures par jour, mois après mois, année après année. Sans arrêt. Sinon, c'est du mi-temps, n'est-ce pas ?

— Ce n'est pas ce que j'ai dit.

— OK. Je comprends que tu sois obligé de... continuer sur ta lancée, et ce qui est arrivé à ce gamin est épouvantable. (Elle regardait toujours la neige à la fenêtre.) Mais ça ne finira jamais, Erik. (Elle tourna la tête.) Il se produit sans cesse de nouvelles horreurs. Et tu te retrouves toujours en plein dedans. Non, ça ne finira jamais.

Il ne répondit pas.

J'ai quand même pris un congé de paternité de six mois, pensait-il. C'était sûrement le meilleur moment de ma vie. Le seul vraiment valable.

— Moi qui me réjouissais de ce voyage, ajouta-t-elle.

Que pouvait-il répondre ? Un Noël perdu, c'est mille de gagnés ? Qu'en savait-il ? Qu'est-ce que cela signifiait de ne pas passer ces instants-là avec Angela ? Avec Elsa.

Combien de jours manquerait-il ?

— Je vous rejoindrai peut-être dès le 26.

— Le lendemain de Noël ?

— Reste à Göteborg, Angela. On part en Espagne dès que cette affaire sera réglée.

— Parfois, quand je pense à ton boulot, c'est comme si tu étais une sorte... d'artiste en roue libre. Pas d'heures. Tu choisis quand tu veux travailler.

Tu... mènes ta barque. Tu comprends, Erik ? C'est comme si tu créais toi-même ces conditions.

Elle n'avait pas tout à fait tort. C'était impossible à expliquer. Et plutôt effrayant.

— Je vois ce que tu veux dire, admit-il.
— Oui.
— C'est évident, vous restez ici pour Noël.
— Laisse-moi réfléchir un peu. Ça vaut sans doute mieux pour tout le monde si nous prenons cet avion, Elsa et moi.

Quatre jours, pensa-t-il. Dans quatre jours, tout sera réglé. Le 26.

D'ici là, rien de réjouissant. Quoi qu'il arrive, il sentait que des abominations l'attendaient. Il serait surpris, il lui faudrait trouver des questions et des réponses non encore formulées. Il y aurait encore des questions sans réponse. Des perspectives, jusque-là fermées, allaient s'ouvrir. De nouveaux murs. Mais il serait dans l'action, et ce moment paisible autour de la table était le dernier avant longtemps.

— Veux-tu m'épouser, Angela ?

*

À peine avait-il rebranché le téléphone qu'il se mit à sonner. Il était plus de minuit. Rien de nouveau sur le portable, dont il n'avait donné le numéro qu'à de rares privilégiés. Hans Bülow n'en faisait pas partie.

— Que se passe-t-il, Erik ?
— Qu'est-ce que tu veux savoir ?
— Vous avez lancé un avis de recherche pour un garçon de quatre ans du nom de Micke Johansson ?
— Exact.
— Qu'est-ce qui s'est passé ?

— Nous l'ignorons. Le gamin a disparu.
— À Nordstan ? Dans la cohue de Noël ?
— Des circonstances classiques.
— Il y a eu d'autres disparitions ?
— Non.
— Ça va bientôt faire une journée.

Winter ne répondit pas. Bülow et ses collègues pouvaient suivre les aiguilles d'une horloge aussi bien que lui.

Angela remua dans le lit. Il reposa le combiné et fila dans la cuisine pour attraper le téléphone mural. Le reporter était toujours à l'autre bout du fil.

— C'est un enlèvement ?
— Je ne le dirais pas comme ça.
— Comment, alors ?
— On ne sait pas encore ce qui s'est passé, répéta Winter.
— Et vous le recherchez, le môme ?
— Qu'est-ce que tu crois ?
— Il a donc disparu. Ça m'a l'air d'être du lourd, fit Bülow.

Winter perçut des voix à l'arrière-plan. Un rire. Pas de quoi.

— Je suis bien d'accord.
— Ça vient s'ajouter à l'agression sur le petit Anglais. (Froissement de papier dans l'appareil.) Waggoner. Simon Waggoner. Apparemment, lui aussi s'est fait kidnapper, avant d'être maltraité et abandonné sur la route.
— Sans commentaires.
— Allons, Erik. Ce serait pas la première fois que je t'aide. Après toutes ces années, tu devrais le savoir : dans le domaine médiatique, les faits valent mieux que les rumeurs.

Winter ne put s'empêcher de ricaner.

— C'était ironique, ce rire ?
— Qu'est-ce qui te le fait penser ?
— Tu sais très bien que j'ai raison.
— L'affirmation est juste, mais pas pour tout le monde, le corrigea Winter. Nous, nous sommes dans les faits, et vous dans la rumeur.
— Seulement si vous ne nous fournissez pas de faits sur lesquels travailler.
— Eh bien, ne travaillez pas.
— Qu'est-ce que tu veux dire ?
— N'écrivez rien avant de savoir sur quoi vous écrivez.
— Tu bosses toujours pareil ?
— Pardon ?
— Sans lever le petit doigt avant d'avoir le dernier morceau de puzzle ?
— Je n'aurais jamais la dernière pièce du puzzle si je ne me bougeais pas.
— Ce qui nous ramène à l'objet de cette conversation, dit Bülow, puisque j'essaie d'obtenir un bout du puzzle sur lequel faire mon papier.
— Rappelle demain soir.
— Je dois l'écrire maintenant. Tu comprends pourquoi.
— Mmm.
— On a déjà des faits dans l'affaire Waggoner.
— Alors, dans ce cas-là, pourquoi avoir attendu ?
Winter perçut une hésitation chez Bülow. Allait-il répondre « sans commentaire » ?
— On vient juste de l'apprendre, répliqua le journaliste. En même temps que l'avis de recherche pour l'autre gamin.
— Très bien.
— Tu vois un lien, Erik ?

— Si je réponds oui et que tu l'écrives, ça pourrait être lourd de conséquences.

— Personne ici ne veut créer la panique.

Winter se retint de rire.

— Ce sont les rumeurs incontrôlées qui provoquent la panique, et moi, je cherche les faits.

— On n'en a pas déjà parlé, avant ?

— Existe-t-il un lien ? insista le journaliste.

— Je ne sais pas, Hans. Honnêtement. J'en saurai peut-être plus demain, ou après-demain.

— On sera le 24.

— Et ?

— Tu bosses le soir du réveillon ? s'étonna Bülow.

— Pas toi ?

— Ça dépend. De toi, notamment. (Des voix. On posait une question à Bülow. Winter ne saisit pas la réponse.) Tu ne veux donc pas me dire s'il y a un lien entre ces deux affaires ?

— Pour le moment, je veux que tu laisses tout ça de côté. Vous pourriez causer de gros dégâts. Tu vois ce que je veux dire ?

— Je ne sais pas. Ce serait encore un service à mettre à mon compte. Et je ne décide pas de tout dans cette maison.

— T'es un chic type. Je suis sûr que tu peux comprendre.

La sonnerie du réveil le sortit brutalement d'un rêve dans lequel il avait fait rouler une boule de neige ; elle avait grandi jusqu'à prendre la taille d'une maison. Un avion lui était passé au-dessus de la tête ; assis sur le toit de la maison en boule de neige, il saluait Elsa qui lui adressait de petits signes depuis le hublot. Il ne voyait pas Angela. Il avait perçu une musique jamais entendue auparavant. En baissant les yeux, il avait vu des enfants essayer de déplacer l'énorme boule de neige, sans que rien ne bouge. Ni même les mains d'Elsa puisque l'avion avait disparu dans le ciel où toutes les couleurs s'étaient fondues en un gris sale. Et c'est alors qu'il se réveilla.

Angela était déjà installée à la table du petit déjeuner.

— Plus de neige, fit-elle. Tu avais raison.
— Ça reviendra.
— Pas où nous allons.
— Alors, tu t'es décidée ?
— J'ai envie de soleil. (Elle regarda Winter et dénuda l'un de ses bras.) J'ai très envie d'un peu de soleil sur cette peau blanche. Et dans ma tête.
— Je vous retrouverai le 26.
— Comment peux-tu en être sûr ?
— Le jour d'après, sinon.
— Est-ce qu'on reste là-bas jusqu'au Nouvel An ?
— Au moins.
— Tu en as parlé avec Siv ?
— Je vais l'appeler. J'attendais ta décision.

Elle se pencha au-dessus de la table. La radio murmurait dans son coin, rapportant des faits.

— Erik ? Tu étais sérieux hier ? Ou bien est-ce que tu étais prêt à n'importe quoi pour avoir le droit de rester seul à la maison le soir de Noël ?
— J'étais tout ce qu'il y a de plus sérieux.
— J'ai du mal à le croire.
— Donne-moi une date. Je suis fatigué de t'appeler ma compagne ou ma petite amie.
— Je n'ai pas encore dit oui, répliqua-t-elle avec un sourire.

Le portable de Winter sonna pendant qu'il se rasait. Angela le lui tendit.

— La casquette est à nouveau d'actualité, déclara Ringmar.

— Où ça ?

— Depuis cette nuit, on a trois témoins qui pensent avoir vu un homme sortant de chez H&M ou d'un magasin du même genre avec poussette, enfant... et casquette à carreaux. Sans question biaisée.

— Ils l'ont remarqué comment, ce type ?

— Une femme travaillait au rayon vêtements, juste en face de l'endroit où la mère a garé la poussette ; elle l'a vue abandonnée un instant, puis un homme s'est approché et il a fini par l'emporter.

— Elle n'a pas réagi ?

— Eh bien... c'est une attitude assez courante. Mais elle y a repensé quand la police est venue interroger les vendeurs.

— Bertil, on tient peut-être quelque chose.

— Rien de particulièrement réjouissant.

— Et les autres témoins ?

— Sans s'être consultés, ils ont reconnu avoir vu une casquette à Nordstan.

— Pas dehors ?

Il perçut le soupir de Bertil. Celui-ci venait de passer une nuit blanche. Winter lui-même n'aurait pu rester au commissariat. Il fallait qu'il parle avec Angela. Et qu'il fasse des boules de neige avec Elsa.

— On a les dingues habituels qui ont tout vu. C'est Noël : on en a pléthore, ils veulent tous nous faire plaisir.

— Tu as fait plusieurs copies de la photo ?

— Des centaines.

— J'arrive dans une demi-heure.

— Je n'ai pas eu le temps de revoir les parents, ajouta Ringmar. Je ne parle pas de ceux du petit Johansson.

— J'ai cru comprendre que le père avait fait une crise d'angoisse hier soir.

— Oui, ça lui est tombé dessus, avec un temps de retard. Il est ravagé de douleur.

— Et du côté de la mère, Carolin ? s'enquit Winter.

— Elle a raconté sa version. Je ne pense pas qu'elle ait mis en scène un enlèvement. Non. Mais il faudra l'interroger encore une fois.

— J'ai l'intention de faire une nouvelle tentative avec Simon Waggoner ce matin.

— Chez eux ? Dans la famille ? Ou bien chez nous ?

— Chez eux. Tu as la caméra-vidéo ?

— Elle t'attend ici, sur mon bureau.

— Qu'est-ce que ça donne, avec le personnel de la crèche ?

— Ça avance. Lentement, comme d'hab.

— Il faut vérifier auprès de *tous* ceux qui travaillent ou ont travaillé là-bas. Il a bien compris, Möllerström ? Même si on doit remonter dix ans en arrière, ou plus.

Il tenait Elsa dans ses bras et lui susurrait à l'oreille des petits mots qui la faisaient glousser. Les valises étaient prêtes.

— On aurait dû se faire un préréveillon hier soir, dit Angela.

— On s'en refait un dans quelques jours, promit-il.

— Ne rêve pas trop !

Il ne répondit pas.

— On a caché des cadeaux de Noël pour toi dans l'appartement, ajouta-t-elle.

— Tu ne trouveras jamais LE MIEN ! s'écria Elsa.

— Poisson, oiseau, ou quelque part entre les deux ?

— Poisson !

— C'est un secret, Elsa, la reprit sa mère.

— Ils sont faciles à trouver, ces paquets ? insista Winter.

— On t'a laissé une lettre dans la cuisine, avec des indices.

Le taxi les attendait devant le porche. La neige avait disparu, mais le soleil était présent, un peu bas dans le bleu.

— Papa venir aussi, dit Elsa.

Elle paraissait triste. Que suis-je en train de faire ? se demandait-il.

Le chauffeur engouffra les bagages dans le coffre. Il jeta un regard à Winter. Il avait entendu.

Le portable du commissaire se mit à sonner dans sa poche intérieure, deux, trois sonneries.

— Tu ne réponds pas ? s'étonna Angela depuis la banquette arrière.

Il lut « numéro privé » à l'écran et répondit. C'était Paul Waggoner, le père de Simon :

— Je voulais juste vérifier à quelle heure vous deviez passer.

Winter échangea quelques mots avec lui avant de raccrocher.

— C'est moi qui vous conduis, déclara-t-il en débarrassant le coffre.

— Joyeux Noël ! leur lança le chauffeur en repartant à vide.

317

Durant tout le trajet jusqu'à l'aéroport de Landvetter, il chanta avec Elsa la « Danse autour du sapin ».

La queue pour l'enregistrement était plus courte qu'il ne s'y attendait.

Angela lui sourit et lui fit signe depuis le tapis roulant qui les conduisait au terminal. Il en avait besoin. Une chic fille. Elle comprenait.

La question était de savoir ce qu'elle comprenait, songea-t-il sur le chemin du retour. Les nouvelles à la radio lui parlaient de son monde à lui. C'était maintenant tout son monde.

31

Winter s'engagea sur le rond-point de la place Linné, poursuivit sur la voie rapide, obliqua en direction d'Änggården.

La famille Waggoner vivait dans un lotissement de style anglais (naturellement), situé au pied d'un escarpement rocheux. Un sapin de Noël se dressait près du porche. Dans le jardin, un petit tapis blanc pouvait être le reliquat d'un bonhomme de neige. Tandis qu'il sonnait à la porte, Winter crut voir briller une carotte jaune vif. Il sonna de nouveau. Il avait emporté du matériel.

Dans la pièce qu'ils avaient aménagée, au commissariat, Simon Waggoner n'avait ni parlé, ni dessiné. Il n'avait rien dit de ce qui s'était passé. Peut-être que cette fois-ci ça marcherait.

À un an, l'enfant fait des phrases d'un mot, vers dix-huit mois, il va jusqu'à former des phrases de deux mots, et ensuite de trois mots. Son expérience des interrogatoires le lui avait enseigné, ainsi que ses lectures – Christianson, Engelbeg, Holmberg, *Techniques avancées d'audition et d'entretien*.

Et puis, son expérience avec Elsa lui avait beaucoup appris.

Le langage explosait entre deux et quatre ans. À partir de deux ans, l'enfant est conscient de sa propre individualité. Il peut alors relier ses expériences à sa propre personne et en parler avec autrui. Il a des souvenirs qu'il parvient à retrouver en se frayant un passage vers eux. L'oubli disparaît avec l'arrivée du langage.

L'enfant de quatre ans est capable de raconter des événements auxquels il a été mêlé.

Et Simon Waggoner avait quatre ans et demi. Winter ne le vit pas tout de suite, lorsqu'il salua ses parents, Paul et Barbara, dans le hall. Un fort parfum d'épices, celui de Noël, embaumait l'atmosphère. Un pudding en train de mijoter dans la cuisine ?

— Simon est très nerveux, prévint son père.

— Je comprends.

— D'après ce que nous avons compris, il a pas mal parlé avec son nounours, ajouta la mère. Il en a fait son confident. (Elle se tourna vers son mari.) Je ne sais comment l'interpréter.

— Le nounours pourra assister à l'audition, déclara le commissaire. Quel est son nom ?

— Billy.

Billy fera très bien l'affaire, pensa-t-il. Billy via Simon.

— Nous vous avons laissé la chambre d'amis, annonça Barbara Waggoner.

— Simon connaît bien cette pièce ?

— Oh oui, il y vient tous les jours, pour dessiner.

— Bien.

— C'est par ici.

La chambre était située au rez-de-chaussée. Ils traversèrent la cuisine, grande et lumineuse, donnant à l'est. Dans la grosse marmite, ce n'était pas du jambon à la suédoise. Sur la table, des journaux, du papier à dessin et des crayons-pastels, de petits moules, du papier-cadeau, un bâton de cire à cacheter. Un chandelier de Noël était posé sur le rebord de la fenêtre : trois bougies qui s'étageaient de la plus petite à la moins consumée dans l'ordre des semaines de l'Avent ; la quatrième serait allumée le lendemain, le soir du réveillon. Mais cette famille d'origine anglaise devait fêter Noël le matin du 25 : des chaussettes pleines de cadeaux au réveil.

La radio murmurait sur la paillasse, comme chez Winter. Il reconnut les voix de la BBC, sèches, fiables et claires. Des faits, rien que des faits.

Il se prit à souhaiter que la famille Waggoner ne se retrouve pas dans les journaux, la proie des rumeurs.

La chambre d'amis était située à l'écart, coupée des bruits extérieurs. Pas de jouets risquant d'inciter à la distraction, pas de décorations de Noël.

— Bien, fit le commissaire.

— Où dois-je poser le trépied ? demanda Paul Waggoner.

— Nous allons placer la caméra aussi loin que possible de Simon, mais il faut qu'elle reste visible de lui.

Ils l'installèrent, bien en vue, contre le mur nord. Winter la réglerait lui-même à l'aide de la télécommande.

L'image devait toujours les montrer simultanément, Simon et lui, afin que le moindre mouvement de sa part qui aurait pu affecter son interlocuteur soit enregistré.

Et puis, il fallait filmer le visage de Simon, ses gestes. La technique allait les seconder, le matériel était du dernier cri, ce qui permettrait au commissaire de zoomer sur la frimousse du gamin dans une image à part.

— Voilà, fit-il. Je suis prêt.

Winter sortit de la pièce et attendit sur le seuil, dans un petit couloir qui menait à un escalier. La fenêtre qui donnait juste derrière l'empêcha de distinguer les traits de Simon quand celui-ci descendit les marches à contre-jour, en tenant la main de sa maman.

C'était la troisième ou quatrième fois que Winter rencontrait l'enfant.

Il s'assit sur les talons pour le saluer à hauteur d'yeux.

— Bonjour, Simon.

Le petit ne répondit pas. Sans lâcher la main de sa mère, il recula légèrement d'un pas.

Winter s'assit sur le parquet ciré. Du sapin, très doux.

Simon s'installa sur les genoux de Barbara Waggoner.

Il tenait Billy sous le bras. Les yeux noirs du nounours fixaient le commissaire.

— Moi, c'est Erik, et on s'est déjà rencontrés.

Simon garda le silence, serrant sa peluche.

— Comment il s'appelle, ton nounours ?

L'enfant regarda sa mère qui acquiesça avec un sourire.

— J'avais un nounours qui s'appelait Bouboule, dit Winter.

C'était la vérité. Ce Bouboule venait de resurgir à sa mémoire. Il avait une photo de lui-même en grenouillère tenant Bouboule dans la main gauche. Quand avait-il vu cette photo pour la dernière fois ? Pourquoi ne l'avait-il pas encore montrée à Elsa ?

Simon observait Winter.

— Le mien, il s'appelait Bouboule, répéta le commissaire en se tournant vers le copain de Simon.

— Billy.

C'étaient les premiers mots qu'il l'entendait prononcer.

— Bonjour, Billy.

Simon souleva le nounours de son bras indemne.

— Je suis policier, expliqua Winter à ses deux interlocuteurs avant de reporter son attention sur Simon. Mon travail, c'est d'apprendre des choses. Sur ce qui s'est passé. (Il changea lentement de position sur le parquet.) Je voudrais te poser des questions.

Il savait combien il était important de donner un cadre préalable à l'audition. Il devait dédramatiser, se montrer clair, naturel, sécurisant. Utiliser des mots simples, des phrases courtes, rejoindre le langage de Simon. Il devait se rapprocher de l'enfant par cercles concentriques. Peut-être ne parviendrait-il jamais à pénétrer le dernier cercle. Peut-être aussi que tout irait très vite.

— Je voudrais parler avec toi un petit moment.

Simon consulta sa maman du regard.

— Tu n'es pas obligé de me répondre, Simon.

Winter remua de nouveau, il commençait à avoir mal aux reins.

— Erik va parler avec toi dans la chambre d'amis, dit Barbara Waggoner.

Winter hocha la tête.

— Pourquoi ? demanda Simon.

— J'ai mis une caméra qui va nous filmer. Elle nous enregistre.

— Une caméra ?

— Elle nous filme. Quand j'appuie sur le bouton.

— Nous aussi, on a une caméra, dit Simon en se tournant vers sa mère.

— On l'a prêtée à mamie, tu te souviens, quand on est allés la voir avec la caméra ?

Le petit approuva.

— Tu veux que je te montre ma caméra ? demanda Winter.

Simon eut un moment d'hésitation, mais il finit par accepter.

Winter se leva et entra le premier dans la pièce. C'était important. Simon suivit avec sa maman. La voir le sécuriserait. Normalement, la présence des proches n'était pas admise pendant les auditions. Celle-ci ferait exception.

— Elle est pas grande, fit remarquer Simon.

— Je vais te montrer.

Le commissaire suggéra à Barbara Waggoner de porter son fils tandis que lui-même s'installait sur la chaise qu'allait occuper l'enfant. Simon regarda à travers le viseur de la caméra.

— Tu me vois ? l'interrogea Winter.

Simon ne répondit pas.

— Tu me vois si je bouge la main ?

— Oui.

Chacun était assis à sa place. La caméra tournait. Winter entra dans le premier cercle. Il devait commencer par aborder des sujets neutres, pour évaluer les capacités langagières de Simon, de son imaginaire et de son comportement, de son rapport au temps.

— Tu as fait un bonhomme de neige, Simon ?

L'enfant hocha la tête.

— Tu l'as fait cet hiver ?

Silence.

— Il est où le bonhomme de neige, maintenant ?
— Dehors, fit Simon en désignant la fenêtre.
— Sur la pelouse ?
— Il est cassé.
Winter acquiesça.
— Il a fondi, ajouta l'enfant.
— J'ai vu le nez en arrivant.
— J'ai mis le nez.
Winter acquiesça de nouveau.
— Tu as déjà fait un bonhomme de neige à la crèche, Simon ?
L'enfant hocha la tête.
— Tu en as fait beaucoup ?
— Y avait pas de neige.
— Tu joues à l'intérieur dans ce cas ?
Simon garda le silence. Il tenait toujours son nounours Billy, mais d'une façon plus lâche. Il ne regardait plus aussi souvent du côté de la caméra, ou de sa mère.
— Tu joues à l'intérieur quand il n'y a pas de neige, Simon ?
— Nooon. On joue dehors.
— Dis-moi à quoi vous jouez.
Le garçon parut chercher une réponse. Winter essayait de lui en faire dire un peu plus. C'était sans doute trop tôt.
— Vous jouez à cache-cache ?
— Oui.
— Vous jouez à chat ?
Simon ne répondit pas. Il ignorait peut-être l'expression.
— Vous jouez à vous attraper ?
— Oui.
— Vous faites de la balançoire ?
— Oh oui. Et du toboggan.

— Tu aimes le toboggan ?
— Oh oui. Le train aussi.
— Vous avez un train à la crèche ?

Simon garda le silence. Winter réfléchit. Ils se retrouvaient soudain sur le terrain de jeux où Simon avait disparu, à la lisière du grand parc. Une sortie ordinaire pour la crèche. Il y avait un train en bois, de taille réelle ou presque. Une locomotive et des wagons, un peu l'écart de l'esplanade toujours pleine d'enfants.

Maintenant, ils y étaient, Simon et lui. Devaient-ils revenir en arrière, en zone sûre, vers la maison, ou la crèche, continuer à tracer de larges cercles ? Ou bien devaient-ils rester là et se rapprocher du trauma de l'enfant, poursuivre leur chemin dans la nuit ? Winter savait que, s'il allait trop vite, il ne pourrait peut-être pas revenir à ce stade où l'enfant racontait ce qui s'était vraiment passé. Le silence reviendrait et ils n'apprendraient rien.

— Tu conduisais le train ?
— Oui.
— Où est-ce que tu conduisais le train, Simon ?
— Sur... le terrain de jeux.
— Vous étiez en sortie avec la crèche ?

L'enfant hocha la tête.

— Conduit plusieurs fois, dit Simon en s'agitant sur sa chaise.

On fait bientôt une pause goûter, café et cig... Non. Mais, avec la tension de l'audition, l'envie était là.

— Tu conduis souvent le train ?
— Oui !
— Il y en a beaucoup qui y montent ?
— Oui !
— Qui est-ce qui monte avec toi, Simon ?

— Arvid et Oskar et Valter et Manfred et... et...

Les temps changeaient décidément, les prénoms d'ancêtres revenaient à la mode. Vingt ans auparavant, Simon aurait dépeint un groupe de retraités dans un train miniature.

— Billy aussi, il est monté ?
— Nooon.
— Il était où, Billy ?

Simon se troubla. C'était une question difficile.

— Il était à la maison, Billy ?

Simon paraissait déconcerté. Qu'y avait-il ? Qu'est-ce que j'ai fait comme erreur ? s'inquiéta Winter.

— Est-ce que Billy était à la crèche ?

Simon se pencha vers son nounours et s'approcha du petit visage qui, à présent, se détournait, comme s'il n'avait plus le courage d'assister à cette conversation. L'enfant lui chuchota quelque chose, puis releva les yeux.

— Est-ce que Billy peut dire où il était à ce moment-là ?
— Billy dans le train. Billy monté.
— Billy est monté quand tu conduisais ?

Simon approuva d'un signe de la tête.

— Billy est resté tout le temps dans le train ?

L'enfant acquiesça encore.

— Pas la voiture, fit-il en se penchant de nouveau vers Billy, comme pour enfouir son visage dans celui du nounours.

Winter perçut la tension dans le corps du garçonnet.

Mon Dieu, pensa-t-il. Ça va trop vite.

— Pas monté en voiture.

Il commence à parler. Mais que veut-il dire ? Nous savons qu'il a été enlevé. Ce n'était pas en voiture ?

— Parle-moi de la voiture, Simon.

Winter devait maintenant laisser Simon raconter à son propre rythme. Il espérait que l'enfant était suffisamment en confiance pour *débuter* son histoire. On ne pouvait pas en demander plus.

Il se rappelait ce qu'il avait lu : transférez le contrôle à l'enfant, laissez-le choisir les personnes qu'il décrira. Laissez-le bâtir le scénario. Montrez-lui que vous ne savez rien de ce qui s'est passé.

Il devait laisser du temps à Simon.

Il aurait aimé prendre des notes, mais il s'abstint. Pour ne pas distraire le petit.

— Parle-moi de la voiture, Simon.

De nouveau, Simon se confia à Billy. Il lui chuchota quelque chose qui échappa à Winter.

L'heure de Billy avait sonné. Winter prononça le nom de Billy, puis celui de Simon. L'enfant leva les yeux.

— Tu as parlé de la voiture à Billy ?

Simon hocha la tête.

— Tu crois qu'il pourrait m'en parler ?

Simon se pencha vers Billy et Winter attendit patiemment la fin de ce conciliabule.

— Billy veut entendre la question, dit Simon.

— Je voudrais que Billy me raconte ce que tu lui as dit sur la voiture.

— Tu dois lui demander.

— Est-ce que la voiture était près du train ?

— Simon dit qu'elle était dans le bois.

Le ton s'était fait plus grave, comme s'il provenait du petit corps brun de Billy, maintenant rehaussé à hauteur de son visage et que l'enfant tendait en avant comme un ventriloque. Winter frissonna. J'ai déjà utilisé les doudous ou des peluches d'enfants, songea-t-il, mais jamais de cette manière. Il jeta un coup d'œil à Barbara Waggoner. Elle paraissait effrayée.

— Parle-moi de la voiture, Billy.

Simon leva le nounours devant son visage, puis le baissa un peu.

— C'était une grande voiture et un grand grand bois, récita-t-il de sa voix altérée, comme s'il s'agissait d'un conte ou d'une histoire de fantômes. Le petit garçon est allé dans le grand grand bois et la voiture a roulé dans le bois.

Simon ne regardait plus Winter, ni sa mère, ni la caméra, ni Billy. Winter ne bougeait pas d'un poil. Barbara Waggoner se contenait avec peine.

— Le monsieur avait des bonbons et il y avait des bonbons dans la voiture, dit Billy. Broummmm, broummmmmm, la voiture a roulé avec des bonbons !

Billy se tut. Simon releva la tête.

— Billy a roulé en voiture, dit Simon.

Winter hocha la tête.

— Oui, il a raconté.

— Non, non, Billy pas monté en voiture !

Il regarda Winter, puis sa mère.

— Non, non, *Billy* monté en train. Billy monté en voiture !

— Est-ce que Billy est monté à la fois en train et en voiture ?

— Non, non.

Simon s'agitait sur sa chaise. Ils se rapprochaient...

— Il y avait un Billy dans la voiture ?

— Oui, oui !

— Mais ce n'était pas ton Billy ? Pas le Billy qui est assis avec nous ?

— Non, non !

329

— C'était un nounours dans la voiture ?
— Non !
— C'était quoi ?
— Billy, Billy, Billy Boy ! cria Simon, d'une voix encore différente, comme s'il croassait. Billy, Billy Boy !
— Il avait un Billy, le monsieur ?
Simon releva son nounours, avant de revenir à la voix de nounours :
— Le monsieur avait un poquet à la fenêtre.
— Un poquet ?
Simon baissa le nounours et croassa :
— Poquet ! Poquet ! Billy, Billy Boy !
Un beau poquet, pensa Winter. Croa croa croa.
— Le monsieur avait un perroquet ?
Simon souleva le nounours et dit :
— Oui, oui, Billy poquet !
Poquet à la fenêtre. Un oiseau suspendu à la vitre arrière...
Dieu merci, on tient le bon bout.

32

Aneta Djanali avait fait meubler la salle d'audition de fauteuils sur lesquels grimper, dans des couleurs chaudes. Tout ce qu'Ellen Sköld aurait pu prendre pour des jouets avait été retiré. La fillette devait reporter toute son attention sur l'inspectrice.

Celle-ci était entrée la première dans la pièce. Elle tenait maintenant la télécommande en main. Ellen s'était déjà familiarisée avec la caméra.

Lena Sköld attendait dehors. Aneta Djanali voulut faire un premier essai. On verra combien de temps la petite arrive à se concentrer.

Ellen était curieuse et gaie. Aneta Djanali l'observa tandis qu'elle testait différentes positions, assise ou couchée, dans le fauteuil.

Ce n'est pas une enfant traumatisée. Il faudra que j'en tienne compte.

Elles parlèrent un moment. Ellen ne cessait de jouer avec ses doigts.

— Ta maman m'a dit que tu as fêté ton anniversaire il y a un mois, Ellen.

La petite acquiesça. Plusieurs fois.

— Quel âge as-tu ?

— Quaaatre ans, répondit-elle en levant une gerbe de doigts.
— Eh bien !
Ellen hocha la tête avec insistance.
— Vous avez fait une belle fête d'anniversaire ?
— Oui !
— Raconte-moi !
Ellen semblait avoir du mal à se décider devant tant de plaisirs.
— Papa est venu, fit-elle alors qu'Aneta Djanali s'apprêtait à passer à la question suivante. Papa est venu et il m'a donné des cadeaux.
Aneta Djanali songeait à la mère assise dans la salle d'attente. Pour autant qu'elle sache, Lena Sköld élevait sa fille toute seule. Il y avait donc un père, capable de répondre présent. C'était déjà bien.
— Qu'est-ce que tu as eu comme cadeau ?
— De papa ?
— Oui, répondit Aneta Djanali, constatant que la fillette avait l'esprit affûté.
— J'ai eu une poupée qui s'appelle Victoria. Et puis une voiture pour mettre la poupée dedans. (Elle considéra l'inspectrice d'un air sérieux.) Victoria a le permis. Ouiii. (Elle tourna la tête vers la porte, près de la caméra.) Maman, elle a pas le permis. (Elle revint à Aneta Djanali.) Et toi, tu l'as ?
— Oui.
— Moi, j'ai pas le permis.
— C'est surtout pour les grands.
La fillette hocha la tête. Aneta se l'imagina sur le siège passager à côté d'un grand qui avait le permis. Est-ce qu'elle avait Victoria avec elle ? Avaient-ils noté ce détail ? Victoria n'était pas là maintenant. Mais si elle était montée en voiture, elle aurait peut-

être vu quelque chose qu'Ellen avait manqué. Victoria avait le permis, ouiii...

— Tu aimes bien monter en voiture, Ellen ?

Ellen secoua la tête et son visage parut se contracter, de façon à peine perceptible. Il faudra que je revoie l'enregistrement, pensa l'inspectrice.

— Vous avez une voiture, ta maman et toi ?

— Non. Ma maman n'a pas le permis, je t'ai dit !

— Oui, tu me l'as dit. J'avais oublié. Ah là là ! Alors chez vous, il n'y a que Victoria qui possède une voiture ?

La fillette approuva. Deux fois.

— Où est-elle, Victoria, en ce moment ?

— Elle est malade, répliqua Ellen.

— La pauvre.

— Maman et moi, on va lui acheter des médicaments.

— Qu'est-ce qu'elle a comme problème ?

— Je crois qu'elle est enrhumée, répondit Ellen avec une lueur d'inquiétude dans le regard.

— Le docteur est venu la voir à la maison ?

Hochement de tête.

— C'était un gentil docteur ?

— C'était moi ! s'écria Ellen dans un gloussement.

Aneta acquiesça. Elle considéra l'œil de la caméra qui devait tout voir. Puis, elle se demanda combien de temps Lena Sköld allait tenir dehors. Il fallait que Victoria prenne son médicament. On était la veille du réveillon. Aneta n'avait pas acheté tous ses cadeaux, il lui manquait ceux de Hannes et Magda. Par contre, pour Fredrik, elle avait trouvé deux disques, de Richard Buckner et Kasey Chambers, qui figuraient sur sa liste. Elle avait elle-même rédigé une liste. Elle partagerait le repas de Noël de la famille Halders et testerait sans doute l'étrange coutume nordique de tremper sa tartine dans la marmite.

La fillette se leva de son fauteuil. Surprenant qu'elle soit restée si longtemps assise. Son papa viendrait-il leur rendre visite ?

— Tu as dit à ta maman que tu avais roulé en voiture avec un monsieur, reprit l'inspectrice.

— Pas roulé.

— Tu n'as pas roulé en voiture avec un monsieur ?

— Pas roulé. Arrêtée.

— La voiture était à l'arrêt ?

Elle hocha la tête.

— Où était-elle ?

— Dans le bois.

— Un grand bois ?

— Non ! Près du terrain de jeux !

— C'était le bois près du terrain de jeux ?

— Oui.

— Victoria était avec toi dans la voiture ?

Ellen approuva de nouveau.

— Est-ce que Victoria voulait conduire la voiture ?

— Non, non, fit-elle en éclatant de rire. C'était une grande voiture !

— C'était un grand monsieur ?

Hochement de tête.

— Raconte-moi quand tu as rencontré le monsieur ! proposa Aneta Djanali à la fillette qui se tenait à présent devant le fauteuil de couleurs vives.

La couverture de nuages qui recouvrait la ville d'un papier d'emballage gris se déchira, laissant passer par la fenêtre un rayon de soleil qui éclaira le dos du fauteuil. L'enfant poussa un cri et pointa du doigt ce rayon qui disparut aussi vite, quand le ciel se referma.

— Raconte-moi quand tu as rencontré le monsieur.

— Il avait des bonbons.

— Il t'en a donné ?

Ellen hocha la tête.

— C'était quelle sorte de bonbons ?

— Des bonbons, fit-elle d'un ton d'évidence.

Les bonbons étaient des bonbons.

— Tu les as tous mangés ?

Nouveau hochement de tête. Ils avaient recherché des papiers d'emballage sur place et avaient très vite compris que ce serait comme de chercher une aiguille dans une botte de foin. C'était un terrain de jeux, un parc, avec des enfants, des parents... et des bonbons.

— Qu'a dit le monsieur ?

Ellen avait commencé à trottiner dans la pièce, elle esquissa deux pas de danse. Sans répondre. C'était une question difficile.

— Qu'est-ce qu'il a dit, le monsieur, en te donnant les bonbons ?

La fillette releva les yeux.

— Tu veux des bonbons ?

Aneta Djanali hocha la tête et attendit. Ellen fit une petite pirouette.

— Il n'a rien demandé d'autre ?

— Oi-oi-oi-oi.

Aneta Djanali patienta.

— Seau-seau-seau.

Il est temps de faire une pause, pensa l'inspectrice. Ou davantage. La gamine en a assez. Mais elle avait l'intention de lui présenter quelques-uns de ses collègues, de vingt, trente, quarante et cinquante ans, et même un sexagénaire, pour qu'elle lui désigne celui qui était du même âge que le monsieur. Si c'était possible. Dans cette petite bande, le quinquagénaire voulait paraître quarante et le quadragénaire semblait déçu qu'elle devine son âge. Au-dessous et au-dessus, ils étaient visiblement moins sensibles à la question...

Elle songeait également à faire dessiner Ellen : une voiture et un bois, par exemple.

— Pé-pé-pé-pé, dit l'enfant en glissant sur le sol.

— Tu parles de ton grand-père, Ellen ?

La fillette secoua la tête et répéta « pé-PÉ-PÉ-PÉ ! »

— Est-ce que le monsieur a dit qu'il était ton grand-père ?

Elle secoua de nouveau la tête.

— Lo-lo-lo-lo.

Aneta regarda la caméra, comme pour l'appeler à l'aide.

— Pourquoi dis-tu cela ?

Ellen ne comprenait pas soit la question, soit qu'on ne la comprenne pas.

— Qué-qué-qué.

Aneta Djanali tâchait de réfléchir.

— Il avait la radio, le monsieur, ajouta l'enfant en s'approchant de l'inspectrice.

— Le monsieur avait une radio ?

Ellen hocha la tête.

— Dans la voiture ?

Hochement de tête.

— Et la radio était allumée ?

Nouveau hochement de tête.

— On jouait une chanson à la radio ?

Silence.

— Il y avait quelqu'un qui chantait à la radio ?

— Le monsieur, il a dit des gros mots.

Ellen se rapprocha davantage de la jeune femme, assise par terre.

— Le monsieur t'a dit des gros mots ?

La fillette secoua la tête, la mine sérieuse.

— Qui a dit des gros mots ?

— La radio.

— La radio a dit des gros mots ?

Ellen hocha la tête, gravement. Ça ne se *faisait* pas.

Un monsieur prononce des gros mots à la radio, songea Aneta Djanali. On est l'après-midi. Est-ce que ça se produit tous les jours ? Pouvons-nous retrouver le programme ? Et qu'est-ce qu'un gros mot pour un enfant ? La même chose que pour nous. Mais les enfants sont... tellement meilleurs pour les saisir au vol. Bon, je ne vais pas lui demander maintenant de quel gros mot il s'agissait.

— Attention à tes oreilles, Victoria, déclara la fillette.

— Alors, Victoria n'a rien entendu ?

Ellen secoua la tête.

— Elle ne t'a rien dit ?

L'enfant secoua la tête, plus vigoureusement encore. Aneta Djanali acquiesça.

— Des *gros* mots, reprit Ellen.

— Qu'est-ce qu'il a dit sur ces gros mots, le monsieur ?

Ellen garda le silence.

— Est-ce qu'il trouvait aussi que c'étaient des gros mots ?

Toujours pas de réponse. Il y a quelque chose de trop subtil dans ma question. Ou dans son absence de réponse. Elle ne répond pas, car le monsieur n'a pas commenté les gros mots. Il ne les entendait pas.

— Voi-voi-voi-voi.

Il prépara une tasse de chocolat pour le petit garçon, dans les règles de l'art : d'abord on mélange le cacao avec du lait et du sucre, après on verse le lait chaud et on mélange avec une cuillère. Et là, il avait fait encore mieux, il avait ajouté de la crème !

Mais l'enfant n'en voulait pas. Pourquoi ça ? Il devait avoir faim et soif, mais il ne buvait pas, ne mangeait pas. Il criait et il appelait. Il avait dû lui demander de se taire parce que les voisins avaient besoin de dormir.

— Do-do-do-do, do-do-dormir. Il faut dormir.

Il pointa le chocolat qui était toujours chaud.

— Cho-cho-cho-chocolat.

Il s'entendait parler. C'était la faute à... l'excitation. À cette chaleur qu'il sentait monter dans son corps.

L'enfant dormait quand ils étaient entrés dans l'immeuble, puis dans l'appartement. Il avait roulé, roulé, sur la voie rapide, tunnel après tunnel, jusqu'à ce qu'il s'endorme. Rien ne semblait devoir le réveiller.

La poussette était rangée dans le coffre. En sécurité, comme le gamin ici. Soudain, il se sentit plus calme, comme si ce moment lui apportait la paix dans ce moment, comme s'il savait ce qui allait arriver maintenant. Pas tout de suite, mais bientôt.

Il savait que l'enfant s'appelait Micke.

Micke Johansson, avait-il prononcé sans embarras.

— Bois ton choco, Micko, fit-il en souriant de la rime. Choco Micko.

— Moi, c'est Micke.

Il hocha la tête.

— Rentrer chez papa.

— C'est pas bien, ici ?
— Rentrer chez PAPA.
— Papa n'est pas à la maison.
— Rentrer à la maison chez PAPA.
— Ce n'est pas bon d'être à la maison chez papa. Pas bon du tout.
— Où est maman ?
— Pas bon.
— Maman papa.
— Pas bon, répéta-t-il, en sachant de quoi il parlait.

Le petit garçon dormait dans le lit qu'il lui avait préparé sur le canapé. À présent, il décorait le sapin. En plastique, pour éviter les aiguilles. Il lui tardait que Micke se réveille : il lui montrerait le beau sapin.

Il avait appelé la Compagnie et s'était déclaré malade. De quelle maladie, il ne se rappelait plus, mais la personne qui avait pris son appel lui avait juste dit « Soigne-toi bien », comme si ça n'avait pas d'importance qu'il travaille ou pas.

Il avait montré au gamin comment on conduit un tramway, il avait dessiné les rails et le chemin qu'il avait l'habitude de suivre.

C'était là qu'il retournait quand il voulait parler avec des enfants et s'occuper d'eux. Il avait vu ces lieux depuis sa cabine de conducteur et il avait pensé : là, c'est là que je veux revenir.

Précisément comme il revenait à Nordstan quand il y avait beaucoup de monde, des magasins gaiement illuminés, des familles, des mamans et des papas avec des enfants dans les poussettes, des enfants dont ILS NE S'OCCUPAIENT PAS, mais qu'ils laissaient aller au gré du vent, AU GRÉ DU VENT, comme sur une mer. Qu'arriverait-il s'il n'était pas là ? Comme maintenant. Que serait-il arrivé à Micke ?

Il n'osait pas y penser.

Après les fêtes, Micke et lui retourneraient là-bas, comme tous les autres, Micke dans sa poussette, et lui qui la pousserait.

Il avait montré son Billy Boy à Micke.

Comme d'habitude, la conférence de presse était chaotique, mais pour Winter, ce n'était rien à côté de l'angoisse qui suivrait quand ces... cons de journalistes auraient publié leurs papiers.

C'étaient des gens honorables. Mais qu'allaient-ils faire ? À la minute où les policiers auraient quitté cette salle, ceux-ci n'auraient plus aucune maîtrise sur les événements. Si tant est qu'ils l'aient eue auparavant.

Winter aperçut Bülow, au deuxième rang. Jusque-là, ce dernier s'était honorablement tenu. Parmi ses collègues, il passait peut-être pour un traître, mais sa coopération avait conféré à ses articles une certaine véracité, si une telle notion pouvait avoir encore sa place en ce monde.

Trois flashs simultanés vinrent éblouir le commissaire.

Une fois de plus sur la scène. *The show must go on*.

Birgersson s'était désisté à la dernière minute : grande réunion chez le chef de la police. Parallèlement à la conférence de presse. Je me demande ce que ça signifie, songea Winter.

— Qu'avez-vous comme piste pour retrouver ce garçon ? demanda une femme qui était toujours la première à intervenir dans ces conférences et qui écrivait des articles sans une once de vérité, ni un gramme de faits et de probabilité.

— Pour l'instant, nous travaillons sur les informations recueillies auprès du public, répondit Winter. Notre avis de recherche nous a valu beaucoup d'appels.

Beaucoup trop d'appels... Des milliers de gens avaient vu des hommes avec des gamins dans une poussette, dans des voitures, des trams, en train d'entrer ou de sortir de bâtiments, de boutiques, de grandes enseignes, voitures, trams, bus... Plus que jamais en cette période de chasse aux cadeaux de Noël.

— Avez-vous un suspect ? poursuivit la femme, tandis que plusieurs de ses confrères affichaient un sourire narquois, digne de Halders.

— Non.

— Vous devez bien avoir des registres de pédophiles et autres pervers qui s'en prennent aux enfants, ? qui les enlèvent ?

— Nous ne savons pas si... Micke a été enlevé.

— Où serait-il donc ?

— Nous l'ignorons.

— Alors, il se serait levé de sa poussette et se serait enfui tout seul ?

— Nous n'en savons rien.

— Que savez-vous en fait ?

— ... que nous faisons tout notre possible pour que cet enfant rentre chez lui.

— Pour que sa mère puisse de nouveau l'abandonner ? intervint un journaliste placé non loin d'Hans Bülow.

Winter ne répondit pas.

— Si elle n'avait pas laissé l'enfant seul, il ne serait rien arrivé ? ou je me trompe ?

— Pas de commentaire.
— Où se trouve-t-elle maintenant ?
— D'autres questions ? enchaîna le commissaire sans un regard pour son interlocuteur.
— Comment allez-vous retrouver ce gamin ? s'enquit une jeune femme aux couettes rouges.

Ça faisait un moment que je n'avais pas vu de couettes, se dit Winter. Ça rajeunit toujours.

— Comme je vous le disais, nous faisons tout ce qui est en notre pouvoir.

Un homme au quatrième rang leva la main... Et voilà ! Ça arrive. Jusque-là, c'était un secret, mais plus maintenant. Je le vois à sa figure. Il sait.

— Quel lien y a-t-il entre cette... disparition et les autres cas d'enfants accostés par des inconnus ces derniers mois ?

Plusieurs visages se tournèrent de son côté.

— Je ne vois pas de quoi vous parlez.
— Est-ce que d'autres enfants n'ont pas été abordés sur des aires de jeux un peu partout dans Göteborg ?
— Cela n'a...
— Dans l'un des cas, une petite fille a même été enlevée et retrouvée blessée, compléta le journaliste.

Un garçon, corrigea intérieurement Winter. Pas une fille.

On attendait sa réponse.

— Pourquoi ne répondez-vous pas ?
— Je pensai que c'était une affirmation.
— Alors je répète ma question : est-ce que des enfants ont bien été enlevés par un homme sur des aires de jeux ? ou juste abordés ? La police est-elle au courant de ces cas ?
— Pour des raisons touchant aux besoins de l'enquête, je ne peux répondre à cette question pour l'instant.

— Une réponse plutôt transparente, non ?

L'homme le regardait fixement. Il portait un blouson de cuir, de longs cheveux noirs et une moustache. Comme Winter l'avait souvent constaté dans cette profession, toute sa personne exprimait une arrogance morose qui proclamait que la vérité ne vous rend pas heureux, de même que le mensonge ne vous rend pas forcément malheureux. Peut-être même qu'il représentait un meilleur viatique dans le cours ordinaire d'une vie.

— Il y a donc un lien ? insista le reporter.

— Pas de commentaire.

— L'enfant a-t-il été enlevé dans une crèche du centre-ville ? interrogea une autre journaliste, que Winter reconnut, mais sans l'avoir cataloguée encore.

Il secoua la tête.

— Qu'est-ce que c'est que ces cachotteries ? ! s'écria un jeune homme qui paraissait tout droit sorti d'un film, et s'avança vers l'estrade avec de grands gestes. Qu'est-ce que vous essayez de cacher au public ?

— Rien du tout.

— Si vous aviez joué cartes sur la table depuis le début, Micke Johansson n'aurait peut-être pas été enlevé, renchérit le jeune reporter qui n'était plus qu'à un mètre de Winter et le provoquait du regard.

Il avait les yeux rouges – sans doute pas seulement à cause de l'excitation.

— Cartes sur table ? On ne joue pas aux cartes ici !

Winter songea au type à la casquette à carreaux qui avait filmé les enfants sur le terrain de jeux. À présent, ils avaient de bons agrandissements, mais il avait été décidé d'attendre avant de les rendre publics. Était-ce une erreur ? Jusque-là, il ne le pensait pas. Les témoignages en tous genres, difficiles à vérifier, se multiplieraient, ça déferlerait de partout. Il n'y aurait jamais assez d'hommes pour traiter ces infos. Et si on utilisait exceptionnellement quelques membres de cette vaste assemblée ? se demanda-t-il. Non. Pas le temps de les former.

— Eh bien, je déclare terminée cette conférence de presse, fit-il en tournant le dos à la foule de questions qui ne manquent jamais de se bousculer une fois la séance levée.

33

Winter essaya de parler avec Bengt Johansson. Sur le bureau, à côté du PC, était posée une photo encadrée de Micke.

L'enfant y figurait en train de grimper sur les barreaux d'une cage à singes avec l'air de vouloir monter toujours plus haut. Le vent soufflait dans ses cheveux ainsi que dans l'arbre derrière lui. Il portait une combinaison bleu foncé, ou noire. Il tirait la langue sous l'effort.

Bengt Johansson ne cessait de se balancer sur sa chaise. Il n'a pas retrouvé l'équilibre, pensa Winter. L'homme rentrait tout juste de l'hôpital. Ça n'avait pas été facile de parler avec lui là-bas. Désormais il fallait pousser plus loin l'interrogatoire.

Soudain, Johansson releva la tête.

— C'est vrai que ça s'est déjà produit ?
— Comment cela ?
— Que... Micke n'est pas le premier.

Il a oublié. Ou refoulé.

— À l'hôpital, je vous ai parlé d'un autre garçon, Simon Waggoner. Et de nos soupçons à propos d'un homme qui aborde les enfants.

— Hmm.
— Je vous ai demandé si vous aviez déjà vu ou entendu quelque chose... de suspect, quelque chose qui ne vous a pas frappé sur le moment...
— Oui, oui, fit-il d'un ton las.
Il a lu les journaux. Winter en aperçut un par terre, chiffonné en boule.
— Je vous repose la question. Vous rappelez-vous de quelque chose ?
Sujet ouvert. Il se sentait dans la même situation d'audition qu'avec un enfant traumatisé.
— Par exemple ?
— Vous auriez pu voir un inconnu s'approcher de Micke. Ou tenter de lui parler.
— Il faudrait demander à la crèche.
— C'est ce que nous avons fait.
— Alors ?
— Personne n'a rien remarqué.
— Normalement, c'est moi qui suis le plus souvent avec Micke. On est tous les deux... lui et moi. Vous devriez surtout parler avec Car... Carolin. Mon ex-épouse. (Il jeta un coup d'œil à la photographie, puis se couvrit le visage des mains.) Mon Dieu ! Si seulement j'avais su... si j'avais pu comprendre... mon Dieu...
— Su quoi ?
Il regarda Winter.
— Ce qu'elle... pensait faire. Qu'elle ait pensé... qu'elle ait voulu...
Il éclata en sanglots, secouant les épaules, de plus en plus violemment.
Winter se leva, s'avança de quelques pas, puis s'agenouilla devant l'homme et le serra dans ses bras. Il ressentit les spasmes de ce dernier dans son propre corps, ses pleurs tout près de son propre

visage. Cela faisait partie de son travail. Ce travail, je l'ai choisi. Et ces petits moments d'empathie, ce sont les meilleurs que nous ayons.

Bengt Johansson finit par se calmer. Winter continua de l'étreindre. Aucun d'eux ne parlait. On percevait le bruit de la circulation. La lumière de la rue filtrait par intermittence à travers les persiennes : sans doute une panne de réverbère.

Puis Bengt Johansson se dégagea.

— Ex... excusez-moi, bredouilla-t-il.

— De quoi ? dit le commissaire en se relevant. Voulez-vous boire quelque chose ?

Johansson hocha la tête.

Winter alla prendre un verre sur l'évier de la cuisine et laissa couler l'eau avant de remplir le verre. Il l'apporta à Johansson.

— J'ai du mal à encaisser, précisa ce dernier.

— Vous vivez un enfer, ça se comprend.

— Personne ne peut comprendre...

Winter se passa la main sur le crâne. Il revit le visage d'Angela quelques secondes après qu'ils se furent précipités dans l'appartement où elle était retenue.

— J'ai connu ça, fit-il.

C'est Halders qui réceptionna l'appel, via Möllerström.

— Je suppose que vous êtes à ma recherche, dit la voix de Aris Kaite.

— Jamais vu une pause pipi aussi longue, mon gars. Trois jours...

L'étudiant marmotta quelques mots.

— Vous pourriez nous préciser où vous êtes ? s'enquit l'inspecteur.

— Je suis chez... Josefin. (Voix de femme à l'arrière-plan.) Josefin Sten...
— Ne bougez pas. J'arrive.
— Il y a quelque chose... quelque chose d'autre.
— Oui ?
— J'ai une marque... une marque sur la tête. Je croyais que c'était une cicatrice, mais Josefin dit que ça ressemble à autre chose.
— Bougez pas, bande de cons !

Aneta tâchait d'auditionner un enfant, Bergenhem tâchait d'auditionner un enfant, Winter tâchait d'auditionner le père d'un enfant disparu. Halders et Ringmar étaient en voiture. Le ciel s'était refermé. Ou bien, si l'on préférait, s'était ouvert : la pluie cinglait, rabattue par le vent du nord.

Ringmar sortit de sa poche intérieure un papier sur lequel Halders aperçut un vague crobard : l'esquisse de Natanael Carlström représentant la marque de sa propriété.

— Tu crois qu'on pourra faire le rapprochement ?

Ringmar haussa les épaules. Halders détourna les yeux vers les rues qui défilaient derrière la vitre, puis revint à son collègue.

— Comment vas-tu, Bertil ?
— Quoi ?
— Comment vas-tu ?

Ringmar garda le silence. Il faisait mine de lire ses notes, mais Halders ne voyait qu'une page blanche.

— Tu m'as l'air soucieux.
— Prends tout droit sur le rond-point, au lieu de sortir à droite ! Ce sera plus rapide.

Halders se concentra sur sa conduite. Après le rond-point, il poursuivit en direction du sud. Des immeubles surgirent. Josefin occupait un appartement dans l'un d'entre eux.

— Peut-être qu'il était là depuis le début, fit remarquer Ringmar.

— Non. La fille était également introuvable.

— On n'a pas vraiment fait l'effort de la chercher.

— Tu plaisantes ? J'ai trimé là-dessus.

— Pas moi, répliqua Ringmar.

— Mais bordel, Bertil ! Qu'est-ce qui t'arrive ?

Ringmar rangea le papier dans sa poche.

— Birgitta s'est barrée.

— Comment ça, barrée ?

— Je ne sais pas, répondit Ringmar, en se demandant si Halders était au courant de son problème avec Martin. Je vais devoir rôtir le jambon de Noël moi-même.

Halders éclata d'un rire bref.

— Excuse-moi, Bertil.

— Non, non. Je trouve ça comique, moi aussi. En fait, le jambon, je ne l'ai pas encore acheté.

— Rassure-toi, les meilleurs sont déjà partis. Ça se commande six mois à l'avance.

Ils étaient sur le parking. Ringmar détacha sa ceinture.

— Alors, je suis rassuré.

Aris Kaite portait la peur sur son visage. Sa blessure avait laissé des traces sur sa nuque, mais c'était normal, n'est-ce pas ? Une blessure laisse toujours des traces. Celle-ci pouvait provenir d'un fer, mais aussi bien faire partie du processus naturel de guérison, se disait Halders. Il faudrait que Pia E:son Fröberg y jette un coup d'œil. Pas sûr que l'arme provienne de la ferme de Carlström. Mais Kaite s'est promené sur ces terres oubliées de Dieu. Il y a un lien entre ces étudiants. Peut-être que le vioc n'aime pas les Noirs, ni ceux qui les fréquentent. Il a pris son balai magique pour Göteborg et il a fondu sur eux pour les marquer de son sceau. Logique, non ? Même si on laisse de côté l'hypothèse du balai.

Assise auprès de Kaite, Josefin Stenvång affichait une mine coupable.

— C'est un DÉLIT de se soustraire à une audition, déclara Halders sans lésiner sur la formulation.

Kaite garda le silence.

— Pourquoi cette dérobade ? intervint Ringmar, debout près de l'inspecteur qui, lui, s'était assis.

— Vous m'avez devant vous, répliqua Kaite. Et c'est moi qui vous ai appelés.

— Pourquoi ? reprit Halders.

— Quoi ?

— Pourquoi nous avoir contactés ?

— À cause de ces marques. Josefin a dit qu'elles...

— On s'en FOUT de ces marques à la nuque, à la la tête, ou au CUL ! s'écria Halders. Au cas où vous l'ignoreriez, nous travaillons sur une disparition d'enfant en ce moment, alors ON N'A PAS DE TEMPS À PERDRE avec des CONNERIES. (Il se leva, tandis que Josefin et Kaite reculaient.) Je veux savoir ICI et MAINTENANT pourquoi vous aviez disparu.

Kaite ne répondit pas.

— OK, fit Halders. On vous emmène à la casa.

— Chez... vous ?

— Au commissariat, rectifia l'inspecteur. Mettez votre bonnet et vos moufles. (Il se dirigea vers la porte.) Faites-vous la bise avant, par sécurité. (Il se retourna et vit la fille qui regardait Kaite.) Ce que je dis vous concerne également, mademoiselle. Vous nous accompagnez.

Ce fut elle qui leur fournit l'explication du POURQUOI :

— Il avait peur.

— Josefin !

Kaite s'était redressé sur sa chaise. Ringmar s'avança d'un pas. Josefin Stenvång fixait Halders. Il y avait de la détermination dans son regard. Elle se retourna vers Kaite.

— Tu parles ou c'est moi qui dois le faire ?

— Je ne veux dénoncer personne.

— Tu es complètement idiot sur ce coup. Ça ne fait qu'empirer ta situation.

— C'est une affaire... privée, argua Kaite. Rien à voir avec ÇA.

— Est-ce qu'un de vous deux pourrait nous expliquer ? intervint Halders. Sinon, on y va.

Kaite leva les yeux et posa son regard quelque part entre Halders et Ringmar.

— Je suis allé... là-bas. Chez... Gustav.

— Nous le savons déjà, dit Ringmar.

— Co... comment ? Vous le savez ?

Il paraissait authentiquement surpris.

— Nous avons fait le déplacement. Nous avons parlé avec le père de Gustav.

Kaite paraissait toujours aussi étonné. Pourquoi donc ? s'interrogea Ringmar. Qu'y a-t-il de bizarre à ce que nous ayons parlé au vieux Smedsberg ? Ou alors, peut-être qu'il trouve curieux que, malgré cette discussion, nous ne soyons toujours pas au courant ? Qu'est-ce donc que nous ignorons ?

— Il nous a raconté que vous êtes allé lui rendre visite, avec Gustav. Et que vous l'avez aidé à récolter ses pommes de terre.

Kaite hocha la tête, le visage fermé.

— Est-ce là-bas que vous vous êtes réfugié durant votre fugue ? continua Ringmar.

Kaite releva la tête, une nouvelle expression dans les yeux : comment pouvez-vous penser une chose pareille ?

— Gustav est-il en cause dans cette affaire ? s'enquit l'inspecteur.

Silence de Kaite.

— Est-ce lui qui vous a menacé ?

Kaite acquiesça d'un signe de tête.

— Vous vous êtes senti menacé par Gustav Smedsberg ?

Nouveau hochement de tête.

— Je voudrais entendre votre réponse.

— Oui, répondit Kaite.

Ringmar lisait maintenant le soulagement sur son visage. Une réaction qu'il avait souvent constatée. Mais ce visage exprimait encore autre chose. Il ne voyait pas vraiment de quoi il s'agissait. Il avait l'impression de le reconnaître, mais il devait y réfléchir davantage.

— C'est pour cette raison que vous vous êtes caché ?

— Quoi ?

— Pourquoi vous êtes-vous caché ?

— Il avait PEUR, intervint Josefin Stenvång. C'est ce que je vous disais.

— J'interroge Aris, répliqua calmement Ringmar. (Halders intima le silence à la jeune fille d'un regard.) Pourquoi cette éclipse de trois jours, alors que vous saviez que nous étions à votre recherche ?

— J'avais... peur.

— Aviez-vous peur de Gustav ?

— Oui...

— Pourquoi donc ?

— Il... il s'est passé quelque chose là-bas.

— Là-bas ? Vous voulez dire chez Gustav ? À la ferme ?

Kaite hocha la tête.

— Qu'est-ce qui s'est passé ?

Enfin, on y arrive, pensa-t-il. On y verra plus clair.

— Il... l'a frappé, dit Kaite.

— Comment ? Qui a frappé qui ?

— Le père de Gustav... a frappé Gustav. Je l'ai vu.

— Vous avez vu Gustav se faire frapper par son père ?

— Oui.

— Comment ?

— Quoi ?

— Comment cela s'est-il passé ?

— Il... il l'a frappé, c'est tout. À la tête. Je l'ai vu. (Il leva les yeux, sur Halders et Ringmar, puis sur la jeune fille.) Il a vu que j'avais vu.

— Qui l'a vu ?

— Gustav.

— Gustav ?

Kaite marmonna quelque chose d'inaudible.

— Pardon ? fit Ringmar.

— Je ne sais pas si le père... l'a vu.

— Pourquoi vous sentir menacé par Gustav dans ce cas, Aris ?

— Il ne voulait pas que ça... que ça se sache.

— Que ça se sache ? Qu'il avait reçu une raclée de son père ?

Kaite hocha la tête.

— Pourquoi ça ne devait pas se savoir ?

— Je l'ignore.

353

— Et on est censé croire ça ? Que vous vous seriez senti assez menacé pour disparaître ?
— C'est la vérité.
— Ce ne serait pas plutôt Gustav qui vous aurait frappé, vous ?
— Quoi ?
— Vous avez très bien entendu.
— Non.
— Non quoi ?
— Gustav ne m'a pas frappé.
— Ce n'est pas lui qui vous a agressé sur la place Kapell ?
— Non. (Kaite releva la tête.) Je ne sais pas... qui c'était.
— Vous n'étiez pas en compagnie de Gustav à ce moment-là ?
— Non, non.
— Ou de son père ? continua Ringmar.
— Quoi ?
Encore cette expression de surprise. Et quelque chose d'autre. Quoi ? s'interrogea Ringmar.
— Est-ce que le père de Gustav vous a également frappé, Aris ?
— Je ne vois pas ce que vous voulez dire.
— Prenons les choses dans l'ordre, suggéra le commissaire. Quand vous avez vu Gustav se faire maltraiter par son père à la ferme, vous n'avez pas été *vous aussi* maltraité par la même occasion ?
— Non.
— Vous n'avez jamais été maltraité par le père de Gustav ?
— Non.
— Mais Gustav ne veut pas que vous racontiez ça à qui que ce soit ?
— Non.

— Pourquoi ?
— Il faut lui poser la question.
— C'est prévu. Vous pouvez compter sur nous, l'assura Ringmar. (Il consulta Halders du regard.) On appelle ? (Il se retourna vers Kaite.) Vous n'aurez pas à nous suivre au commissariat, mais nous allons attendre ensemble la voiture qui vous conduira auprès de notre toubib. Elle examinera cette blessure.

Les deux policiers rentraient vers le centre-ville. La pluie avait cessé, mais le ciel demeurait sombre.
— Il nous cache quelque chose, dit Halders.
— Naturellement.
— Tu aurais pu lui forcer la main.
— J'ai déjà fait du bon boulot, répliqua Ringmar.
— Sûr.
— On le boucle demain. Il aura eu le temps de réfléchir à ce qu'il nous a dit. Aux conséquences.

Ringmar ressortit un papier de sa poche, y lut quelque chose puis le rangea.
— Il y a une chose que tu ne lui as pas demandée, reprit Halders.
— Ah bon, t'as remarqué ?
— Sois pas insultant.
— Je plaisantais, Fredrik.
— Pourquoi tu t'es abstenu ?
— Comme je te le disais, je pense qu'il faut qu'il réfléchisse d'abord à ce qu'il nous a dit.

Halders songeait aux autres jeunes gens. S'il y avait un lien, c'était l'occasion de poser la question à Kaite, quand il était en position de faiblesse. Mais Bertil avait attendu. Il n'avait pas mis la pression sur Josefin non plus. Il n'avait pas voulu aller plus loin. Il y avait une raison :

— Notre Aryen noir ment comme un arracheur de dents.

Ringmar hocha vaguement la tête. Il paraissait plongé dans ses réflexions.

— Tu crois qu'il se sent soulagé maintenant ?

— Oui, soulagé ! s'exclama Ringmar en reprenant ses esprits.

Halders descendait la rue Dubb. La façade en brique rouge de l'hôpital scintillait doucement de ses dix mille fenêtres équipées de chandeliers de l'Avent.

— C'est-à-dire ?

— Quand je lui ai demandé si Gustav Smedsberg l'avait menacé, et qu'il a fini par répondre oui, il a paru soulagé !

— Il devait garder ça pour lui, et il avait besoin de le faire sortir, fit remarquer Halders. C'est peut-être vrai. Ou en partie vrai. Ou bien en partie seulement un mensonge.

— Peut-être qu'il n'a pas été menacé par Gustav.

— Par le vioc ?

— Kaite semblait soulagé, mais il y avait autre chose.

— Il avait peut-être besoin d'aller au petit coin, fit Halders.

Ringmar éclata de rire.

— C'était si drôle que ça ?

— J'en avais besoin, dit Ringmar en riant de nouveau.

— T'es bon pour une deuxième virée à la campagne.

— S'il suffit d'une de plus.

— On va vite se débarrasser de cette affaire. On a d'autres dossiers à traiter ensuite.

— On doit y penser en même temps, déclara Ringmar.

— Je vais mettre le grappin sur le jeune Smedsberg. Le péquin nous a assez roulés dans la farine !

Halders approchait du carrefour.

— Tu peux passer devant chez moi, Fredrik ? J'en ai pour une minute.

— Ben... oui.

— Tout de suite à gauche.

Ils prirent la voie rapide et remontèrent ensuite vers Slottskog. La nuit tomba durant les six minutes qu'il fallut à Halders pour rejoindre la maison de Ringmar. Les illuminations du voisin étaient à leur apogée.

— J'aurai tout vu, soupira Halders.

— Il est dingue, commenta Ringmar en sortant de voiture.

— T'as plus besoin d'éclairer chez toi, Bertil.

Mais Ringmar dut allumer dans le hall. Pas de message sur le répondeur. Ni dans le courrier. Il l'avait relevé dehors, dans la boîte aux lettres. Il laissa tomber par terre les prospectus et autre fretin. Tout était silencieux dans la maison. Pas de hotte allumée dans la cuisine. Aucun bruit de voix. Pas de jambon rôti dans le four.

34

Une ride se creusait entre les sourcils de Pia E:son Fröberg à mesure qu'elle examinait la blessure de Kaite.

Le jeune homme semblait rêvasser, le regard tourné vers la fenêtre, la tête de côté.

— Hum, fit la légiste.
— Oui ? fit Ringmar.
— Eh bien... on peut voir quelque chose, mais on pourrait aussi bien choisir de ne rien voir.
— Merci de ton aide.
— Mais Bertil, c'est juste que je ne peux pas encore te dire s'il y a là une marque spéciale ou si c'est juste... une marque. Une cicatrice. Une blessure en train de cicatriser.
— Merci, Pia, je vois.
— Mais ça pourrait être une... empreinte.
— Qui représenterait quelque chose ?
— Oui.
— Qui ressemblerait à ça ?

Le commissaire lui tendit une copie du dessin de Carlström.

— Possible. Je ne peux pas encore te le certifier.

— On y va ? dit Halders.

Ils se dirigèrent vers la porte.

— Et moi, qu'est-ce que je fais ? lança Kaite en relevant la tête.

— Moi pas savoir, répondit Halders sans se retourner.

— Je ne viens pas avec vous ?

— C'est ce que vous souhaitez ? s'enquit Halders en se retournant.

— Non... non, non.

— Alors, rentrez chez vous et calmez-vous, suggéra Ringmar. Nous vous donnerons de nos nouvelles.

— Mais qu'est-ce qui va se passer avec... ça ? demanda Kaite à Pia E:son Fröberg. Est-ce que ça va... rester ?

— C'est possible.

— Mon Dieu.

— On ne peut encore rien dire, ajouta la jeune femme, avec compassion.

Le trafic s'intensifait à mesure qu'ils se rapprochaient du centre. Les illuminations de rues se multipliaient.

— Appelle le jeune Smedsberg pour vérifier s'il est chez lui, dit Ringmar.

On décrocha à la troisième tonalité.

— Ici l'inspecteur de la police criminelle Fredrik Halders.

Une heure plus tard, Smedsberg entrait dans le bureau de Ringmar. Il ne se défilera pas, avait pronostiqué Halders.

— Prenez un siège, lui proposa Ringmar.

Smedsberg s'assit sur la chaise.

— On devait pas changer de local ? glissa Halders.
— Bien sûr que si, fit Ringmar. Merci de nous suivre, Gustav.
— De quoi s'agit-il ?
— Comment cela ? fit Halders.
— Je ne comprends…
— Encore assis ?
— On n'a que deux étages à descendre, précisa Ringmar.

Aucun des deux policiers n'ouvrit la bouche dans l'ascenseur. Smedsberg avait la mine d'un condamné dans le couloir de la mort. À moins qu'il ne fasse partie de ces gens qui tirent toujours une gueule de six pieds de long, pensa Halders.

La pièce n'avait rien de confortable. C'était tout le contraire d'une salle d'audition aménagée pour mettre à l'aise un enfant, par exemple. Sur le bureau, une méchante lampe. Au plafond, la lumière était encore plus blafarde. La fenêtre donnait sur la colonne de ventilation.

— Asseyez-vous, je vous prie, dit Ringmar.

Smedsberg s'assit prudemment, comme dans l'attente d'un contrordre de Halders qu'il dévisageait maintenant. L'inspecteur acquiesça aimablement.

Ringmar alluma le magnétoscope posé sur la table. Halders s'occupait du trépied de la caméra vidéo dont le ronronnement représentait l'élément le plus accueillant de la pièce.

— Vous rentrez chez vous pour Noël, Gustav ? commença Ringmar.
— Euh… quoi ?
— Vous fêtez Noël à la ferme, avec papa ?
— Euh… non.
— Ah bon ?

— Quelle importance pour vous ?

— Technique d'audition classique, lui expliqua Halders, venu se pencher sur le bureau. On commence avec un truc ordinaire et sympathique avant d'arriver sur du lourd.

— Ah oui ?

— Pourquoi avez-vous menacé Aris Kaite ? fit Ringmar.

— Le lourd, commenta Halders.

— Euh…

— C'est limité, comme vocabulaire, pour un étudiant, railla Halders.

— Nous avons appris que vous aviez menacé Aris Kaite.

— Co… comment ?

— Pouvez-vous expliquer cette information ?

— J'ai menacé personne.

— Nous avons des renseignements à ce sujet.

— De qui ?

— D'après vous ?

— Il n'aurait jamais o…

Ringmar ne le lâchait pas du regard.

— Vous vouliez dire, Gustav ?

— Rien.

— Que s'est-il passé entre Aris et vous ?

— Je comprends pas.

— Il s'est passé quelque chose. Nous voulons savoir quoi. Peut-être pouvons-nous vous aider.

Ringmar vit passer un sourire fugace sur les lèvres de Gustav Smedsberg. Que signifiait-il ? Était-il impossible d'aider Smedsberg et Kaite, ou encore un autre ?

— Que s'est-il vraiment passé entre Aris et vous, Gustav ?

— Je vous l'ai dit depuis le début : une histoire de fille.

— Josefin Stenvång, compléta Halders.

— Euh… oui.

— Mais ce n'est pas tout, n'est-ce pas ? (Ringmar inclina la tête vers Smedsberg.) Il y a d'autres raisons.

— Je ne sais pas ce qu'il a pu vous dire, mais quoi qu'il en soit, c'est… faux, déclara le jeune homme.

— Vous ne pouvez pas ignorer ce qu'il nous a dit ?

— C'est faux de toute manière.

— Quelle est donc la vérité ?

Smedsberg ne répondit pas. Son visage exprimait des sentiments que Ringmar ne parvenait pas à identifier. Du soulagement ? Non. On était à l'autre bout de la chaîne des affects, dans la part sombre.

— Vous feriez mieux de nous parler. Dans votre intérêt.

Ce sourire cinglant, en même temps que le regard du jeune homme se voilait. Qu'a-t-il bien pu vivre ? Ringmar l'ignorait, il ne parvenait pas à le déceler.

— Gustav, cette agression à Mossen… c'est de l'invention, n'est-ce pas ?

Smedsberg garda le silence. Son sourire avait disparu.

— Vous n'avez jamais été agressé, n'est-ce pas ?

— Bien sûr que si.

— Vous pouvez changer votre déposition.

— Bien sûr que j'ai été agressé.

Parlons-nous de la même chose ? s'interrogea le commissaire.

— Avez-vous été agressé par votre père, Gustav ?

Smedsberg ne répondit pas. Ce qui était une réponse en soi.

— Était-ce votre père qui vous a agressé à Mossen, Gustav ?
— Non.
— Vous a-t-il agressé chez lui ?
— Ce qu'il a pu vous raconter n'a aucune importance.
— Qui, Gustav ? Qui a dit quoi ?

Smedsberg garda le silence. Il n'avait pas l'air bien. Que dissimulait-il ? Serait-ce pire que notre affaire ? Ringmar lança un regard entendu à Halders.

— Cette histoire de fer à marquer que vous nous avez racontée lors de notre première rencontre, c'était totalement farfelu.
— Ah bon ?
— Personne n'en utilise.
— Peut-être plus maintenant, admit Smedsberg.
— Et jamais on n'en a utilisé dans la ferme de votre père, ajouta Halders.

Une lueur passa dans l'œil de Smedsberg. Est-ce qu'il se moquerait de nous ? songea Ringmar. Non, c'est autre chose, un jeu peut-être, mais pas le sien.

— Comment cette idée de fer à marquer vous est-elle venue à l'esprit, Gustav ?
— Parce que ça y RESSEMBLAIT.

Oh là, s'inquiéta Ringmar.

Halders faisait mine d'en attendre plus.

— Vous avez bien vérifié ? s'enquit Smedsberg.
— Vérifié quoi ? s'enquit en retour l'inspecteur.
— Le fer, bordel !
— Où pouvions-nous le vérifier ?

Smedsberg regarda Halders avec une expression nouvelle dans les yeux. Cette fois, ce pouvait être un sentiment de doute, et d'insécurité.

— Je dois vraiment tout vous dire ?

— Il ne nous a rien dit du tout, estima Halders tandis qu'ils passaient devant la fabrique de margarine Pellerin.

— Ou bien il nous a tout dit.

— On aurait dû mettre sur le gril les deux autres connards tant qu'on y était.

— Tu parles de gens qui ont été victimes d'agressions, et dont l'un est menacé d'invalidité.

— Il s'en sortira. Il va s'en remettre.

— Ça n'empêche, fit Ringmar.

— Il pourra jouer dans l'équipe des Blancs et Bleus d'ici six mois. (Il sourit.) Qu'il boite ou pas. Personne verrait la différence dans cette bande.

— Tu confonds les gars d'Örgryte avec les Blancs et Bleus du IFK Göteborg, rétorqua Ringmar.

— Le plus important pour l'instant, c'est de retourner à la campagne ! lança Winter, depuis la banquette arrière.

Il voyait la ville muer, puis disparaître progressivement. Des bois et des lacs à l'infini. Des trains de banlieue.

Il était resté des heures à compulser les transcriptions d'auditions des enfants, à essayer de se forger une image de l'homme qui les avait abordés. L'individu possédait un perroquet, sans doute nommé Billy. Winter était retourné chez les Waggoner avec dix perroquets en peluche de dix couleurs différentes et Simon avait désigné le vert.

Mais il avait aussi pointé le rouge.

Leur client devait avoir dans les quarante ans, un trentenaire mal conservé ou un quadra en forme. Winter avait parlé avec Aneta Djanali quand Halders et Ringmar étaient rentrés de l'interrogatoire de Smedsberg.

— Nous l'avons renvoyé chez lui, l'avait informé Ringmar.

— Hmm, avait fait Winter.

— Je pense que ça vaut mieux pour le moment.

Ils avaient décidé de retourner voir le père.

— Je vous accompagne, avait déclaré Winter. Je connais les lieux et puis, je réfléchirai à l'autre affaire pendant le trajet.

Il avait son PowerBook sur les genoux. Les lacs, les bois et les collines laissaient peu à peu place à la vaste plaine.

— On y est ! annonça Ringmar au croisement.

— Va directement chez le vieux Carlström, dit Winter.

Ringmar hocha la tête et dépassa la maison de Smedsberg à cent mètres de distance. Ils ne virent aucun tracteur ni autre signe de vie.

— On dirait la mer, fit remarquer Halders.

Ringmar acquiesça de nouveau et tambourina le volant.

— Un autre monde, continua l'inspecteur. Quand on voit ça, on comprend des trucs.

— Qu'est-ce que tu veux dire ? demanda Winter en se penchant vers lui.

— Le jeune Smedsberg est un drôle de personnage, non ? Quand on voit ça, on commence à comprendre.

Ils croisèrent un homme juché sur un tracteur, qui leva la main. L'engin sortait d'un chemin de traverse à cent mètres de là. Un tank camouflé dans les bosquets.

— Un autre monde, répéta Halders.

Ils étaient suivis par une bande d'oiseaux qui virevoltaient comme des feuilles mortes au-dessus d'un champ. Ringmar longea les mêmes maisons que la dernière fois. Le bois leur apparut soudain, ténébreux. Puis de nouveau les champs. Ils dépassèrent la ferme familiale de la femme de Smedsberg. Gerd.

Ils étaient arrivés.

Ils descendirent de voiture et se dirigèrent vers la maison. Personne ne vint les accueillir.

— Comment on va justifier notre visite cette fois-ci ? s'inquiéta Ringmar.

— On n'a pas besoin de justification, répliqua Winter.

Le jour tombait rapidement. Il faisait un froid glacial. En levant la main vers la porte, il se remémora le mauvais pressentiment qu'il avait eu au même endroit. C'était pour cette raison qu'il s'était joint à ses collègues, pour vérifier si cette impression reviendrait.

Au troisième coup, ils entendirent du bruit à l'intérieur, puis une voix s'éleva :

— C'est quoi ?

— C'est nous, dit Winter, de la police criminelle régionale. Est-ce que nous pouvons entrer et vous poser quelques questions supplémentaires ?

— Sur quoi ?

— Nous pouvons entrer ?

Ils perçurent le même grognement que la première fois, puis le cliquetis du pêne dans la serrure. La porte s'ouvrit sur une silhouette indéfinissable dans la pénombre de la maison. Winter tendit sa carte. Le vieux n'y jeta pas un regard mais tendit le cou en direction de Halders.

— Qui c'est, lui ?

L'inspecteur se présenta et lui montra sa plaque.

— Alors, quéce qui vous amène aujourd'hui ? fit Carlström.

Il avait toujours les cheveux coupés ras et portait possiblement la même chemise blanchâtre, des bretelles, un pantalon d'un tissu indéfinissable et de grosses chaussettes de laine. Fidèle à son style.

Parlez-moi de contrastes, songea Halders. La chemise blanche de Winter ferait paraître noire celle de Carlström.

L'odeur du feu et de la cendre se mêlait aux relents de nourriture. Du porc. En attendant, il régnait une humidité glaciale sur le perron.

— Nous avons encore deux ou trois points à éclaircir, l'avertit Winter.

Le vieux émit un soupir et ouvrit davantage la porte.

— Eh ben, rentrez alors.

Il les laissa pénétrer dans la cuisine qu'ils remplirent à eux quatre. Elle paraissait avoir rétréci depuis la dernière fois, de même que le vieux était encore plus voûté.

Voici un homme seul, pensa Winter. Un des hommes les plus seuls au monde.

Le poêle à bois était allumé. L'air était sec et assez chaud, en contraste avec le froid coupant de l'entrée.

D'un geste, Carlström les invita à s'asseoir. Il ne leur proposa pas de café.

— Vous vous souvenez que nous avions parlé de marques au fer ? commença Winter.

— J'suis pas sénile.

— Nous en avons trouvé une. Une marque qui y ressemble. Sur l'un des étudiants.

— Ah ouais ?

— Ça ressemble à votre fer, Carlström.

— Ah ouais ?
— Vous vous rendez compte si c'était votre fer ?
— Quéce que j'y peux ?
— Comment cette marque a-t-elle pu se retrouver sur la peau d'un jeune homme à Göteborg ? intervint Ringmar.
— J'en sais rien.
— Nous non plus, dit Winter. C'est un mystère pour nous.
— J'peux pas vous aider. Auriez pu vous épargner le voyage.
— Vous n'avez rien récupéré de ce qui vous a été volé ? demanda Winter.
— D'ici qu'ça arrive, les cochons voleront jusqu'à Skara.

Winter pensa à son propre dessin de cochon volant. Ce temps lui paraissait bien éloigné.

— Vous comprenez pourquoi je vous pose la question, n'est-ce pas ?
— J'suis pas idiot.
— Quelqu'un a pu voler votre fer et l'utiliser.
— Possible, répondit Carlström.

Halders fit malencontreusement tomber une fourchette qui se trouvait sur le poêle à bois. Natanael Carlström sursauta et se retourna vivement. Avec souplesse, enregistra Winter. Son dos s'était redressé en une seconde. En se baissant pour ramasser l'objet, Halders croisa son regard. Il s'était fait la même réflexion.

— Je dois vous redemander si vous n'avez pas des soupçons sur quelqu'un, dit Winter.
— Que non.
— Vous n'avez rien vu de suspect ?
— Quand ça ?

— Au moment du vol. La dernière fois, vous prétendiez l'avoir assez vite découvert.
— J'ai dit ça ?
— Oui.
— J'm'en rappelle pas.

Winter garda le silence. Carlström jeta un œil sur Ringmar, qui n'avait pas encore ouvert la bouche.

— Vous aviez des outils qu'on vous a volés.
— Ouais, sans doute.
— Vous n'auriez pas retrouvé un autre... outil depuis la dernière fois, avec cette marque de votre ferme ? demanda Winter.
— Si, dit Carlström.
— Vous en avez retrouvé un ?
— Comme j'vous dis.

Winter et Ringmar échangèrent un regard.

— Où est-il ?
— C'est un p'tit fer, dit Carlström. Il était dans la vieille remise.

La vieille remise, s'étonna Halders. Laquelle est la nouvelle ?

35

Natanael Carlström alla chercher l'objet.

— Alors, c'est ça, un fer ? s'étonna Ringmar en scrutant la plaque.

L'outil était petit, mais solide, comme moulé d'un bloc.

Quel truc horrible, pensa Halders.

Carlström hocha la tête en réponse à la question de Ringmar.

— Vous avez déjà utilisé ce fer-ci ?
— C'était y' a longtemps.
— Combien de temps ?

Carlström fit un geste qui pouvait embrasser les deux mille ans.

— On ne vous l'a pas volé ?
— J'en sais rien. Quelqu'un l'a pt'être pris et l'a rapporté après.
— Vous ne l'auriez pas remarqué ?
— Sûrement que si.
— Nous voudrions vous emprunter ce fer, déclara Winter.
— Vous gênez pas.
— Pour faire quelques comparaisons.

Nous ne sommes pas obligés de lui donner des explications, se rappela le commissaire. Mais parfois, c'est aussi simple.

— Je voudrais également quelques renseignements sur votre fils adoptif, ajouta-t-il.

Le vieux eut un tressaillement.

— De quoi ?

— Votre fils adoptif, répéta Winter.

Carlström se retourna comme un très vieil homme, souleva le volet du poêle et se pencha lentement pour vérifier que le feu n'avait pas encore faibli.

— Vous n'avez pas entendu ma question ?

— J'ai ben entendu, dit le paysan, se redressant un peu avant de refermer le volet. J'suis pas sourd. (Il lorgna vers les deux autres intrus et revint à Winter.) Qui vous a parlé d'un fils adoptif ?

Est-ce qu'ils doivent *tous* garder leurs secrets dans ce monde-là ? se demanda Halders, assis sur une chaise à barreaux qui menaçait de craquer sous son poids.

— Vous n'avez pas de fils adoptif, monsieur Carlström ?

— Quéce qui se passe avec lui ?

— Vous avez un fils adoptif ?

— Ouais, ouais.

— Comment s'appelle-t-il ? s'enquit Winter.

— Quéce qui se passe avec lui ? répéta Carlström.

Maintenant, songea Winter. Que s'est-il passé avant ?

— *A priori* rien, répondit-il. Mais puisque nous discutions des objets volés à la ferme, eh bien...

— Mats a rien volé, l'interrompit Carlström.

— Non ?

— Pourquoi il aurait fait ça ?

371

— Mats ? fit Winter.

— Ouais, Mats. C'est le nom qu'il avait en arrivant et il l'avait toujours quand il est parti.

— La dernière fois, vous nous avez dit que vous n'aviez pas d'enfant, observa Winter.

— Ouais ?

— Ce n'était pas tout à fait exact, n'est-ce pas ?

— Ça a rien à voir avec ces vols, répliqua Carlström, ni avec ces agressions.

Il se retourna et se pencha pour ramasser une brindille qu'il plongea dans le poêle à bois. Winter apercevait les flammes et les étincelles.

— En plus, c'est pas mon fils.

— Mais il a vécu chez vous ?

— Un temps, ouais.

— Combien de temps ?

— Quelle importance ?

Oui. Quelle importance ? Je me demande pourquoi je pose la question. Je sais juste que je dois la poser.

— Combien de temps ?

Carlström émit une sorte de soupir, comme s'il se sentait obligé d'accepter toutes ces questions débiles pour que les gars de la ville lui fichent la paix et déguerpissent au plus vite.

— J'dirais… quatre ans.

— Quand cela ?

— Y a ben longtemps.

— Quelle décennie ?

— Les années soixante, j'pense.

— Quel âge avait… Mats ?

— Il avait huit ans quand il est arrivé. P'être dix, onze ans.

— Quand était-ce ?

— Dans les années soixante, j'vous l'disais.

— Quelle année ?
— Bordel... j'm'en rappelle pas. Au milieu, j'dirais. Vers soixante-cinq.
— Il est souvent revenu vous voir, depuis ?
— Non.
— Combien de fois ?
— Il voulait pas revenir.

Carlström baissa les yeux, puis les releva. Une nouvelle expression apparaissait dans son regard. Presque douloureuse. Elle pouvait très bien signifier : il ne voulait pas revenir ici, et je le comprends.

— Quel est son nom de famille ?
— Jerner.
— Il s'appelle donc Mats Jerner ?
— Mats, c'est son prénom, comme j'vous disais.

Winter réfléchissait : est-ce que ce Mats Jerner est venu ici pour faucher une arme et faire accuser le vieux ? Avait-il la certitude d'échapper à la police ?

Qu'y a-t-il de vraisemblable dans tout cela ?

Était-il arrivé quelque chose sur ces terres qui pourrait relier la famille Smedsberg au vieux Carlström ?

Certes, la femme de Smedsberg était née dans le coin. Comment s'appelait-elle ? Gerd. Elle devait connaître Natanael Carlström.

Comment avait-il pu devenir famille d'accueil ? Était-ce un mec sympa à l'époque ? Ça n'avait sans doute pas d'importance. Entre enfants et adultes, les relations peuvent être assez curieuses, songea Winter.

— Quand est-ce que Mats vous a rendu visite pour la dernière fois ?
— C'est bizarre, dit le vieux, le regard rivé sur le mur derrière le commissaire.
— Pardon ?

— Il est venu y a un mois.

Winter patienta. Ringmar était penché au-dessus du poêle, prêt à ouvrir le volet. Halders semblait étudier le profil de Carlström.

— Il est venu dire bonjour. Si on peut dire.
— Il y a un mois ?
— Un mois ou deux. Cet automne en tout cas.
— Que voulait-il ? intervint Halders.

Carlström se tourna vers lui.

— Quoi ?
— Que venait faire Mats chez vous ?
— Rien de spécial.
— Est-ce qu'il pourrait avoir pris votre fer à marquer ? demanda Winter.
— Non.
— Pourquoi ?

Carlström garda le silence.

— Pourquoi ça ? insista Winter.

Nouveau silence.

— On est tenté de croire qu'il les a pris, le prévint Halders.
— Il s'en approcherait jamais.
— Il ne s'en approcherait pas ? reprit Winter.
— Y a eu un… accident une fois.
— Quoi donc ?
— Il… il s'est brûlé.
— Comment ?
— Il est venu… en travers du fer.

Carlström redressa la tête. Elle s'était alourdie à mesure qu'avançait l'entretien. Elle recommencerait bientôt à pencher sur le côté.

— C'était un accident. Mais après, il avait peur du… fer. Ça lui est resté.
— Resté ?
— La peur, elle est restée.

— C'est un adulte maintenant, objecta Halders. Il sait que ces... outils ne peuvent pas le brûler.

Winter crut déceler du scepticisme dans les yeux de Carlström.

— Qu'a dit Mats quand il est venu ici ? enchaîna-t-il.

— Il a rien dit.

— Pourquoi venait-il ?

— Ça, j'sais pas.

— Il vit où ?

— En ville.

— Dans quelle ville ?

— La grande ville. Göteborg.

Göteborg désignée comme « la ville » ! De la part d'un vieux paysan, Winter s'attendait à entendre mentionner l'une des bourgades avoisinantes. Sans doute Göteborg était-elle la seule ville digne de ce nom dans la mesure où les jeunes quittaient ces terres désolées pour s'y installer. Ils n'avaient pas beaucoup d'autres choix.

— Où vit-il dans Göteborg ?

— J'sais pas.

— Que fait-il ?

— J'en sais rien non plus.

Winter ne parvenait pas à discerner si Carlström mentait ou s'il disait une partie de la vérité. Mais le regard du vieil homme s'assombrit. Pourquoi ? Il voulut le savoir.

— Parlez-moi de Mats.

Question ouverte.

— Qu'est-ce que j'dois vous raconter ?

Qui se refermait vite.

— Comment se fait-il qu'on vous l'ait confié ?

— C'est à moi qu'vous demandez ça ?

— On vous a proposé de vous occuper de lui ?

Retour aux questions fermées.
— Ben ouais.
Une réponse qui ne menait pas bien loin.
— D'où venait-il ?
Carlström garda le silence.
— Il n'avait pas de parents ? demanda Winter.
— Non.
— Pourquoi ?
— Ils méritaient pas d'être ses parents.
Une expression surprenante dans la bouche de cet homme.
— En tout cas, cé c'qu'elle disait, la dame des services sociaux, continua Carlström.
Une femme qui confiait un jeune garçon aux soins d'un homme seul, songea le commissaire. Un garçon sans doute choqué, mort de trouille.
— Vous avez toujours vécu seul, monsieur Carlström ?
— De quoi ?
— Vous viviez sans femme du temps où Mats était ici ?
Carlström le fixa du regard.
— J'me suis pas marié.
— Ce n'est pas ce que je vous demandais.
— Y avait une femme avec moi.
— Du temps où Mats était ici ?
Carlström hocha la tête.
— Durant tout ce temps-là ?
— Au début.
Winter attendit avant de poser la question suivante. Carlström attendait aussi. Winter préféra passer à une autre question.
— Qu'est-ce qui était arrivé à Mats ?
— J'sais pas ce genre de… détails.
— Que vous a dit l'assistante sociale ?

— Il s'était fait violenter.
— Par qui ? Par son père ?
— J'veux pas parler de ça.
— Cela peut...
— J'VEUX PAS PARLER DE ÇA !

Un craquement se fit entendre dans le poêle à bois, une bûche de chêne venait de s'effondrer, appuyant les paroles de Carlström.

Ringmar secoua imperceptiblement la tête.

— Serait-il arrivé... quelque chose à Mats quand il vivait ici ? demanda Winter, qui vit tressaillir Carlström. Est-ce qu'une personne dans le village a pu lui faire du mal ? L'importuner ?

— J'sais pas, dit Carlström.

— Lui faire quelque chose. N'importe quoi.

— Et maintenant, il serait en train de se venger, c'est ça ? En frappant des gens de Göteborg ? C'est c'que vous me disez ?

— Non.

— C'est ben c'que vous pensez.

— Les jeunes gens qui ont été agressés n'étaient pas encore nés à l'époque où Mats était enfant.

— Non, ça c'est vrai, admit Carlström.

Mais toi, tu l'étais, pensa Winter. Et Georg Smedsberg aussi.

Personne n'ouvrit chez Smedsberg. Les vitres étaient noires.

— Il est allé faire une partie de bridge, dit Halders.

— Où ça ? fit Ringmar.

Tout était sombre alentour. Le ciel semblait couvert de draps foncés laissant à peine filtrer les lueurs de rares étoiles. Le vent sifflait sans rencontrer d'obstacle sur ces vastes étendues.

Ils reprirent la voiture de Halders et filèrent vers le sud. Les phares balayèrent les champs, puis le ciel lorsque Halders gravit une petite colline qui était la seule éminence à l'horizon. Plongés dans leurs pensées, tous restaient silencieux dans l'habitacle. Winter frissonnait en repensant à sa conversation avec Natanael Carlström. Depuis son perron, le vieil homme les avait regardés s'éloigner sans un signe.

À la lumière du tableau de bord, Halders fouillait parmi les CD. Bientôt s'élevèrent un chœur de femmes, une voix de femme, un rythme de basses, do-do-do-do-do, des guitares résonnant comme dans une pièce vide, *Ooh baby, do you know what's that worth, Oh heaven is a place on earth, Ooh heaven is a place on earth. Ooh chéri, tu sais ce que ça vaut, Oh le ciel se trouve sur la terre.*

— *Heaven is a place on earth*, reprit l'inspecteur. Un classique.

La musique les accompagnait à travers l'obscurité.

— Dans quel genre ? s'enquit Ringmar après un certain temps.

— La pop classique. Du genre qui fait du bien.

... *We'll make heaven a place on earth, Ooh heaven is a place on earth.*

— C'est qui, la chanteuse ? demanda Winter.

— Belinda Carlisle. Une des plus belles héroïnomanes du monde. (Halders régla les basses.) À l'époque, elle faisait partie des Go-go's.

— D'accord, fit Ringmar.

— Tu devrais les écouter.

— Oui, ça redonne le goût de vivre.

— Je le savais !

— Carlisle, c'est la pire équipe du championnat anglais.

— Pas ce Carlisle-là.

La chanson se terminait... *place on earth... place on earth...*

— Tu nous la remets ? proposa Winter depuis la banquette arrière.

Halders enfonça la touche.

Ooh baby, do you know what that's worth.

C'est incroyable, songeait le commissaire. Je me sens bien ici. Je voudrais ne plus quitter cette banquette entre ciel et terre. Le monde est trop cruel.

When the night falls down, I wait for you, And you come around, And the world's alive, With the sound of kids, On the streets outside, When you walk into the room, You pull me close and we start to move, And we're spinning with the stars above, And you lift me up in a wave of love, Ooh baby, do you know what that's worth ? Ooh heaven is a place on earth, They say in heaven love comes first, We'll make heaven a place on earth, Ooh heaven is a place on earth.

— C'est toute notre mission, commenta Halders, faire de la terre un royaume des cieux.

— Je dirais le contraire, objecta Winter. Faire du ciel un royaume terrestre.

— Tu te fous de moi, Erik !

Winter observait les flocons qui tombaient du ciel.

— Il commence à neiger.

— La veille du réveillon.

— Dans deux heures, fit remarquer Ringmar.

— Joyeux Noël, les gars ! lança Halders.

Il se gara devant le commissariat dont les fenêtres étaient toutes ornées de chandeliers de l'Avent. Il devait rentrer chez lui, à Lunden. Ses collègues regardèrent les feux arrière de sa voiture disparaître sous la bourasque de neige.

Winter tourna la tête vers Ringmar.

— Laisse ta caisse ici, Bertil. Je te raccompagne chez toi.

Une maison vide, songea Ringmar.

Ils restèrent silencieux durant tout le trajet. Winter attendit que Ringmar franchisse le seuil de sa porte. Puis il sortit de la voiture, remonta l'allée et sonna à l'entrée.

Ringmar ouvrit aussitôt.

— Tu es seul, Bertil ?

Ringmar eut un petit rire.

— Viens chez moi, on mangera un morceau devant une bière. Pour fêter Noël ! J'ai une chambre d'amis, comme tu le sais.

Ils redescendirent l'allée pavée. Les guirlandes du voisin se balançaient au vent.

— Il nous ouvre le royaume des cieux, fit Ringmar avec un geste dans cette direction.

— *Heaven is a place on earth*, *Le ciel se trouve sur la terre*, commenta Winter.

36

L'horloge murale de la cuisine indiquait plus de minuit.
— Joyeux Noël[1], Erik !
— Joyeux Noël, Bertil !
Ringmar souleva sa bouteille de bière. Winter faisait passer du Paul Simon dans le petit appareil de la cuisine. *She's so light, she's so free, I'm tight, well that's me, but I feeeeel so good with darling Lorraine.* Ringmar balançait doucement la tête au rythme lénifiant de la musique.
— Tu veux vraiment qu'on en parle ?
— Du fait que tu passes les fêtes sans la famille ? Je ne t'infligerais pas ça, Bertil.
— Toi aussi, t'es seul.
— C'est provisoire. Je pars dès qu'on en a terminé.
— Et c'est pour quand, la fin ?
— Bientôt.
— Martin est persuadé que j'ai... fait quelque chose, déclara Ringmar.

---

1. En Suède, Noël se fête le 24 décembre.

Paul chantait : *It's cold, sometimes you can't catch your breath, it's cold. Sometimes we don't know who we are, sometimes force overpowers us and we cry.*

Winter finit sa bière en attendant la suite.

— Tu as entendu ce que j'ai dit ? reprit Ringmar.

— Qu'est-ce que tu veux dire par « fait quelque chose » ?

— C'est la raison qui l'a éloigné de moi depuis près de six mois.

— Qu'est-ce qu'il dit que tu as fait ?

— Je ne peux pas... prononcer le mot.

— Quand as-tu appris ce que tu ne peux pas prononcer ?

Était-ce trop brutal ? Non. Bertil et lui étaient suffisamment proches.

— Hier. Birgitta m'a appelé. Enfin.

— Pour te dire quoi ?

Bertil dormait, du moins était-il allongé sur le lit de la chambre d'amis. Une heure auparavant, il avait pleuré à la table de la cuisine. Winter fumait sur le balcon. La neige recouvrait le parc. Mais le lendemain, il ne pourrait pas faire de bonhomme avec Elsa.

Tout était silencieux. Les gens dormaient afin de se réveiller tout gentils comme il se doit le matin du 24 décembre.

Winter referma la porte du balcon et revint à son bureau et son PowerBook. Paul Simon l'avait accompagné dans le salon. *We think it's easy, sometimes it's easy, but it's not easy*, il considéra ses notes qui s'alignaient à l'horizontale, comme l'électrocardiogramme d'un cœur qui aurait cessé de battre, elles étaient droites, sans vie. Et pourtant.

Ils avaient parlé. Ensuite Bertil s'était replongé dans cette affaire. Ces affaires. Tu veux vraiment ? s'était étonné Winter. Cependant, il comprenait que Bertil ait besoin de le faire.

— Ce pourrait être l'enfant placé, avait suggéré Ringmar. Il lui sera arrivé quelque chose en rapport avec ces étudiants. Ou bien Smedsberg. Plutôt le vieux Smedsberg. Georg, de son petit nom, n'est-ce pas ?

— Oui, avait acquiescé Winter.
— Oui quoi ?
— Il s'appelle bien Georg.
— L'enfant placé... Mats... a pu prendre le fer chez Carlström et l'utiliser. Nous savons qu'il en avait un.
— Carlström pourrait l'avoir fait lui-même, avait observé Winter. Il est encore vaillant.
— Mais pourquoi ?
— C'est la question.
— Comme toujours, avait soupiré Ringmar. Il faudra qu'on parle avec lui demain.
— Avec Carlström ?
— Non, Jerner. L'enfant placé.
— S'il est en ville, avait ajouté Winter.

Il avait cherché ses coordonnées dans l'annuaire et il avait appelé chez lui dès son retour à la maison, mais personne ne répondait. Dans la voiture, il avait d'abord envisagé d'appeler le commissariat pour leur demander de trouver son adresse et d'envoyer des hommes là-bas, mais c'était trop tôt. Et puis, pour quoi faire ? S'ils approchaient de quelque chose, cela pourrait perturber l'enquête. Mieux valait se montrer prudent.

— Et cette femme, avait demandé Ringmar. Gerd. La femme de Smedsberg. Que lui est-il arrivé ?

— Jusqu'où devons-nous creuser cette piste-là, Bertil ?

— Jusque très loin sans doute, avait répondu Ringmar.

— Ça n'a peut-être pas de fin.

Ringmar paraissait être vieux de mille ans à cette table, le visage ridé comme une dynastie, s'était dit Winter.

— On va se coucher, Bertil ? On a une longue journée devant nous demain.

— Nous n'avons pas parlé du plus important. Nous n'y sommes pas revenus, pour être exact.

— Je parlerai demain matin avec Maja Bergort, avait répondu Winter. Et j'entendrai de nouveau le petit Waggoner : ils restent à Göteborg pour les fêtes. Aneta va faire une nouvelle tentative avec Kalle Skarin. Et la petite Sköld. Ellen.

— Celle qui a un père absent...

— C'est pas la seule, avait lâché Winter.

— Que veux-tu dire ?

— Il y a beaucoup de gens à interroger, à soupçonner, sur lesquels enquêter.

— Tu pensais à autre chose, Erik.

— Oui. Je pensais à moi.

— Tu pensais à moi.

— Je pensais à toi et à moi.

Il contemplait l'écran qui était la seule source de lumière dans la pièce en dehors du lampadaire au-dessus du fauteuil en cuir. Il consulta sa montre : deux heures du matin.

Paul Simon chantait toujours, une belle chanson dont il ne saisissait plus les paroles.

Il se pencha vers le téléphone et composa le numéro.

En décrochant l'appareil, sa mère avait la voix d'une chanteuse de jazz :
— Al… allô ?
— Bonjour maman, c'est Erik.
— Er… Erik. Il s'est passé quelque chose ?
— Non. Mais j'aurais voulu parler avec Angela.
— Elle dort. À l'étage. Elsa… (Il perçut une voix à l'arrière-plan et de nouveau celle de sa mère.) Eh bien, tu l'as réveillée, elle arrive.
— Qu'y a-t-il, Erik ?
— Ce n'est rien… j'avais juste envie d'appeler…
— Où es-tu ?
— À la maison, bien sûr.
— C'est quoi, ce bruit ?
— L'ordi, peut-être, ou alors Paul Simon, le CD que tu m'as offert.
— Effectivement. Mmm.
Elle devait être à moitié endormie. Sa voix avait une fréquence basse.
— Comment ça se passe pour vous ?
— Bien. Le temps est radieux.
— Que fait Elsa ?
— Elle a essayé de se baigner, mais elle a trouvé que l'eau était trop froide.
— Et sinon ?
— On a joué sur la pelouse et regardé le sommet de la montagne.
— La montagne enneigée, acquiesça Winter.
— Elle sait le dire en espagnol. Au bout de six mois, elle serait bilingue.
— Ça pourrait être une bonne idée.
— Et que ferais-tu durant ce temps-là ?
— Rien.
Six mois en Espagne. Voire un an. Il en avait les moyens.

Après cette affaire, qui sait ?
— Demain, c'est Noël. Elsa ne parle que de ça. *Feliz navidad.*
— On est déjà le 24.
— Hmm. C'est pour me dire ça que tu me téléphones ?
— Non.
— On peut toujours compter sur toi pour le 26 ?
— Oui.
— Siv n'en croyait pas ses yeux, que tu ne sois pas là.
— Elle peut se consoler avec vous.
— Tu as la voix fatiguée, Erik.
— Oui.
— Vous avez du boulot demain ?
— Oui.
— Évite le whisky cette nuit.
— Aussitôt rentrés, on a caché la bouteille.
— Ha ha. (Puis elle inspira faiblement.) On ?
— Bertil dort à la maison.
— Pourquoi donc ?
— Il en a besoin.
— Qu'est-ce qu'en dit Birgitta ?
— Elle n'en sait rien.
— Que se passe-t-il, Erik ?

Il essaya de lui expliquer. C'était la raison pour laquelle il appelait. Il ne parvenait pas à supporter seul ce poids-là.

— Mon Dieu ! fit-elle. Bertil ?
— On n'est pas obligé d'y croire.
— C'est ce que dit Bertil ?
— Comment pourrait-il dire quoi que ce soit à ce sujet ?
— Mon Dieu !

— Birgitta a appelé de… là où elle est. Elle ne voulait pas révéler l'endroit. Et Martin était bien sûr avec elle. Ainsi que Moa. C'est la fille…
— Je sais qui c'est. Que font-ils donc là-bas tous les trois ? Ils tiennent conseil contre Bertil ?
— Je crois qu'ils essaient de savoir ce que Martin veut vraiment dire.
— Il vient tout juste de le leur révéler ?
— Apparemment.
— Mais qu'est-ce qu'il a dit exactement ?
— Eh bien… Birgitta était… vague à ce sujet. Il s'agissait d'une agression. Je ne sais pas… de quel type. Quand il était petit.
— Mon Dieu. Bertil ? Je ne peux pas imaginer ça de Bertil.
— Non.
— Alors pourquoi Martin prétend-il ça ?
— Je ne suis pas psychologue, répondit Winter. Mais je devine que ça pourrait avoir un lien avec les… fréquentations du gamin. Apparemment, il s'est laissé embrigader dans une secte depuis qu'il a quitté la maison.
— Il devait bien avoir une raison de partir, non ? observa Angela.
— Sûrement. Mais elle pourrait n'exister que dans sa tête.
— Comment va Bertil ?
— Eh bien… Il essaie de bosser. Tant bien que mal.
— Son fils va… porter plainte ?
— Je ne sais pas, soupira-t-il. Dans ce cas, je préférerais être à dix mille kilomètres d'ici.
— Trois mille suffiront. Sur la côte espagnole.
— Je ne veux pas venir pour une telle raison.
— Tu veux vraiment venir ?

— Ma petite Angela, tu sais pourquoi je reste ici. Je viens aussi tôt que possible. Le plus tôt possible.
— Pardon, Erik. Qu'est-ce que tu vas faire maintenant ?
— Essayer de dormir quelques heures. J'ai le cerveau en berne.
— Tu as trouvé les cadeaux ?
— Je les chercherai demain matin.

Il volait au-dessus de la plaine sur le dos d'un oiseau qui répétait son nom, puis une phrase de quatre mots : *Pour qui le gâteau*, *Pour qui le gâteau*, *Pour qui le gâteau…* Chut, je n'entends pas ce que pensent les enfants, les enfants, là en bas. Quatre jeunes gens se promenaient sur la plaine, l'un d'eux souriait. Son visage était noir. Un tracteur traversait le champ, Winter vit la poussière s'élever très haut, Ringmar pourchassait l'un des garçons. *Mensonge !* Ringmar criait *Mensonge ! Mensonge !* Riiiiiiiiiing, riiiiiiiing.

Il se réveilla dans l'obscurité. Le réveil venait de sonner. Sept heures.

Ringmar était assis dans la cuisine, devant une tasse de café. Dehors, la neige éclairait la nuit. Ringmar avait déplié le journal sur la table.

— Tu n'as pas eu besoin de réveil, constata Winter.
— Je n'ai pas réussi à dormir.

Il restait du café dans la cafetière. Winter se fit une tartine de fromage. Il frissonnait dans sa robe de chambre.

— À l'Institut de psychologie de Göteborg, un chercheur de génie a découvert que la police devait revoir ses conceptions en matière d'audition, annonça Ringmar, penché sur le journal.

— Intéressant.
— Selon lui, nous avons toujours cru reconnaître le menteur à son regard fuyant, sa nervosité, ses gestes incontrôlés. (Ringmar eut un petit rire sec.) Ce sauveur de notre corporation dans le besoin vient de découvrir que, bien au contraire, *Le menteur vous regarde souvent droit dans les yeux et vous raconte ses mensonges le plus sereinement du monde.*
— Tu imagines si on avait su ? Ça révolutionne nos méthodes d'audition.
— On a dû en faire, des erreurs.
— Merci la recherche !
Ringmar poursuivit sa lecture :
— Je cite : *Nos travaux montrent également qu'il est plus facile de délivrer un mensonge à l'occasion d'une audition enregistrée sur caméra vidéo que lors d'un interrogatoire ordinaire* !
Winter eut le même rire que Ringmar :
— Et nous qui abusons des auditions filmées depuis cinq ans !
— Sans savoir à quoi ça nous servirait.
— Il faut vite faire passer ça sur l'intranet.
— Selon notre homme, les forces de police sont mal informées des progrès de la psychologie, mais elles ont promis de s'y mettre. Alléluia ! Je me demande ce qu'en dirait le professeur Christianson.
— Il n'en ferait pas un plat.
— Gestes incontrôlés, reprit Ringmar. Regard fuyant.
— On se croirait dans un film de Fritz Lang. *Docteur Mabuse.*
— Si ça se trouve, le *GP* a sorti une vieille interview de ses tiroirs. Je vois tout de même quelque chose d'intéressant. Les parents seraient meilleurs pour déjouer les mensonges, même chez les enfants

des autres. Les adultes sans enfants auraient plus de difficultés. (Ringmar releva la tête.) Là, au moins, on est bien placés, Erik.

Puis son visage se décomposa. Malgré son manque de connaissances sur la psyché humaine, Winter comprit quelle pensée venait de traverser l'esprit de son ami.

Le téléphone portable sonna sur la paillasse où il l'avait mis à recharger. Il pouvait l'atteindre sans même se lever.

— Oui ?
— Bonjour, c'est Lars.

La voix de Bergenhem, lointaine, paraissait sortir d'un tunnel.

— Oui ?
— Carolin Johansson a fait une overdose. La mère de Micke. Elle a pris des médocs, ils savent pas encore lesquels.
— Elle est en vie ?
— Plus ou moins.
— Elle est en vie, oui ou non ?
— Oui.
— Elle ne devait plus avoir aucune de ces saletés à la maison, s'étonna Winter. On était censés la surveiller.
— Elle a reçu de la visite. Les somnifères...
— Je veux savoir exactement qui étaient ces visiteurs.
— C'est pas si...
— Je veux le savoir, Lars. Tu t'en occupes.
— Oui.
— Elle est à l'Hôpital Est ?
— Oui.
— On a envoyé quelqu'un là-bas ?
— Sara.

— OK. Comment va le père ? Où est-il ?
— Il est également là-bas.
— Qui surveille son téléphone ?
— Deux nouveaux. Je ne sais pas leur nom. Möllerström peut se...
— Laisse tomber. Tu as parlé avec Bengt Johansson ce matin ?
— Non.

C'est aussi bien, pensa Winter. Il faut que j'aille le voir cet après-midi, si j'ai le temps. S'il rentre chez lui d'ici là.

Bertil avait compris et s'était levé.

— C'est l'heure d'aller au boulot. 24 décembre ou pas. (Il lança un regard rapide sur Winter.) Aux États-Unis, ils travaillent le 24.
— Comment te sens-tu, Bertil ?
— Merveilleusement bien après une nuit d'insomnie.
— Birgitta ne va pas chercher à te contacter ?
— Comment tu veux que je le sache ?
— Tu sais ce que j'en pense, Bertil.
— Pardon ?
— Je te crois.
— Comment peux-tu en être aussi sûr, Erik ? Juste parce que je tremble comme un sapin dans la tempête ou que je vacille du regard comme un phare, je ne dis pas la vérité pour autant.

Winter ne put s'empêcher de sourire.

— Tu ne trembles pas, ni ne vacilles.
— Dans ce cas, l'affaire est jugée.
— Ne lis plus jamais les journaux, conseilla Winter.
— Je ne t'ai pas encore montré la une.
— Je peux l'imaginer.

— Et ce n'est même pas un tabloïd, ajouta-t-il en gagnant le hall. J'y vais. Joyeux Noël !

— On se voit..., lança Winter, mais la porte s'était déjà refermée.

Il se dirigea vers sa table de travail et chercha le numéro qu'il avait inscrit dans ses notes électroniques. Il appela.

— Oui, allô ?

Une voix plutôt jeune, d'âge moyen. Il percevait un bourdonnement à l'arrière-plan, qu'il n'identifiait pas.

— Je voudrais parler à Mats Jerner.
— Qui-qui-qui est-ce qui appelle ?
— Vous êtes bien Mats Jerner ?
— Oui...
— Mon nom est Erik Winter, commissaire de la police criminelle régionale. Je voudrais vous parler. De préférence aujourd'hui. Cet après-midi.
— C'est-c'est Noël.

Pour moi aussi, songea Winter.

— Juste un court instant.
— De quoi s'agit-il ?
— Nous enquêtons sur une série d'agressions et... Oui, c'est un peu compliqué à expliquer, mais l'une des victimes est originaire de la même région que vous, et nous cherchons à entrer en contact avec tous ceux qui...
— Comment savez-vous d'où je viens ?

Il avait la voix plus apaisée. C'était souvent comme ça. Quand on se présentait comme un policier, surtout commissaire de la crim', la plupart des gens s'affolaient.

— Nous avons parlé avec votre père d'accueil.

Silence.

— Monsieur Jerner ?

— Oui ?
— Je voudrais vous voir aujourd'hui.
Nouveau silence. Toujours ce bourdonnement à l'arrière-plan.
— Allô ? Jerner ?
— Je peux venir cet après-midi.
— Vous voulez dire au commissariat ?
— Ce n'est pas là que vous travaillez ?
— Si..., répondit Winter en balayant du regard son salon.
— À quelle heure je dois passer ?
Winter consulta sa montre.
— Seize heures.
— Très bien. Vu que je quitte à trente.
— Vous quittez ?
— Je finis mon service.
— Vous travaillez dans quelle branche ?
— Je suis conducteur de tramway.
— D'accord. J'avais pourtant l'impression que vous vouliez rester... tranquille pendant les fêtes.
— C'est juste que j'étais étonné de... de votre appel, répondit Jerner. Qu'on travaille le 24 chez vous. Enfin, qu'on convoque les gens pour des auditions. Comment je dois faire, alors ?
— Pardon ?
— Comment je vais m'y retrouver, dans vos locaux ?

37

La ville était encore recouverte d'un manteau blanc lorsqu'il prit la route pour les quartiers sud. *The Moon is a Harsh Mistress*, de Metheny et Haden, distillait le calme dans l'habitacle.

L'espace d'une seconde, il fut aveuglé à l'entrée du tunnel. Pas de lumière. En route vers l'obscurité au bout du tunnel, songea-t-il. Une affreuse pensée.

Il se rappela qu'il avait oublié de chercher les cadeaux d'Elsa et d'Angela.

Les champs étaient saupoudrés de neige. À l'horizon, la mer s'élevait comme un miroir concave. Immobile.

Le pavillon de la famille Bergort était éclairé d'un rayon de soleil matinal quand il sortit de voiture. Des chandeliers de l'Avent ornaient deux des fenêtres.

— Pardonnez-moi de vous déranger pendant les fêtes.

— C'est trop important, fit Kristina Bergort. Oh, c'est vraiment horrible !

Le journal était grand ouvert sur la table de la cuisine : *Qu'est-il arrivé à Micke ? La police sans piste.*

Juste à côté, un pot de hyacinthes. Leur parfum se mêlait aux arômes de café frais.

— Je viens d'en faire, dit-elle en lui tendant une tasse.

— Merci.

Winter prit une chaise. Il apercevait le sapin illuminé à travers la porte du salon. Est-ce qu'Elsa en avait un à Nueva Andalucía ? Siv avait dû y pourvoir. Des guirlandes lumineuses dans les palmiers du jardin ? Il pensa au voisin de Bertil. Qu'est-ce que Bertil avait de prévu, ce matin ? Smedsberg. Les autres étudiants.

— Comment va Maja ?

— Bien, elle regarde les programmes pour enfants à la télévision.

— Où pouvons-nous nous installer ?

— Vous préféreriez éviter sa chambre... alors j'ai pensé au bureau de Magnus. Ce n'est pas très grand et il m'arrive aussi de m'y installer pour coudre.

— Parfait.

— J'appelle Maja ?

— Oui, merci.

La routine, pouvait-on dire. La même que pour Simon Waggoner : Winter accroupi pour saluer l'enfant, auquel il portait un sincère intérêt. En tant qu'être humain. Bonjour Maja. J'ai une petite fille qui a un an de moins que toi et qui s'appelle Elsa.

Elle baissa les yeux en retour. Elle avait dit son prénom à voix basse lors des présentations.

Il entra le premier dans la pièce.

Elle ne voulut pas le suivre.

— Erik voudrait juste parler un peu avec toi, lui expliqua sa mère.

La petite secoua la tête. Elle donna un coup de pied dans une balle qui disparut à l'intérieur de la pièce à la suite de Winter.

— Tu ne vas pas chercher la balle, Maja ?
Elle secoua de nouveau la tête.
— Mais c'est le bureau de papa, reprit Kristina Bergort.
— Où il est, papa ?
— Il était obligé d'aller au travail un petit moment, ma chérie. Je te l'ai dit tout à l'heure.
Bosser un jour pareil, songea Winter. Comment on peut s'imposer ça ?
— Veux pas, fit Maja.
— On va s'installer à la cuisine, suggéra-t-il. Tu voudrais prendre du papier et des crayons, Maja ?
Il désirait capter toute son attention, mais il avait également une autre idée en tête.
Il posa la caméra près de la porte.

*

Elle se posa sur sa chaise tel un oiseau. Les arômes de café avaient disparu. Il ne restait plus que le parfum des hyacinthes de Noël.
Winter avait demandé à Maja quelles étaient ses couleurs préférées. Ils avaient commencé par celles-là pour dessiner, puis ils avaient utilisé celles qu'elle aimait moins. L'enfant connaissait toute la palette.
Puis ses questions s'étaient recentrées autour de la rencontre avec l'inconnu.
— Tu as perdu la balle, Maja ?
Elle regarda la balle qui reposait sur la table.
— L'autre balle, précisa Winter. La verte.
— Je l'ai perdue. J'ai perdu la verte.
— Où l'as-tu perdue ?
— Dans la voiture.
— C'était quelle voiture ?
— La voiture du monsieur.

Winter hocha la tête.
— Tu es montée dans la voiture du monsieur ?
— Oui.
— Elle était de quelle couleur, sa voiture, Maja ?
— Noire, fit-elle avec une certaine hésitation.
— Comme ça ? demanda-t-il en traçant un trait noir.
— Non, pas si noire.
Il fit un trait bleu.
— Nooon...
Un autre bleu.
— Oui !
— La voiture du monsieur était de cette couleur ?
— Oui. Bleue !

Ils étaient peut-être tombés juste. Peut-être. Le souvenir des couleurs chez un témoin était aussi imprécis que la reconnaissance d'une marque de voiture. Surtout avec les méthodes de clonage des constructeurs automobiles. Ils avaient déjà tenté de montrer aux enfants différents modèles, mais en vain. Ils n'avaient toujours pas pu l'identifier.

Il prit un papier et dessina une voiture avec le crayon bleu. Une Volvo ou une Chrysler. Du moins avait-elle une carrosserie et des roues.

Maja éclata de rire.
— Alors, c'était cette voiture ?
— Nooon !
— Tu peux la dessiner ?
— Je peux pas.
Winter lui passa son dessin.
— On peut s'aider. Tu vas te dessiner toi-même. Où tu étais assise dans la voiture.
— C'était pas cette voiture.
— On fait comme si c'était la voiture du monsieur.

Elle prit un crayon jaune et dessina une tête à la hauteur du siège avant. D'un trait noir elle dessina ensuite un œil, un nez et une partie de la bouche. Le visage était de profil.

— Il était assis où, le monsieur ?
— On le voit pas.
— Il aurait ressemblé à quoi si on avait pu le voir ?

Au crayon noir, Maja dessina une tête surmontée de ce qui pouvait être une casquette.

— C'est quoi ?
— Le bonnet du monsieur.

Avant que Winter ait eu le temps de poursuivre, elle avait dessiné un point vert devant son autoportrait dans la voiture.

Sa balle, comprit Winter. Elle était peut-être posée sur le tableau de bord avant qu'il ne la prenne. Si elle a bien disparu là. Si tout ça s'est bien produit.

Il posa tout de même la question.

— C'est quoi, Maja ?
— C'est le pioupiou du monsieur.

*

Aneta Djanali rencontrait Kalle Skarin pour la deuxième fois. Sa première visite leur avait confirmé que le benjamin des enfants auditionnés s'était sans doute fait voler un objet, comme les autres :

— Voituuure, avait-il dit.

Elle avait fait le tour de ses jouets, avec la mère de Kalle.

— Il avait l'habitude de l'emporter partout avec lui, avait déclaré Berit Skarin. Je ne la trouve pas, alors peut-être que...

Kalle Skarin faisait maintenant rouler une nouvelle voiture sur le tapis. Aneta Djanali s'était assise à côté de lui. Le gamin s'était montré expert dans ce domaine et semblait avoir identifié la voiture du criminel comme étant japonaise, plus précisément une Mitsubishi. Il avait pointé du doigt une Lancer comme s'il avait reconnu le modèle break, mais il était resté indécis sur la couleur.

Il n'avait pas entendu de gros mots à la radio.

— Est-ce qu'il avait des jouets, le monsieur ?

— Kalle a eu bonbons, dit le petit tout en continuant ses « vroum vroum » avec la petite jeep Chrysler.

— Le monsieur avait des bonbons ?

— Beaucoup bonbons.

Elle lui demanda de quelle sorte, de quelle couleur... Il aurait fallu tenir cette partie-là de l'audition dans une bonne confiserie pour plus de précision, mais ç'aurait été propice à la distraction.

— Bonbons ! répéta Kalle qui malheureusement n'était pas difficile en la matière.

— Il y avait des jouets dans la voiture du monsieur, Kalle ?

— Vrrrouummm.

Il dessinait des cercles, des huit, avec sa voiture. En observant sa petite tête penchée sur le tapis, l'inspectrice se mit à penser à Simon Waggoner, blessé, et à Micke Johansson, disparu. Y avait-il un lien entre ces différentes affaires ? Ils n'en avaient pas encore la preuve, mais Kalle Skarin avait sans doute rencontré la même personne que Micke Johansson.

Cette rencontre avait été très brève. Pourquoi ? Qu'est-ce que ce type voulait à Kalle ? L'enfant était-il une pièce dans un schéma de comportement, comme les autres enfants, Ellen, Maja, puis Simon... ? Ces rencontres construisaient-elles quelque chose ? Avait-il, *lui*, changé ? Pourquoi avait-il brutalisé Simon ? Était-ce une étape sur son... parcours ? Se préparait-il ? À quoi ? À... Micke Johansson ? Elle préférait ne pas y penser maintenant. Ils en avaient déjà discuté, avec Erik, Fredrik, Lars et Bertil, Janne, Sara.

Erik avait parlé avec l'expert psychologue. Il existait différents scénarii, tous aussi épouvantables.

Nous avons un but, retrouver Micke Johansson. Aide-moi, Kalle.

— Vrrrouuumm, fit Kalle avant de lever les yeux. Pioupiou Bille.

— Qu'est-ce que tu as dit, Kalle ?

— Pioupiou Bille, répéta l'enfant qui venait de garer la voiture à l'angle du tapis.

— Le pioupiou s'appelait Bille ?

— Pioupiou Bille.

— Bille, fit-elle.

— A dit Kalle. Pioupiou Bille a dit Kalle !

— J'ai entendu que tu as dit Pioupiou Bille.

— A dit Kalle !

Kalle avait oublié sa mère, assise dans un fauteuil, comme il avait oublié Aneta Djanali. L'inspectrice entendit s'élever la voix de Berit Skarin :

— Je crois qu'il veut dire que ce pioupiou a dit son nom. Il lui a dit « Kalle ».

Winter avait interrogé Maja Bergort sur le pioupiou du monsieur. Elle ne se rappelait pas de nom. Était-ce un perroquet ? avait demandé Winter. Il n'avait pas reçu de réponse concluante à cent pour cent. Il va falloir passer en revue toute la gent volatile. Commençons par les perroquets. Où est-ce qu'ils peuvent en vendre à Göteborg ?

Celui dont avait parlé Maja Bergort était suspendu à la lunette arrière, c'est ce qu'il avait cru comprendre après une série de questions. S'il s'agissait bien d'un perroquet. Elle aurait pu le confondre avec un arbre magique. Non, pas à cette période de l'année. Pas avec un sapin.

L'enfant se tapota le bras.

— Tu as mal au bras, Maja ?

Elle secoua la tête.

Kristina Bergort remuait quelque part dans la maison. Il lui avait demandé de quitter la cuisine le temps de leur entretien. Il l'entendit se rapprocher. Peut-être écoutait-elle. Maja ne la voyait pas.

— Tu as eu mal au bras, Maja ?

La fillette hocha gravement la tête.

— Le monsieur a été méchant ?

Elle ne répondit pas.

— Le monsieur t'a donné un coup ?

Elle dessinait maintenant des cercles au crayon noir, des cercles, des cercles par-dessus des cercles.

— Le monsieur t'a donné un coup, Maja ? Le monsieur dans la voiture ? Celui qui avait un piou-piou ?

Elle hochait la tête, sans regarder le commissaire.

— C'est comme ça que tu t'es fait ces marques ?

Il se tenait le bras qu'il lui montra retourné.

Elle hocha la tête sans le regarder.

Il y avait quelque chose qui clochait. Les cercles devenaient plus nombreux, se chevauchant, comme un trou noir dont le milieu se rétrécissait à chaque tour. L'obscurité au bout du tunnel.

— Qu'est-ce qu'il a dit le monsieur quand il t'a frappée ?

— Il a dit que j'étais méchante.

— C'était idiot.

Elle hocha gravement la tête.

Il réfléchit à l'écart possible entre la vérité et le mensonge. Maja se montrait fuyante désormais. Il y avait eu mensonge même s'il l'avait conduite à le faire. Le monsieur l'avait-il frappée ? Quel monsieur ? Le silence des enfants peut tenir à des raisons très différentes. Leurs mensonges également. Mais, dans la plupart des cas, c'est parce qu'ils se sentent menacés, songeait-il tandis que Maja remplissait son tunnel et en commençait un deuxième. Les enfants redoutent, veulent éviter la punition. Ils désirent parfois protéger une personne dont ils sont dépendants. Ils cherchent à éviter la faute, la gêne, ou la honte. Il arrive également qu'un traumatisme les rende incapables de faire la différence entre réalité, imagination et rêve.

— Est-ce que le monsieur t'a frappée plusieurs fois ?

Le monsieur était devenu plusieurs, voire deux.

Maja garda le silence. Le mouvement de crayon s'était interrompu. Winter répéta sa question.

Elle releva la main, lentement, et pointa trois doigts.

— Il t'a frappée trois fois ?

Elle hocha la tête, avec un profond sérieux, en le fixant des yeux. Il perçut un soupir dans son dos, se retourna et vit Kristina Bergort qui n'y tenait plus, derrière la porte entrouverte de la cuisine.

Sur la route du retour, il appela Bertil, resté au commissariat, pour faire le point sur les différentes auditions.

— C'est calme ici, précisa Ringmar. On s'entend marcher.

— Aneta est déjà rentrée ?
— Non.

— Je voudrais qu'elle attende mon retour. Elle le sait ?

— Elle est sûrement pressée de te consulter, elle aussi, Erik.

Il traversa le carrefour de Näsetron. Devant lui, une voiture transportait un sapin sur le toit. Une entreprise désespérée : à la dernière minute avant Noël.

— Je crois que Bergort bat sa fille.

— On le boucle ? fit aussitôt Ringmar.

— J'en sais foutre rien, Bertil.

— Quel est le degré de probabilité ?

— En fait, j'en suis complètement certain. La gamine se faisait très bien comprendre. Entre les mots. Par son langage gestuel.

— Que dit la mère ?

— Elle le sait. Ou bien elle le soupçonne.

— Mais elle n'a rien dit ?

— Tu sais ce que c'est, Bertil.

Mon Dieu, songea-t-il aussitôt.

— Ce n'est pas ce que je voulais dire, Bertil.

— OK, c'est bon.

— J'ai essayé de parler avec elle, mais elle m'a l'air d'avoir la trouille. Ou bien, elle veut le protéger.

— Il a un alibi assez solide, observa Ringmar.

Ils avaient vérifié les emplois du temps de tous les parents impliqués.

Le monsieur, le monsieur, songeait Winter. Elle appelait donc son papa un monsieur ? Effrayant. Cependant, Magnus Himmler Bergort, comme le désignait Halders, était-il plus encore qu'un homme qui maltraitait son enfant ?

— Boucle-le.

— Il est censé être au boulot ? s'enquit Ringmar.

— Oui.
— C'est d'accord.
— Je retourne chez les Waggoner.

Ils raccrochèrent. Winter remonta la voie rapide qui conduisait à l'autre bout d'Änggården. Voici le Père Noël ! Y a-t-il des enfants sages ?

Le trafic était plus intense qu'il ne s'y attendait. En temps normal, du moins depuis trois ans, il était assis à cette heure-là devant un bon café et une tartine de jambon rôti sorti du four. Jamais on ne le finira, se plaignait Angela, on n'en mange presque pas. C'est la première tranche qui compte, répondait-il.

Pas de jambon à l'os cette année. Pas d'arbre de Noël. Pas tout de suite. Il vit passer plusieurs désespérés avec un sapin sur le toit. C'était bien la Suède : prends ton sapin et tais-toi. Soudain, il eut envie de calme… Manger un morceau, boire un petit coup, fumer un cigarillo, écouter de la musique, voir sa femme, sa fille, vivre… sa vie. L'autre. Le visage de Maja lui revint à l'esprit, la photo de Micke chez Bengt Johansson. Simon Waggoner. Son travail l'avait repris. Il était sur la route, dans l'action. Ne jamais faire du surplace, comme disait Birgersson dans le temps. Ne jamais désespérer, hésiter, fuir, ne jamais pleurer, ne jamais souffrir. CONNERIES. Birgersson l'avait également compris, sur le tard.

Il obliqua sur l'échangeur de Margreteberg. Les belles demeures en bois semblaient vivre leurs plus heureux instants. Des torches brûlaient le long des allées pour mieux guider le père Noël. Le soleil tachetait ici ou là les façades. Les pelouses étaient saupoudrées d'une fine couche de neige. Dieu souriait.

Sur l'aire de jeux, Winter aperçut des enfants, entourés de nombreux adultes. Deux d'entre eux se retournèrent sur sa Mercedes noire qui roulait lentement. Qui est-ce ? que vient-il faire ici ?

Il se gara devant la maison des Waggoner.

Un carillon était suspendu à la porte d'entrée.

Le vestibule embaumait les épices exotiques.

— Pour nous, c'est demain, le grand jour, déclara Paul Waggoner avec son accent britannique, en débarrassant Winter de son manteau. *Tomorrow's Christmas Daaay.*

— Je reconnais le parfum du pudding.

— Lequel ? Ici, nous en avons plusieurs. Mes parents sont venus d'Angleterre.

Il faut que j'appelle Steve dès mon retour à la maison, pensa Winter. Ou même depuis le commissariat. Joyeux Noël et tout ça, mais il pourrait surtout m'aider à réfléchir, avant que le pudding ne lui englue les neurones.

— Comment va Simon ?

— *Rather well*, répondit Paul Waggoner. Il ne parle plus qu'anglais, depuis deux trois jours. C'est comme ça. Il a peut-être voulu se préparer pour l'arrivée de ses *grannies*.

— Dans ce cas, je devrais m'adresser à lui en anglais.

— Sans doute. Ce n'est pas un problème ?

— Ce pourrait être une solution.

Même pièce que la fois précédente. Simon paraissait plus détendu.

— *Will you get any Christmas gifts already this evening ?* Tu vas recevoir des cadeaux de Noël déjà ce soir ? demanda-t-il à l'enfant.

— *Today* and *tomorrow*, Ce soir *et* demain, dit Simon.

— *Wow*. Ouah.

405

— *Grandpa doesn't really like it.* Grand-père n'aime pas ça.
— *And this is from me.* Et ça, c'est mon cadeau, dit Winter en sortant un paquet de son sac à bandoulière.

L'enfant le prit avec un visage radieux.
— *Oh thank you very much.* Oh, merci beaucoup.
— *You're welcome.* De rien.
— *Thank you*, répéta Simon.

Il ouvrit le petit paquet. Winter avait envisagé de lui offrir une montre en remplacement de celle qu'il avait perdue. Il s'était ravisé. Ç'aurait pu passer pour une façon de lui acheter des informations. Pourtant, c'était un peu ça.

Simon leva devant ses yeux la voiture de police dernier modèle. Le commissaire pouvait difficilement offrir à l'enfant une Mercedes de malfrat.

Le voiture téléguidée roulait partout sauf sur les barres de seuil.
— *Want to try it* ? Tu veux l'essayer ? demanda Winter en tendant à l'enfant le boîtier de contrôle, de la taille d'une boîte d'allumettes.

Simon posa la voiture par terre et Winter lui montra le réglage sans toucher à rien lui-même. L'engin se mit en marche et percuta le premier objet sur son chemin. Winter alla le redresser. Simon fit marche arrière et continua à rouler. Il fit sonner la sirène, épouvantablement forte.

Est-ce qu'il l'a entendue quand il était allongé par terre ? Quand ils l'ont retrouvé.
— *Great !* Super ! fit l'enfant qui releva la tête avec un sourire.
— *Let me try it.* Laisse-moi essayer, dit Winter.

C'était vraiment marrant.

38

Winter était assis par terre et faisait passer la voiture dans des tunnels représentés par la table, les chaises et un canapé. Un gyrophare bleu tournait sur le toit. Il fit retentir la sirène quand la voiture passa la porte. Et l'arrêta aussitôt.

Simon avait accepté d'accompagner les policiers à l'endroit où on l'avait retrouvé. Winter avait tenu à ce qu'on lui en fasse la demande avant.

Il savait qu'avant sept ans, il était très difficile pour un enfant de reconstituer un milieu extérieur.

Il avait pris différentes routes à l'aller, puis au retour. Où le criminel avait-il conduit Simon ? Chez lui ? Avait-il été interrompu ? S'était-il passé quelque chose ? Avait-il vu quelque chose ? Quelqu'un ? Quelqu'un l'avait-il vu ? Avait-il abandonné Simon près de chez lui ?

La police avait frappé à toutes les portes, semblait-il. On était retourné là où personne n'avait ouvert la première fois.

Ils avaient interrogé sur les marques de voiture, les heures, l'allure vestimentaire des conducteurs. Objet décoratif. Lunette arrière, objet suspendu à la lunette arrière. Vert, peut-être. Un oiseau peut-être. Un perroquet ?

Ils avaient contacté à ce sujet l'Automobile Club suédois. Des garages. Des concessionnaires. Des gardiens de parking. Ils avaient visionné des vidéos de surveillance de parking.

Ils avaient contrôlé toutes les voitures appartenant au personnel des crèches. Les voitures parquées devant les établissements.

Simon essayait d'expliquer quelque chose. Ils étaient assis par terre.

Winter tâchait de décrypter ses mots. Plusieurs études montraient que la mémoire des enfants est très développée et... fiable quand il s'agit de situations affectivement fortes ou vécues comme stressantes. Il le savait. Les universitaires pouvaient bien dire ce qu'ils voulaient sur leur ignorance, à lui et à ses collègues.

De trois à quatre ans, les enfants se souviennent surtout de ce qui est émotionnellement marquant et central dans une situation, tandis qu'ils peuvent oublier des éléments de moindre importance dans ces circonstances.

Deux ans après leur kidnapping, des enfants pouvaient encore donner des détails très précis sur ce qui était déterminant dans le déroulement des faits, mais ils se trompaient souvent sur des détails secondaires.

Ce qui signifiait que les détails dont ils étaient en train de parler avaient de l'importance.

Mais bien sûr tout devait être pris avec distance, dûment soupesé. Il avait entendu parler d'une affaire dans laquelle un gamin de cinq ans devait décrire en cours d'audition ce qu'il avait vu et vécu chez le criminel. Le petit avait gesticulé et dit qu'il y avait un

« truc d'où dépassaient plein de fils de téléphone ». L'enquêteur l'avait emmené faire un petit tour en voiture. Et l'enfant avait fini par désigner un pilier de ligne à haute tension, à la base large et qui se rétrécissait en hauteur.

Mais ce qu'il avait tenté de montrer était tout autre. Chez le criminel, les policiers avaient trouvé... une tour Eiffel miniature.

Simon n'avait parlé de rien. Y avait-il quelque chose ? C'était ce que Winter voulait maintenant savoir.

Il tâchait de revenir à cet horrible voyage. Le garçonnet n'en avait toujours pas dit un mot.

— *Did you see anything from the window in the car ?* Tu as vu quelque chose depuis la vitre ?

Simon ne répondit pas. Winter proposa qu'ils garent la voiture téléguidée au parking, sous l'une des chaises.

— *You're a good driver.* Tu es un bon conducteur, ajouta-t-il.

— *Can I drive again ?* Je pourrai reconduire ? demanda Simon.

— *Yes, soon.* Oui, bientôt.

Simon était assis sur le tapis, bougeant les pieds, comme pour s'entraîner à nager hors de l'eau.

— *When you went with this man...* Quand tu étais avec ce monsieur, fit Winter, qui voyait que Simon l'écoutait. *Did you go for a long ride ?* Vous avez fait un long voyage ?

Simon hocha la tête. Enfin !

— *Where did you go ?* Où vous êtes allés ?

— *Everywhere.* Partout.

— *Did you go out in the countryside ?* Jusque dans la campagne ?

Simon secoua la tête.

— *Did you go close to home ?* Près de chez toi ?

Simon secoua de nouveau la tête.

— *Do you think you could show me ? If we went together in my car ?* Tu pourrais me montrer ? Si on y allait ensemble, dans ma voiture.

Simon ne secoua ni ne hocha la tête.

— *Your mom and dad could go with us, Simon.* Tes parents pourraient nous accompagner.

— *Followed.* Suivi, dit soudain Simon, comme s'il n'avait pas entendu le commissaire.

— *What did you say, Simon ?* Qu'est-ce que tu as dit ?

— *He said follow.* Il a dit suivre.

— *Did he say follow ?* Il a dit suivre ?

— *Yes.* Oui.

— *I don't quite understand.* Je ne comprends pas bien.

Simon regarda de nouveau la voiture, puis Winter.

— *We followed.* On a suivi, disait maintenant Simon.

Winter attendit une suite qui ne vint pas.

— *What did you follow, Simon ?* Qu'est-ce que vous avez suivi ?

— *Follow the tracks.* Suivi les rails.

— *The tracks ?* Les rails ? reprit Winter. *What tracks do you mean ?* Quels rails tu veux dire ?

Il se tenait devant un gamin qui devait traduire en anglais ce qu'on lui avait dit en suédois. S'ils avaient bien parlé suédois. Avaient-ils parlé anglais ? Il ne pouvait pas poser cette question maintenant.

— Quelle sorte de rails est-ce que vous avez suivie, Simon ? demanda-t-il en suédois, cette fois.

— *Follow the* TRACKS. Suivre les RAILS, répéta Simon dans son anglais clair et précis.

410

Winter s'aperçut que la tension augmentait chez l'enfant, avec le retour du trauma.

Simon éclata en sanglots.

Winter savait très bien qu'on ne devait pas prendre un enfant en pleurs sur ses genoux, ni le tenir ni le toucher durant une audition. Ce n'était pas professionnel. Mais il n'en avait plus rien à faire. Exactement comme il avait essayé de consoler Bengt Johansson, il tâchait maintenant de consoler le petit Waggoner.

Il savait qu'il n'aurait pas le courage de continuer comme ça des jours et des jours. Il allait lui-même avoir besoin de réconfort. Il se vit dans l'avion pour Malaga, une projection d'une dizaine de secondes. Dans quel état serait-il alors ?

Si les parents de Simon ne lui firent aucun reproche à son départ, le commissaire se sentait néanmoins coupable vis-à-vis du petit garçon.

— Nous sommes aussi pressés que vous, dit Barbara Waggoner. Et puis, ça va s'arranger.

Simon lui fit signe d'une main, dans l'autre il tenait la voiture. Un homme âgé, le grand-père, scrutait Winter derrière ses sourcils broussailleux et marmonna son nom avec un fort accent dialectal en lui serrant la paluche. Tweed, nez fleuri au porto, pantoufles, pipe éteinte. Une vraie caricature. Winter posa son manteau Zegna sur son bras, boutonna son costume, prit ses affaires et regagna la voiture. Le matériel vidéo qu'il avait apporté ne lui avait pas servi.

Son mobile sonna alors qu'il arrivait place Linné.

— Du nouveau ? lui lança Hans Bülow. On était censé s'épauler. Sérieusement.

— Vous tirez une édition spéciale demain ? s'étonna Winter.
— Le *GT* sort maintenant tous les jours. Tous les jours de l'année sans exception.
— Il n'y a pas des lois pour empêcher ça ?
— Qu'est-ce qui te prend, Erik ? Tu m'as l'air un peu... déprimé.
— J'ai besoin de réfléchir. À propos de la publication. Je te rappelle cet après-midi.
— Sûr ?
— Ça devrait, non ? Tu as obtenu mon précieux numéro professionnel. Tu peux toujours me joindre.
— Ouais, ouais, t'énerve pas. On se rappelle.

Nouveau coup de fil, à la hauteur de l'École de Commerce. Winter reconnut le ton brusque.
— Vous en savez plus ? s'enquit Bengt Johansson.
— D'où m'appelez-vous, Bengt ?
— De chez moi. Je viens de rentrer. Personne n'a appelé ici. Et de votre côté, vous avez du nouveau ?
— On croule sous les appels.
— Des témoins ?
— Beaucoup de gens se manifestent.
— Alors ?
— Nous examinons toutes les déclarations.
— Faut rien négliger.
— Nous ne négligeons rien.
— Y a peut-être quelque chose à trouver là-dedans.
— Comment va Carolin ?
— Elle est en vie, répondit Bengt Johansson. Elle s'en sortira.
— Vous lui avez parlé ?

— Elle ne veut pas. Je ne sais pas si elle peut parler.

Une pause. Bengt Johansson allumait une cigarette, semblait-il. Winter n'avait pas encore fumé de la journée. L'envie ne s'était pas manifestée.

— Est-ce qu'elle a pu... faire quelque chose ? reprit le père de Micke. Est-ce que ça pourrait être elle ?

— Je ne pense pas, Bengt. Bonsoir, Bengt.

Non. Carolin n'était pas impliquée, il en était quasi certain. Ils avaient envisagé cette possibilité, mais n'avaient rien trouvé allant dans ce sens, ni chez elle, ni dans son voisinage. Ses remords étaient d'une autre nature.

Il roulait sur Allén. Les arbres avaient conservé leur neige. Le trafic était intense, les magasins toujours ouverts. Sur Avenyn, déambulaient plus de piétons que d'habitude, chargés de paquets. Naturellement. On devient peu à peu un peuple de consommateurs plus que de citoyens, mais tu n'es pas obligé de ronchonner contre ça un jour comme aujourd'hui, Erik.

Il s'arrêta au feu rouge. Un enfant en bonnet de lutin qui passait avec sa mère le salua. Winter consulta sa montre. Encore deux heures avant les dessins animés. Est-ce que le gamin serait rentré à temps pour les voir ? Est-ce que ça comptait autant qu'à son époque ? Elsa verrait les Disneys de l'an dernier sur le magnétoscope de sa grand-mère.

Encore au rouge. Le tramway s'avança dans un bruissement, drapeaux au vent. Beaucoup de passagers. Il le suivit du regard. Un autre tram arrivait du côté opposé, le 4. Un peu de neige entre les rails. Ils n'avaient pas de couloir séparé ici. Ils roulaient en pleine rue, un automobiliste aurait même pu les... suivre.

Rails.

Tracks.

Étaient-ce les rails évoqués par Simon Waggoner ? Winter lui aurait posé la question si le gamin ne s'était effondré en larmes. Il avait préféré abandonner ces... rails-là.

Il pourrait bientôt rappeler : *Please ask Simon if...* Pourriez-vous demander à Simon si...

Simon et son ravisseur avaient-ils suivi les rails ? Un tramway particulier ? Était-ce un jeu ? Avait-il une signification particulière ? Ou bien les « rails » étaient-ils tout différents ? Des rails de ski ? De chemin de fer ? D'autres rails encore ? Des rails imaginaires dans l'esprit fou du ravisseur ? Les traces de Simon ? Il pou...

Cet horrible coup de klaxon. Il leva les yeux. Vert. Il démarra.

Il se gara sur sa place réservée. Des chandeliers de l'Avent étincelaient toujours à chaque fenêtre du commissariat. Le hall d'accueil s'était vidé de la foule habituelle : propriétaires de vélos volés ; policiers ; avocats de la défense et de l'accusation en chemin vers l'audience de délivrance de mandat d'arrêt ; propriétaires de voitures ; voleurs de voitures ; d'autres catégories de criminels plus ou moins professionnels ; victimes de toutes catégories. Il n'eut pas à attendre l'ascenseur.

Cette variante solitaire de Noël s'imposait dans les couloirs. La lumière s'était éteinte sur le sapin de la crim'. Winter tripota le fil et elle revint.

Il croisa Ringmar qui sortait de son bureau.

— Comment ça va, Bertil ?

— Aucune nouvelle des miens, si c'est ce que tu veux savoir.
— Je ne pensais pas à ça.
— J'ai essayé de joindre le jeune monsieur Smedsberg, mais en vain.
— Tu passes chez moi ce soir ?
— Tu comptes vraiment rentrer chez toi ?
— Si c'est possible, bien sûr.
— J'espère que non, fit Ringmar.
— Tu préfères dormir ici ?
— Qui parle de dormir ?
— Tu ferais bien, à voir ta tête.
— Il n'y a que vous autres, les jeunes, pour avoir besoin de dormir régulièrement. Mais on peut se louer un film et s'avachir sur ton canapé.
— À toi de voir.
— Prends *Festen*. Un super-film. Sur...
— Je connais le sujet, Bertil. Laisse un peu tomber, bordel ! Sinon...
— Autant me tirer tout de suite. Tu pourrais déposer plainte contre moi, non ?
— Je devrais ? demanda Winter.
— Non.
— Alors, je m'abstiendrai.
— Merci.
— Bergort est là ?
— Mon Dieu, non. Je n'ai pas eu le temps de te le...
— Où est-il ?
— On sait pas.
— Il n'y avait personne à son travail ?
— Si. Mais il n'y est jamais arrivé.
— Et chez lui ?
— Pas rentré, d'après sa femme.

— Merde ! C'est de ma faute. Je ne l'ai pas consigné à la maison. Je pensais que ça mettrait la gamine plus…
— Tu as eu raison, Erik. Ça ne l'aurait pas empêché de filer, de toute manière.
— On lance un avis de recherche.
— Même si ce n'est pas lui ? objecta Ringmar.
— Il a battu son enfant. C'est suffisamment grave pour qu'on le recherche. Quant au reste, on verra.
— On va se boire un jus de chaussette ?

Ils étaient seuls dans le coin cuisine. Winter observait la bascule du jour au dehors. Un grand sapin étincelait au loin, sur les hauteurs de Lunden. Il pensa à Halders et à ses enfants. Halders savait-il rôtir le jambon de Noël ?
— On a une autre info, annonça Ringmar en revenant du distributeur avec deux tasses fumantes.
— Mmm, fit Winter en soufflant sur son café.
— L'équipe de Beier a eu les résultats d'analyse sur les affaires des étudiants.
Ils avaient passé au Scotch les vêtements et à l'aspirateur les chaussures, comme ils le faisaient sur les victimes de meurtres. Pour les enfants, ils avaient procédé de la même manière. Les techniciens avaient ainsi prélevé de la poussière, des cheveux et autres empreintes jusqu'à obtenir un point de comparaison.
— Ils ont trouvé de l'argile, annonça Ringmar.
— De l'argile ?
— On trouve les mêmes traces de boue argileuse sous les chaussures de tous les étudiants, dit Ringmar. Non, pour l'un d'eux – Stillman, je crois –, le falzar en portait aussi.
— Quand est-ce que tu as appris ça ?

— Il y a une heure. Beier n'est pas là, mais c'est un nouveau, Strömkvist, il me semble. J'ai...
— Ils ont bossé là-dessus aujourd'hui ?
— Ils font des heures sup' sur les affaires des gamins, mais comme ils avaient ce boulot sur la planche et que ça urgeait, selon Beier... Ils avaient dû laisser ça de côté avec l'affaire du petit Waggoner, et le meurtre à Kortedala, mais maintenant, ils ont une fenêtre.
— Rien de plus ?
— Nooon... c'est à nous de prendre le relais, toujours selon Beier.
— De l'argile. Il y en a partout. Göteborg est construite sur de l'argile, bordel !
— Je sais.
— Il peut y avoir de l'argile devant le foyer étudiant d'Olofshöjd.
— Je sais.
— Ils n'ont pas commencé les analyses comparatives ?
— Si, mais ça prend du temps. Le reste...
— Il y a une méthode plus rapide, déclara Winter.
— Ah oui ?
— L'argile sur les terres de Georg Smedsberg.
— Tu veux dire qu'ils...
— Bertil, Bertil. Ils y étaient tous ensemble ! Le voilà, le lien ! Gustav Smedsberg et Aris Kaite y sont allés, pourquoi pas les autres ?
— Pourquoi n'ont-ils rien dit dans ce cas ?
— Pour la même raison qui a fait taire, ou mentir, Kaite.
— Sur quoi peuvent-ils mentir ? s'étonna Ringmar.
— C'est la question.
— Que s'est-il passé là-bas ?

— Précisément.
— Pourquoi sont-ils partis tous ensemble ?
— Précisément.
— Ils ont été témoins d'un crime ?
— Précisément.
— On les a menacés ?
— Précisément.
— C'est pour ça qu'ils ferment leur gueule ?
— Précisément.
— L'agression était une mise en garde ?
— Précisément.
— Il va falloir envoyer quelqu'un gratter la terre à la ferme, conclut Ringmar.
— Précisément.
— C'est quoi ce cirque ? ! s'écria Aneta Djanali en passant la tête par la porte.

39

— Tu m'écoutes, Micke... il faut que je parte un moment... je ne sais pas si tu seras assez sage pour m'attendre... comme un gentil petit garçon, jusqu'à ce que je revienne ?

Les yeux de l'enfant s'ouvrirent et se refermèrent, mais il ne savait pas s'il avait entendu, ou compris quoi que ce soit.

— Je voudrais que tu hoches la tête si tu comprends ce que je te dis.

Hoche la tête, Micke.

L'enfant paraissait dormir, il ne bougea pas la tête. Il l'entendait respirer. Il avait bien vérifié que le foulard ne couvrait pas le nez en plus de la bouche. Sinon, il n'aurait pas pu respirer !

Le gamin avait dit « J'ai mal ! » quand il avait noué le foulard tout à l'heure, et il avait essayé de comprendre où il pouvait avoir mal, mais ce n'était pas facile. Il n'était pas médecin. Le petit devait déjà avoir mal avant qu'il ne le prenne en charge. Quand personne ne le faisait. Sa maman, si c'était elle, ne s'occupait pas de lui.

— Je ne peux pas faire mieux.

— Mal, avait dit l'enfant.
— Ça partira.
— Veux rentrer MAISON.
Que pouvait-il répondre à cela ?
— Veux rentrer MAISON.
— Et moi, je ne veux pas que tu cries.
Le garçonnet avait marmonné quelque chose.
Il lui avait redressé les bras qui étaient dans une position bizarre, derrière le dos. La corde avec laquelle il l'avait attaché ne laissait pas de marques, évidemment que non. C'était juste parce qu'il trouvait que le gamin avait besoin de se reposer, il s'était un peu trop baladé dans l'appartement. Il avait tout simplement besoin de repos.
Micke était bien là, comme ça.
Il lui avait montré le plafond, les étoiles d'un côté, les petits nuages de l'autre.
— Je l'ai peint moi-même, tu vois ?
C'était son ciel à lui, et maintenant celui du garçon aussi. Ils étaient allongés l'un contre l'autre à regarder le ciel. Parfois c'était la nuit, parfois c'était le jour.
— Quand je rentrerai, tu auras droit à ton cadeau de Noël, dit-il au petit qui était bien allongé là où il l'avait installé. Je n'ai pas oublié. Tu croyais que j'avais oublié ?

Winter, Ringmar et Aneta Djanali visionnaient les enregistrements vidéo, encore et encore. Les enfants semblaient tout petits, plus petits que dans leur souvenir, et les adultes faisaient figure de géants.
Le visage d'Ellen Sköld apparut à l'écran.
— Pé-pé-pé-pé-pé, dit-elle en tourbillonnant sur le parquet comme une ballerine.

— Tu parles de ton grand-père ? demanda Aneta Djanali. Ellen, tu parles de ton grand-père ?

La fillette secoua la tête et redit « pé-pé-pé-pé ! »

— Est-ce que le monsieur a dit qu'il était ton grand-père ?

Elle secoua de nouveau la tête.

— Lo-lo-lo-lo.

Aneta regarda la caméra, comme pour lui demander de l'aide.

— C'est à ce passage que je pensais, intervint l'inspectrice en désignant de la tête son image à l'écran. Elle a parlé comme ça encore deux fois.

— Qué-qué-qué, faisait entendre la voix de la fillette.

Winter gardait le silence, occupé à regarder et à écouter. Ellen racontait qu'un monsieur avait dit des gros mots à la radio. On voyait qu'elle n'aimait pas cela.

Comme Aneta Djanali avant lui, Winter pensa que le criminel n'avait pas entendu ces gros mots. Mais il avait la radio allumée.

Maja Bergort avait également évoqué des gros mots.

— Il a son heure, déclara Winter. Son heure de sortie.

Aneta frissonna.

Ringmar hocha la tête.

— Est-ce que ça tient à son travail ?

— Possible, répondit Winter. On est en pleine journée... il doit avoir des horaires souples. Ou bien finir son service à ce moment-là. À moins qu'il ne travaille pas.

— Mais vraiment... ça se déroule à la même heure ? s'étonna Aneta Djanali.

— On n'en sait rien, c'était juste une idée qui m'a traversé.

— Qui peut être ce bonhomme qui jure à l'antenne ?

— Fred Gustavsson sur Radio Göteborg, répondit Ringmar en se tournant vers la jeune femme. Un vrai charretier. Il fait partie des anciens de la station.

— Il n'est pas à la retraite ? demanda Winter.

— Je ne sais pas, mais s'il y en a un qui dit des gros mots à la radio, c'est lui.

— Renseigne-toi pour savoir s'il travaille encore et à quelle heure il passe.

Ringmar hocha la tête.

Aneta Djanali rembobina et réenclencha la bande.

— Pé-pé-pé-pé-pé, dit Ellen Sköld.

Winter n'écoutait plus cette fois, il essayait de déchiffrer l'expression de son visage. C'était l'intérêt de la vidéo.

Ses yeux. Sa bouche.

— Elle imite quelqu'un ! s'écria-t-il. Elle imite quelqu'un.

— Oui, acquiesça Aneta Djanali. Ce n'est plus son visage à elle.

— Pas quand elle dit ses pé-pé-pé.

— Elle l'imite, *lui*, avança Ringmar.

— Lo-lo-lo-lo, fit Winter.

— Qué-qué-qué, continua Ringmar.

— Pé-pé-pé, fit Winter.

— Que cherche-t-elle à dire ?

— Ce n'est pas ce qu'*elle* cherche à dire, rectifia Winter, mais ce qu'il cherche à lui dire.

— Pé-pé-pé-pé-perroquet, proposa Aneta Djanali.

Winter hocha la tête.

— Il bégaie, conclut l'inspectrice en regardant Winter qui hocha de nouveau la tête. Il bégaie quand il parle avec des enfants.

Ils étaient tous assis dans le bureau de Winter. Ringmar avait commandé des plats thaïlandais dans de belles boîtes en carton. Winter goûtait le parfum de la coriandre et de la noix de coco avec ses crevettes sauce pimentée. La sueur lui montait au front.

— Eh bien, joyeux Noël ! lança Aneta Djanali.

— Sans chou rouge ni pâté de veau, ajouta Ringmar.

— Dieu merci, fit la jeune femme.

— Qu'est-ce que tu manges dans le repas de Noël suédois ?

— Je suis née ici, à Göteborg, répliqua-t-elle.

— Je sais, mais je maintiens ma question.

— Tu crois que c'est génétique, ou quoi ? ! fit-elle en pêchant une crevette avec ses baguettes.

— J'en sais foutre rien, j'étais juste curieux.

— La tentation de Jansson, répondit-elle. J'adore le gratin d'anchois sucré.

— Tes parents préparaient la tentation de Jansson ? Des Africains ? insista Ringmar en perdant à nouveau son morceau de poulet dans la boîte.

— On ne devrait pas manger de plats thaïlandais avec des baguettes, intervint Winter. C'est une déformation qui nous vient des restaus chinois. Les thaïs utilisent une fourchette et une cuillère.

— Merci pour l'info, monsieur Je-sais-tout, sourit Ringmar. Mais tu n'aurais pas pu le dire plus tôt ?

— C'était juste une réflexion en passant. Une manœuvre de diversion.

— T'as une fourchette dans ton bureau ?

— En Thaïlande, on ne met jamais la fourchette à la bouche, stipula Winter sur un ton professoral. C'est aussi impoli que pour nous de mettre le couteau à la bouche.

— Pas étonnant qu'ils soient si maigres, commenta Ringmar.

— Tu te trompes, Bertil, rétorqua Aneta Djanali. On avale plus de nourriture à la cuillère, non ?

— T'aurais pas une cuillère, Erik ?

Le crépuscule était tombé. Winter avait allumé dans son bureau. Il fumait à la fenêtre, son premier Corps de la journée, et tard en plus. Après le repas, c'était inévitable, même si le piment et la coriandre se mariaient mal aux épices du cigarillo.

Il apercevait des étoiles, qui luisaient faiblement. Cette nuit de Noël serait peut-être une nuit claire. Beauté silencieuse et solitaire des étoiles ! *The silent beauty in the sky.* Le petit Simon Waggoner lui revint à l'esprit. Il avait renoncé à l'auditionner par téléphone. Cela risquait de le perturber, de gâcher des possibilités.

Le goût d'oignons frits qu'il gardait dans la bouche disparut avec la fumée. Dieu merci ! Ce boulot, se prit-il à penser, c'est comme d'éplucher un oignon. Qu'y a-t-il sous la dernière couche ? C'est bien le problème, n'est-ce pas, Erik ? Quand la dernière couche est atteinte, il ne reste plus rien. Mais nous continuons d'éplucher.

Il entendit passer un tramway avant de le voir. Un cliquetis lointain *on the tracks*.

Ils en avaient discuté.

— Une course-poursuite après un tram ? avait ironisé Ringmar.

— *Follow the tracks*, avait répété Aneta Djanali. Pourquoi penses-tu spécialement à des rails de tram, Erik ?

— C'était ma première association d'idées. J'étais dans Allén et je voyais passer des trams.

Ils y revenaient maintenant. Il se retourna.

— Ne conclus pas trop vite, lui conseillait Ringmar.

— Je sais. Mais il y a urgence. Urgence à trouver une idée.

— Si on pensait à d'autres rails encore…, lança Aneta Djanali.

— Je t'écoute, fit Ringmar.

— Ses propres rails, ses propres traces. Il a peut-être suivi ses propres traces en compagnie de Simon.

— Un criminel revient toujours sur ses pas, renchérit Ringmar.

— Qu'est-ce que nous entendons par ses propres pas ? intervint Winter.

— Les lieux de rencontre avec les enfants, glissa Aneta Djanali.

— Dans ce cas, la question, c'est *pourquoi* il est allé précisément sur ce terrain de jeux. Si nous partons du principe qu'il n'a pas choisi ces endroits au hasard.

— Il vit peut-être à proximité, suggéra la jeune femme.

— À proximité de quoi ? s'enquit Ringmar. Les terrains de jeux concernés sont distants de plusieurs kilomètres.

— À proximité de l'un d'eux.

— On a déjà passé chaque zone au peigne fin.

— Ou alors, il n'habite pas du tout par là, dit Winter. Et ce serait précisément l'idée, qu'il n'habite pas à proximité.

— Ils ne sont de toute façon pas *si* éloignés les uns des autres, ajouta l'inspectrice avec un regard sur Ringmar. Tout est central, à part la rue Marconi.

— Qu'on rejoint en dix minutes de tram depuis la place Linné, acquiesça Ringmar.

425

Winter aspira une bouffée de plus. Il sentait le froid le gagner depuis la fenêtre ouverte.

— Répète ça, Bertil.

— Pardon ?

— Ce que tu viens juste de dire.

— Euh... oui, la rue Marconi, à dix minutes de tram de Linnéplats. Ou d'un tas d'autres points, je suppose.

— En tramway.

— On n'avait pas décidé de laisser tomber la première association d'idées ? s'irrita Aneta Djanali.

— Où en étions-nous donc ?

— Un criminel revient toujours sur ses pas, répéta Ringmar.

— Je voudrais faire encore un tour en voiture avec Simon, dit Winter. C'est indispensable. Ça ira peut-être mieux cette fois.

— Il se rappellera la route ?

— Je ne sais pas. Sans doute que non. Mais nous savons où il a été ramassé et où il a été... déposé. Nous savons quels sont les différents trajets possibles de ce point A à ce point B. Il n'y en a pas *tant* que ça.

— À condition qu'il soit allé directement de A à B, objecta Aneta Djanali.

— Ce n'est pas ce que j'ai dit.

— Il peut avoir tourné en rond, continua l'inspectrice. Avoir pris des tunnels, des ronds-points.

— Il n'avait pas tout son temps, fit observer Ringmar.

— Nous savons approximativement à quelle heure Simon a disparu, ajouta Winter, et à quelle heure il est réapparu.

— Ce n'est pas forcément l'heure à laquelle il a été abandonné, souligna Aneta Djanali.

— La même que le programme radio, remarqua Ringmar.
— Je vais tâcher de l'emmener faire un tour demain, dit Winter.
— Se rendaient-ils chez le ravisseur ? demanda la jeune femme, surtout pour elle-même. Et le voyage aurait été interrompu… ?
— La question, c'est de savoir ce qui l'a interrompu, souffla Ringmar.
— Très juste, conclut Winter.
— Simon ?
Winter hocha la tête.
— Il aura fait quelque chose qui a déçu le ravisseur ?
Winter hocha de nouveau la tête.
— Ce pouvait être prévu depuis le début, avança Aneta Djanali. Dans le plan. À moins que le plan n'ait pas marché ?
— Quel plan ? demanda Winter en la regardant.
— Celui qui aura marché cette fois-ci. Avec Micke Johansson.
— Il a eu la trouille avec Simon, intervint Ringmar. Il n'a pas osé… aller jusqu'au bout.
Au bout de quoi ? s'interrogea Aneta Djanali, sachant que les autres pensaient la même chose en ce moment.
— Mais les manières de procéder ne sont pas du tout les mêmes, admit-elle finalement. Si ça se trouve, ce n'était pas du tout le même ravisseur.
— Tu dis beaucoup pas du tout, releva Ringmar.
— Ça ne devrait pas du tout te préoccuper.
— Ce n'est pas si différent, déclara Winter. Pas forcément. Il peut avoir suivi Carolin et Micke depuis la crèche. Il a pu se tenir en embuscade

427

pendant des jours à attendre une occasion. Là-bas et aux autres endroits.

— En filmant, compléta Ringmar.

— Ou alors il traînait à Nordstan, objecta Aneta Djanali. Ce n'est pas un hasard si c'est arrivé là-bas, non ? De même qu'il a pu se poster à l'entrée d'un terrain de jeux ou d'une crèche, il a pu guetter sa proie dans le centre commercial. Peut-être dans la même journée, le matin ici, l'après-midi là-bas.

— Très juste, Aneta, approuva Winter.

— Il pourrait vivre à la campagne, ajouta Ringmar en regardant Winter. Aussi loin que possible de Nordstan qui représente le piètre symbole de ce que peut être une grande ville.

— C'est vaste, la campagne.

— Combien d'hommes disponibles avons-nous ? s'enquit Aneta.

— Pas assez, soupira Ringmar. Pendant les fêtes, c'est difficile d'exiger des heures sup au commissariat central, comme dans nos antennes locales.

— Ça risque de tourner à l'enfer d'ici demain, dit Aneta Djanali. Le gamin a disparu, aucun ravisseur ne s'est encore manifesté. Ça pourrait être une question d'heures.

Un kidnapping, songea Winter. Littéralement, un *kid* se fait harponner. Il revit Bambi glissant sur la glace. Pourquoi est-ce qu'ils avaient retiré ce dessin animé des programmes de Noël ? Il l'adorait quand il était petit.

40

Ringmar avait reçu un appel qu'il voulait prendre dans son propre bureau. Winter perçut sa nervosité lorsqu'il s'éloigna, les cernes déjà bien creusés sous les yeux. Qu'allait-il devoir entendre maintenant ? Que répondrait-il ?

— Je retourne chez Ellen Sköld, décida Aneta Djanali. Je sais ce que je dirai et comment je le dirai.

Winter consulta sa montre. Fini les Disneys. Derrière la fenêtre, une longue nuit venait de tomber. Il n'était plus l'heure de sortir dans les rues avec Simon Waggoner pour suivre des rails.

— Ellen nous a sans doute appris ce que nous avions besoin de savoir, répondit-il.

— Je veux en être sûre.

— Rentre chez toi. Offre-toi un petit réveillon.

— Ce sera chez Fredrik.

Winter hocha la tête et commença à ranger ses papiers.

— Ça t'étonne ? lui demanda la jeune femme.

— Pourquoi serais-je étonné ?

— Eh bien... Fredrik et moi.

— Un couple mal assorti ? sourit-il. Voyons, Aneta.

Elle s'attardait à la porte.

— Tu es le bienvenu.

— Pardon ?

— Tu peux passer un moment. Le buffet de Noël doit nous attendre. (Elle sourit et leva les yeux au ciel.) Fredrik a concocté une polenta. Ce qu'il a trouvé de mieux dans le genre bouillie de manioc.

— Fredrik Halders, toujours aussi soucieux des rapprochements culturels.

Aneta Djanali éclata de rire.

— Malheureusement, ajouta Winter, il faut que je bosse.

— Où ça ?

— Ici. Et puis, à la maison.

— Erik, on est le soir de Noël. Un peu de compagnie te fera du bien.

— Je verrai.

— Tu peux nous appeler dans la soirée.

— C'est d'accord. Salue Fredrik de ma part.

Elle lui adressa un grand sourire avant de partir. Il mit en marche son Panasonic. Debout à la fenêtre, il alluma un Corps et rouvrit la fenêtre de dix centimètres. La fumée fut emportée par le vent.

Derrière lui, la pièce s'emplit du *Trane's Slo Blues*, avec la guitare basse d'Earl May et les percussions d'Arthur Taylor, doum, doum, doum, puis le saxo ténor de Coltrane, qui dispensait un calme mâtiné d'inquiétude. Une simplicité recherchée qu'il n'avait toujours pas trouvée ailleurs que dans le jazz, même s'il pouvait apprécier d'autres musiques.

Lush Life maintenant, cette belle intro qui semblait dessiner la voie à la fumée de son cigarillo dans le soir doré par les lumières d'une ville en habits de fête. Une musique sur laquelle rêver, mais il ne rêvait pas.

Son portable sonna sur le bureau. Il baissa le son et prit le combiné en passant le cigarillo dans son autre main.

— Joyeux Noël, papa !
— Joyeux Noël, ma chérie !
— Tu fais quoi, papa ?
— J'étais en train de me dire qu'il fallait que j'appelle Elsa, répondit-il en laissant tomber dans le cendrier une petite pile de cendre.
— J'étais la première !
— Tu seras toujours la première, l'assura-t-il. (Il se réjouissait qu'Angela n'entende pas ces mots, car elle n'hésiterait pas à lui demander ce qu'il fichait là.) Tu as ouvert tes paquets ?
— Le Père Noël n'est pas encore passé.
— Il ne devrait pas tarder.
— Tu as trouvé tes cadeaux ? !
Mon Dieu, les cadeaux !
— Je vais les ouvrir ce soir.
— Tu viens quand, papa ?
— Bientôt, ma chérie.
— Tu dois venir MAINTENANT.

Il perçut d'autres voix à l'arrière-plan, qui avaient sans doute le même message.

— Je viens dans deux jours, on sera encore Noël.
— Et tu restes jusqu'à PÂQUES.
— On ira bientôt se baigner ensemble, promit-il.
— Elle est froide. *Superfroide*.
— Qu'est-ce que tu as fait d'autre ?
Question ouverte.
— Joué avec un minou. Elle s'appelle Miaou.
— C'est un bon nom pour une chatte.
— Elle est noire.

Winter entendit faiblir l'écho de sa voix, puis une autre voix prit le relais :
— Allô ?
— Allô.
— C'est Angela. Où es-tu ?
— Dans mon bureau du commissariat.
— Sympa !
— Joyeux Noël !
— Comment ça se passe ?
— On est peut-être en train d'avancer.
— Comment vas-tu ?
— C'est une affaire… pénible.
— Pas de nouvelles du petit garçon ?
— On ne l'a pas encore retrouvé, mais il se pourrait qu'on s'en rapproche.
— Sois prudent, Erik.
— On se rapproche… C'est l'impression que j'ai.
— Sois prudent, répéta-t-elle.
— Mmm. Promis. Elsa m'a dit que…

Son téléphone de service retentit sur le bureau.
— Attends une minute, Angela.

Il répondit à la deuxième sonnerie.
— Oui, bonjour Winter, c'est Björk à l'accueil. Tu as de la visite. Un certain Jerner. Mats Jerner.

Winter consulta sa montre. Jerner avait une heure de retard. Il l'avait oublié, complètement oublié. Est-ce que ça lui était déjà arrivé ? Pas qu'il s'en souvienne.
— Je descends.

Il reprit son portable.
— Je te rappelle plus tard, Angela. Embrasse maman de ma part.
— Je vois que tu es en plein travail.
— Un travail fructueux. Bisous.

Le visiteur était posté à la fenêtre. Il était à peu près de son âge, ce qui confirmait les dires de Carlström.

Winter ouvrit les portes vitrées de la salle d'attente.

— Mats Jerner ? Erik Winter.

Jerner hocha la tête et lui serra la main dans l'entrebâillement de la porte. Blond aux yeux bleus, il portait une veste de ski Tenson sur son jean et de grosses godasses adaptées au temps dehors. Sous son bras gauche, une sacoche. Il avait la main froide. Il tenait des gants dans sa main gauche. Ses yeux avaient un éclat transparent qui poussa presque Winter à se retourner pour regarder ce que l'inconnu était en train de fixer derrière sa tête.

— On prend l'ascenseur pour monter à mon bureau.

Jerner le suivit sans un mot. Il évita de poser le regard sur le miroir de la cabine d'ascenseur durant tout le trajet.

— Vous avez des passagers l'après-midi du 24 décembre ? lui demanda Winter quand ils quittèrent l'ascenseur.

Jerner hocha la tête.

— Pas de problème avec la neige entre les rails ?
— Non.

Ils entrèrent dans son bureau.

— Vous voulez un café, ou autre chose ?

Jerner secoua la tête.

Winter fit le tour du bureau, désigna la chaise qui lui faisait face. Il venait de faire installer un petit coin canapé, mais ce n'était pas approprié en l'occurrence.

— Eh bien, nous enquêtons sur une série d'agressions qui se sont produites en ville, sur des jeunes gens.

Jerner hocha la tête.

— Nous en avons déjà parlé au téléphone, continua Winter.

Jerner hocha de nouveau la tête.

Comment lui dire ça ? Auriez-vous par hasard chipé un fer à marquer chez votre père d'accueil, Jerner ? Un ou deux fers ?

— Il se trouve que... l'arme qui a été utilisée lors de ces agressions a été volée dans la ferme de votre père d'accueil, Natanael Carlström. (Il regarda Jerner.) C'est bien votre père d'accueil ?

— L'un d'entre eux.

— Vous en avez eu plusieurs ?

Jerner hocha la tête.

— Dans la même région ?

Jerner secoua la tête.

Un taiseux. Ça lui évite de prendre des risques.

L'individu n'avait pas eu un mot d'excuse pour son retard d'une heure. Il ne semblait même pas conscient du fait.

— Vous n'auriez pas entendu votre père d'accueil parler de cambriolages ?

— Non.

Jerner changea ses jambes de position, les croisa puis les décroisa. Il avait posé les gants sur la table devant lui. Quelque chose dépassait de la poche gauche de sa veste, sans doute un couvre-chef.

Il a eu droit à un rabat sur la veste, se dit Winter. Grâce à la pression des Tenson. Les Tenson, c'était le surnom des contrôleurs de la Compagnie des Tramways, des hommes et des femmes bourrus et expérimentés qui sillonnaient les lignes en veste Tenson verte pour traquer les resquilleurs. Des terreurs.

— Vous avez déjà vu l'un de ces fers ? demanda Winter.

Jerner secoua la tête.

— Vous en avez entendu parler ?

Jerner hocha la tête.

Il va falloir opter pour une autre tactique, raisonna le commissaire. Ce type ne veut pas me parler.

— Quand êtes-vous retourné chez lui pour la dernière fois ?

Jerner parut surpris.

— Je veux dire chez Carlström.

— Je-je ne sais pas.

— Quel mois ?

— No-novembre, je crois.

— Qu'a-t-il dit au sujet de ces vols ?

Jerner haussa les épaules.

— Il m'a appris qu'il vous en avait parlé.

— Possible.

Winter se leva et se dirigea vers l'affreux placard aux archives qu'il essayait de dissimuler derrière la porte. Il rechercha un dossier dont il sortit les photos.

— Reconnaissez-vous cette personne ? demanda-t-il à Jerner en lui tendant un portrait d'Aris Kaite.

Jerner secoua la tête.

— C'est l'une des victimes d'agression.

L'homme parut peu intéressé, comme devant un visage effectivement inconnu.

— Il est également venu en visite dans votre campagne d'origine, dit Winter. Il connaît Gustav Smedsberg. Vous connaissez un Smedsberg ?

Jerner parut réfléchir. Il se passa la main dans les cheveux, fins, à longue frange.

Il a l'air de considérer cette question comme une simple question consécutive, songea Winter. Pas de

« Qui est Gustav Smedsberg ? » Il reconnaît ce nom, ou bien il se fiche de tout cela. La journée a été suffisamment longue. Pour lui comme pour moi. Cette audition ne mène nulle part. Il ferait mieux de rentrer chez lui, et moi aussi. Il n'a rien à voir dans cette histoire. Il faudrait qu'il ait volé ces fers et les ait utilisés. Mais non. Pas lui. La seule chose étrange, c'est qu'il semble pouvoir rester là aussi longtemps que je veux sans s'en irriter. Il était agacé tout à l'heure, au téléphone. Plus maintenant. Le voilà qui secoue la tête...

— Georg Smedsberg, reprit le commissaire.
— Non.
— Un voisin.

Le visage placide de Jerner se troubla légèrement. Winter crut deviner une vague protestation dans son regard : Smedsberg n'est pas un voisin. Trop éloigné.

— Gerd, fit Winter.

L'homme tressaillit. Il fixa Winter et releva un peu la tête. Les yeux gardaient la même transparence.

— Quand avez-vous rencontré Gerd ? demanda Winter.
— La-laquelle ?
— Gerd était votre voisine.

Quel rapport avec le reste ? Il ne pose pas la question. Il ne demande pas : qui est Gerd ? Son visage a retrouvé son opacité. Ces gens de la cambrousse. Finissons-en. Je dois m'occuper de Micke Johansson.

— Je ne vous ennuierai pas davantage le soir de Noël. Mais je vous rappellerai si j'ai besoin de détails supplémentaires.

Jerner se leva avec un signe de tête affirmatif.

— Quand est-ce que vous reprenez le travail ?

Jerner ouvrit la bouche, comme pour chercher son souffle, puis il la referma.

— Quand est-ce que vous reprenez votre service ?
— De-de-demain.

Il est vraiment nerveux.

— Vous travaillez durant les fêtes ?

Jerner hocha la tête.

— C'est dur.

Ils sortirent dans le corridor pour redescendre par l'ascenseur. Jerner avait la main gauche dans la poche de sa veste. Il tenait ses gants dans sa main droite et sa serviette sous le bras gauche. Il fixa tout droit son image dans le miroir. Winter se voyait lui-même à côté de Jerner, mais ce dernier ne paraissait pas le voir. Comme si j'étais un vampire sans reflet. Pourtant, je ne suis pas un vampire, je suis bel et bien là, avec mon air fatigué. Jerner m'a l'air plus en forme.

— Vous conduisez sur quelle ligne ? s'enquit-il en l'accompagnant vers la sortie.

Jerner leva trois doigts.

C'en est presque comique, songea le commissaire.

— La trois, traduisit-il, tandis que Jerner hochait la tête.

Ringmar fermait la porte de son bureau au moment où Winter sortit de l'ascenseur.

— J'y vais, fit Ringmar.
— Où ça ?
— À la maison.
— Il y a quelqu'un là-bas ?
— Non.
— Tu peux passer chez moi plus tard, si tu veux.

— C'était déjà bien pour cette nuit. Merci quand même.
— Tu as le droit de changer d'avis.
Ringmar hocha la tête. Il commença à s'éloigner.
— Tu as eu du nouveau ? lui lança Winter.
— C'était Birgitta.
— Alors ?
— Elle veut me parler. C'est déjà ça.
— De quoi ?
— Vous prenez des libertés, monsieur.
— De quoi ? répéta Winter.
— De Martin, qu'est-ce que tu crois ?
Winter ne commenta pas. Ils perçurent des pas un peu plus loin, dans la cage d'escalier. L'ascenseur ronfla de nouveau.
— Il y a peut-être une lueur d'espoir, ajouta Ringmar.
— Viens donc chez moi.
— On se rappelle, répondit Ringmar en passant son manteau.
— La voiture est avancée, lui annonça Björk à la loge.
Ringmar prit l'avenue vers le nord, dans sa voiture de service. Il conduisait en silence, pas de radio, pas de *Heaven Is a Place On Earth*. Il ignorait si Smedsberg serait chez lui.

Winter ferma la lumière et s'en alla. Ses pas résonnaient plus que jamais entre les murs de brique. Son portable sonna.
— Je ne peux pas accepter que tu restes seul ce soir, Erik.
Sa sœur. Elle avait déjà appelé la veille et l'avant-veille. Et deux jours avant.
— J'ai du travail, Lotta.

— Tu veux dire que tu as besoin d'être seul pour réfléchir ?
— Exactement.
— Il faut bien que tu manges.
— C'est vrai.
— Il te faut de la compagnie.
— Je viendrai peut-être un peu plus tard.
— Je ne te crois pas.
— Ma petite Lotta, je suis le premier contrarié de la situation.
— Tu es le bienvenu quand tu veux, lança-t-elle avant de raccrocher.

Une couche de givre recouvrait les vitres de la voiture. Il la gratta tout en fumant.

Il était seul dans les rues, le seul encore sur la route à cette heure-là.

Pas de bus, de tramways, de taxis ni de voitures privées, de voitures sérigraphiées, de motos, de piétons, rien.

La place Vasa, blanche de neige, était silencieuse. Il resta un moment sous le porche à humer l'air froid et sec.

À la cuisine, il se versa un Springbank et l'emporta dans le séjour où il s'effondra sur le canapé, dans le noir, le verre sur la poitrine. Il ferma les paupières. Le seul bruit qu'il percevait, c'était le doux ronronnement du réfrigérateur. Il pencha la tête en avant et goûta son whisky.

Il se redressa et se passa les mains dans les cheveux. Il pensait aux terrains de jeux, aux crèches, parcs, voitures, aux places comme celle du Docteur Fries, à la place Linné, la place Kapell, Mossen, Plikta, aux... rails.

Tout lui revenait en même temps, comme s'il y avait un lien. Mais il n'y avait pas de lien.

Il se passa la main sur le visage. Une douche, un casse-croûte, si je veux réfléchir. Après avoir cherché mes cadeaux.

Il se déshabilla sur le chemin de la salle de bains. Je prends un bain. Le whisky m'empêchera de m'endormir.

Cependant, il tendit le bras vers le téléphone de l'entrée pour appeler l'Angleterre. Ce n'était pas la première fois depuis la fin de l'automne.

— *Merry Christmas !* Joyeux Noël, Steve.

— *Same to you*, À toi aussi, Erik. *How are things ?* Comment ça va ?

Winter lui résuma la situation.

— Vous avez cherché du côté des parents ? demanda Macdonald. De tous les parents.

Winter s'en souviendrait quand tout serait terminé.

41

Il passa son peignoir avant de sortir de la salle de bains transformée en sauna. Sa somnolence se dissipa à mesure qu'il se promenait dans l'appartement. Il lorgna la bouteille de whisky à la cuisine, sans y toucher. Il avait assez bu. Un doigt seulement, mais il risquait d'avoir besoin de conduire cette nuit-là.

Après avoir lu les instructions dans la cuisine, il mena ses investigations. Le cadeau d'Elsa était judicieusement entreposé dans un tupperware plat sous le grand lit. Des dessins : mer, ciel, plage, bonhomme de neige. Le cadeau d'Angela était bien caché, lui aussi : un livre dans la bibliothèque. Des inédits de Raymond Carver, *Call If You Need Me, Appelle si tu as besoin de moi*.

Il s'installa dans la chambre à coucher et composa le numéro pour l'Espagne.

— Siv Winter.
— Bonsoir, maman.
— Erik. On se demandait quand tu allais appeler.
— Maintenant.
— Il est plus de neuf heures. Elsa dort debout.
— Je peux lui parler ? Joyeux Noël, au fait !

— Tu es chez Lotta ?
— Pas ce soir.
— Tu es seul le soir de Noël, Erik ?
— C'est pour ça que je suis resté.
— Je ne comprends pas, soupira-t-elle.
— Tu peux me passer Elsa ?
Il entendit une voix à moitié endormie :
— Merci pour la poupée. Elle est très jolie.
— Merci pour les beaux dessins.
— Tu les as trouvés !
— Le bonhomme de neige a l'air d'apprécier la plage.
— Il est en vacances.
— Bien.
— Quand est-ce que tu viens, papa ?
— Bientôt. Dès que j'arrive, on fête un deuxième Noël !
Elle pouffa de rire.
— Tu as sommeil, Elsa ?
— Nooon, mamie m'a dit que j'ai le droit de rester debout aussi longtemps que je veux.
— Ah bon ?
— Aussi looongtemps que je veux, répéta Elsa qui paraissait sur le point de perdre le combiné téléphonique d'un moment à l'autre.
— Amuse-toi bien ce soir, ma chérie. Papa pense à toi.
— Bisous, papa.
— Tu peux demander à maman de prendre le téléphone, ma chérie ?
Un « maaaaman » se fit entendre à mi-distance, puis la voix d'Angela :
— Tu es encore au boulot ?
— Non. Je suis encore *dans* le boulot, mais pas *au* boulot.

— Tu m'as l'air épuisé.
— Je suis surtout ramolli par le bain.
— Une bonne idée.
— Je n'en ai pas beaucoup en ce moment...
— Quoi de neuf ?
— Je viens de trouver ton livre.

Elle pouffa, exactement comme Elsa auparavant.

— Je pensais à une chose, reprit-il. Tu connais quelqu'un qui bégaie à la crèche ? Un adulte. Dans le personnel ou chez les parents.
— Qui bégaie ? Bé-bégaie ?
— Oui.
— Non. Jamais entendu quelqu'un bégayer là-bas. Pourquoi ?
— Et Ellen Sköld, quand tu l'as vue, elle n'a pas parlé de ça ?
— Non, pas que je m'en souvienne. Qu'y a-t-il, Erik ?
— Nous pensons que l'homme rencontré par Ellen bégaie. Elle a essayé de nous le dire.
— Et les autres parents, tu les as consultés là-dessus ?
— Non. Nous sommes rentrés tard cet après-midi. Mais je vais le faire.
— Ce soir ?
— Oui.
— Il est tard...
— Tous comprennent la gravité de la situation. Fêtes ou pas.
— Du nouveau sur Micke Johansson ?
— Tout le temps. On a dû renforcer le standard.
— Vous organisez une battue ? Non, ça ne doit pas être le bon terme.

Une battue. C'était le mot employé par Natanael Carlström. Un mot surprenant.

— On a beaucoup d'hommes sur cette affaire. Mais la ville est grande.

— Et que disent les antennes locales ?

— Comment cela ?

— Les policiers qui ont enregistré les plaintes. Eux aussi parlent de bégaiement ?

— Serais-je en train de parler au commissaire Angela Winter ?

— Que disent-ils ? répéta-t-elle. Et puis, c'est le commissaire Angela Hoffman.

— Je ne sais pas encore. J'ai cherché à joindre ceux d'Härlanda et de Linnéstaden, mais ils ne sont ni de service et ni chez eux.

Il appela la famille Bergort, toujours réduite à deux membres. C'est Larissa Serimov qui décrocha. Lorsqu'ils avaient constaté la disparition de Magnus Bergort, Winter l'avait appelée et lui avait demandé de se rendre auprès de sa femme et de sa fille. Il n'en avait aucun droit et elle n'était pas obligée d'accepter, n'étant pas de service.

— De toute façon, je ne fais rien de spécial ce soir, avait-elle répondu avec détachement.

— C'est une famille isolée, avait expliqué le commissaire. Kristina Bergort n'a personne pour l'épauler ce soir.

— Au cas où il reviendrait ? Il pourrait se montrer violent, j'imagine.

Que lui dire ? Utilise ton Sigsauer ?

— Je peux toujours lui tirer dessus, avait-elle ajouté.

— Il ne rentrera pas chez lui, avait déclaré Winter. Soyez sur vos gardes, mais il y a très peu de chances qu'il rentre chez lui.

— Vous pensez qu'il s'est suicidé ?

— Oui.

Il avait attendu la nouvelle d'une voiture qui se serait jetée contre une paroi rocheuse ou sur un arbre. Rien de tel pour l'instant. Mais il pensait que Magnus Bergort était loin, ou serait bientôt loin de ce monde.

— Famille Bergort ! annonça la policière.
— Erik Winter à l'appareil.
— Bonsoir, et joyeux Noël.
— Est-ce que Maja dort déjà ?
— Elle vient juste de s'endormir.
— Je peux parler avec sa mère ?

Kristina Bergort paraissait calme. Peut-être se sentait-elle soulagée.

— Il est arrivé quelque chose à Magnus ?
— Nous ne savons toujours pas où il est.
— Maja le réclame.

Winter revit l'enfant qui refusait d'entrer dans le bureau de son papa.

— Vous aurait-elle dit, d'une façon ou d'une autre, que l'homme qui l'a fait monter dans sa voiture bégayait ?
— Nooon.
— Bien.
— Vous allez lui poser la question ?
— Je crois.
— Quand ? Maintenant ?
— Demain sans doute. Ça ne vous gêne pas ?
— Nooon, bien sûr. Tout est si…

Sa voix défaillit. Il comprit qu'il valait mieux mettre un terme à la conversation.

Le portable bourdonna. Il chercha l'endroit où il avait laissé l'appareil, qu'il finit par retrouver dans la poche intérieure de son manteau, dans l'entrée.

— Tu n'as pas appelé.
— Pas eu le temps, Bülow.
— Comme toujours.
— On est en plein boum.
— Idem ici. Je suis devant un écran d'ordi vide.

Winter avait regagné son bureau. Son PowerBook était allumé sur la table.

— La situation est très délicate en ce moment, expliqua-t-il.
— Le chef du service nuit a envoyé du monde à Önnered.
— Qu'est-ce que tu dis ?!
— Chez les Bergort. Comme vous avez lancé un avis...

Winter appuya aussi fort qu'il le put sur la touche rouge. Le problème, avec les téléphones mobiles, c'était qu'on ne pouvait pas raccrocher violemment le combiné.

Nouvelle sonnerie. Winter reconnut le numéro.

— On avait...
— C'est pas ma faute, dit Bülow, j'aime pas ça non plus. (Winter perçut de la musique à l'arrière-plan, ces canailles de la rédaction écoutaient des chants de Noël !) Est-ce que t'aimes toujours ton boulot, Winter ?
— Si je peux le gérer comme je veux, oui.
— On publie une interview de Carolin Johansson dans le journal de demain, continua Bülow.
— Je reste muet.
— Tu vois ? Ça ne fait qu'empirer.
— Tu vas envoyer des gars là-bas ?
— Je ne suis pas le chef du service nuit.
— Tu travailles jusqu'à quelle heure ce soir ?
— Jusqu'à quatre heures demain matin. C'est mon Noël à moi.

— Je te rappelle.
— Déjà entendu ce refrain.
— Je te rappelle, répéta Winter en raccrochant pour la seconde fois.

Il reposa son portable sur le bureau et attrapa le combiné du téléphone.

Une voiture de patrouille passa en bas dans un mugissement. Au sommet du sapin de Vasaplats, il voyait briller une étoile solitaire.

Ça sonnait occupé chez Bergort. Il envisagea un instant d'appeler le poste de police de Frölunda. Que pouvaient-ils faire ? Il composa le numéro de Larissa Serimov, sans parvenir à la joindre.

Personne ne répondit chez Ringmar. Ni sur son mobile.

Au milieu de cette grande pièce vide et sombre, Winter bouillait d'impatience, son doigt pressa nerveusement les boutons. Il composa un numéro qu'il avait enregistré dans son carnet d'adresses.

Il patienta, trois, quatre tonalités. Les gens étaient injoignables ce soir. À la cinquième tonalité, un bruissement, un souffle.

— Car-Carlström.

Winter se présenta. Carlström paraissait épuisé.

— Je vous ai réveillé ?
— Oui.
— Pardonnez-moi. J'ai quelques questions à vous poser sur Mats.

Winter perçut un bruit à proximité de Carlström. Ce pouvait être un morceau de bois qui se fendait dans le poêle. Carlström avait-il le téléphone dans la cuisine ? Il ne l'avait pas remarqué.

— Quéce qu'y a avec Mats ?
— Je l'ai vu... aujourd'hui, fit Winter en consultant sa montre (pas encore minuit).

— Et alors ?
— Est-ce qu'il connaît Georg Smedsberg ?
— Smedsberg ?
— Vous savez de qui il s'agit.
— J'crois pas qu'il le connaît.
— Ils ne peuvent pas avoir été en contact ?
— Quéce que ça signifie ?
— Le fils de Smedsberg est l'une des victimes d'agressions.
— Qui cé qui l'a dit ?
— Pardon ?
— Il l'a dit lui-même, non ?
— Je viens seulement d'y penser.
— P't être pas assez, fit Carlström.
— Ce qui signifie ?
— J'en dirai pas plus.
— Mats a-t-il pu être en contact avec Georg Smedsberg ? insista Winter.
— J'en sais rien.
— Rien du tout ?
— Et même si c'était le cas ?

Tout dépend ce qui a pu se produire entre eux, pensa Winter.

— Comment ça se passait chez vous pour Mats ? Comment s'entendait-il avec les autres ?

Carlström ne répondit pas.

— Est-ce qu'il avait beaucoup d'amis ?

Un grincement de rire.

— Pardon ?
— Il avait pas d'amis.
— Aucun ami ?
— Les gamins du coin étaient pas gentils avec lui, continua Carlström d'une voix plus rude.
— Est-ce qu'il a déjà été maltraité ?

Toujours ce rire, froid et métallique.

— Ils se moquaient de lui. Il aurait pt'être pu rester, mais...
— Il est parti ?
— Ils le détestaient et lui pareil.
— Pourquoi le détestait-on ?
— Ça, je peux pas vous dire. Qui le peut ?
— Est-ce que... Smedsberg père faisait partie de ceux qui l'embêtaient ?
— P't être bien. Qui peut dire ?
— Qu'en pensait sa femme ?
— Qui ?
— Gerd. Sa femme.
— J'sais pas.
— Comment cela ?
— Comme j'vous l'dis.
— Vous la connaissiez bien, Gerd ?

Carlström garda le silence. Winter répéta sa question. Carlström eut un toussotement. Winter comprit qu'il ne ferait pas de commentaire sur Gerd pour le moment.

— Est-ce que Mats aurait pu blesser ces étudiants ? reprit-il. Pour une sorte de... vengeance. Une vengeance indirecte pour ce que les autres lui ont fait.
— Ça paraît dingue, vot'truc.
— Il n'a jamais prononcé une parole dans ce sens ? Qu'il voulait revenir ?
— Il a jamais dit grand-chose, répondit Carlström, avec un accent de tendresse, ou de fatigue, dans la voix. Il était pas bavard. Il évitait la difficulté. Il était déjà comme ça quand il est arrivé chez moi.
— Vous lui avez parlé pour Noël ?
— Non.

Winter lui dit au revoir. Il consulta l'heure. Presque minuit. La voix de Carlström lui restait à l'esprit. Le vieux pouvait s'être vengé sur Smedsberg, et les jeunes de son entourage, de quelque chose que Smedsberg avait fait à Mats. Ou à lui-même.

Mais il y avait davantage dans le discours de Carlström. Winter n'y avait pas pensé sur le moment, mais ça lui revenait maintenant. Mats n'aimait pas beaucoup parler. Il était déjà comme ça en arrivant chez lui. Il évitait *la difficulté*. Qu'est-ce qui était difficile ?

Le commissaire composa le numéro de Carlström. Cette fois, personne ne répondit dans la maison sur la plaine.

Il reposa le combiné et réfléchit. Puis il appela chez Mats Jerner. Comme chez son père d'accueil, les tonalités longtemps sonnèrent.

Après avoir raccroché, Winter se rendit à la cuisine. Il but son double expresso debout à la fenêtre. La cour luisait d'une fine couche de neige et de glace. Le thermomètre extérieur indiquait moins quatre. Il repensa à Bertil et regagna le bureau pour tâcher de joindre son collègue, mais n'obtint pas plus de réponses qu'ailleurs. Il lui laissa un message. Le central du commissariat, qu'il parvint à joindre, en revanche, lui apprit qu'il n'avait aucune nouvelle de Ringmar. Ni sur rien d'autre. Pas de crash sur une paroi rocheuse, pas de garçonnet, pas de ravisseur.

Son ventre se mit à gargouiller. Un peu de curry thaï une semaine auparavant, ou presque. Depuis, rien que du whisky et du café. Il retourna à la cuisine se préparer une omelette avec des tomates, de l'oignon et des poivrons grillés. Le téléphone sonna pendant qu'il mangeait. Il attrapa l'appareil de la cuisine et répondit la bouche pleine.

— Winter ? Erik Winter ?

— Hum... mmm... oui.

Il percevait un bruit de moteur.

— Bonsoir... bonne nuit... Jan Alinder à l'appareil. Antenne de...

— Bonsoir, Jan.

— Je suis en voiture. On vient de sortir de la forêt. Les portables passent pas dans notre cabane. Je constate que vous avez essayé de me joindre.

— Merci de me rappeler.

— Pas de quoi. On a un problème d'électricité à la campagne, alors on a dû repartir. Je ne suis pas complètement à jeun, mais j'ai bobonne, heureusement.

— Vous vous souvenez si Lena Sköld a mentionné que le monsieur rencontré par sa fille bégayait ?

— S'il bégayait ? Nooon, ça me dit rien.

— Ou si elle a parlé d'un perroquet ?

— Un quoi ?

— Un perroquet. On vient de le signaler à tous les postes de police. Nous pensons que le ravisseur a une sorte de mascotte, suspendue à la lunette arrière. Un... perroquet. En tout cas un oiseau. Vert, ou vert et rouge.

— Un perroquet ? Non. Un témoin a vu ça ?

— Les enfants l'ont vu.

— Mmm.

— C'est crédible, insista Winter.

— Ouais, vous y passez du temps, dites donc.

— Vous aussi. En ce moment, et bientôt encore un peu, si vous êtes d'accord.

— Des heures sup ? Ouais, je connais ça, bordel. (Il traînait sur certaines syllabes, mais Alinder semblait avoir conservé ses esprits.) Qu'est-ce que vous attendez de moi ?

— Vous pourriez vérifier vos notes une fois de plus ?
— Vous avez essayé avec quelqu'un d'autre ?
— Avec Josefsson au poste d'Härlanda, mais je n'ai pas encore réussi à le joindre.
— Quand est-ce que vous voulez que je vérifie mes notes ?
— Le plus vite possible.
— Je peux diriger mon chauffeur rue Tredje Lång. Si je trouve pas, elle, elle y arrivera.

Le silence qui suivit cette conversation lui offrit une courte pause déconcertante. Il se leva et jeta le reste de son repas de Noël à la poubelle. Maintenant, il était plus de minuit. Il mit un des disques d'Angela, ouvrit la porte du balcon, respira l'air du soir et contempla le sapin de la place. Je veux vite retrouver les miens. Il pensa à Carlström, à sa grange, et s'alluma un cigarillo. Derrière lui, résonnait la musique de U2, et ces mots : *Heaven on Earth*, Le ciel sur terre, *we need it now*, nous en avons besoin maintenant, *I'm sick of all this hanging around, sick of sorrow, sick of pain, sick of hearing again and again, that there's gonna be Peace on Earth*, Paix sur Terre.

Le téléphone sonna.

42

Winter reconnut la respiration pesante de Carlström, le souffle du poêle à bois, le vent tourbillonnant autour de cette maison abandonnée de Dieu, le silence.

— Excusez si j'dérange tard.
— Je suis debout. J'ai essayé de vous joindre il y a un moment.

Carlström ne répondit pas non plus à cette remarque. Winter patienta.

— C'est pour... Mats, finit par dire le vieux.
— Oui ?
— Il a appelé... juste là.
— Mats vient de vous appeler ? (Il entendit le hochement de tête de Carlström.) À quel sujet ?
— C'était... rien. Mais il était perturbé.
— Perturbé ? Il a dit pourquoi ?
— Y avait... y avait rien à comprendre. Il a parlé du... ciel et d'autre chose que j'ai pas compris. Ça m'a inquiété, voilà.

Sa voix se teintait d'une nuance d'étonnement. Pas compris...

— Quand j'ai voulu vous joindre, c'était à propos de ce que vous avez dit sur Mats. Qu'il évitait la difficulté. Qu'est-ce que vous entendiez par là ? Qu'est-ce qu'il évitait ?

— Eh ben... c'est que c'était dur pour lui de causer. Encore plus quand il était ému. Comme ce soir, quand il a appelé.

Winter revit Mats Jerner devant lui au commissariat. Son calme, quelques secondes seulement de malaise, ce qui était bien naturel. L'impression qu'il avait tout son temps, dans ce lieu étranger, le soir de Noël.

— Vous voulez dire qu'il avait du mal à s'exprimer ?

— Oui.

— Il bégayait ?

— Il bégayait et c'est c'qu'il faisait là, juste quand il a appelé.

— Il appelait d'où ?

— Ben... d'chez lui que j'suppose.

— Vous vous rappelez ce qu'il a dit ?

— Impossible d'y comprendre quoi qu'ce soit.

— Les mots, insista Winter. Dites-moi juste quels mots il a employés. Même dans le désordre.

Ringmar gara la voiture à l'abri d'un bosquet sur l'une des petites routes en gravier qui délimitaient les champs. Des nuages sombres naviguaient dans le ciel, tels des lambeaux de cuir. La plaine était blanche et noire sous la lumière de la lune. Le vent le transperçait. On n'entendait que lui.

Une lumière, en provenance de la ferme de Smedsberg. Elle vacillait comme un souffle, augmentant à mesure qu'il avançait, prenant forme pour devenir une fenêtre. Il se rapprocha, ramassa une pleine main de terre qu'il déposa dans un double sachet en plastique, et glissa ce dernier dans la poche de son manteau.

Il se cacha derrière un buisson à cinq mètres de la fenêtre qui se trouvait à la hauteur de ses yeux. Son mobile vibra dans sa poche, mais il ne décrocha pas.

Il reconnut la cuisine, une variante à peine moins antique de celle du vieux Carlström. Georg Smedsberg était penché au-dessus de son fils, assis, la tête baissée, comme dans l'attente d'un coup. La bouche du père vociférait. Tout son corps exprimait la menace. Gustav Smedsberg leva un bras, comme pour se protéger. Pour Ringmar, cette scène disait tout. Elle confirmait ce qui l'avait fait venir là, les paroles de Georg Smedsberg la première fois : *ils ne valent sans doute pas mieux.*

Il se rappela ce qu'avait dit Gustav lors de leur première audition : *Il veut pas forcément nous tuer... mais apposer sa marque sur nous... les victimes. Pour nous montrer qu'il nous... possède.*

Ringmar était glacé d'épouvante. Il se secoua et gagna l'entrée principale.

Winter composa de nouveau le numéro de Mats Jerner.

Non, ce n'était pas possible.

Mais tout convergeait. Vers lui. Jerner avait agressé les étudiants. Son père d'accueil les avait agressés. Ils avaient fait ça tous les deux. Aucun d'eux n'était responsable. Si. Haine ou désespoir, désir de vengeance. Plusieurs personnages figuraient dans cette danse macabre : Georg Smedsberg, son fils Gustav, la mère, Gerd (si c'était bien la mère), Natanael Carlström, son fils d'accueil Mats Jerner, les autres étudiants, Book, Stillman, Kaite.

Jerner ne répondit pas. Winter consulta sa montre. L'homme était-il retourné au travail ? Pourtant les tram ne circulaient plus à cette heure-là, non ?

Il tendit l'oreille vers les bruits de la place Vasa. Il reposa le combiné, traversa l'entrée pour se rendre au salon et regarda la rue en contrebas. Aucune circulation et personne à l'arrêt de bus. Un taxi descendait lentement la rue Ascheberg, sans doute à vide. L'étoile au sommet du sapin lui souriait.

Il appela le central du commissariat et leur demanda de chercher les horaires des trams.

— Je voudrais également parler avec un membre du personnel de la Compagnie des trams, précisa-t-il.

— Maintenant ?

— Quel est le problème ?

— Il n'y a personne là-bas.

— Je comprends bien. Mais il y a bien des gens chez eux, non ?

— OK, Winter, on te rappelle.

*

Il relâcha un peu les liens du garçonnet, même si le petit ne lui avait rien demandé.

Il ne faisait plus de bruit depuis un moment.

Lui se sentait plus calme à présent.

Il avait appelé le vieux en rentrant de la police. Le soir de Noël ! Ils vivaient au bureau, les policiers ? Pourquoi n'étaient-ils pas chez eux, dans leur famille ? Il avait une famille, celui-là, ça se voyait. Il avait quelque chose de familier. Il y avait repensé tandis qu'il se dépêchait de rentrer à la maison. En sortant du commissariat, un sentiment d'urgence l'avait assailli.

Le garçonnet ne bougeait pas, mais il le laissa attaché. La nourriture qu'il avait placée devant lui n'avait pas été touchée. Le plat n'était pas facile à atteindre non plus.

Micke. Micke Mick. Quand il avait enlevé le foulard doucement posé sur sa bouche, Micke avait encore essayé de brailler et c'était comme avec le petit qui lui avait crié dessus en anglais. Comme s'il n'allait pas comprendre ! Il n'était pas idiot !

Et voici que Micke commençait aussi à faire l'idiot.

Quand il essayait de lui parler, il refusait de répondre. Soit il hurlait, soit il gardait le silence. C'était pas poli.

Il avait fait rouler la voiture sur le tapis où Micke était allongé. Vrrrrrroouuummm ! Il y avait encore tous les autres jouets qu'adoraient les enfants. Leurs jouets préférés. Il les avait empruntés pour Micke. Emprunté, si l'on veut... il pouvait les offrir à Micke et ce seraient ses jouets préférés, à lui aussi. Tout ça, il l'avait fait pour lui. Il avait fait rebondir la balle qui rebondissait mal sur le tapis, alors il s'était levé et l'avait fait rebondir sur le parquet. Très haut ! Micke avait eu droit au petit ange qui brillait comme de l'argent. C'était sûrement de l'argent. Il était accroché à sa chemise. Une odeur pas très agréable se dégageait de la chemise de Micke quand il avait accroché l'oiseau, alors il s'était dépêché de le faire. La montre était sur la table près du lit. La montre anglaise, comme il lui avait dit, en la donnant à Micke. Elle a peut-être une heure d'avance !

Il le portait maintenant dans le salon.

Ils regardaient un film. Regarde, c'est toi, Micke !

Il lui raconta comment il connaissait son prénom. Facile. C'était écrit dans son manteau ! Sur un petit morceau de tissu cousu dans le dos.

Mais il le connaissait de toute façon. Il avait entendu son papa et sa maman dire Micke. On le voyait sur le film qu'ils disaient ça, comme là, à l'instant. Ils étaient trop loin pour qu'on entende, mais on pouvait le lire sur leurs lèvres.

— Regarde là, tu es assis dans ta poussette, Micke !

Il lui montra d'autres enregistrements d'une autre crèche. Une petite fille, une autre. Elles étaient présentes sur de nombreuses images. La première fillette, puis la seconde. Et le petit garçon qu'il avait filmé plus tard.

— Tu voudrais un petit frère, Micke ? On a assez de place.

Il avait perdu son calme, il voulait le retrouver. Il aurait bien voulu que Micke ne fasse pas l'idiot avec lui.

*

Winter se tenait au milieu du séjour avec, à la main, une tasse d'expresso, une de plus. Il se sentait prêt à s'effondrer de fatigue, mais il avait toujours les yeux ouverts.

C'était ce soir ou jamais. Il monta le son du disque qui avait tourné en boucle à faible volume toute la soirée. U2 et leur *All That You Can't Leave Behind*, Tout ce que tu ne peux pas laisser derrière toi, plus fort, le crayon sur le papier de la table basse commençait à trembler, *walk on*, marche… Plus fort, *what you got they can't steal it, no they can't even feel it*, plus fort, *walk on, walk on… stay safe tonight*.

Winter était sur le point de se laisser submerger par la puissance sonore lorsque le signal rouge de son téléphone portable se mit à luire sur le bureau. Il arrêta la musique et perçut la sonnerie.

Il se dirigea vers l'appareil, les oreilles bourdonnantes.

— Oui ?
— Je ne te... klr... prr...

Un sifflement.

— Allô ?
— ... gros truc...

La voix de Bertil.

— Où t'es, Bertil ? Où est-ce que tu t'es fourré, bordel ? !
— Sme... hhrrlg... garçon... bllra... s'appelle...
— Je ne t'entends pas, Bertil ! La ligne est trop mauvaise.
— Je... klr... entends...
— Tu m'entends ? Ah. Passe chez moi aussi vite que possible. Je répète : aussi vite que possible.

Il raccrocha et rappela aussitôt sur le portable de Bertil à la fois depuis son propre portable et depuis son fixe, sans parvenir à le joindre. Il répéta ce qu'il venait de dire sur sa messagerie automatique.

La sonnerie retentit. Tant qu'on vous appelle, c'est qu'il reste de l'espoir.

— Je vous mets en relation avec un responsable du personnel assez irrité, le prévint son collègue du central. C'était bien ce que vous vouliez, n'est-ce pas ?
— Allô ? Allô ? Bordel ? disait une voix.
— Commissaire Erik Winter à l'appareil.
— Allô ? Qui, vous dites ?
— C'est moi qui ai cherché à vous joindre. Nous sommes sur une affaire et j'ai besoin d'un renseignement.

— Maintenant ? !

— Vous avez un conducteur de tramway du nom de Mats Jerner. Je voudrais savoir sur quelle ligne il travaille et quels sont ses horaires.

— Quoi ? !

Winter répéta tranquillement sa question.

— C'est quoi, bordel... cette histoire ? !

— Nous travaillons sur une affaire très grave et J'AURAIS BESOIN D'UN PEU D'AIDE, expliqua Winter en haussant la voix. Pouvez-vous m'aider ?

— C'était quel nom, déjà ?

— Jerner. Mats Jerner.

— Je suis... je peux pas me souvenir de tous les noms. Jerner ? C'était pas celui qui a eu un accident ?

— Un accident ?

— Un accrochage. On l'a suspendu le temps de l'enquête. Je suis plus très sûr. Je crois qu'il s'est mis en arrêt maladie. (Winter perçut un frottement, puis un bruit de chute et de bris.) Merde !

— Comment puis-je le savoir ?

— Demandez-lui.

— Il n'est pas chez lui.

— Ah bon.

— Il a travaillé cet après-midi et doit reprendre son service demain, précisa le commissaire.

— J'en sais rien, fit l'homme dont il ne connaissait toujours pas le nom.

— Qui le sait alors ?

Après un temps d'attente, ponctué de jurons étouffés à l'autre bout du fil, Winter obtint deux numéros.

Il s'apprêtait à les utiliser, quand le téléphone sonna de nouveau sur son bureau.

— Janne Alinder à l'appareil.

— Bonsoir.

— Je suis toujours au poste de police... désolé si ça fait un peu tard. J'avais...

— Pas de souci. Vous avez du nouveau ?

— J'ai vu votre message sur l'intranet et deux trois notes de service. J'ai été absent quelques jours.

— Vous avez trouvé quelque chose dans la plainte de Lena Sköld ?

— Non, mais ailleurs, oui.

— Ah bon ?

— Je ne sais pas ce que ça signifie, mais ça pourrait vous intéresser.

— Quoi donc ?

— On a eu un accrochage sur Järntorget le 27 novembre. Entre un tram et des voitures particulières. Pas de morts ni de blessés graves, mais un soûlard qui se tenait près de la cabine du conducteur s'est cogné la tête contre la vitre et s'est amoché le crâne. C'était un sacré bordel et le conducteur était un peu... spécial.

— Que voulez-vous dire ?

— Il a grillé un feu rouge, ce n'était pas tout à fait de sa faute... mais il avait un drôle de comportement. Même s'il était à jeun. Et, à propos de ce que vous me demandiez au départ, il bégayait.

Alinder avait enregistré leur entretien et venait de le réécouter.

— Assez nerveux, continua-t-il. On peut le comprendre, mais bon. Il était spécial, comme je vous disais.

À l'autre bout du fil, Winter entendait le bruit des feuilles qu'on tourne.

— Voilà les nouvelles sur le front du bégaiement, conclut Alinder.

— Quel est le nom du conducteur ?

Nouveau bruissement de feuilles.
— Il s'appelle... Mats Jerner, dit Alinder.
Winter sentit un frisson lui parcourir le crâne.
— Vous pouvez répéter ?
— Son nom ? Mats Jerner. Avec un J.
— Il apparaît dans une autre affaire. Je l'ai auditionné aujourd'hui même. Enfin, hier.
— Ah oui ?
— C'est quelle ligne ? reprit Winter.
— Attendez un peu. (Alinder revint à l'appareil.) La trois.
— Le tram venait de quelle direction quand l'accrochage a eu lieu ?
— Mmm... de la gauche. De Masthugget.
— OK.
— Il y a encore autre chose.
— Quoi ?
— C'est encore plus bizarre.
— Oui ?
— J'ai pas pris de notes, ni rien. Je ne m'en souvenais pas quand je vous ai appelé de la bagnole, ce soir. Ça m'est revenu en lisant les rapports sur l'accident et l'audition dans le dossier.
Voici ce dont il s'agissait :
Alinder avait été le premier à entrer dans la rame lorsqu'il avait fini par obtenir du conducteur qu'il ouvre les portes. Il avait lancé un regard circulaire : devant, l'individu en sang, une femme qui pleurait très fort, quelques enfants serrés sur un siège près d'un homme qui les entourait de ses bras comme pour les protéger d'un choc qui avait déjà eu lieu. Deux jeunes gens, un Blanc et un Noir.
Le conducteur était figé sur son siège, le regard tendu en avant. Il avait lentement tourné la tête vers lui. Il paraissait calme, et indemne. Il avait posé sa

serviette sur ses genoux. Alinder n'avait rien remarqué de particulier dans la cabine, mais il ignorait à quoi elles ressemblaient en temps normal.

Suspendu à un crochet, derrière le conducteur, Alinder avait cru voir un animal miniature. *Un oiseau, vert* – il n'était pas certain de la couleur, qui ne se détachait guère sur le fond de la cabine. Un grand bec.

Le conducteur s'était retourné sur son siège, avait décroché le machin et l'avait glissé dans sa serviette. Tiens, une mascotte, s'était dit le policier. On a tous besoin d'un peu de compagnie. Ou de protection. En tout cas, ce volatile ne l'avait guère aidé, le gars.

Un petit oiseau vert.

43

Jerner avait une sacoche, élimée. Winter l'avait bien vue. Il la portait sous le bras. Il l'avait posée contre la chaise voisine pendant leur entretien.
Mon Dieu.
Winter avait du mal à contrôler les tremblements de sa main sur le combiné, qu'il n'avait pratiquement pas quitté depuis le début de la nuit.
Ce bruit dans la rue ? Le trafic du matin ? Était-il si tôt, si tard ?
CALME-TOI, Winter.
Première chose à faire... Il appuya sur le numéro du central – le combiné, il l'avait déjà dans la main.
— Salut Peter, c'est encore Winter. Envoyez immédiatement une voiture à cette adresse.
Il écouta son collègue.
— C'est pour un homme du nom de Mats Jerner. Non, je ne sais pas quel étage, je n'y suis jamais allé. Mais il y a urgence. Quoi ? Non, attendez dehors. Devant la porte de l'appart, sur le palier, oui. Il faut qu'ils m'attendent. J'y vais. (Il dut se racler la gorge.) Envoyez un serrurier. Fissa !

Quel était le trajet de la ligne trois ? Centre-ville, ouest, est. Sud ? Jerner ne conduisait peut-être pas uniquement sur celle-ci. Est-ce qu'elle n'avait pas changé de parcours récemment ? Les trams avaient cessé de passer par Vasaplats. Ensuite, ils avaient réapparu.

Il enfila un pull, sa veste en cuir, chaussa des bottes et prit la poignée de la porte au moment même où on sonnait. Il ouvrit. C'était Ringmar.

— Tu sors, Erik ?
— Où tu t'es garé ?
— Juste en bas, devant le porche.
— Bien. Je peux conduire, fit Winter. Tu me suis, je t'expliquerai en route.

Ils montèrent dans l'ascenseur, dont Ringmar avait laissé les portes grillagées à moitié ouvertes.

— C'est Smedsberg ! annonça Ringmar. Georg Smedsberg. C'est lui qui s'en est pris aux étudiants.
— Où t'étais, Bertil ?

Son collègue avait les yeux brillants. Winter lui reconnut une haleine inhabituelle.

— Le fils le savait depuis le début. Ou presque.
— Tu es allé LÀ-BAS, Bertil ? SEUL ? Bordel, moi qui essayais de te joindre !

Ringmar hocha la tête et poursuivit son histoire comme s'il n'entendait pas la question :

— Ils sont tous allés là-bas, les étudiants. J'ai cinq cents grammes de terre dans la poche pour le confirmer, mais on ne devrait pas avoir besoin d'analyses scientifiques.
— Il a avoué ?

Ringmar ne répondit pas.

— Je suis entré au moment où il s'apprêtait à faire Dieu sait quoi à ce pauvre garçon. Le fils. Ensuite, il n'y avait plus qu'à écouter. Il voulait raconter. Il nous attendait, m'a-t-il dit.

Ils étaient arrivés en bas. Winter ouvrit la porte de l'ascenseur et Ringmar le suivit d'un pas traînant, toujours plongé dans son histoire. La voix de Ringmar résonna dans le hall d'entrée désert :

— C'était une idée du fils, Gustav. Il savait que son père voulait punir ses camarades, ou plutôt les mettre en garde, sérieusement, pour qu'ils ne disent rien... sur ce qu'il avait déjà fait... et referait... C'est pourquoi Gustav nous a raconté des salades.

Ils étaient sur le trottoir. La voiture de service de Ringmar était encore chaude quand Winter toucha le capot.

— Je conduis, décida-t-il. Par ici les clés !

— Mais ce n'étaient pas vraiment des salades, n'est-ce pas ? continua Ringmar sur le trajet. Il y en avait vraiment, des fers à marquer, on a pu le vérifier. Ça nous a conduits jusqu'à Carlström. Puis jusqu'au vieux Smedsberg. À moins que ce ne soit l'inverse. (Ringmar se frotta le nez et inspira longuement.) Le fils espérait qu'on irait jusqu'au pater. (Il regarda Winter.) Il n'osait pas nous parler directement. La peur. Il savait qu'il n'échapperait jamais au vieux.

— Il t'a dit tout ça ? s'étonna Winter, en grillant un feu rouge dans une Allén déserte, où la signalisation ne fonctionnait plus.

— Je l'ai ramené à Göteborg, expliqua Ringmar.

— Mon Dieu. Et il est où maintenant ?

— Chez lui.

— Tu en es sûr ?

Ringmar hocha la tête.

— Tu crois à tout ça ?

— Oui. Tu n'y étais pas, Erik. Tu aurais tout de suite compris.

— Et le vieux Smedsberg, alors ?

— Il doit être arrivé chez nos collègues de Skövde à cette heure. (Ringmar consulta sa montre.) Merde, il est si tard que ça ? Ils étaient là-bas, les étudiants, et ils ont vu le vieux s'en prendre à son fils. J'ai pas éclairci tous les détails, mais ils l'ont surpris. Le fils, Gustav, était... apathique. Paralysé de trouille. Le père le violait. (Ringmar se passa la main sur le visage.) Ça devait faire un moment. (Il se gratta le menton, on entendait le raclement du poil de barbe.) Sacrément amoché, le fils. Ça se voit pas au premier abord, mais c'est là. Amoché par son père. C'est venu...

— Bertil.

Ringmar tressaillit, comme s'il se réveillait d'autre chose, quittait une autre dimension. Winter ne pouvait s'ôter ce terme de la tête : nous nous mouvons dans différentes dimensions ici, une, deux, ou trois dimensions. Ciel et terre, intérieur, extérieur, haut et bas. Rêves et mensonges.

Il passa au rouge – le système semblait réduit à néant par les joyeuses couleurs de Noël –, suivit un arc de cercle devant le vieux stade d'Ullevi, le *Göteborgs Posten*, la Gare centrale. On était tôt le matin, mais la nuit demeurait noire. Le long des voies de chemin de fer s'alignaient des files de taxis obscurs. *Follow the tracks.*

— Il est venu en ville leur rendre une petite visite, reprit Ringmar. Et... la suite, on la connaît.

— C'est donc lui qui a volé le fer chez Carlström ?

— Oui.

— Ce n'est pas le seul lien avec ce dernier, assura Winter.

— Qu'est-ce que tu veux dire ?

— Smedsberg était marié avec Gerd, qui venait d'une famille voisine de Carlström, tu te rappelles ?

— Bien sûr. On a vérifié les registres de mariage.

— Je pense que Carlström et Gerd Smedsberg avaient une relation amoureuse.

— Pourquoi donc ?

— Reviens en arrière et décrypte les faits, les comportements, Bertil. Le fils d'accueil de Carlström, Mats Jerner, n'était pas inconnu de Smedsberg. Je m'en suis rendu compte dès le début. C'était évident.

— Et alors ?

— Smedsberg s'est également rendu coupable d'abus sexuel envers Mats Jerner, j'en suis presque persuadé. Il n'aura pas été le premier. En tout cas, Smedsberg a sa part de responsabilité dans ce qui s'est passé.

— Dans quoi, Erik ? s'enquit Ringmar qui, semblant enfin se rendre compte qu'ils étaient en route pour quelque part, jetait un regard circulaire tandis qu'ils traversaient le pont. On va où ?

— Chez Mats Jerner.

Ils étaient la seule voiture sur le pont. Une coupole de lumières s'élevait au-dessus de la ville. Ils amorcèrent la descente. Les monumentales cuves à pétrole se reflétaient dans l'eau du fleuve. Ils croisèrent un tramway et un bus. Aucun passager.

— Moi aussi, j'ai du nouveau, ajouta Winter avant de résumer sa nuit de Noël.

Ils approchaient de la place Backa. Il tourna à droite, puis à gauche. Il sentait une poussée d'adrénaline, à la fois brûlante et glaçante.

— C'est peut-être une coïncidence, objecta Ringmar. Il bégaie comme d'autres peuvent le faire, il a une mascotte, et c'est pas le seul.
— Non, non, non.
— Si, si, si.
— Il nous faut tout de même lui rendre visite, déclara Winter en se garant.

Il apercevait la lueur bleue du gyrophare dans le ciel au-dessus du pâté de maisons.

La police de Hisingsö attendait au bas du petit immeuble de trois étages. Ils avaient arrêté le gyrophare. Leur voiture était très sale, comme après avoir traversé un champ de boue.
— Vous avez vu entrer ou sortir quelqu'un ? s'enquit Winter.
— Personne. On est là depuis dix minutes.

Une autre voiture arriva et se gara sur le trottoir d'en face. Un homme en sortit, portant un petit sac.
— Vous avez fait vite ! lança le commissaire au serrurier.

Ce dernier leur ouvrit le portail. Jerner vivait au deuxième étage, porte droite. Winter sonna et patienta. Il tambourina des doigts contre le mur de brique jaune qui lui rappelait ceux du commissariat. L'écho de la sonnette s'évanouit et il rappuya sur le bouton. Un grattement se fit entendre derrière la porte d'en face. Le voisin devait être en train de regarder par l'œilleton.
— Ouvrez la porte, ordonna Winter au serrurier.
— Est-ce qu'il y a quelqu'un à l'intérieur ?
— Je ne sais pas.

Malgré son air effrayé, il crocheta la porte en vingt secondes. Quand le loquet se libéra, il sauta pratiquement sur le côté. Winter poussa le vantail de sa main gantée. Il franchit le seuil, suivi de près par Ringmar. Les deux policiers en tenue surveillaient le palier. Le serrurier fut également invité à attendre.

Le vestibule était éclairé par la fenêtre d'une pièce, au bout du couloir, qui donnait sur la rue. L'aube commençait à relayer la lumière des réverbères. Winter distingua une porte ouverte. Derrière lui, Ringmar respirait péniblement.

— J'allume ! prévint-il.

Bertil plissa les yeux. Lui-même fut ébloui par la puissance d'une ampoule d'au moins 60 watts.

Des chaussures, des vêtements étaient éparpillés sur le sol. Il se pencha pour attraper un objet à ses pieds : une corde qui s'effilochait à l'un des bouts.

Il trébucha sur une botte de pointure masculine. Ringmar se dirigea vers la pièce au bout du couloir. Il alluma. Winter le rejoignit et leva la tête, comme lui.

— Qu'est-ce que c'est que ce truc, bordel ? ! s'écria Ringmar.

Au-dessus du lit, défait, le plafond était partagé en deux. Sur la gauche, il était noir et constellé d'étoiles jaunes, grandes de quelques décimètres. Sur la droite, il présentait un ciel bleu parsemé de petits nuages ouatés de la même taille que les étoiles.

Ils se dirigèrent vers une autre pièce, desservie par le couloir, dont la porte était fermée.

Devant le sofa rouge, la table basse était couverte de cassettes vidéo. Il y avait un poste de télévision sur la gauche et un magnétoscope au-dessous.

Des objets étaient épars sur le tapis qui faisait des plis. Winter s'accroupit : une voiture miniature, une balle verte, une montre-bracelet.

Il était prêt à cette découverte. Contrairement à Ringmar.

— Mon Dieu ! fit ce dernier. C'est donc *lui*.

Winter se releva, courbaturé par le poids de la journée précédente.

Ils procédèrent à une rapide inspection des lieux. Sur la table de la cuisine, des restes de nourriture, du pain et du beurre. Des journaux jonchaient le sol. Sous le sofa du séjour, une tasse en plastique et une cuillère. Un fond jaune dans la tasse.

Une petite chaussette à cinquante centimètres de la tasse.

En examinant de plus près l'un des coussins du sofa, Winter crut apercevoir quelques cheveux fins entre les fibres du tissu.

Il régnait partout une odeur très forte.

— Il n'est pas là ! déclara Ringmar en sortant de la salle de bains. Le gamin n'est pas là.

C'est tout à ton honneur de penser d'abord à l'enfant, se dit Winter.

Ils examinèrent tous les placards, penderies, cagibis, mirent l'appart sens dessus dessous.

Dans la chambre à coucher, Winter trouva une fine corde attachée au pied du lit. Elle portait des taches rouges. À la hauteur du chevet, un perroquet vert suspendu le bec contre le mur. Il n'était pas plus grand que les étoiles dans le ciel ou les coussinets de nuages.

— Il ne l'a pas emporté avec lui ? s'étonna Ringmar.

— Il n'en a plus besoin.

— Qu'est-ce que ça veut dire ?

— Mieux vaut ne pas y penser, Bertil. (Winter sortit son portable.) Jerner possède une voiture. Allons vérifier si elle est garée dehors.

Il appela des renforts, en toute urgence.

Une dizaine de minutes plus tard, ils étaient toujours seuls dans l'appartement. Winter avait contacté Bengt Johansson, puis Hans Bülow. Ils devaient maintenant se mettre en chasse.

Il restait de l'eau sur le sol de la salle de bains et dans l'évier de la cuisine. Micke n'était pas très loin.

Winter avait fait le tour du parking, en vain. Mais, dans la demi-heure suivante, tous les habitants de l'immeuble auraient donné leur témoignage aux policiers venus les interroger.

— Personne n'a réagi en le voyant ramener un petit garçon ? s'interrogea Ringmar.

— Il a peut-être attendu qu'il fasse sombre pour le faire rentrer.

— Et après ?

— Ils ne sont pas sortis.

Ringmar lui tourna le dos. Debout au milieu du séjour, Winter considérait les vidéos dans leur étui noir. Il s'approcha de la table et les examina l'une après l'autre. Aucune inscription, aucune marque distinctive.

Il jeta un regard circulaire. Une étagère, sur la droite, contenait des cassettes, recouvertes d'une jaquette pour la plupart. Des exemplaires achetés dans le commerce. Il savait que les pédophiles copiaient leurs films sur des comédies ou des thrillers innocents. Il lui était déjà arrivé de se retrouver soudain, en plein milieu d'un film quelconque, devant une séquence illicite, un enfant qui... qui...

Il n'était pas obligé de s'infliger cela maintenant.

Pédophile. Si Jerner n'était pas pédophile, qu'était-il donc ? Winter n'en était pas sûr.

— Tu n'as pas vu de caméscope ici, Bertil ?

— Non.

Le magnétoscope était vide. Winter introduisit l'une des cassettes et chercha le canal adéquat avant d'enclencher le film. Ringmar le rejoignit. Tous deux espéraient des pistes de recherche.

L'image leur sauta littéralement à la figure, particulièrement nette.

Arbres, buissons, pelouse. Des enfants en file indienne. Des adultes aux deux bouts et au milieu. Un visage de femme que Winter reconnut. Une autre jeune femme tenait un appareil photo qu'elle pointait ailleurs. Un bruit faible, comme par vagues.

La femme prit plus de place à l'écran lorsque le zoom fut enclenché. Son appareil se dirigea vers Winter, vers l'endroit où Ringmar et lui se tenaient dans cette pièce répugnante.

Nous le tenions, s'en voulut Winter. *Je le tenais*, je l'ai convoqué. Micke était ici au moment où je le recevais, lui, au commissariat. Ça fait une demi-journée, une nuit ? J'étais aveugle.

En visionnant comme eux cette séquence, Jerner avait dû voir l'appareil photo pointé vers lui. S'en était-il préoccupé ? Pensait-il que le caméscope et la casquette le protégeraient ?

Il y avait une casquette à carreaux, accrochée dans l'entrée. Ils n'en avaient plus besoin. Jerner non plus.

Après un moment de noir, Micke Johansson apparut à l'écran, dans la poussette conduite par Bengt Johansson. Winter reconnut les lieux, Bertil aussi.

Micke Johansson avec son papa, puis avec sa maman, seul sur une balançoire, s'éloignant dans sa poussette, à moitié endormi, une jambe pendante. Traversant Brunnspark, passant les portes de Nordstan pour entrer dans le centre commercial.

— Mon Dieu, fit Ringmar, c'est juste avant.

— Il devait avoir sa caméra sur lui, dit Winter.

Du noir, un brouillage, une image arrêtée sur un jour plus gris, plus humide.

— Novembre, dit Ringmar.

— La chronologie est inversée sur la cassette.

L'écran montrait un nouveau terrain de jeux, avec des enfants. Le malaise gagna Winter : il s'agissait de la crèche d'Elsa.

C'était Elsa qui se balançait sur cette balançoire.

C'était sur son visage qu'il zoomait autant qu'il pouvait, le SALAUD. Sur la bouche d'Elsa, souriant à ce monde merveilleux qu'elle connaissait à peine.

La caméra la suivit tandis qu'elle descendait de la balançoire et courait vers la maison de jeux.

Winter sentit le bras de Bertil lui entourer les épaules, dans un geste de soutien.

— Elle est en Espagne, Erik. En Espagne.

Il tâcha de reprendre sa respiration. Il était ici, Elsa était là-bas, avec Angela, avec sa mère. Il s'efforça de résister à l'envie de sortir son portable et d'appeler Nueva Andalucía.

Il se vit lui-même arriver à l'écran. La caméra le suivit de la grille à la porte. Il disparut. La caméra patienta, dans la même position. Winter se retourna dans la pièce où il se trouvait en ce moment même ! Il était dans ce film !

Cette hauteur de l'autre côté de la rue, devant le cimetière... il se tenait là, Jerner.

La caméra ne bougeait toujours pas. Ils sortirent, Elsa et lui. Il lui dit un mot qui la fit rire. Ils marchèrent main dans la main le long de l'allée. Il la souleva pour qu'elle essaie d'ouvrir la grille. Il la referma derrière eux. Il installa Elsa à l'avant de la Mercedes sur le siège-auto.

La caméra suivit la voiture tandis qu'elle s'éloignait, puis disparaissait au coin de la rue.

Écran noir. Winter se pencha sur les autres cassettes posées sur la table basse. Nous ne les avons pas prises dans l'ordre, pensa-t-il. Celles-ci doivent montrer Kalle Skarin, Ellen Sköld, Maja Bergort et Simon Waggoner. Avant et pendant les événements. Peut-être après. Celle que je viens de visionner montrait la victime à venir.

— Tiens, le film reprend, constata Ringmar.

Encore un autre endroit, des balançoires à l'arrière-plan, un toboggan, un vieux train en bois où les enfants pouvaient monter. La peinture était écaillée, tandis que le train lui-même n'arriverait nulle part.

— Plikta, reconnut Ringmar.

Winter hocha la tête, toujours absorbé par l'idée d'Elsa.

— Le conducteur, continua Ringmar.

Un petit garçon, d'environ quatre ans, ramassait les billets. Ses camarades prirent place. La caméra s'attardait sur le conducteur. Elle le suivit quand il se fatigua de ce jeu et s'éloigna vers les balançoires. Il se mit à se balancer, encore et encore, et l'appareil accompagnait son mouvement. Winter avait rarement connu pire expérience dans son travail. Il arriva plusieurs images du même enfant, dans d'autres contextes. Le soleil brillait, il pleuvait, le vent sifflait dans les arbres.

— C'est qui, ce gamin ? fit Ringmar sur un ton proche du désespoir.

Ils le virent trébucher et tomber, commencer à pleurer après l'habituelle inspiration qui accompagne la douleur et la surprise. Une femme s'approcha et se pencha pour le consoler. Winter la reconnut. Il ne se rappelait pas son nom. Si. Ingemarsson. Margareta Ingemarsson.

— C'est la crèche de la rue Marconi. Je reconnais l'assistante maternelle.

— Eh bien, fit Ringmar, nous devons la joindre tout de suite et lui montrer cette cassette. Elle sait sûrement qui est le petit.

— Appelle Peter au central. Il est encore là et il fait du bon boulot.

Winter leva la tête vers la fenêtre. C'était le matin, un matin de brume. Des millions de bruits envahirent l'entrée. Ils étaient tous là.

44

L'assistante maternelle de la rue Marconi était chez elle. Elle fut mise en relation avec Winter, toujours dans le séjour de Jerner. Il ne pouvait décrire le garçonnet au téléphone. Elle ne bougerait pas, elle n'était pas vraiment réveillée, pour être exacte.

Winter roula suivant ses instructions en direction de son pavillon de Grimmered.

— Est-ce que je pourrai un jour récupérer ma bagnole ? lui avait demandé Ringmar alors qu'ils sortaient du bâtiment.

— J'espère bien, avait répondu Winter. Tu appelles Skövde ?

— C'est déjà fait. Ils filent chez le vieux.

Jerner de retour sur la plaine. C'était envisageable. Son père d'accueil ne lui fermerait pas la porte.

Mais Carlström ne pouvait pas savoir.

Winter se rappelait son numéro. Il lui téléphona de la voiture. Après six tonalités sans réponses, il raccrocha puis rappela sans plus de succès.

Mis à part trois taxis, il ne croisa aucun véhicule sur la voie rapide. À Kungsten, un bus en stationnement, noyé dans ses gaz d'échappement, n'attendait personne. Aucun passant dans les rues. Une fine couche de neige saupoudrait la ville ; elle serait vite balayée par le vent. Mais, pour l'instant, on ne sentait pas le moindre souffle d'air.

Trois voitures sérigraphiées débouchèrent du tunnel. Le mugissement de leurs sirènes s'était à peine évanoui qu'il aperçut une autre voiture blanche et bleue remonter d'Högsbohöjd.

La radio de service réitérait le message d'alerte concernant Jerner et l'enfant.

Winter obliqua dans la rue Grimmered et trouva sans peine la maison. Derrière la butte à laquelle elle s'adossait, le ciel se partageait entre jaune vif et bleu roi. Ç'allait être une belle journée de Noël. Il faisait froid. Il était plus de neuf heures.

Elle était habillée quand elle ouvrit. Un homme se tenait à son côté, les cheveux ébouriffés, les yeux rougis... la gueule de bois.

— Entrez, fit-elle. Le magnétoscope est par ici.

Il avança la bande jusqu'à la séquence avec le garçonnet. L'homme sentait l'alcool et parut se retenir de vomir en voyant la scène.

— C'est Mårten Wallner, déclara-t-elle.

— Où vit-il ?

— Ils habitent à... tout près d'ici... j'ai la liste d'adresses sur le frigo...

Winter appela de la cuisine.

— Mårten est un lève-tôt, répondit sa mère. Il est descendu sur le terrain de jeux.

— Seul ?

— Oui. De quoi s'agit-il ? fit-elle en raidissant le ton.

— Allez le chercher ! lança-t-il, avant de lâcher le combiné et de se précipiter vers l'entrée.

— J'ai entendu, fit l'assistante maternelle. Le terrain de jeux... si c'est le bon... se trouve de l'autre côté de la butte. C'est plus près d'ici.

Elle pointa du doigt la direction et il piqua un sprint. On ne pouvait jamais savoir, JAMAIS. Il revoyait le visage d'Elsa dans l'enregistrement vidéo.

Des sapins couronnaient la butte. Le petit terrain de jeux se dessinait en contrebas. Un enfant encapuchonné s'en éloignait, la main dans celle d'un homme qui portait une grosse veste et un bonnet ou une casquette. Winter ne l'apercevait que de dos, il glissa soudain dans la pente et se griffa sur le gravier gelé. Il les appela et l'enfant se retourna, puis l'homme fit de même et s'arrêta.

— Ce n'est que nous.

Le garçonnet regarda Winter et leva ensuite les yeux sur son papa.

*

Ringmar préparait une omelette basque dans la cuisine. Winter lui avait donné la recette avant de s'installer au salon pour appeler Angela.

Il ne parlerait pas du film. Pas maintenant.

— Mon Dieu, fit-elle. Mais vous allez le retrouver, n'est-ce pas ?

Elle voulait parler du petit garçon.

C'était une question délicate. Ils savaient qui était le coupable, mais pas *où* il était. Winter était habitué à la situation inverse : un cadavre de victime, mais pas de meurtrier. Parfois, il leur manquait les deux identités. Ou alors, des enfants disparaissaient et ne revenaient jamais à la maison. Personne ne savait, ne saurait jamais.

— Nous faisons tout notre possible.
— Depuis quand tu n'as pas dormi ?
— Je ne sais plus.
— Deux jours, non ?
— Mmm.
— Tu ne peux pas continuer comme ça, Erik.
— Merci, doc.
— Je parle sérieusement. Tu ne pourras pas tenir un jour de plus sur les cigares et le café.
— Les cigarillos.
— Il faut que tu manges. Mon Dieu, je parle comme si j'étais ta mère.
— Bertil nous cuisine une omelette. Je sens d'ici le poivron grillé.
— Carbonisé... Erik, tu dois te reposer un peu. Une heure au moins. Tu as des collègues.
— Oui, oui. Mais j'ai ça dans la tête. Et Bertil aussi.
— Comment va-t-il ?
— Il a eu sa femme au téléphone. Il ne veut pas me raconter. Mais il semble... plus calme.
— Où se trouve Martin ?
— Je ne sais pas. Je ne suis pas sûr que Bertil le sache, je ne lui ai pas encore demandé. Il m'en parlera quand il le voudra.
— Embrasse-le de ma part.
— Promis.
Ringmar l'appela de la cuisine.
— Allonge-toi deux ou trois heures, insista-t-elle.
— Oui.
— Qu'est-ce que tu vas faire, après ?
— J'en sais foutre rien, Angela. On y réfléchira en mangeant. Mais on cherche de tous les côtés.
— Tu as annulé ton vol ?
— Comment ça ? Pour demain ?

Son vol sur l'avion qui décollait pour Malaga en fin d'après-midi. Retour deux semaines plus tard. Le billet était sur la table de l'entrée, comme un aide-mémoire.

— C'est évident, excuse-moi...
— Non, fit-il. Je n'annule pas.

— Où peuvent-ils bien être ? grommela Ringmar par-dessus la table.

Ils avaient cherché d'éventuels amis de Jerner, des collègues, des parents... Jerner ne semblait pas avoir de connaissances.

Il était en arrêt maladie ces derniers jours. Ce n'était pas de son travail qu'il sortait quand il s'était présenté dans le bureau de Winter. Il était rentré *là-bas*, s'était dit le commissaire en apprenant ces informations. Pour déguerpir aussitôt, probablement. Mais où ?

Winter leva les yeux de son assiette. Il avait ressenti un léger vertige en s'asseyant, mais à présent celui-ci s'était dissipé.

— On va chez le vieux ! décida-t-il.
— Chez Carlström ? Pourquoi donc ? Les collègues de Skövde sont déjà passés.
— Ce n'est pas ça... Il y a... quelque chose qui m'intrigue chez Carlström.

Ringmar ne répondit pas.

— Quelque chose d'autre, qui pourrait nous aider, continua Winter, en repoussant son assiette. Tu comprends ?
— Je ne suis pas sûr de comprendre.
— C'est quelque chose qu'il a dit. Ou pas dit. Mais c'est aussi quelque chose là-bas, chez lui, que j'ai vu. Je crois.

— OK, soupira Ringmar. Nous ne pouvons pas en faire beaucoup plus ici, en ville. Pourquoi pas ?
— Je conduis.
— Tu n'es pas trop fatigué ?
— Après ce repas revigorant ? Tu plaisantes ?
— On peut toujours demander un chauffeur.
— Non. On a besoin de tout le monde sur l'opération de porte-à-porte.
Le téléphone sonna.
— Conférence de presse dans une heure, annonça Birgersson.
— C'est toi qui t'en charges, Sture, déclara Winter.

Dans la rue, avant leur départ, Winter fuma un Corps. La nicotine le réveilla. Il évita de regarder les gros titres des journaux devant la boutique de quartier.
La ville paraissait désertée. Normal pour un jour de Noël, sur le point de se terminer. Où avait-il disparu, lui aussi ? Le crépuscule tombait sur la fabrique de margarine Pellerin.
— J'ai rappelé Skövde, dit Ringmar. Personne chez Carlström, pas de traces de pneus. Ils les auraient vues dans la neige fraîche. (Il régla la radio de service.) Quant au vieux Smedsberg, il n'ouvre pas la bouche dans sa cellule.
— Mmm.
— Et voilà qu'il recommence à neiger.
— Le temps clair n'a pas duré.
— Les traces vont de nouveau disparaître.

Ils avaient trouvé un raccourci pour rejoindre la ferme de Carlström sans passer devant celle de Smedsberg.

La neige était épaisse sur la plaine.

Winter n'avait pas annoncé leur visite, mais le vieillard parut la considérer comme évidente.

— Excusez-nous de vous déranger une nouvelle fois.

— Faut pas. Vous voulez une tasse de café ?

— Oui, merci.

Carlström se dirigea vers le poêle à bois qui rougeoyait très fort. Il faisait une chaleur infernale dans la petite cuisine. Sauf qu'en enfer Winter était persuadé qu'il faisait froid.

Dans ce four, il risquait de s'endormir au milieu d'une phrase.

— C'est une sombre histoire, déclara Carlström.

— Où Mats peut-il être maintenant ? demanda Winter.

— Je ne sais pas. Il n'est pas ici.

— Non, je comprends bien. Mais où a-t-il pu aller ?

D'une boîte couverte de rouille, Carlström déversa, ou déchargea, le café dans la cafetière.

— Il aimait la mer, finit-il par répondre.

— La mer ?

— Il aimait pas la campagne. Ça y ressemble, mais c'est pas la mer. (Carlström se retourna. Winter perçut une certaine tendresse dans son regard.) Il était capable de délirer sur le ciel, les étoiles, et puis la mer.

— La mer, répéta Winter en échangeant un regard avec son collègue. Connaissez-vous un endroit qu'il fréquentait ? Ou une personne ?

— Non, non.

Carlström apporta le café. Curieusement, sur la table étaient posées deux jolies tasses. Winter les contempla. Elles lui évoquaient quelque chose. En rapport avec ce qui l'avait fait venir ici.

Ringmar entreprit de raconter les faits qui concernaient Georg Smedsberg.

Carlström marmonna quelques mots qui leur échappèrent.

— Pardon ? fit Winter.
— C'est lui.
— Oui, acquiesça Ringmar.
— Attendez, intervint Winter, que voulez-vous dire par là ?
— C'est de sa faute, souffla Carlström en baissant les yeux vers la petite tasse dissimulée dans sa main, qui tremblait légèrement. C'est lui. Ça serait pas arrivé... sans ça...

C'était cela, Winter savait maintenant pourquoi ils étaient revenus ici. Il n'avait pas cessé d'y penser. Il se leva. Seigneur Dieu !

Si seulement il avait pu voir ça la seconde fois, ou déjà la première. Mais il n'avait pas réfléchi, pas compris.

— Excusez-moi, lança-t-il en sortant de la cuisine.

Dans le coin le plus reculé du vestibule s'enfonçait un placard. Le plafonnier éclairait d'une lumière grêle la tablette supérieure où s'alignait une petite collection de photos dans des cadres anciens qui renvoyaient des reflets vaguement dorés ou argentés. Winter n'y avait jeté qu'un œil rapide, mais il avait aperçu un visage, le deuxième sur la gauche, celui d'une jeune femme blonde aux yeux bleus. Et la raison pour laquelle il s'en souvenait, c'étaient ses traits qu'il avait reconnus plus tard, la veille ou Dieu sait quand, le soir de Noël, dans son bureau. Son visage lui était resté en mémoire, son regard d'une étrange acuité.

Winter se rapprocha. Elle avait un petit sourire qui s'était sans doute effacé aussitôt prise la photo. La ressemblance avec Mats Jerner était frappante, effrayante.

Il avait déjà vu ce visage auparavant. Le portrait encadré sur le buffet, dans la cuisine de Georg Smedsberg. Celui d'une femme d'âge mûr qui souriait timidement en noir et blanc. *C'est ma femme*, avait dit le vieux. *La mère de Gustav. Elle nous a quittés.*

Il entendit traîner des pieds jusqu'au seuil, les pantoufles de Carlström.

— Ouais.

Winter se retourna. Bertil se tenait derrière le vieillard.

— C'était y a bien des années.

— Que s'est-il passé ? fut la seule question que Winter parvint à formuler.

— Elle était très jeune, dit Carlström, avant de s'effondrer sur la chaise la plus proche.

Il regarda Winter droit dans les yeux.

— Non, non. Je suis pas le père de Mats. Elle était très jeune, comme je vous disais. Personne sait qui c'est. Elle a rien dit.

Carlström eut un geste vague.

— Ses parents étaient vieux et ils ont pas supporté. Je sais pas si ça les a tués, mais c'est allé vite. L'un après l'autre.

— Vous... vous êtes occupé d'elle ? s'enquit Winter.

— Oui, mais c'était après.

— Après quoi ?

— Après... le gamin. Elle l'avait déjà.

Winter hocha la tête et attendit la suite.

— Elle est revenue... sans lui. C'était mieux, qu'elle a dit. (Carlström remua sur sa chaise, comme sous la torture, tandis que Winter se sentait, lui, très alerte, tous les sens en éveil.) Ils restaient en contact, mais...

— Que s'est-il passé ensuite ?

— Après... ouais, vous savez. Après, elle l'a rencontré.

— Georg Smedsberg ?

Carlström ne répondit pas, comme pour taire le nom de cet homme.

— C'est lui qu'a fait ça, reprit-il en relevant la tête, des larmes dans les yeux. C'était... c'est lui. Il a déglingué le gamin. (Il jeta un regard sur Winter, puis sur Ringmar.) Le gosse était d'jà... amoché avant, mais il l'a complètement déglingué.

— Et Gerd... elle le savait ?

Carlström garda le silence.

— Que savait-elle ? insista Winter.

— Elle avait déjà l'deuxième, dit Carlström comme s'il n'avait pas entendu la question.

— Le deuxième garçon ? Gustav ?

— Elle était d'jà plus toute jeune, acquiesça Carlström. L'premier est venu tôt, l'deuxième tard. (Il remua sur la chaise qui craqua.) Et ensuite... ensuite... elle a disparu.

— Comment cela ?

— Y a un lac plus loin dans la commune d'à côté... Elle savait. Elle *savait*. Elle était pas... en bonne santé. Avant non plus.

Carlström baissa la tête, comme dans une prière, *Notre Père, que ton règne vienne, sur la terre comme au ciel*, puis il la releva. J'ai pris soin de lui, de Mats... quand elle pouvait plus. Il est venu vivre ici. (Carlström se leva lentement.) Mais ça, vous l'connaissez déjà.

Qu'est-ce que savaient les services sociaux ? s'interrogea Winter. On confiait rarement un enfant à un homme célibataire, il y avait déjà réfléchi auparavant. Mais Carlström avait paru... sûr. Était-ce le cas ?

— Je vous l'dirais, où il est Mats, si seulement je l'savais.

— Il y a encore un endroit, dit Ringmar.

Ils roulaient sans parler à travers la plaine. La distance leur parut plus courte cette fois. La maison de Smedsberg était cachée par la grange quand ils arrivaient de ce côté-là. Le crépuscule et l'averse de neige les empêchaient d'y voir clair. La route se confondait avec les champs qui disparaissaient à l'horizon. Winter se gara à vingt mètres de la bâtisse.

Une fenêtre était éclairée à l'étage.

Ringmar ouvrit l'une des portes de la grange, alluma et examina le sol couvert de copeaux de bois.

— Une bagnole est passée par ici, il n'y a pas longtemps, dit-il, en négligeant la Toyota de Smedsberg, toujours garée sur la droite.

Winter parvint à crocheter la porte d'entrée de l'habitation. La lumière provenant de l'étage se répandait jusque dans l'escalier et le vestibule.

— Les collègues de Skövde auraient-ils oublié d'éteindre ? s'étonna Ringmar.

— Je ne pense pas.

Une barquette de beurre était posée sur la paillasse de la cuisine, ainsi qu'un verre qui avait vraisemblablement contenu du lait.

— Juste un verre, constata Ringmar.

— Admettons que c'est le gamin qui a bu dedans.
— Ils sont venus aujourd'hui.
Winter ne répondit pas.
— Il a réussi à quitter la ville, continua Ringmar. On n'a pas fait surveiller la maison. Est-ce qu'on avait les hommes ?
— Il n'avait pas de raison de rester ici, raisonna Winter. C'était juste un refuge provisoire.
— Pourquoi pas chez Carlström ?
— Il se doutait que nous irions chez lui. (Il regarda autour de lui dans la cuisine qui sentait l'humidité et le froid.) Il comptait sur le fait que cet endroit serait abandonné et oublié.
— Comment pouvait-il en être sûr ? dit Ringmar qui se pétrifia aussitôt.
— Nom de Dieu ! cria Winter en sortant son mobile.
Il hurla l'adresse de Gustav Smedsberg au collègue du central : foyer étudiant de Chalmers, numéro de chambre, mais restez à l'extérieur, voitures banalisées, il y est peut-être ou il va y arriver, il pourrait être en route en ce moment. Ne le faites pas fuir, OK ? Ne le faites pas fuir ! On arrive !

Winter roulait en direction du sud. La nuit tombait vite.
— Le vieux Smedsberg a donc abusé sexuellement des deux garçons, résuma Winter.
— Et moi qui ai reconduit Gustav chez lui cette nuit ! J'étais con, mais con ! J'ai donné une cachette à Jerner ! Deux même ! Gustav a dû lui raconter que son père était sous les barreaux, que la maison était vide. (Ringmar secoua la tête.) Je lui ai donné du temps. Un temps d'avance sur nous.
— Nous ne sommes pas sûrs qu'il soit allé chez Gustav.

— Il y est allé. C'est son frère.

La vérité leur avait sauté au visage lorsque Natanael Carlström avait raconté… la vérité. Winter était convaincu que c'était la vérité. Gustav Smedsberg et Mats Jerner étaient frères, demi-frères. Ils n'avaient pas été élevés ensemble, mais ils avaient la même mère et le même homme avait détruit leur vie, en tout cas pour l'un d'entre eux.

Pourquoi Carlström n'avait-il pas dénoncé Georg Smedsberg depuis longtemps ? Depuis combien de temps était-il au courant ? Mats avait-il raconté les choses… plus tard ? Aussi tard qu'en cette nuit de Noël ? Était-ce la raison pour laquelle Carlström les avait appelés ? Il ne pouvait pas le dire au téléphone ? Ça lui ressemblait, après tout.

— Je me demande à quel moment ils ont appris qu'ils étaient frères, continua Ringmar.

— Nous allons poser la question à Gustav.

Ils dépassèrent la fabrique de margarine Pellerin. Le trafic était plus dense que tout à l'heure. Les gens marchaient dans les rues du centre-ville comme un samedi soir ordinaire. En plus grand nombre, même.

— Le soir du 25 est devenu le soir où l'on sort entre copains, constata Ringmar sur un ton monocorde.

Des taxis patientaient devant l'hôtel Panorama dont les murs de verre étaient parsemés d'étoiles.

Winter se gara devant le foyer étudiant où la plupart des fenêtres étaient aussi sombres que la façade.

Bergenhem et Börjesson se glissèrent sur la banquette arrière.

— Personne n'a franchi le porche ni pour entrer ni pour sortir, chuchota Bergenhem.

— Absolument personne ?

— Non.

— Alors on y va ! déclara Winter.

45

Winter frappa à la porte de Gustav Smedsberg. Ce dernier ouvrit au deuxième coup. Il lâcha la poignée et regagna sans un mot le fond de sa chambre.

Pourquoi l'avoir laissé seul ? se reprocha Ringmar.

Ils le suivirent dans la pièce qui donnait sur Mossen. Les immeubles s'étageaient le long de l'escarpement rocheux. En contrebas, le sol était maculé de flaques de neige sale.

Gustav Smedsberg restait silencieux, debout contre la fenêtre.

— Où est Mats ? lui demanda Winter.

Le jeune homme tressaillit.

— Il y a urgence, précisa le commissaire. La vie d'un gamin est en jeu.

— Comment êtes-vous au courant pour... Mats ?

— Nous vous le dirons, mais pour l'instant il y URGENCE.

— Qu'est-ce qui se passe avec ce... gamin ?

— Mats est-il passé ici ? l'interrogea Ringmar.

Gustav Smedsberg hocha la tête.

— Quand ?

— Je ne sais... ce matin. Non, cette nuit.
— Il était seul ?
— Oui... c'est qui ce gamin dont vous parlez ?
— Vous n'avez pas lu les journaux, regardé la télévision, écouté la radio ?
— Non...
Il avait l'air sincère.
— Mats ne vous a rien dit ?
— Sur QUOI ?
Winter lui résuma les faits.
— Vous en êtes sûrs ?
— Oui. Nous avons visité son appartement.
— Merde, alors.
— Que vous a-t-il dit ?
— Qu'il allait... partir. Très loin.
— Seul ?
— Il n'a parlé de personne d'autre. Ni gamin, ni personne d'autre.
— Très loin ? Vous lui avez parlé de mon intervention ? s'enquit Ringmar. De ce qui s'était passé... chez votre père ? Avec lui ? La nuit dernière.
— Oui...
— Qu'a-t-il dit ?
— Il... il s'est mis à pleurer. Il m'a dit qu'il était content de ça.
— Où peut-il être, Gustav ? Où peut-il être parti ?
— Là-bas sûrement...
— Il y est passé, mais il n'y est plus. Nous en revenons.
Le jeune homme paraissait abattu.
— Je sais pas, fit-il. Je sais pas où il est. Vous devez me croire. Je ne veux pas non plus qu'il arrive... quelque chose.

— Qu'est-ce qui peut arriver ? intervint Winter. Vous l'avez vu, vous le connaissez.

— Je le connais pas, dit Gustav Smedsberg. Je sais pas...

Puis il regarda Winter avant d'ajouter :

— Il a dit... il a parlé de s'envoler.
— S'envoler ? Mais vers où ?
— Je sais pas.
— D'où ?
— Il a pas dit.
— Où donc ? Vous le connaissez.
— Non, non.
— Vous l'avez rencontré plus que je n'ai pu le faire, insista Winter.
— Il m'a jamais rien dit... là-dessus. Rien. Mais...

Il releva les yeux.

— Mais ?
— Il m'a paru... effrayant. Je sais pas comment vous dire. Comme si tout... tout revenait. Je peux pas vous expliquer.

Pas besoin d'explications, songea Winter.

— Nous allons vous laisser, mais l'un de nos hommes restera avec vous. Ensuite, quelqu'un viendra pour vous aider. Nous nous reparlerons plus tard.

Gustav ne semblait pas l'entendre. La lumière s'éteignit dans la cage d'escalier tandis qu'ils descendaient. Une fois dehors, Winter aperçut sa silhouette à la fenêtre.

— Dans quel monde vivons-nous ? fit Ringmar.

Winter garda le silence.

— Gustav, il m'a dit un truc dans la voiture, continua Ringmar.

— Ah oui ?
— C'est Aris Kaite qui s'est déguisé en livreur de journaux. Pour le suivre.

— Quelle raison avait-il de le faire ?
— Il soupçonnait Gustav de l'avoir frappé.
— Il se trompait.
— Comme il en a eu la confirmation cette nuit-là. Il a vu le vieux essayer de frapper son fils.
— Tu as eu le temps de vérifier ça avec Kaite ?
— Oui.
— Mon Dieu ! Et Gustav le savait ?
— Il n'a pas vu qui c'était. Kaite, oui.
— Et Gustav, il l'a vu ?
— Oui, mais sans le reconnaître.
— C'est donc Kaite qui lui a dit ?
— Oui.
— Et il n'a pas voulu le croire, compléta Winter.
— C'est compliqué.
— Dans quel monde on vit.
Ils arrivaient à la voiture.
— On va chez moi grignoter un morceau, proposa Winter avec une pensée pour Angela.
— J'ai pas très faim, après tout ça.
— C'est toi qui fais la popote.
— Omelette basque ?
— Pourquoi pas ?

Winter parla de nouveau au téléphone avec Bengt Johansson, en essayant de le tranquilliser.
— Je peux passer vous voir un moment si vous voulez, plus tard dans la soirée, proposa-t-il.
— J'ai parlé avec Carolin. Ça m'a fait du bien.
Aneta Djanali avait réauditionné Carolin Johansson, mais elle n'avait pas pu leur fournir de détails supplémentaires. Elles avaient sans doute visionné la vidéo à l'heure qu'il était. Aneta n'avait pas encore rappelé le commissaire.

Ils mangèrent. Ringmar avait coupé les tomates dans l'autre sens cette fois.

— Nous avons besoin de viande, soupira Winter.

— Nous avons besoin d'une maîtresse de maison. De nos femmes.

La cuisine n'est pas notre priorité pour le moment, se dit Winter.

— Tu es fatigué, Bertil ?
— Non, et toi ?
— Non.
— Il pourrait être en train de se promener au bord de la mer.

Winter avait envoyé le long de la côte autant de policiers qu'il pouvait.

Ils essayaient de contrôler tous les départs de Landvetter et d'aéroports de moindre importance. Mais Winter ne croyait guère à un départ en avion de Jerner. Il croyait davantage au vol qui l'attendait, lui.

— Combien d'hommes avons-nous à Nordstan ? demanda-t-il.

— En ce moment ? Pas grand-monde. Les boutiques sont fermées. Les gens ne font pas de courses aujourd'hui. Mais on a dû inspecter les allées.

— C'est là qu'il est venu... chercher Micke. Va-t-il le ramener au même endroit ?

— Il n'y est pas, Erik. C'est désert.

— Il y allait beaucoup. Tu l'as vu sur certains films. Il semblait aimer cet endroit.

— Il n'y est pas, répéta Ringmar.

— Et s'il y avait quelque chose qui l'attirait là-bas ?

Ringmar ne répondit pas.

— Quelque chose que nous ne voyons pas, mais que lui voit, continua Winter.

— Je crois comprendre ce que tu veux dire.

— Quand est-ce qu'ils rouvrent ?

— Demain à dix heures. Pour les soldes du 26.
— On est déjà le 26 demain ?
— Noël est bientôt derrière nous, acquiesça Ringmar.
— Et moi qui ne t'ai pas offert de cadeau, Bertil.
— Je dois avouer que moi non plus.
Winter se leva de table.
— Et je n'ai pas non plus téléphoné à Moa, comme je te l'avais promis.
— Ne t'inquiète pas. Ç'a aurait sûrement fait plus de mal que de bien.
— Je crois aussi, admit Winter. Tu me suis ?
— Où donc ?
— À Nordstan.
— C'est DÉSERT, Erik.
— Je sais, je sais. Mais ça vaudra mieux que de rester ici à rien faire. Bengt Johansson habite derrière la gare, en plus.
Il neigeait de nouveau, à petits flocons. Certains passants avaient ouvert leur parapluie. Winter roulait doucement.
— Inadaptés, les parapluies sous la neige, sourit Ringmar.
— Le vieux Smedsberg s'est dénoncé lui-même à partir du moment où il nous a parlé d'un garçon accueilli chez Natanael Carlström, remarqua Winter.
— Tu ne crois pas que j'y ai pensé, moi aussi ?
— Sans ça, on n'aurait probablement jamais interrogé Carlström.
— Non.
— Et on n'aurait toujours pas identifié Jerner.
— Non.
— La question est donc : pourquoi ? (Winter se tourna vers son collègue.) Pourquoi ?
— Oui.

— Mais réponds ! Tu l'as interrogé, le vieux Smedsberg.
— Pas là-dessus.
— Tu as bien une idée ?
— L'expertise psychologique nous fournira la réponse, ironisa Ringmar.
— Il me semble qu'on a déjà compris pas mal de choses tout seuls.
— Mmm.
— Sans doute un sentiment de culpabilité, déclara Winter.
— Quant à Gustav, il nous a conduits à son père. Tu crois qu'il était au courant ? Pour Mats. Mats et... les enfants.
— Non. Nous en aurons bientôt confirmation, mais je ne pense pas.
— Le silence de ces étudiants..., commença Ringmar.
— Il s'ancre dans leur peur de voir leur copain frappé par son père, et pire encore. La peur vous réduit au silence. La honte aussi... Ils avaient honte de s'être fait agresser. La honte en plus de l'état de choc. Comme chez les victimes de viols.
— Merci, docteur, fit Ringmar.
Winter rétrograda.
Son portable sonna.
— On a retrouvé Magnus Heydrich, lança Halders.
— Euh... comment ?
— Bergort. On le tient.
— Où est-il ?
— Bien au chaud dans sa cellule.
— Il a avoué ?
— Non, mais on s'en fout. Il est coupable. Y a pas de doute, non ?

— Non, confirma Winter.
— Le lâche.
— Comment ça, Fredrik ?
— Même pas le courage de se jeter contre un arbre.

L'agora du centre commercial étincelait de mille feux. Dans les galeries silencieuses, les enseignes clignotaient, projetant leurs ombres sur le sol pavé de dalles.
La police de Göteborg envoyait la bleusaille se former à Nordstan. Winter y avait patrouillé. Certains de ses anciens clients étaient encore là, soit à l'intérieur, soit juste devant, sur Brunnsparken, alcooliques ou drogués, qui un jour avaient été jeunes, comme lui.
Winter se tenait sur la place Nordstad, au croisement des deux travées principales, le comptoir du syndicat d'initiative dans le dos. D'ici, les lumières de Kapp Ahl, Åhlens et H&M ou de la librairie Akademik paraissaient chaleureuses, accueillantes. Il n'apercevait aucun policier ni vigile. Il était comme seul au monde. Suspendues au-dessus de sa tête, les sculptures d'Ulf Siléns, un ensemble intitulé *Deux dimensions*, réalisé en 1992 : des corps plongeaient et sautaient dans la mer, volaient dans l'air, offraient des variations de couleur, du blanc au vert émeraude, et de formes à mesure que les personnages s'enfonçaient dans l'eau. Ces sculptures, il ne les avait jamais bien regardées jusque-là. Il les avait à peine remarquées, comme ce devait être le cas des milliers de personnes qui passaient chaque jour, pour faire des courses ou se rendre à la gare. Dans un sens, l'œuvre d'art s'était bien intégrée au centre commercial.

Ringmar le rejoignit.

— Vingt de nos hommes ont fait la tournée de toutes les réserves des boutiques, dit-il.

— OK.

— Tu en as terminé ici ?

— Il est quelle heure ?

— Onze heures et quelques.

— Je passe chez Bengt Johansson, déclara Winter.

— Je rentre chez moi.

Winter hocha la tête. Il était temps pour Ringmar de regagner son foyer.

— Mais je ferai peut-être une apparition cette nuit. Si je n'arrive pas à dormir.

— Dormir ?

Des photos du petit garçon couvraient les murs et le bureau. Il y en avait plus que la dernière fois. Mais Bengt Johansson était un peu plus calme.

— Ça m'a aidé de parler avec Carolin. Elle aussi, je crois. (Il marchait de long en large dans son salon.) Vous ne me ferez pas visionner ces saletés. Carolin m'a dit qu'elle s'était sentie obligée, vu que tout est de sa faute, selon son expression. Moi, jamais.

— Vous pourriez regarder... non pas Micke, argumenta Winter, mais plutôt cet homme qui filme.

Qu'identifierait-il ? La seule aide à espérer de Bengt Johansson, c'était qu'il ait déjà vu Jerner ailleurs.

— Pas question, déclara Bengt Johansson. Mmm... Je voudrais vous parler de Micke. Ça vous intéresse ?

Winter était assis devant la carte de Göteborg et le plan du tramway. Il était rentré à la maison vers deux heures du matin après sa visite chez Bengt Johansson et, vu son état, s'était garé sur une place pour handicapés.

Le lendemain, ils tâcheraient d'étendre les opérations, après avoir d'abord inspecté les abords de la ligne trois. C'était un travail de fourmi. Il s'endormit en plein coup de crayon. Il rêva d'une voix d'enfant qui appelait *papa*, *papa*, de plus en plus faiblement. Il se réveilla dans son fauteuil et tituba jusqu'à la chambre pour s'effondrer sur son lit.

Un bruit de sonnerie. Il se dressa sur son séant et consulta sa montre : neuf heures et demie. Il avait dormi cinq heures.

Personne ne l'avait appelé, pour ne pas le réveiller. Au commissariat, ils savaient qu'il sortait d'une nuit blanche et voulaient sans doute ménager sa santé. Il en vint presque à sourire. Mais sur le mobile ? Encore à moitié assoupi, il le chercha dans la chambre. En vain. Il fouilla dans les autres pièces, et composa le numéro depuis son poste fixe à la cuisine. Pas de sonnerie. Il finit par trouver l'appareil, éteint, sur le lavabo de la salle de bains. Il n'avait pas le souvenir de l'avoir transporté là, ni de l'avoir éteint. Pourquoi l'avoir éteint ? Mais s'il était arrivé quelque chose, Halders, de service à cette heure, n'aurait pas hésité à téléphoner. Il ne s'était donc rien passé. Il vérifia le répondeur. Puis il prit une douche froide.

Après avoir bu son café, il repensa à Nordstan. Jerner s'y rendait volontiers. Il était facile de s'y fondre dans la foule. C'était ouvert maintenant.

Sur le trajet, Aneta Djanali l'appela.

— Ellen Sköld a dit un nom.
— Tu l'as revue ?

— Oui, ce matin. Elle a prononcé le nom de Gerd.
— La mère de Jerner, confirma Winter.
— Il a dit son nom à la petite.

Des policiers en civil circulaient dans les allées, Postgatan, Götagatan, à l'intérieur des grands magasins. Les entrées étaient surveillées.

La fièvre des soldes battait son plein. Winter parvint difficilement à se frayer un chemin jusqu'à la place Nordstad, déserte la veille. Des milliers de gens s'y croisaient maintenant.

Les unes des journaux hurlaient au loup.

Comme convenu, Ringmar l'attendait devant H&M.

— Tu as pu dormir un peu, Erik ?
— Contraint et forcé.
— J'ai parlé avec Martin.
— Il était temps.
— Il veut qu'on se voie.
— Et qu'est-ce qu'il t'a dit ?
— Il ne s'est jamais remis d'une certaine raclée. Rien de plus, mais ça a pris une importance énorme pour lui.
— Et c'était vrai ?
— Cette raclée ? Pas dans ce sens.
— Dans quel sens alors ?
— Ce n'est pas un enfant battu, déclara Ringmar.

Le soulagement se lisait sur son visage, un honnête soulagement.

— Il est où ? reprit Winter tout en observant les visiteurs qui déambulaient par petites grappes.
— À New York.
— Non ? !
— Si. Il a quitté cette foutue secte.
— On l'a déprogrammé ?

— Il l'a fait tout seul. (Ringmar fixa Winter.) Ce n'est peut-être que le début, d'ailleurs. Ça prend du temps, ces choses-là.
— Il fait quoi là-bas ?
— Il bosse dans un restau.
— Il compte revenir bientôt ?
— La semaine prochaine.
— Et Birgitta ? fit Winter, qui avisait un homme assis par terre un peu plus loin au milieu des passants.
— Elle est déjà de retour à la maison. Avec Moa.
— Qui a contrôlé le guitariste ?
— Quoi ? Quel guitariste ?
— LE GUITARISTE ! cria Winter en se hâtant dans sa direction.

Il bouscula une dame, marmonna pardon et poursuivit sa course comme un joueur de rugby en butte aux tentatives de plaquage de ses adversaires. Installé à l'aplomb des sculptures aériennes, le musicien jouait un morceau de jazz. Winter arrivait de derrière, le regard rivé sur la casquette à carreaux. Ce type de personnage, c'est le déguisement idéal, pensa-t-il en soulevant le couvre-chef d'une main tremblante. Il découvrit des cheveux noirs et un visage inconnu qui, pris de panique, se tournait vers lui.

— Excusez-moi, fit-il.

Personne ne les avait vus. Le guitariste n'avait pas de public. Il se leva, prit son étui vide, sa guitare et s'en alla.

Au-dessus de Winter se balançaient les sculptures. Il recula d'un pas et considéra la toiture qui courait de l'arcade nord jusqu'à l'agora. Quatre gigantesques chambres de ventilation y étaient logées, comme des passages souterrains. Il les suivit du regard. Elles débouchaient sur l'œuvre d'art. Le ciel apparaissait à travers la verrière. Les figures supérieures étaient environnées de miroirs qui constituaient un prisme circulaire réfléchissant les enseignes des magasins environnants. Les déplacements des visiteurs s'y reflétaient fugitivement. Les corps blancs des sculptures étaient nus, descendant du ciel vers la surface de la mer. Il les avait contemplées hier pour la première fois. Il était le seul à lever la tête en ce moment. D'autres allaient sûrement faire de même.

Les corps étaient retenus par des cordes transparentes qui gelaient en quelque sorte leur mouvement.

L'un sautait.

L'autre plongeait.

Il le vit.

Il y avait un nouveau corps là-haut.

Il ne l'avait pas vu la veille.

Blanc comme les autres, blanc comme la neige.

Les traits de Jerner s'étaient figés comme ceux des autres.

Il était sur une trajectoire brisée vers le ciel.

Il avait les bras et les jambes attachés par des cordes qu'il avait dû transporter avec lui à travers le système de ventilation.

La dernière corde, il l'avait enroulée autour de son cou.

Il s'était ensuite laissé tomber.

Tout cela, Winter se l'imagina en quelques secondes.

Il ferma les yeux, les rouvrit. Jerner était toujours là-haut dans sa chute mortelle. Il volait, comme il l'avait annoncé à son frère, il volait à sa manière. Le commissaire jeta un regard circulaire et constata qu'il était le seul à *voir*. Bertil avait disparu dans cette marée humaine.

Winter releva de nouveau la tête, il ne pouvait s'en empêcher. Près de l'épaule gauche de Jerner, se reflétait l'intérieur de la boutique H&M. Le miroir était bombé d'une étrange manière qui lui permettait de voir le dessous d'un portant circulaire. Une petite roue brillait, ainsi qu'une autre pièce de métal qui pouvait être un socle. Winter se retourna et se jeta à travers la masse des gens, repoussa les vêtements qui voletèrent autour de lui. La poussette était là. La tête de Micke tombait sur sa poitrine, un petit bras pendait sur le côté, le pouls battait faiblement.

Dans l'avion, il garda sa veste de cuir et ses lunettes de soleil. Quelqu'un chanta au moment où ils s'élancèrent à travers des cieux noirs, mais bienveillants. Un rire fusa. Il posa sur ses oreilles les écouteurs de son MP3, ferma les yeux. Un chariot arriva presque aussitôt et il commanda quatre de ces ridicules mignonnettes. Il remit ses écouteurs et but son whisky en essayant de ne penser à rien, en vain. Il pleurait sous ses lunettes. Sa voisine se tourna de l'autre côté. Il augmenta le son et la trompette de Miles Davis balaya tout le reste pour une heure. Il commanda quelques whiskys de plus.

Il perçut une voix. Ouvrit les yeux. Angela était penchée au-dessus de lui, une hôtesse de l'air à son côté. Les moteurs ne tournaient plus. Il leva le bras comme pour se protéger.

— Tu es arrivé, Erik, murmura Angela en lui prenant doucement le bras. Tu es avec nous.

10/18, une marque d'Univers Poche,
est un éditeur qui s'engage pour
la préservation de son environnement
et qui utilise du papier fabriqué à partir
de bois provenant de forêts gérées
de manière responsable.

Impression réalisée par

La Flèche (Sarthe), 70266
Dépôt légal : octobre 2012
X05786/01

Imprimé en France